BRAVO BAR

KERSTY GRETHER

BRAVO BAR

ROMAN

Die Musik im Ernstfall

ventil

Kersty Grether ist eine der wichtigsten Stimmen des Pop-Feminismus im deutschsprachigen Raum. Sie wurde bereits im Teenageralter als Autorin der SPEX berühmt-berüchtigt. 2004 veröffentlichte sie den vielbeachteten Roman »Zuckerbabys«, es folgte das Musikgeschichten-Buch »Zungenkuss», die Anthologie »Madonna und wir« sowie der Roman »An einem Tag für rote Schuhe« und das Songbook »Ich brauche eine Genie«. Die FAZ nennt sie »die Susan Sontag der deutschen Popkritik«, der Deutschlandfunk beschreibt sie als Gesamtkunstwerk. Gemeinsam mit ihrer Schwester Sandra kuratiert sie in Berlin die feministische Konzertreihe »Ich brauche eine Genie« und den pop-literarischen Salon »Krawalle & Liebe« im Brecht-Haus. Seit 2012 betreiben die beiden außerdem die Noisepop-Band The Doctorella; zuletzt erschien das Album »Mondscheinpsychose, Bordsteinrose«. Kersty Grether wuchs in der Nähe von Heidelberg auf, wo sie Deutschrap bereits in seinen Anfängen begeistert aufgesogen hat, und lebt in Berlin.

»Das Proletariat ist nach erfolgreicher Selbstoptimierung weggepudert, wegfrisiert, abgewaschen, überwunden. Wenn ich mich einmal zusammengerissen habe, wo versteckt sich das vormals Un-Zusammengerissene?«

(Luise Meier: *MRX-Maschine*)

»Und wir stehen mittendrin, singen, wütend wie wir sind, über Glitzer, Rebellion und Straßenwind.«

(FaulenzA)

Kapitel 1

DAS ENDE DES ENDLOSSOMMERS

Timo – Er will Sex (devot), September 2018

Aber Baby, bitte, du musst mir verzeih'n,
in meinem Kopf war'n wieder diese Melodien.
(Capital Bra feat. Juju)

Lass die andern sich verändern und bleib so wie du bist.
So wie du bist, so wie du bist.
(Mo Trip feat. Lary)

Komm, wir gehen,
komm, wir gehen zusammen den Bach runter.
Komm, komm, wir gehen.
(Alligatoah)

Wir beide sind doch wie Sonne und Mond,
wir können nie zur selben Zeit scheinen.
(Aus Timos Tagebuch)

Ich gehe ins Café wie andere Leute zur Arbeit. Dort kriege ich mein Leben auf die Reihe, dort schreibe ich Tagebuch. Um das ganze viele gemeinsame Leben erst mal zu fühlen. Wir können es noch nicht leben, wir müssen es erst mal fühlen.

Timo stockte kurz, als würde er über irgendetwas stolpern; vielleicht über das für ihn ungewohnte Ausmaß an Gefühligkeit? Dann machte er seinen Rücken gerade und las sich noch einmal durch, was er da zu Papier gebracht hatte. Es dauerte etwa fünf Sekunden, bis die Tinte getrocknet war. Timo liebte die Lebendigkeit dieses Vorgangs. Er konnte förmlich dabei zusehen, wie seine Worte diesen samtblauen Ton annahmen, der von dem Füller-Hersteller zurecht als »königsblau« bezeichnet wurde. Nebenbei nahm er einen Schluck Kaffee aus seiner kleinen, handlichen Tasse, als ob auch er ein Momentchen bräuchte, um zu sich zu kommen. Trinken und Schlucken beruhigte, es war beinahe egal, was man trank: »Schlucken wirkt auf das parasympathische Nervensystem«, hatte Greta ihm neulich erklärt. Und wenn sie das sagte, dann musste das stimmen. Seine beste Freundin für immer war schließlich Sängerin und kannte sich aus mit Entspannungsmethoden. Und wenn es sowieso nur um den Schluckvorgang an sich ging, dann musste man ja gar nicht so viel Alkohol trinken wie seine auf Hochprozentiges spezialisierten Freundinnen und Freunde, die er täglich zwischen moonlight und dawn in den Bars dieser Stadt traf. War es nicht viel angenehmer, eine Stunde oder mehr zu einer Tasse Cappuccino zu meditieren?

Er fühlte sich richtig gut, wenn er die Kaffeetasse gaaaanz laaaaaangsam zum Mund führte und schluckte, und die Tasse wieder zum Mund führte und schluckte, und dabei notierte, was ihm so durch den Kopf geschossen kam. Dabei befand er sich in einem Zustand, den er in seinem Diary als *manische Fokussiertheit* beschrieben hatte – eine Melange aus *tiefenentspannt und hypernervös*, ein Gefühl, für das seine Freunde noch kiffen mussten. Timo war in Trance und kriegte *herumalbernd gute Laune*, wenn er während des Schreibens an etwas Schönes dachte, an die zwei Dutzend hübscher, bunter DIN-A-5-Heftchen zum Beispiel, die er in diesem Sommer schon vollgeschrieben hatte. Und wenn die Zahl der Notizbücher, die einer vollschreibt, ein Barometer dafür ist, wie weit er es in der fiesen Welt da draußen bringen würde, dann konnte Timo sich auf eine Beförderung einstellen – fragte sich nur, wohin; es gab eigentlich keinen Chefsessel, den er begehrte.

Vielleicht im Paradies der Frauenversteher, dachte er, mit

leichter Selbstverachtung, denn das war es, was er wollte: Die als Frauen gelesenen Personen besser verstehen und auch die eigene Männlichkeit neu erfinden, far away von allem, was er je gekannt hatte. Er hatte sich Slogans der Berliner Autorin Luise Meier notiert und las sie immer wieder: »Der Gegensatz von feminin und maskulin durchwirkt alle Bereiche der bürgerlichen Gesellschaft.« Männer würden für Frauen zu Arbeit und Frauen für Männer zu Waren. An dieser Hierarchie der Geschlechter wollte er nicht mehr teilnehmen. Er fühlte sich schon als Teil einer imaginären MRX-Maschine-Bewegung und rekapitulierte voller Faszination: »Potenz, Penetration und Ejakulation sind in Warenform gegossener Sex, der zur besseren Abrechenbarkeit verdinglicht wird. Was ausgebeutet, was bearbeitet wird, ist die Angst vor Abweichung, die Angst davor abzufucken.« Zur gleichen Zeit sagte ihm sein Körper, dass die Abweichung den besseren Sex bringen würde.

Timo kaufte sich jede Woche ein neues Notizbüchlein und schrieb es in kürzester Zeit voll. So hatte er den Sommer nicht nur aufs Äußerste genossen, sondern ihn auch noch blau auf weiß festgehalten. Auf Timos aktuellem Tagebuch war ein kleiner fetter Vogel abgebildet, ein Spatz oder ein Zaunkönig. Der Vogel hatte ein quietschgelbes Körperchen, aber blaues Gefieder und saß auf einem Ast voll geschwungener weißgrüner Blüten. Schaute recht mürrisch drein, das Kerlchen. Timo fragte sich, ob es sich um einen real existierenden Vogel handelte, oder ob das ein Fantasievogel war, den sich ein bekiffter Illustrator ausgedacht hatte. Er nahm seinen geliebten Füller wieder in die Hand und notierte: *Gibt es Spatzen/Zaunkönige, die gelb und blau sind?* Und der Musikjournalist in ihm fügte noch, völlig sinnfrei, ein Zitat von The Velvet Underground hinzu: »One is black and one ist blue, don't know just what to do. All right.«

Er wusste manchmal wirklich nicht mehr, was er noch machen sollte. Ihm war, als ob er sich selbst nicht mehr richtig schützen könne. Das Leben war so gefährlich und zugleich anschmiegsamer, putziger geworden; ein Ding der Unmöglichkeit, ein Schweben, ein Stolpern und zum Umarmen schön. Ist das schon der freie Fall?, hatte er sich in letzter Zeit mehr als einmal gefragt. Oder rührten diese seltsamen Stimmungsschwankungen, die halben und dreiviertel Nervenzusammenbrüche, vielmehr von der ständigen Tagebuchschreiberei? Panikattacken wechselten sich ab mit Jubelgefühlen, wenn er nachts um die Häuser zog, und seine Gestalt sich in den modernen Glasbauten der Clubs im Regierungsviertel spiegelte. Greta sprach von sogenannten »seelischen Wunden«, die bei ihm wohl aufgebrochen seien. Eins stand jedenfalls fest: Nicht nur der Schnaps, auch die Liebe hatte ein Delirium im Schlepptau, in das er stürzte, gestürzt worden war, in dieser Nacht aller Nächte, in der er Rachelle Engel kennengelernt hatte.

SIE hatte ihr haselnussbraunes Haar über die Schulter geworfen und einen Lachanfall bekommen, als er verkündete, dass er doch »auf der Seite der Frauen« sei und auf jeden Fall für ein Sexkaufverbot. Keine Ahnung, wie sie gleich in den ersten fünf Minuten bei dem Thema gelandet waren. »Freierbestrafung bedeutet ja nicht, dass man die Prostitution komplett verbieten muss«, hatte er nachgelegt, denn er war augenblicklich von ihr elektrisiert gewesen und ahnte schon, dass sie bestimmt keine Gegnerin der Prostitution war. SIE nahm einen Zug von seinem Joint, kicherte weiter herum und hielt die Zunge rausgestreckt – so sexy und so verächtlich, als ob SIE durchaus bereit wäre, ihm einen zu blasen, wenn er es denn unbedingt gewollt hätte ...

Das Schicksal hatte seine Hände im Spiel gehabt, davon war er überzeugt. Es konnte doch kein Zufall sein, dass sie sich genau um Mitternacht kennengelernt hatten. SIE hatte ihm völlig überraschend in den Nacken gefasst und er fühlte noch Monate später den sanften Druck ihrer Hände, als ob sie seinen Körper mit etwas Wundervollem, wie etwa Vanillesoße und ziemlich heißen Beeren, eingecremt hätte. Und was noch viel wichtiger war: Sein Nacken und seine Schulterblätter hatten scheinbar einen direkten Kontakt zu seinem Schwanz.

Während der DJ »She Blinded Me with Science« spielte, in einer Trap-Version voller Echos, hatte sie ihn mit Liebe tätowiert, genau genommen aber nur seinen oberen Rücken massiert.

Er schaute kein Fernsehen mehr, seit seine Männlichkeit von einer Straßenrapperin zu Fall gebracht worden war, um kurz darauf fröhlich wieder aufzuerstehen. Er schaltete auch das Radio nicht mehr ein, fieberte nicht mehr mit, bei einem neuen Musikstück oder einer schillernden Moderation, obwohl er das früher immer so geliebt hatte: Kiss FM, Radio Fritz, radioeins, FluxFM, einfach alle Sender, die unverfälschte Musik spielten. Sein niedliches Transistorradio hatte er in den Monaten vor Rachelle ständig von einem Zimmer ins andere getragen wie einen kleinen, kranken Hund. Jetzt stand es neben der Palme in seinem Wohnzimmer und machte keinen Mucks mehr. Selbstverständlich räumte er auch die Wohnung nicht mehr auf, viel wichtiger war es, in seinem Kopf für Ordnung zu sorgen, was immer seltener gelang. Timo hatte sich selbst ein wenig in ein Radio verwandelt, er redete ununterbrochen, vor sich hin oder mit anderen, wenn er nicht gerade Tagebuch schrieb. Am liebsten quatschte er Greta voll, es war so praktisch, dass sie neuerdings bei ihm im Haus wohnte. Bei so viel Dampf im Kessel konnte er sich keinesfalls dazu durchringen, wenigstens mal eine der Serien anzuschauen, die ihm Greta und die anderen Freundinnen am laufenden Band ans Herz legten, weil sie so tolle Rollenbilder enthielten: Völlig normal, dass die Frauen in diesen Serien dick waren oder Schwarz und lesbisch. Aber er hatte ja noch nicht mal Netflix auf seinem Computer und er las auch keine Bücher mehr; weder dicke, Schwarze, lesbische noch dünne, *weiße*, heterosexuelle. Hielt sich, wenn überhaupt, nur noch zum Schlafen in seiner Wohnung auf. Und rannte jeden Morgen noch ausgebrannter, noch süchtiger nach dem lungenweitenden Sauerstoff, aus seinem Schlafzimmer im vierten Stock auf die Straße runter, in ein neues Leben, das oft abrupt im Café mit dem Tagebuch voller zukünftiger Short Storys endete. Alles wollte durchdacht und durchgekaut werden, als hätte man in den USA gerade erst den Kaugummi erfunden. Denn diese eine Nacht, ungefähr einmal im Monat, in der er Rachelle traf: die brauchte eben ihre Zeit. Die Auszeiten trieben geheimnisvolle Blüten voran, die jemand, ein höheres Wesen vielleicht, verstreut hatte.

Timos Blick streifte die Kaktuspflanze, die vor ihm auf dem hellroten Holztischchen stand. Er musste sich zusammenreißen, denn er stand kurz vor einer Erektion, weil er sich gerade vorgestellt hatte, wie Rachelle ihm die stacheligen Spitzen des Kaktus über den Rücken ziehen würde: Na, du kleine Sau, was glaubst du, wer du bist? Hier bekommst du, was du verdienst. Ja, das wäre gut: SIE höchstpersönlich würde ihm mit rotlackierten Fingernägeln den Rücken blutig kratzen. Timo zitterte beim bloßen Gedanken an Rachelles Krallen auf seinem schutzlosen Körper, dabei hatte das, was er schrieb, selten einen pornographischen Inhalt. Die Notizheftchen waren pure Lebensbewältigung, um von einem Tag zum nächsten zu gelangen, ohne zwischendurch die Wände hoch oder jemandem an die Gurgel zu gehen; nun, gut das war Pornographie auch, überlegte er, aber *meine Worte halten mich zusammen, wenn der Boden unter mir zerfällt, verdammte Klischee-Formulierung, aber wahr.* Man musste seine Sichtweisen nicht immer sexy as hell hochkochen. Timo, der seine Brötchen mit Musikjournalismus verdiente, konnte beim Tagebuchschreiben richtig durchatmen. Seine Wortwahl musste nicht originell sein, sie durfte auch wie ein Song von Clueso klingen, mainstreambescheuert oder nach Bruce Springsteen aus den siebziger Jahren, scheißegal, las eh niemand. Außerdem war Timo, trotz seiner neuerwachten Leidenschaft für Hip-Hop und Deutschrap, immer noch Fan von Alternative Rock, Punk, Metal usw. Daran würde sich in diesem Leben auch nichts mehr ändern, nicht mal, wenn er und Rachelle verheiratet wären, worauf es ja wohl hinauslief ... Also, warum nicht mal was vom Boden faseln, der unter einem einzubrechen droht, wie es schon Milliarden Mal vorgebracht worden ist, wenn Rockmusiker ihr Dasein in einem Song beschreiben, der wiederum nach einem stillosen Tagebucheintrag klingt.

Timo biss sich spielerisch auf die Lippen, es fühlte sich so gut an, so gut, das Gefühl, endlich zu wissen, mit welchem Menschen er zusammengehörte; es war niemand Geringeres als die schönste und wichtigste und beste und wunderbarste Straßenrapperin des Landes. Alle mal weghören, bitte, es war Rachelle Engel! Und die berühmteste noch dazu!

Seine Tagebücher stärkten ihm das Rückgrat, das Rachelle ihm täglich zu brechen drohte. Sie standen jetzt auf seinem Schreibtisch in dem Schuhkarton, den er sich beim Kauf neuer Turnschuhe vergangene Woche hatte mitgeben lassen. (Adidas, natürlich, Rachelles »Hausmarke«, alles andere wäre jetzt nicht richtig.) Und vielleicht war ja schon Halbzeit, es konnte doch gar nicht anders sein: Halbzeit zur Hochzeit, wie in dem düster-romantischen Track des satirischen Rappers Alligatoah: »Du brauchst jetzt nix sagen / Ich wollt dich fragen: Wollen wir den nächsten Schritt wagen? / Willst du mit mir Drogen nehmen? / Dann wird es rote Rosen regnen / Ich habe es in einer Soap gesehen / Willst du mit mir Drogen nehmen? Komm, wir gehen, komm, wir gehen zusammen den Bach runter / Komm, komm, wir gehen ...«

Er war felsenfest davon überzeugt, dass er nur noch ein Dutzend weiterer Heftchen vollschreiben müsste, und dann würde SIE, vom telepathischen Blütenstaub eines hoffnungslosen Romantikers geleitet, auf herzchenförmigen High Heels vor seiner Haustür auf ihn warten, oder sturmklingeln und gleich mit der Tür ins Haus fallen, und um eine Beziehung batteln. Schnell, fast and furious. SIE war ja flink. SIE redete nicht gerne um den heißen Brei herum. SIE war seine Herrin. SIE würde natürlich die Lederhandschuhe tragen, die das Rückcover ihres Debütalbums *Rache ist süß* zierten.

Er sah die Herrin da stehen, in High Heels und einem Flatterkleidchen, das ihre dünnen Waden betonte: weiße Punkte auf dunkelblauem Stoff, eine versaute Minnie Mouse fürs Gangsterproletariat, die Brustwarzen ihres wunderschönen, handgroßen Busens zeichneten sich unter dem leichten Stoff ab. Oder noch besser: Rachelle würde sich überhaupt nicht trauen, Sturm zu klingeln! Bibbernd vor Sehnsucht stünde sie neben dem Mostapfelbaum im Vorgarten herum, er konnte durch das Fenster oben erkennen, wie ein Lächeln ihre Lippen umspielte, die voll, aber echt waren, während sie andererseits total sad wirkte, weil sie ihn erst noch um Verzeihung bitten musste. Er würde ihr alles verzeihen, sofort, warum auch nicht? Sie hatte sich doch genau genommen gar nichts zuschulden kommen lassen, sie hatten sich ja beide GLEICH verhalten, nur umgekehrt gleich. Da war er sich aber sicher, während er hier im Spätsommer in einem Café herumsaß, das absichtlich auf Tapete verzichtete und mit dem Rohbau glänzte: Da wird eine Zukunft draus! Er notierte ein Zitat ihrer Kollegin Lady

Bitch Ray in das Büchlein, das von einem Zaunkönig bewacht wurde: *Wann haben Sie wieder einen Termin frei? Ich mach mich gern für Sie unten frei!*

Schreiben im Café war wie Aufsatzschreiben in der Schule: Man musste nur weiterschreiben, wenn alle anderen schon aufgegeben hatten. Timo saß mit weit hinabgebeugtem Kopf an seinem Platz am Fenster und schrieb in Doubletime: Er schrieb so schnell und so mühelos, er war ein Tintenfisch im Wasser. Aus den Lautsprecherboxen des winzigen Cafés klopften wärmende Soulnummern den Takt zu seinen Gedankenspielereien, die Beats klangen allesamt wie Applaus in seinen Ohren. Die Atmosphäre im Café war aufmunternd, es vibrierte vor Energie, weil es wusste, dass es anders war als die anderen Cafés in diesem Viertel. Er konnte gar nicht so schnell schreiben, wie seine Gedanken rasten, aber er fing sie immer wieder ein, wie einen Schwarm seltener Vögel, die viel zu lange allein durch die Lüfte geschwebt waren. Doubletime, voll easy! Dabei genoss er das Privileg, mitten am Tag, während die anderen Menschen arbeiteten, scheinbar nutzloses Zeug zu Papier zu bringen; wie schön es doch war, mal bei sich zu sein und keinen verdammten hochkriechenden Artikel fürs Feuilleton oder die Musikpresse verfassen zu müssen. Wenn er in diesem Leben noch mit seinem Baby mithalten wollte, musste er sich sowieso mal eine Stufe weiter oben positionieren, sich etwas Größeres einfallen lassen. Vielleicht Schriftsteller werden und den ersten Roman für richtig viel Kohle verdealen? Noch war sie tief beeindruckt von seiner Tätigkeit als Musikjournalist, noch wusste sie ja gar nicht, wie wenig Geld er damit verdiente. Oder es wenigstens mal beim Radio als Moderator probieren, überlegte er versonnen. Er hatte Kontakte in diese Richtung geknüpft. Die Artikel für Zeitungen und Zeitschriften waren lächerlich schlecht bezahlt, und es fühlte sich erbärmlich an, auf die Vierzig zuzugehen und immer noch auf Papa angewiesen zu sein, der im Ernstfall die Miete zahlte. Not to mention, die stolzen Heizkosten. »So eine Altbauwohnung muss man auch erst mal warm kriegen«, pflegte er am Telefon zu seinem Dad zu sagen, der sowieso nie richtig zuhörte und nur sein immerschonenttäuschtes »Ja, ja, und wie geht es sonst so?« in seinen nicht vorhandenen Bart murmelte. Genügend eigenes Geld! Das war das Ziel, Timo müsste mehr verdienen, aber wie sollte er das bewerkstelligen, wenn er seinen Beruf heimlich verachtete, weil er sich doch sowieso für einen Musiker oder einen Schriftsteller hielt und sich auch noch vorwarf, dass er nicht Arzt oder Rechtsanwalt geworden war, was aber in Wahrheit nie zur Debatte gestanden hatte? Aber in absurden Selbstvorwürfen war Timo eben auch richtig gut. Im Moment hatte er nur drei mittelmäßig bezahlte Aufträge an der Backe und die schob er seit dreizehn Sternstunden vor sich her.

Er liebte den Sommer zu sehr, um ihn jetzt schon aufzugeben, auch wenn schon wieder September war; mit dem letzten Rest des Sommers im Nacken und seinen Siebensachen im Gepäck war er direkt nach dem Aufstehen übereilt aus seiner mit alten Möbeln und undefinierbarem Gedöns vollgestellten Wohnung gestürzt, wie einer, der Angst hat, draußen etwas ganz Großes zu verpassen: ein Naturschauspiel, das es nur alle hundert Jahre mal gibt, oder ein Feuerwerk aus Wasserfarbklecksen, einen roten Blutmond, the love of a lifetime. *Ich lebe von Tag zu Tag und nur für sie, ja ich weiß ja, dass sie nicht für mich lebt, aber das kommt schon noch. Ich weiß zufällig, dass sie mich genauso liebt wie ich sie. Sie hat es mir doch gezeigt. Nur leben kann sie es noch nicht. Noch nicht!*

Oh, wie hektisch er gerade heute seine Sachen zusammengesucht hatte: Rucksack, Füller, Handy. Wo war nur wieder das verdammte Notizbuch, der Kamm? Das Fläschchen mit

Haargel, der Geldbeutel? Wobei er wild um sich blickte, als ob jemand hinter ihm her wäre – vielleicht Rachelles Schutztruppe, die in seiner Fantasie aus lauter finster dreinblickenden Muskelprotzen bestand? Halb im Scherz dachte er darüber nach, ob wohl schon die Hells Angels auf sie aufmerksam geworden waren; denn immerhin nannte sie sich doch Rachelle Engel? Die waren doch neuerdings auch in der Hip-Hop-Szene als Rücken aktiv. Viel wahrscheinlicher aber, dass wieder nur die Ersatz-Engel hinter ihm her waren, Rachelles weibliche Leibgarde, sie sollten ihn mit Worten testen, und gegebenenfalls zur Hölle schicken, vielleicht auch in der Hölle ficken.

Einmal, nachdem Rachelle und er sich in der verkifft-verrauchten Atmosphäre der BRAVO BAR geküsst hatten (der schönste Kuss seines Lebens!), war ihm tatsächlich eine Gruppe junger Frauen in neongrünen Skianzügen (Skianzüge – im Hochsommer!) über die Torstraße in den aufdämmernden Morgen gefolgt und hatte sich über ihn lustig gemacht. Sie hatten ihn, Timo musste schwer schlucken, wenn er daran dachte, als »whack« und »dünn« und »Hipster« verspottet. Er hatte gemacht, dass er wegkommt, und die Torstraße überquert, ohne nach links und nach rechts zu blicken, nur um dann, demonstrativ lässig, zum nächsten Verkehrsknotenpunkt am »Rosi«, wie er den Rosenthaler Platz nannte, zu schlendern. Er liebte das Wort »Rosi«, vergötterte es regelrecht. Andererseits: »Hipster« – so fucking scheiße what – war doch im Grunde auch ein Kompliment und »dünn« nun auch nicht das größte Schimpfwort für einen Mann, der auf die Vierzig zuging. Auf die Vierzig und auf den Rosi!

Oder hatte er sich das damals nur eingebildet, und er war nur zufällig in den Schwarm zischelnder Frauen geraten, der sich eigentlich über einen anderen schwachen Hipster lustig gemacht hatte? Timo war ja gar nicht mehr so dünn wie noch zu Beginn des Jahrzehnts. Er hatte in den letzten fünf Jahren ein bisschen an Fett zugelegt, Bauchspeck, der Klassiker. Nun gut, er war immer noch schlank, aber lange nicht mehr so dünn wie der junge Peter Doherty. Dafür nahm er auch, ehrlich gesagt, zu wenig Drogen. Aber darauf stand Rachelle doch. Sie wollte ja gar keinen Kerl, der unkontrolliert Drogen pumpte und die Frauen nur ausnahm, da war er sich sicher. Neulich hatte sie den TLC-Hit »No Scrubs« gesampelt, und das bedeutete ja wohl was. »I don't want no scrub / A scrub is a guy that can't get no love from me / Hangin' on the passenger side of his best friend's ride / Trying to holla at me.« Sie hatte einen eigenen Text darauf gemacht, nicht gerade menschenfreundlich, aber hey, gar nicht so übel: »Ich will keinen Bloodsucker/ Auf meinem Ack-Ack-Acker / What the fuck, Fakelover / Trinkt meinen letzten Absacker / Denkt er wär Supermacker / Schon Cholesterin im Bloodzucker / Ist ein Alki und ein Junkie / Benutzt ein altes Wort wie ›funky‹.«

Musste man, wenn man von Rachelle Engel geliebt werden wollte, etwa auf Alkohol verzichten? Durfte man »funky« nicht mehr sagen? Timo nahm sich sofort vor, keinen Alkohol mehr zu trinken. Er liebte die Idee, dass er vielleicht aus einer perversen Nüchternheit heraus, von Café zu Café ziehend, die Stufen zu ihrem Herz erklimmen könnte ... Strafe musste schließlich sein!

Dabei hatten sie zusammen gesoffen wie die Löcher, in diesen Nächten, in diesem Sommer, der der größte aller Zeiten war. Einer der heißesten seit Beginn der Wetteraufzeichnungen auf jeden Fall. Was für eine Scheiße, dass die Lage sich seitdem wieder abgekühlt hatte. Gut für den Planeten natürlich, und auch nicht ganz sein Ernst, aber schlecht für ihn. Er vermisste diese Tage so sehr, in denen alles nach Blüten und Samen und Erde roch, und überhaupt: nach einem Leben ohne

Warteschleifen. Sexuell aufgeladen wie die Bondage-Pornos, die er ständig glotzte, seitdem er sich eingestanden hatte, dass nichts über ein gutes Spanking ging. Er fühlte sich frei, wenn die Peitschenhiebe auf seinen Arsch trafen und schmerzten wie Sau. Er hatte diese Praktiken früher schon manchmal beim Sex ausgelebt, aber eher spielerisch. Er hatte es nicht als seine Bestimmung empfunden. Und jetzt hatte er sich sogar eine eigene Peitsche gekauft, übers Internet, of course, weil er wissen wollte, wie das Spielzeug aus den Filmchen in echt aussah. Jetzt brauchte er nur noch jemanden, dessen Kink es ebenfalls war, der die Peitsche über ihm schwang, jetzt brauchte er nur noch Rachelle Engel. Seine Peitsche sah aus wie ein Besen, siebzig Zentimeter lang, mit lila Lederfransen, dem gut gearbeiteten Griff: Sie würde geradeso ihre Hand darum spannen können, ohne sich selbst zu verletzen. Er wünschte sich, sie würde mit der Peitsche natürlich auch softer seinen Schwanz bearbeiten, nicht nur auf den Hintern eindreschen. Er bekam ja schon eine Erektion, wenn er den »Flogger« – den »Purple Mini Suede Flogger«, wie das Ding laut Verpackung hieß – nur anschaute, oder die Lederborsten durch die Finger gleiten ließ. Weil sie gerade im Angebot gewesen waren, hatte er auch noch ein paar Duftkerzen zum Auf-die-Haut-träufeln dazu bestellt, mit extra heißem Vanille-Wachs, obwohl er ja nun gerade kein Vanilla-Guy mehr war, und, ehrlich gesagt, auch nie gewesen war. Die Leute, die auf SM-Sex standen, grenzten sich schließlich ab von den Vanillas und wie dumm, dass er 39 Jahre alt werden musste, um zu begreifen: Er war schon immer einer von denen. Das zu akzeptieren fiel ihm allerdings leichter, seitdem er die Paketlieferung bekommen hatte. Der Erotikkram sah so spießbürgerlich-hübsch aus wie zur Jugendzeit seiner Eltern. Das Wachs kam in einem schwarzroten Döschen mit Erdbeermotiv, das an die illustrierten Kaffee-Blechdosen seiner Mutter erinnerte, und die Herzchen, mit denen man die Augen verbinden konnte, waren aus qualitativ hochwertigem Kunstleder.

Und seit dem Hype um Fifty Shades of Grey war es ohnehin keine Schande mehr, auf SM zu stehen. Blöd war nur, ein bisschen blöd jedenfalls, wenn man als Mann der Maso, der Devote, der »Depp« war, der so unfassbar gerne »meine Heldin, machmichfertig« stammelte. Da biss die Maus keinen Faden ab. Er war vielleicht kein Scrub, aber er war ein *Sub*, fast so etwas wie ein Nobody, und das war in Anbetracht des dominanten Männerideals eben doch ganz schön schwer zu taken. Denn eigentlich müsste er doch der *Dom* sein! Aber selbst das wäre ihm jetzt noch scheißegal gewesen, wenn sie sich doch nur endlich wieder melden würde! Wusste sie es denn gar nicht zu schätzen, dass er sich für sie hinknien oder als Hund vor ihrem Bett campen wollte? Es musste doch für sie, als Frau im Rapgeschäft, das voller Machos war, unfassbar schwer sein, einen zu finden, der genauso brutal auf die devote Rolle stand wie sie auf die dominante? (Hallo, da war er sich aber sicher!) Ja, war er für sie denn nicht wie sechs Richtige im Lotto? Noch dazu so gepflegt, mit guten Manieren, ein Arztsohn und Musikjournalist, kein winselnder Junkie.

Sehr zu seinem Leidwesen – denn Liebeskummer gehörte zu der Sorte Leid, die ihm keine Freude bereitete, auch wenn er Schmerz als sexuelle Vorliebe noch so hart zelebrierte – hatte er seit Wochen nichts mehr von seiner großen Liebe gehört. Davon ließ er sich aber nicht aus dem Takt bringen. Aus dem Takt, in den er mühsam wieder hineingefunden hatte, nachdem sie ihn monatelang in eine maßlose Unruhe versetzt hatte! Ihn, der doch ohnehin schon so rastlos war.

Eine Hochspannung, die im Grunde mit den neuen Luxus-Fenstern begonnen hatte. Die gut isolierenden Fenster waren ein Geschenk des Vermieters gewesen, der wiederum von der Bank dazu angehalten worden war, eine Investition zu tätigen. Mit seinem Schriftsteller-Verstand, der bei den praktischen Dingen des Alltags gerne mal den Geist aufgab, was natürlich auch ein Klischee war, hatte Timo vor allem eins begriffen: Die Mieterhöhung beträgt nur vierzig Euro im Monat, die neuen Fenster sind sehr schön. Eine Win-win-win-Situation für alle Beteiligten, wenn man noch die Kreditgeber dazuzählte. Schade nur, dass der Sommer von nun an seine heißen Finger bei sich lassen und draußen bleiben musste. Die herrschaftlichen Wunderfenster, die aus Timos Altbauwohnung ein noch erhabeneres Domizil gemacht hatten, verbannten Hitze und Schweiß aus ihrem Einzugsgebiet, und damit auch dieses essenzielle Gefühl, eins mit der Wärme und der Welt zu sein, all die rosige, dösige Aufgelöstheit der Körper, die sich an und für sich schon anfühlte, wie gefickt zu werden. Aber auch der Winter fand ohne ihn statt. Er sparte zwar einiges an Heizkosten, wurde aber um den sadomasochistischen Genuss gebracht, sich in einer heftigen Ausnahmesituation zu befinden. Die unvermeidbare Dosis Außentemperatur, Hitze oder Kälte als physisches Erlebnis, blieb aus, kein besonderer Geschmack des Hier und Jetzt mehr in seiner 60-Quadratmeter-Wohnung. Die Wohnung war ein Biotop für Vanilla-Spießer. Timo nahm das alles nicht bewusst wahr, sonst hätte er einfach nur die Fenster aufreißen und die Höllenhitze ein Stück weit hineinlassen müssen. Stattdessen reagierte er instinktiv, ohne sein Handeln auf die Wirkung der neuen Fenster zurückzuführen: Stürmte morgens immer früher aus der Wohnung, um die Sonne auf seiner Haut zu spüren, und – das wunderte ihn selbst am meisten – verwandelte sich schließlich von einem Drinnie in einen Draußie. Wie verliebt konnte man sein, in eine karminrot glühende Sonne, die mit jedem Tag schneller den Berg herunterrollte? In einen weißgoldenen Sommer, der sogar in der Innenstadt in so übergeschnappter smaragdgrüner Blüte stand, dass Timo manchmal in Panik geriet: so viele Farben, so duftende Pracht. Oh, bitte, lieber Gott, lass jede Stunde in ZEITLUPE vergehen. Sag dem Sommer, er soll sich nicht so verschwenden!

War ihm das früher nie aufgefallen? Welche Lebensleichtigkeit möglich war, in diesen Monaten von Juni bis Oktober? Ah, die Gier, das alles zu sehen, die größten Mädchen, in den heißesten Höschen, die ihre schwarz getuschten Wimpern hinter den lichtscheuesten Sonnenbrillen versteckten, sodass sie aussahen wie nassforsche Rehe. Timo trieb sich mit Rast, aber ohne Ruhe in der Stadt herum, wechselte von Café zu See, über Freibad und Park in den Nachtclub. Wie ein Kind freute er sich darüber, dass Rachelle ebenfalls unterwegs war in dieser Stadt: Vielleicht sogar in denselben Straßen wie er, mit ihren Straßenrap-Freunden! Er vermutete sie in der Gegend um die Oranienburger Straße. Sein Baby hatte sich mit der Musik und den drei eigenen Labels (ein Musik-, ein Mode- und ein Albtraumpuppen-Label) zwar in eine Kategorie von Reichtum gebeamt, die selbst einen Arztsohn wie ihn das Fürchten lehrte, aber es zog sie noch immer in die Nähe von Stripclubs und Straßenstrich. In einem Interview mit rap.de hatte sie zu Protokoll gegeben, dass sie, die die Grenze zur ersten Million schon seit Jahren überschritten hatte, immer noch mit ihren Girlz cornerte, einfach, weil sie es liebte, vorbeilaufende Passanten zu beobachten. Timo hatte das als weiteren Beweis für ihre Geistesverwandtschaft gelesen. Denn auch er war besessen davon, die Menschen um ihn herum zu beobachten und mit wenigen Strichen in seinen Diaries festzuhalten.

SIE hatte ihre ganze Kindheit und Jugend »auf der Straße verbracht«. Seine Herrin war gefeierte Breakdancerin gewesen, ehe sie auf Rap und Modedesign umgesattelt war. Manchmal hatte er das Gefühl, dass er sich in das Geschöpf verwandeln musste, das Rachelle einst gewesen war, um endlich ganz ER SELBST zu werden. Eine Art *mimetische Mutation*, wie er dies in seinem Tagebuch nannte. Es war beinahe eine Einstellung, die einem Psychopathen zur Ehre gereicht hätte. Timo wurde das Gefühl nicht los, dass sich tief in seinem Inneren etwas reckte und streckte, was man gut und gerne als seine »verlorene Seele« bezeichnen könnte. Etwas, das sich wie ein Breaker auf den Kopf stellte, um herauszufinden, ob die Welt auch aus der umgekehrten Perspektive auszuhalten war. So kurz vor seinem vierzigsten Lebensjahr war er doch noch ein Körper geworden, der es mit allen Gefahren aufnehmen und sich in eine andere Umlaufbahn beamen konnte. Allein, dass er wieder zweihundert Kniebeugen und fünfzig Liegestütze am Tag schaffte, wie mit Anfang zwanzig. Rachelle war ja in den Pariser Banlieues aufgewachsen. Er hatte tausend Fantasien über diesen Aspekt ihres Lebens, und auch er kam ja aus einer Familie, in der es einen französischen Teil gab. Sie war in Armut aufgewachsen, er in Reichtum. Zwei Seelen, die einander suchten – er sie im Dreck, sie ihn im Luxus –, und auf dem Weg die Rollen getauscht hatten wie in einem dieser erwachsen gewordenen Rap-Chansons von Sido, die nicht mehr wussten, wo »oben« und wo »unten« war, oder um es mit seinem Lieblingsschriftsteller Rainald Goetz zu sagen: »Und wie es geht, das Scheißleben.« Oh, er konnte stundenlang im Park liegen, unter diesem himmlischen Himmel, der so ozeanblau war, als ob auch das Meer es von ganz unten nach ganz oben geschafft hätte, und über die mysteriösen Wege ihrer Liebe nachdenken, den heißen Kopf auf einer Baumwolldecke von Ikea gebettet.

Es machte ihm Angst und es machte ihm Mut, und es ergab alles einen Sinn: Dass er zum Beispiel nie so gelebt hatte, wie seine Eltern es von ihm erwartet hatten, die Nabelschnur zum bürgerlichen Leben, ratzfatz, einfach abgetrennt. In seinen U-Bahn-Momenten hörte er immer die queerfeministische Rapperin und Transaktivistin FaulenzA, weil ihm dann Feinstaub und Fäulnis-Gullys vorkamen wie reine Luxus-Geschenke des Metropolenlebens, die er in eine Armada aus Festival-Bändchen gewickelt hatte: »Vorstadtrosen, liebevoll gehegt / Die Luft ist rein, alles wirkt gepflegt / Hier lebt mensch gern in dieser heilen Welt / Solange mensch sich an ihre Grenzen hält.« FaulenzA verspottete das Vorstadtleben mit glühenden Worten. Hatte er sich vom Vorstadtleben verabschiedet, weil die Luft für ihn dort gar nicht so rein gewesen war? Weil es in der bürgerlichen Welt für ihn nichts zu lieben gab? Nichts und NIEMANDEN. Eine Laune des Schicksals hatte ihn und Rachelle zu Fans der Hip-Hop-Kultur gemacht. Warum? Damit sie beide denselben Stern hatten und ihr Schicksal auch seines war? Er hörte Zeckenrap und sie Gangster-Rap, aber egal, es war doch beides Rap, auch wenn die Gangster viel zu oft die umgekehrten Werte vertraten.

Seine beste Freundin Greta, sie kannte sich aus mit esoterischem Kram, hatte einmal etwas sehr Weises zu diesem Thema gesagt: »Du und Rachelle, ihr seid Teil *einer* Seelensippe, wenn auch nicht derselben Seelenfamilie.« Das war ziemlich genial. Er hatte sich, aus der porzellanweißen Vorortsiedlung von München kommend, in eine Zecke verwandelt, und sie, die aus der Armut kam, in einen Diamond-Gangster mit eigenem Lambo, der mächtig viel Para machte. Wenn das nicht dieselbe Seelensippe war, was dann? Was kompliziert klang, leuchtete ihm als soziologische Grundkonstellation dieser Liebe völlig ein. Er spürte ganz deutlich, wie seine königliche Hoheit sich durch die Straßen Berlins bewegte, auch wenn sie sich vorerst noch in ihren lila Lustgärten voreinander versteckten wie Kinder beim Fangspiel. Dabei atmeten sie dieselbe dirty old Luft der Hauptstadt ein, die aber, wenn man neueren Messungen glaubte, gar nicht so mehr so schmutzig wie früher war.

Timo war in Rachelle verliebt und er war verliebt in diese Liebe, logisch, dass sie so weh tat, wie ein frisches, in die Haut geritztes Tattoo. Ob es auch daran lag, dass es der Sommer vor seinem vierzigsten Geburtstag war? Es gab plötzlich eine gefühlte Begrenzung der Lebenszeit, als ob sich die Zeitfenster verschoben hätten.

Vielleicht kam seine Unruhe auch daher, dass seine Freundinnen und Freunde nicht das geringste Verständnis für Rachelle Engels gewaltige Texte hatten. Die Musik, die Hip-Hop-Kultur, nun gut, das war aus Gretas Sicht noch Teil »derselben Seelenfamilie«, aber diese Texte? Aus ihren Augen glotzten ihm Fragezeichen mit weinenden Sternchen entgegen, wenn Timo nur vorsichtig andeutete, dass er neuerdings nur noch Gangster-Rap hörte. Ohnehin waren sich alle in seinem Umfeld einig, wie widerlich diese Messages waren: frauenfeindlich, gewaltverherrlichend, scheiße. Greta wurde regelrecht einsilbig, wenn die Sprache auf Rachelle Engels »Brutalo-Rap« kam, obwohl sie doch ansonsten besessen von weiblichen Musikern war. »Sie bezeichnet andere Frauen als Bitches«, hatte Greta einmal beiläufig geäußert, als sei sie sowas wie der Platten-TÜV. »Sie verwendet den Bitch-Begriff jedenfalls immer nur negativ für andere, nie für sich selber«, hatte sie kalt festgestellt und anschließend das Thema gewechselt. Ob das denn so schlimm sei, hatte er nachfragen wollen, sich dann aber nicht getraut. Er war ja keine Frau, hatte keine Ahnung, wie schmerzhaft es war, als »Bitch« oder »Nutte« beschimpft zu werden ... Aus feministischer Perspektive hatte sie bestimmt recht. Aber musste man denn alles aus dieser einen Perspektive sehen? Oder war diese eine Perspektive in

Wirklichkeit so vielfältig, dass man tatsächlich alles damit deuten und wegerklären konnte? Andererseits: Gab es nicht wirklich Frauen, die *Bitches* waren, oder war »Bitch« auch nur ein Konstrukt wie »Frau« oder »Mann«? Anstatt sich mit Greta zu streiten – ein Streit, bei dem er und Rachelle nur verlieren konnten –, schlenderte er weiter durch grüngoldene Sonnenstraßen und grübelte mit offenen Augen darüber nach, was es wohl bedeutete, dass Shakespeare in *Romeo und Julia* keine genauen Angaben über die Art und Weise der Feindschaft zwischen den Familien gemacht hatte? Auf der Wikipedia-Seite zu *Romeo und Julia*, auf die Timo sich am letzten Sonntagnachmittag geklickt hatte, stand zu lesen, der Meister habe die Gründe im Ungefähren gelassen, damit die Rezipienten ihre eigenen Konflikte, oder die Konflikte ihrer Zeit, hineindeuten konnten. Auch dem hatte Timo nichts hinzuzufügen, war bestimmt ein kluger Schachzug von Shakespeare gewesen.

Timo flanierte stets mit durchgestreckter Wirbelsäule, groß und aufrecht, durch die Straßen, während er sich in seinen eigenen vier Wänden immer noch klein und unbedeutend fühlte. Schon der Weg ins Café hatte etwas von einem Fest der Möglichkeiten. In ihm entstand dabei schon eine intellektuelle und inspirierende Atmosphäre und gleichzeitig konnte er Abstand nehmen von den Zwängen des Alltags. Auch wenn sein Alltag nicht aus allzu vielen Zwängen bestand. Das Visage lag nur ein paar hundert Meter von seiner Wohnung entfernt, in dem vor Neugeborenen, Kindern und neuartigen Ladengeschäften nur so wiehernden Viertel. Wie gut, dass er keine eigenen Kinder hatte, sonst hätte er Rachelle nie kennengelernt. SIE war schon wieder die ganze Nacht bei ihm gewesen, wenn man so will. Er hatte stundenlang von ihr geträumt – vom süßesten Rache-Engel aller Zeiten. SIE rollte durch seine Gedanken wie die Bowlingkugel durchs fulminante »Cannonball«-Video der legendären Breeders: Oh, er freute sich schon so auf das gemeinsame Leben mit ihr, auch wenn sie auf seine letzte Insta-Nachricht nicht geantwortet hatte. Das musste sie auch nicht, die Liebe, »die große Liebe«, er summte den Überhit von Sido und geriet innerlich vor Rührung ins Stocken. Klar, dass bei so einer großen Liebe Nachrichten übermittelt wurden, von ihr zu ihm, von ihm zu ihr. Über Wellen oder einen unsichtbaren Äther. Er war sich ganz sicher, dass sie beim Lesen seiner Message geschmunzelt hatte. Er hätte schwören können, dass sie so etwas gedacht hatte wie: »Alles klar, nächstes Mal gehen wir einen Schritt weiter.« Sie hatten ja noch keinen Sex gehabt, obwohl alles zwischen ihnen Sex war: Wie sie sich berührten, miteinander kuschelten oder tanzten, ja, selbst wenn sie nur ganz eng beieinanderstanden und schwiegen. Alles war Sex. Kein gewöhnlicher Sex, besser als Sex, besser als jeder Sex, den er je gehabt hatte, und er hatte viel Sex gehabt. Das mit den anderen Frauen, das war aus seiner heutigen Perspektive gar kein Sex gewesen, das war doch eher gegenseitige Masturbation, das war Kindergarten, Sandkasten, Doktorspiel, das war whacker Scheißsex. Selbst der Nicht-Sex mit Rachelle war besserer Sex als jeder »echte« Sex mit den anderen Frauen. Er wusste, dass SIE auch so fühlte, er wusste es einfach. *Ich muss aufhören, mich einsam zu fühlen.* Zehnmal hintereinander hatte er diesen Satz in sein Tagebuch geschrieben. Danach hatte er sich gleich weniger einsam gefühlt. Er war kein Zaunspatz, er war ganz vorne dabei in einem aufregenden Dasein, im Monat drei nach Beginn der neuen Zeitrechnung: n.R.E.

Die allerhöchsten Glückmomente gab es selbstredend nicht auf dem Weg, sondern im Café selbst, vertieft in das Tagebuch, in dem sich seine große Liebe breit gemacht hatte. Sein Gangster-Girl war immer dabei, wenn er sich in der gehobenen Kunst des Bohemians übte: genau hinschauen, ohne genau hinzuschauen. Man wollte in dieser kühlen, heißen Stadt, in diesem Viertel, nicht neugierig wirken, aber trotzdem gerne wissen, was so in den Menschen vor sich ging. Besser also man fixierte die Kaffeetasse mit demonstrativem Eifer, während man heimlich zum Nachbartisch linste, um doch still dabei zu sein: Bei einem »Ankunft in Berlin«-Gespräch von zwei Australierinnen, die am Nebentisch Händchen hielten, wobei in diesem schlauchartigen Café strenggenommen jeder Tisch ein Nebentisch war. Ihre Kunstpelzmäntel und die gepunkteten Strumpfhosen und Taschen leuchteten wie kleine Lämpchen. Die beiden Girls waren in so quietschigen Pink-Orange-Tönen gekleidet, als würden sie ganz Berlin für eine Diskothek halten. Timo war sehr ergriffen von der Farbtupfer-Offensive am Nebentisch – von seinen jüngeren Freundinnen wusste er überdies: Das waren keine »Farbtupfer«, das waren »Polka Dots« – und er war davon überzeugt, Rachelle würde die beiden Flamingos in Menschengestalt auch toll finden, denn sie hatte auch einen ausgezeichnet »schlechten« Geschmack.

Leider wurde seine Aufmerksamkeit jetzt aber von zwei Apothekern in schwarzen Anzügen absorbiert, die sich den Tisch in der Mitte des Bohemian-Treffs ausgesucht hatten, um sich in einer Lautstärke, die besser in ein bayrisches Wirtshaus gepasst hätte, darüber auszutauschen, wie schlimm die ersten Arbeitsjahre in der Apotheke gewesen seien, weil man jede saisonale Viruserkrankung mitgenommen habe, »bis mein Körper sich daran gewöhnt hat, inmitten von Krankheitserregern cool zu bleiben und zu funktionieren.« Selber schuld, dachte Timo, der eigentlich nie »selber schuld« dachte, außer bei Leuten mit bombig bezahlten Vollzeitjobs im medizinischen Sektor, denn sie erinnerten ihn an seinen Vater, zu dem er eine Position liebevoller Distanz mit einem deftigen Schuss Hassliebe einnahm. Nicht, weil er Arzt war; er empfand im Gegenteil sogar Hochachtung vor den allermeisten Menschen, die diesen schrecklich schweren Beruf ausübten. Nur nicht vor Leuten wie seinem Vater, der zu der Sorte selbstverliebtes Arschloch gehörte, die man im Ärztestand mitunter antraf. Sein Vater wiederum würde nicht im Traum auf die Idee kommen, in so ein, aus seiner Sicht, »heruntergekommenes« Café wie das Visage zu gehen.

Dota hatte Schicht, an diesem Septembertag, die süße und taffe Dota. Er liebte sie, wie alle Kellner und Kellnerinnen hier. Sie waren anders als in den anderen Cafés, ohne, dass er hätte sagen können, worin genau dieses Anderssein bestand. Dota brachte ihm »seinen« Cappuccino, ohne dass er ihn extra bestellen musste, und ließ sich dann, ebenso selbstverständlich und ungefragt, auf der hochhackigen Sektkiste neben ihm nieder. Sie wussten nicht viel voneinander.

Aber heute war sie in Redestimmung, musste ihm unbedingt »was erzählen«. Sie wirkte komplett durch den Wind, von Zeit zu Zeit zuckten sogar ihre Augen, als ob sie kürzlich einen Nervenschaden erlitten hätte. Sie sei gestern Nacht, »leider, leider«, wie sie selbst beteuerte, in einem der Läden in der Nähe der Friedrichstraße abgestürzt, und habe, entgegen ihrer Gewohnheit, Ketamin genommen. (*Na, klar*, schrieb Timo unauffällig in sein Notizbuch, indem er die Seite mit der Hand abschirmte, *entgegen ihrer Gewohnheit* ☺.)

»Dann bin ich mit so einem Angebertyp nach Hause gegangen, der zuerst nice war, aber von Stunde zu Stunde unheimlicher wurde. Er ist ein Narzisst.« Sie hob das Wort »Narzisst« aus dem Satz heraus, indem sie es überbetonte, als ob damit sowieso schon alles gesagt wäre. »Ein Narzisst«, wiederholte sie, wohl weil er sich nicht deutlich genug anmerken ließ, dass er durchaus genug psychologische Grundkenntnisse hatte, um zu begreifen, was das bedeutete. »Das wurde mir von Stunde zu Stunde klarer. Mick, so nannte er sich, hat sich aufgeführt wie Jim Morrison höchstpersönlich.«

Timo lachte und dachte so bei sich: Besser, als wenn er sich mit Mick Jagger identifiziert hätte.

Als ob Dota seine Gedanken gelesen hätte, sagte sie: »Mick hat sich, glaube ich, wirklich für Jim Morrison gehalten, nicht für Mick Jagger. Dafür fehlt ihm der gesellige Stil. Als würde er im Auftrag Morrisons etwas aufführen oder so.«

Timo schaute aufmerksam in ihre Augen und nickte mitfühlend. Mehr, als dass ihn ihre Erlebnisse schockten, freute er sich, dass sie sie ihm anvertraute, denn es bedeutete, dass er dazugehörte, zu dem kleinen Café. Es zwang sie ja keiner dazu, ihm das alles anzuvertrauen, sie könnte ihn ja auch für einen Eindringling halten, einen Frauenschläger oder, schlimmer noch: einen geizigen Schwaben, obwohl er gar nicht aus Schwaben kam. Aber was wussten die Berliner schon über süddeutsche Dialekte? Sie hörten nur, da war einer mit einer etwas anderen Sprachmelodie, der die Worte so komisch dehnte, und schon dachten viele, er käme aus dem verhassten Stuttgart. Tatsächlich klang Timo, wenn er so mitfühlendes Zeugs murmelte, noch weicher, und aus seiner Männersicht »lächerlicher«, als ein »normal« verständnisvoller Mann. Aber wie, überlegte er, wenn nicht mit Empathie, sollte man denn sonst reagieren, wenn einem eine Frau mit bebender Stimme eine Angstsituation schilderte? Muss ja wirklich schlimm gewesen sein. Zumal Dota so wirkte, als könne sie so schnell nichts aus der Ruhe bringen. Aber alle Frauen können Betroffene von Gewalterfahrungen werden. Das wusste er inzwischen, nicht nur von Greta, die ihm ihre Gewalterlebnisse schon in allen Großstadt-Schattierungen ihres Lidschattens erzählt hatte: Das stand jetzt seit einiger Zeit in allen Zeitungen, und auf Twitter, Insta und Facebook sowieso.

»Er wollte, dass ich mit ihm in die Wanne steige, er hatte schon das Badewasser eingelassen und überall Kerzen angesteckt, große Kerzen, und sich dabei bewegt wie ein Raubtier, so ganz langsam und fauchend. Und total von sich eingenommen.« Dota sprang auf und ahmte Micks fischige Bewegungen mit ihrem drahtigen Körper nach. Sie reckte sich und streckte sich, als würde sie in der freien Fläche über ihrem Kopf eine Flasche Wein entkorken. Sie machte das gut, als ob sie mal eine Bewegungstherapie oder so etwas in der Art gemacht hatte. »Der war so narzisstisch, und wir waren ja beide nackt, es war ganz schwer für mich, in dieser Situation meine Klamotten wiederzufinden, ich war ja auch so bedröhnt, ich habe ewig gebraucht, um abzuhauen. Er ist mir in jedes Zimmer gefolgt. Was mir denn einfallen würde, jetzt zu gehen, wo wir doch zusammengehören? Ich glaube, der hat meine Klamotten absichtlich in die Vorratskammer gesteckt, damit ich sie nicht mehr finde. Jetzt habe ich Angst, dass er mich stalkt. Er war heute Morgen ganz früh schon hier und hat sich nach mir erkundigt. Ich halte es für möglich, dass er da draußen irgendwo herumlungert und das Café im Blick behält.«

»Oh, krass, das ist bestimmt furchtbar belastend für dich.« Timo wusste nicht, was er tun würde, wenn er in ihrer Lage wäre: Eine Frau, die von einem Mann gestalkt wurde, das war gruselig. Einfach nur scheiße. Wenn ihm sowas passieren würde, dann würde er auch nicht ruhig bleiben, aber immerhin dürfen Frauen ihre Ängste offen zugeben, dachte er, während er sie hilflos anschaute und sich nicht traute zu fragen, ob sie Hilfe brauche. Nicht, dass sie ihn auch für *so einen Typen* hielt. Und noch schlimmer, sofort landeten seine Gedanken wieder bei einem gewissen sexuellen Engel: Was wäre wohl, wenn Rachelle ihn unter Verdacht hätte, ein Stalker zu sein, so häufig wie er auf ihren Insta- und Facebook-Seiten schon mitgelikt und Kommentare abgegeben hatte? Sie hatte seine Kommentare nie beantwortet, aber immer, wenn sie sich trafen, hatte sie keinen Zweifel daran gelassen, dass sie zusammengehörten, oder? Etwas in ihm krampfte sich zusammen, es war wahrscheinlich der Magen. Er nahm sich vor, sofort ganz viel von Dotas Geschichte zu lernen. *NIE ZU WEIT GEHEN*, schrieb er in Großbuchstaben in sein Heftchen und ergänzte hochtrabend: *Das Schlimmste, was passieren kann, die größte Todsünde für die Liebe ist, wenn Rachelle denkt, ich stalke sie! Achte stets darauf, dass die über alles geliebte Frau sich nicht von deinem Balzverhalten bedroht fühlt, einfach nur, weil du ein Mann bist.*

Dota räumte die Tasse weg, als ob sie sowieso von niemandem etwas zu erwarten hätte, und Timo bestellte ein zweites Heißgetränk, um noch in ihrer Nähe zu bleiben. Eine von Dotas Freundinnen, die Timo vom Sehen kannte, kam in einer Lavendelduftwolke und einer weiten Wollweste ins Café gestürmt, sie roch nach Wald und Blumen, und das machte sie und ihre übertrieben gute Figur in Skinny-Jeans noch anziehender. Dota erzählte auch ihr die Geschichte, mit demselben Erregungspotenzial in der Stimme. Und Timo spitzte die Ohren, weil er nicht genug davon kriegen konnte, wie Dota die gekünstelte Performance des unheimlichen Jim-Morrison-Epigonen in allen Details und mit diversen Bewegungen nachahmte. Aber obwohl ihm expressive Frauen wie Dota wahnsinnig gut gefielen, wäre er nicht auf die Idee gekommen, sich in sie zu verlieben. In die plötzlich entstandene Leere hinein fiel ihm pochenden Herzens wieder ein, dass er ja Anfang November einen Abgabetermin für einen Anthologie-Beitrag hatte.

Timo fragte sich ein paar panische Minuten lang, warum er es nicht mehr schaffte, seine Aufträge zu erledigen, wie er es in all den Jahren zuvor getan hatte. Dann schob er den Gedanken an die Pflicht beiseite, es war doch beinahe noch

Sommer, da konnte er doch nicht nach Hause gehen und einen schlaumeierischen Text für irgendein völlig unwichtiges Buchprojekt schreiben. Seit er Rachelle kennengelernt hatte, kamen ihm künstlerische Projekte, die nicht mindestens fünf Millionen Aufrufe bei YouTube hatten, sowieso vollkommen bedeutungslos vor. Er war also nicht besonders viel wert, aber wenn er mit Rachelle Engel gemeinsame Sache machen würde, dann hätte das den höchsten Wert überhaupt. SIE war einfach zu perfekt. Verdammt, alles, was er jemals in seinem Leben gewollt hatte, und auch das Verbotenste, schien in diesem einen Menschen zu stecken! Aber wenn es mal wieder richtig kalt ist, dachte er und umschloss die Tasse mit dem noch heißen Kaffee wie einen heiligen Ring of Ice, dann werde ich zu Hause bleiben und diesen Wahnsinns-Essay verfassen, den ich Michi, als noch richtig Sommer war, auf dem Straßenboulevard vorm Laidak versprochen habe. Im Nachhinein wunderte er sich darüber, dass er überhaupt noch in der Lage gewesen war, so einen Auftrag anzunehmen. Aber das beginnende Delirium und die Denkaufgabe, die der Freund ihm gestellt hatte, hatten einmalig zusammengepasst, in dieser frühen Augustnacht voller Jägermeister und Champagner. Seine Gedanken waren wirr und klar auf und ab gesprungen, spontane Eingebungen, die Lindy Hop im Mondlicht getanzt hatten. Nur leider hatte er das Thema seines Aufsatzes inzwischen wieder vergessen. Er nahm sich vor, bei Gelegenheit mal nachzuschauen, es stand in dem Notizbuch mit dem Frosch drauf.

Wenn er ehrlich zu sich selbst war, dann war es ein Supergefühl, mal Pause zu machen, die Gedanken für sich zu behalten und nicht mehr mit seinen journalistischen Texten in der Öffentlichkeit zu stehen. Das konnte er später in all den Interviews nachholen, die er geben und in denen er erzählen würde, wie es möglich sei, dass so ein politisch korrekter Typ wie er mit einer Straßenrapperin wie ihr zusammen ist. Mit einer Frau, die solch menschenverachtende, gewalttätige und frauenfeindliche Inhalte verbreitet. Diesen Spaßverderbern würde er aber etwas erzählen. Seine Rachelle war doch ein feiner Mensch. Lasst sie in Ruhe ihre Kunst machen, verdammt. Ihr habt alle den Gangster-Rap nicht kapiert! So ist Rap halt, dann hört doch fein pürierten Schlager. Nee, im Ernst: Was diese Frau alles erlebt hat und mitansehen musste, rümpft mal nicht euer fieses Näschen, es gibt genügend geile Gründe, ihr das durchgehen zu lassen …

Aber es gab noch einen anderen Grund, warum er im Moment nichts veröffentlichte: Er fühlte, in dieser überkandidelt candysüßen Schrecksekunde ihres gemeinsamen Daseins, dass er das »Kreativsein« ihr überlassen musste. Kreativsein; das meinte in seinem Fall durchaus auch »Sätze-scharf-wie-Ratten-und-Raketen« in die Öffentlichkeit zu schießen, nur eben auf »politisch-korrekt«. Ja, er bewegte sich in seinen musikjournalistischen Texten stets auf übertrieben »politisch-korrektem« Eis, während Rachelle auf überwältigend politisch unkorrektem Untergrund ihre Pirouetten zog; nur dünn war das Eis in beiden Fällen. Aber im Gegensatz zu ihm schien seine Rachelle gerade in einer Schreibkrise zu stecken. Das hatte sie ihm indirekt sogar gestanden, ganz schmucklose Ansage, etwas gemurmelt von »im Moment schlecht aufgestellt«, aber von flinkblitzenden murmelbraunen Augen direkt in sein Herz übertragen. Och, die Herrin konnte überaus süß sein! Ihre Rehblicke hatten einen Wärmegrad, der es locker mit dem in seiner Altbauwohnung aufnehmen konnte. Gar nicht nur »cold, cold heart«, wie man es bei einer Straßenrapperin vermuten würde.

Eins stand fest: Er musste selbst einen Schritt zurücktreten – roten Teppich ausrollen, sich masochistisch das Fleischkleid

Lady Gagas auf den Bauch binden lassen – und Rachelle Engel den Vortritt lassen! Timo könnte tausend Messerstiche darauf wetten, dass seine Kreativität ihre behinderte. *Wir beide sind doch wie Sonne und Mond, wir können nie zur selben Zeit scheinen*, hieß es in seinem Tagebuch, in der Ausgabe mit dem Frosch, oder war es bereits die Issue mit dem Froschkönig? Greta war es, die ihn auf das Bild von »Sonne und Mond« gebracht hatte. Mit einem schwer zu entziffernden Blick hatte sie von einem »Dualseelenprozess« gesprochen. Er hatte sich zunächst nicht viel dabei gedacht; wie alle Frauen, die er kannte – alle Frauen außer seine Rachelle Engel natürlich, die in Bezug auf die Liebe leider etwas wortkarg war –, hatten auch die Feministinnen für alles in der Liebe ein Wort. Er musste da manchmal an den Song von Max Raabe denken, den bezeichnenderweise Annette Humpe komponiert hatte: *Für Frauen ist das kein Problem, sie haben für alles eine Creme*, oder so ähnlich.

Greta hatte mit so großer Selbstverständlichkeit über diesen fucking »Dualseelenprozess« gesprochen, dass er sich kaum traute zuzugeben, dass er davon noch nie etwas gehört hatte. Aber dann fand er Gefallen daran, sehr sogar. Mittlerweile zweifelte er kaum noch daran, dass es so etwas wie diese Seelen, die zueinander gehörten, aber nicht zueinander fanden, wirklich gab. Mit »Magie« sollte das alles auch noch etwas zu tun haben und es fühlte sich bei Gott »magisch« an, was zwischen ihm und Rachelle passierte. Er musste Greta bei Gelegenheit mal fragen, was man tun könne, um den Prozess des Zusammenkommens zu beschleunigen. Denn so schön es auch war, *Magnet in einer Dualseelenverbindung* zu sein, so schlimm war doch die Vorstellung, dass es noch ein Weilchen ... dass er noch eine jahrelange Schicksalsprüfung vor sich hatte. Was für ein Horror! Das Bild von der Sonne und dem Mond, die nie zur gleichen Zeit scheinen dürfen, war trotzdem killer, einfach wunderschön. Man konnte es allgemein auf sie beide als Künstlertypen beziehen: Rachelles Zeit, die Zeit von Aggro-Rap, war im Grunde abgelaufen. Jetzt kam seine Zeit, Feminismus war angesagt, wie nie zuvor in seinem Leben. Dem goldenen Zeitgeist hinterhergondelnd, konnte man jetzt mit dem Gegenteil dessen, was Rachelle in trotziger Lyrik umgesetzt hatte, fame werden. Mit dem Gegenteil von Frauen-Denunziation und Slutshaming, und das hieß vor allem: mit einem respektvollen und liebevollen Blick auf weiblich gelesene Personen! Wenn er Rachelle nur irgendetwas davon vermitteln könnte. Aber es gab wohl nichts Lächerlicheres als einen Mann aus der oberen Mittelschicht, der einer Frau aus der Unterschicht Feminismus buchstabieren will. So viel wusste er: Feminismus funktionierte nicht als *Mansplaining*. Und weil das so anmaßend wäre, er so, als Mann, bringt ihr was bei, über ihre eigene Lebenswirklichkeit, war die Magie erfunden worden!

Vor langer, langer Zeit waren ihrer beider Seelen mal eins gewesen, nur zwischendurch getrennt worden, und nun hatten sie sich wiedergefunden, um etwas von der Wahrheit des anderen in sich aufzunehmen. Sie hatten nie darüber gesprochen, aber es lag auf der samtenen Hand, dass es so war. Er war ja nicht unbekannt als Journalist. Und sie wusste bestimmt, dass er oft feministische und antirassistische Ideen in seine Texte miteinfließen ließ. Logisch, dass sie sich auch in seine zickig-zackige Zeckenhaftigkeit verliebt hatte. Sie wollte doch bestimmt nicht nur mit ihm, sondern auch mit der Zeit gehen? Wer weiß, vielleicht hinterfragte sie gerade, dass sie andere Frauen immer nur als Bitches beschimpfte? Und wenn sich die Herrin in einer so menschheitsbewegenden Schreibkrise befand, dann musste er ihr gottverdammtnochmal den Vortritt lassen und selbst schweigen.

Der Gedanke dahinter war, dass irgendwann Sonne und Mond zur selben Zeit am Sternenhimmel scheinen könnten. Nicht nur ein unglaubliches Wetterphänomen, auch eine soziale Revolution wäre das. Blieb nur die Frage, wer die Sonne und wer der Mond war? Auch wenn Rachelle Engel mehr Geld als er verdiente, so war er felsenfest davon überzeugt, dass ER die Sonne war und SIE der Mond. Und daran würde sich auch nie etwas ändern, genau deshalb musste er sein Licht runterdimmen.

Tatsächlich hatte Rachelle Engel, in genau der Phase, in der er seine letzten großen Texte in Zeitungen veröffentlicht hatte, nur Mist gebaut: Die »Junkies«-Single war nicht gerade das Gelbe vom Ei gewesen. Bei genauerem Hinsehen war die Idee, basierend auf »No Scrubs« einen neuen deutschen Text zu schreiben, vielleicht doch nicht so gut gewesen. *Nicht wirklich geil.* »No Scrubs« war nicht nur seiner Ansicht nach einer der abgedroschensten Überhits des female Hip-Hop, noch dazu aus den verdammten Neunzigern, in puncto Uncoolness kurz vor »Let's Talk About Sex«. Und eine Rapperin, die fresh sein wollte, die sampelte sowas nicht. *Jetzt muss sie mal wieder mit 'ner nicen Idee um die Ecke kommen, sonst verliert sie den Anschluss an die Trap-Kids*, hatte er letzten Donnerstag seinem Heftchen anvertraut. *Immer nur rattenscharfe Fotos von sich und ihrer strengen Managerin bei Insta hochladen: das kann nicht wirklich die Erfüllung sein.*

Er hatte eine Blume gemalt, hinter diesen Satz in seinem Tagebuch, eine lachende Blume, er malte oft Blumen. Vielleicht weil das einfacher war, als echte Pflanzen zu kaufen, die man dann am Ende noch zu Hause umtopfen musste, vielleicht aber auch, weil Timo ein bisschen wie ein Mädchen war und sich manchmal auch so fühlte. Warum auch nicht, war doch nichts dabei. Er mochte es nicht, das Wort »Pussy« als Schimpfwort zu benutzen, im Sinne von »sei bloß keine Pussy«. Das hatte er schon zu Hochschulzeiten gehasst, er fragte sich manchmal sogar, ob er die Frau und Rachelle Engel der Mann in ihrer, nun ja, BEZIEHUNG war.

Er selbst hatte es bis vor kurzem noch mit Danger Dan von der Antilopen Gang gehalten und sich von sexistischem Rap wenig unterhalten gefühlt. Wofür hatte er drei Semester Soziologie studiert – nur um sich jetzt selbst zu verdummen? »Nur Menschen, die denselben Habitus haben, heiraten«, hatte Pierre Bourdieu, der Lieblings-Soziologe aller Leute, die er kannte, mal geschrieben, und Timo hatte das immer für die goldene Regel des Beziehungslebens gehalten. Aber jetzt dämmerte ihm, dass das selbst noch für Romeo und Julia, die großen Ikonen der unglücklichen Liebe, gegolten hatte – nur für ihn nicht!

Hatte er sich jemals in ein gut situiertes, reiches, deutsches Mädchen aus »seiner« Schicht verliebt? Nicht mal seine beste Freundin Greta hatte, streng nach Bourdieu, denselben Habitus wie er, obwohl Gretas Kindheit auch in einer Familie der gehobenen Mittelschicht gespielt hatte. Nach der Scheidung ihrer Eltern teilte sie mit der ersten Politrapperin Deutschlands, mit Cora E., das Schicksal ein »Schlüsselkind« zu sein. Für ihre Schulkameradinnen war sie eine offenherzige Asoziale mit dickrotgeschminkten Lippen und viel zu viel Spliss in ihren langen, totgefärbten blonden Haaren gewesen. Die Amerikaner besaßen eine soziologische Kategorie für Leute wie Greta, die Deutschen nicht. Dort gab es eine Menge von diesen aus dem Nest gefallenen Vögeln, in Deutschland fiel man nicht aus dem Nest, sondern machte denselben Job wie die Eltern. Was man allerdings tat, wenn schon die Eltern aus dem Nest gefallen waren, interessierte Ende des 20. Jahrhunderts laut Greta keine Sau.

So lange kannte er sie schon. Er schleppte ihr die Mineralwasserkisten in den vierten Stock hoch, war ihr Chauffeur und ihr Computerprogramm, ja, er war sogar ihr Weihnachtsmann. Es war nicht normal, dass ein Mädchen aus der oberen Mittelschicht niemals ein einziges Weihnachtsgeschenk bekam, und dass ihr das rein gar nichts ausmachte. Okay, etwas Geld von ihrem Vater zwar, aber nichts Verpacktes, sodass er es als seine Aufgabe ansah, ihr jedes Jahr mindestens drei geschenkpapierintensive Geschenke zu machen. Er gab sich dann regelmäßig mehr Mühe mit der Verpackung als mit dem Inhalt, achtete aber darauf, ihr qualitativ hochwertige Sachen zu kaufen, etwa Besteck und einen Wasserkocher aus Edelstahl, Handschuhe und Schals aus Baumwolle oder besten Imker-Honig, wie er es von zu Hause gewohnt war – auf die Materialien komme es an, hatte sein Vater ihm von klein auf eingeschärft. Es gab nur ein Problem mit den Weihnachtsgeschenken; es machte ihn jedes Mal fix und fertig, wie ausdauernd sie sich bedankte, er wollte ihr die Sachen doch einfach nur schenken: So, hier, ist doch normal, basta, fertig. Greta war wirklich ein einmaliges Mädchen, natürlich liebte er sie, aber nicht so wie Rachelle. Sondern wie man halt jemanden liebt, der noch schlechter in Wohnungseinrichtung ist als man selbst.

Vielleicht gab es in puncto »Habitus« und »Heiraten« noch eine etwas morbidere Variante, die Mr. Bourdieu in den »feinen Unterschieden« nicht mitbedacht hatte: Leute, die nicht denselben Habitus teilten, heirateten nicht auf Erden, sondern im Himmel. Oder weniger prosaisch: Sie trafen sich unter der Erde. Vielleicht konnte man sich im Tod besser miteinander vergnügen.

Er warf Dota mit der Hand einen Kussmund zu, überlegte kurz, ob diese überschwängliche Verabschiedungsgeste zu intim und damit übergriffig war, fühlte aber, dass es sich nur um die normale Schwingung zwischen ihnen handelte. »Bis morgen, my dear«, kam es allerherzlichst zurück.

Am nächsten Tag fand man Timo an seinem Lieblingsplatz am Fenster wieder, am übernächsten ebenfalls. Dota arbeitete an beiden Tagen nicht im Café. »Sie hat sich krankschreiben lassen«, gab Marina bereitwillig Auskunft, als Timo sich nach ihr erkundigte. Sie hatte doch hoffentlich nicht gekündigt? Er behielt den Gedanken für sich. Irgendwie war er auch ganz froh, dass heute Marina da war und schob die trübe Ahnung, dass ein Stalker genügte, um das Leben einer Frau komplett auf den Kopf zu stellen, schnell beiseite: Wenn Marina hinterm Tresen stand, hatte man ohnehin keine andere Wahl, als dem Leben mitsamt seinen Arschlöchern mit Gelassenheit zu begegnen. Sie wirkte verdeckt liebenswürdig, dabei maximal bored. *So würde ich es vielleicht auch machen, wenn ich mich mit 'nem bescheiden bezahlten Job in 'nem 16 m² großen Café finanzieren müsste*, hatte sich Timo bereits Notizen zu Marinas *»Fickt-Mich-Allee«-Arbeits-Stil* gemacht, der ihm *wie das Gegenteil zur Schnelligkeit und Hypernervosität von Dota* erschien.

Marina war seine Lieblings-Café-Frau. Sie stand mit ihrer großen, schmalen, in dunkle Jeans und T-Shirt gekleideten Gestalt hinterm Tresen und gähnte sich mürrisch lächelnd durch den Vormittag, gut möglich, dass sie mal wieder bis tief in die Nacht mit ihrer Schwester zusammen Kleider genäht hatte. In dieser Hinsicht tickte sie genau wie Rachelle: heimlich eine Modedesignerin. Nun gut, bei Rachelle war es nicht ganz so heimlich, immerhin hatte die Herrin mit der »Engelsreaction«-Kollektion schon mehrere Millionen umgesetzt. Dass auch Marina Kleider nähte, hatte er erst vor kurzem erfahren. Natürlich nicht von ihr selbst. Marina hatte es ihrer Busen- oder besser Kuchen-Freundin erzählt, die jeden Mittag um halb zwei mit dem Fahrrad angerauscht kam, mit einer unbändigen Energie, und mit Creolen-Ohrringen geschmückt, mit denen sie alle paar Minuten an irgendetwas hängen blieb. *Es gibt hier nur zwei*

Sorten von Cake: zuckerfreier Bananenkuchen und Pflaumenkuchen. Ab und zu Blaubeermuffins. Das ist eine Erleichterung im Gegensatz zu dem Überangebot in den anderen Cafés. Regelmäßig schien der Moment, in dem die Freundinnen zusammen Kuchen aßen, der erste Kontakt mit Essen zu sein, den die beiden seit dem Aufstehen hatten. Sie klagten dann über Kopfschmerzen und Übelkeitssymptome, und das alles: die selbstentworfene Mode für Freundinnen, das exzessive Ausgehen in der Nacht und die Langeweile am Nachmittag. Das machte Marina für Timo wahnsinnig sympathisch. Einfach weil sie ihren Job so auffasste wie er seine Tätigkeit als Musikjournalist: Etwas, wofür man offiziell als Honorarkraft gebucht war, was man aber nur im äußersten Notfall, wenn es wirklich nicht mehr anders ging, auch wirklich ausübte.

Hier im Café herrschte ja Selbstbedienung. Richtig viel zu tun gab es für Marina also nicht, sie musste lediglich die Latte und Cappuccinos aus der Maschine locken und Kuchenstücke auf feine Porzellanteller hieven, an denen seine Oma Freude gehabt hätte. Wenn die Nachmittagsfreundin mal nicht da war und Marina ein paar Sätze mit den anderen Gästen wechselte, musste man die Ohren schon ganz genau spitzen, um mitzubekommen, was sie so bewegte, denn sie hatte die Angewohnheit sehr leise zu sprechen. Und obwohl Timo groß und schlank war – und ein ziemlicher Frauenschwarm obendrein –, fühlte er sich manchmal so klein und so tapsig wie der Mops, der gerade empfangsbereit vor dem Café mit gespitzten Ohren auf sein Frauchen wartete.

Mit irgendetwas musste man sich ja die Zeit vertreiben, während man darauf wartete, dass einen die große Liebe endlich heiratete, und die Leute hier im Café waren wenigstens interessant: Je mehr sie von sich verbargen, desto spannender wurden sie. Fast so wie Timo, der es neuerdings vorzog, sich etwas zurückzuziehen, um sich bei Rachelle interessanter zu machen. Er musste ja noch ein eigenes Leben haben. Sie durfte nicht wissen, dass er Tag und Nacht, bei Sonne und bei Mond, an sie dachte. Und wenn er doch noch Schriftsteller werden würde, dann wären die Leute im Café doch ein gutes *Übungsmaterial.*

Aber da war noch etwas anderes, etwas, das ihm genügend Auftrieb verlieh, sich auch einfach mal gehen zu lassen. Da war etwas passiert, etwas Tolles, Wundertüten-Wundervolles: Manche Narben, die ihm vor Ewigkeiten mal zugefügt worden waren, schienen plötzlich verheilt zu sein, verblasst, verschwunden. Alles war einfach geworden, leichter, seitdem er die »böse« Rachelle liebte. Er war plötzlich Teil der Menschheit, kein E.T. mehr, der er gefühlt sein Leben lang gewesen war. Nein, er war nicht aus einer zynischen Laune des Schicksals heraus bei diesen fiesen Erdenbewohnern gelandet, es ergab alles einen Sinn. Er war richtig, genauso wie er war, und diese Vorstellung flößte ihm eine wohlige Wärme ein; er fühlte sich, in anderen Worten, pudelwohl, als ob er eines dieser Heiz-Stofftiere, die es gegenüber in der Apotheke gab, auf seinen Bauch gelegt hätte. Vorher hatte es Timo nie wirklich interessiert, was die Leute in seiner Nachbarschaft so mit ihrem Leben anstellten. Er hatte sie immer nur soziologisiert, als Musikkonsumierende wahrgenommen, in Schubladen eingeordnet, und in seiner Eigenschaft als Journalist sogar ziemlich viel über sie gelästert, bevor er dann neue Schubladen erfand, die auch nicht besser waren als die alten. *Die blöde Masse, die bestimmt wieder die falsche Musik hört.* Sowas in der Art.

Das Brett, das in seiner Vorstellung immer nur die anderen vorm Kopf hatten: Es war wie weggezaubert. Denn was, so fragte er sich neuerdings, was war denn die richtige Musik? Durfte man nicht auch einfach mal etwas Falsches gut finden?

Wer wollte es einem denn verbieten? Als wäre das Dasein plötzlich ein Kapuzenpullover, den man falsch herum, mit den Nähten nach außen, tragen durfte. Er hatte immer geglaubt, dass er genug von seinem inneren Wahnsinn ausgelebt hätte, aber das war doch eine Farce gewesen! Denn schließlich hatte er seine sexuellen Wünsche nach Unterwerfung nie wirklich ernstgenommen, sondern beim Sex eher so nebenbei mitgeactet. Jetzt aber, jetzt bekannte er sich zu dieser blöden, wirklich saublöden SM-Leidenschaft, auch wenn die bedeutete, permanent in seiner männlichen Ehre verletzt, ja: GEFICKT zu werden. Er war nicht nur in Rachelle Engel verliebt, er adorte mit einem Mal seine Umgebung, die Leute in seinem Kiez und in allen Kiezen dieser Stadt. Die anderen Menschen, sie waren okay, so wie sie waren. *Jeder Mensch ist in seiner Einzigartigkeit fantastisch!* Er hatte dieser »Erkenntnis« eine ganze Seite gegönnt – es war passenderweise das Heftchen mit dem Aufdruck »Just a beautiful day«. Denn »Einfach nur ein schöner Tag«, das brachte es gut auf den Punkt: Schließlich waren auch jeder Tag, jede Sekunde einzigartig. Nichts kam jemals wieder an die Oberfläche, außer der Schlamm des Unbewussten.

An anderen Tagen war die Sehnsucht nach Rachelle so stark, dass er eine schmerzliche Distanz zu den Menschen in seinem Umfeld verspürte: *Dann schwimme ich in meiner Liebessehnsucht wie in einem überhitzten Badewasser, und die Leute um mich herum sind schimmernde Seifenblasen, mit denen ich ein paar flüchtige Glücksmomente im Alltag teile, bevor sie aus meinem Blickfeld verschwinden. Oder noch besser: wie Leute aus Seifenopern aus dem Fernsehen, das ich nicht mehr gucke, weil mich ein innerer Orkan mit irren Sturmböen aus der Wohnung treibt, jeden Tag, jeden gottverdammten Tag.*

Und wenn er ehrlich war, so waren flanierende Blicke und lächelnde Komplimente, nebst seiner täglichen Überdosis Kaffee und Tagebuchschreiben, letztendlich nur Nervennahrung. Am Ende des Tages musste ein Ergebnis stehen. Seine täglichen Besuche in Cafés dienten noch einem anderen, einem höheren Zweck, und der war mit einem einfachen Wort aus der Kriegsführung zu beschreiben: STRATEGIE! Und das bedeutete nichts anderes als exakt zu bestimmen, was als Nächstes dran war. Was, um Himmels Willen, musste er tun, um Rachelle wieder zu sehen und ganz für sich zu gewinnen? Das war die Frage aller Fragen, sie schwebte über seinem Leben wie ein Heißluftballon über der Stadt, dessen Schriftzug nur schwer zu entziffern war. Wie sah der nächste Schritt aus und war der letzte der richtige gewesen? Was hatte sich die Wunderhexe bei dieser und jener Handlung nur in den Kopf gesetzt, was stand in den gemeinsamen Sternen? Und so hieß es: planen, ausmessen, tüfteln. Bisweilen glich er einem Schreiner, der aus Holz ein einzigartiges Möbelstück schnitzen will, das mehr sein soll als nur ein Gebrauchsgegenstand. Er war ein Tüftler, ein Erfinder, ein Spion in der Welt der Unterschichtsmädchen, die von plötzlichem Reichtum erfasst worden waren.

Das Ganze wurde dadurch erschwert, dass es kein Lebenszeichen mehr von ihr gegeben hatte, seit sie ihm das letzte Mal von sich aus geschrieben hatte und dann einfach nicht zum vereinbarten Treffpunkt in der BRAVO BAR gekommen war. Es war wie Kriegsführung auf einer sonnigen Lichtung, mit ganz viel Bass und Hip-Hop-Beats aus der Anlage, und Timo hatte nur ein Instrument: Madame Peugeot, die strenge Managerin Rachelles (eigentlich hieß sie Isabella, aber für ihn hieß sie Madame Peugeot), die er ein ums andere Mal um den Finger wickeln musste, damit er überhaupt zu ihr durchgestochen wurde.

Madame Peugeot war seine Mittelsfrau, sein Kompass, ohne die Peugeot lief schon lange nichts mehr. Sie war zu Timos

Dreh- und Angelpunkt geworden, seine Sonne, sein Mond und sein Gewitter, sein einziger Lichtblick und fürchterlichster Feind im Kampf um Rachelles Herz. Er konnte nicht ausschließen, dass die Peugeot in ihn verliebt war und sie schon allein deshalb niemals zulassen würde, dass er und Rachelle ein Paar werden. Gut möglich, dass sie ihn deshalb in der BRAVO BAR immer in die falsche Richtung schickte, zu den falschen Zeiten. Fast alles, was er über Rachelle wusste, zum Beispiel WIE REICH SIE WAR, wusste er von Madame Peugeot.

Er musste M. P. austricksen, musste alle austricksen, sie mit ihren eigenen Waffen schlagen, und vor allem: dafür sorgen, dass M. P. ihn irgendwohin einlud, wo auch Rachelle war. Er hatte Rachelle noch nie getroffen, ohne dass M. P. den Abend mitgestaltet hatte. Wenn er darüber nachdachte, was er tun musste, um Rachelle zu treffen, stieß er sogleich auf das Hauptproblem: Wie sollten sie beide zur selben Zeit am selben Ort sein, wenn sie wie Sonne und Mond waren und nie zur selben Zeit scheinen konnten? *Stimmt! Nicht nur im übertragenen Sinn, sondern auch im wörtlichen: Immer, wenn ich gehe, erzählt mir M. P. am nächsten Tag, dass Rachelle ein paar Minuten nach mir gekommen ist, oder ich komme in die BRAVO BAR, und sie war schon da und ist schon wieder gegangen. Aber habe ich nicht gerade heute Nachmittag einen blassen Mond gesehen, der zwischen den flattrigen Wolken am Himmel hervorlugte und genauso ratlos vor sich hin stierte wie Rachelle in dieser einen Julinacht? Es haben also schon Sonne und Mond zur selben Zeit geschienen, und ich muss nur herausfinden, wann genau dieses Naturschauspiel möglich wird! Vielleicht ist das eine Aufgabe, die mir das Schicksal gestellt hat. MEINE LEBENSAUFGABE: DAS UNMÖGLICHE MÖGLICH MACHEN. ALS DANK DAFÜR HEIRATET MICH RACHELLE.*

Er musste lachen, als er sich seine Worte noch einmal durchlas. Selbst der Kaktus mit der feuerroten Frucht, der wie ein erigierter Penis auf dem Holztisch stand, erschien ihm wie ein Abbild seines Schicksals. Einmal mehr fühlte Timo sich wie ein Jäger, der auf die Pirsch geht, aber gar nicht jagen, sein Wild gar nicht erniedrigen und erlegen will. Wie auf dem Beobachterposten in einem verwunschenen Märchenwald. Er wollte nur alles überblicken, was es in dem winzigen Café zu überblicken gab, in der Hoffnung, dass er dann vielleicht auch das Chaos in seinem Liebesleben überblicken würde. So schwer war das Ganze ja auch nicht zu durchschauen, oder?

Er musste Rachelle nur noch einmal treffen und dann würden sie für immer zusammenbleiben und jeden Tag sechs Mal SEX haben. Bis dahin konnte er sich ja die Zeit damit vertreiben, auf der Seite der Amadeu Antonio Stiftung Tipps auswendig zu lernen, wie man wirkungsvoll Aufklärungsarbeit gegen Verschwörungsnarrative machte. Am liebsten wollte er sofort damit anfangen, einfach mal etwas Sinnvolles mit seinem Leben tun, auf www.nichts-gegen-juden.de gab es Argumente und Anregungen, die ihm einleuchteten. Er wusste nicht so genau, was er davon halten sollte, dass sich Silvana Lovrić, wie SIE mit bürgerlichem Namen hieß, Rachelle Engel genannt hatte. War das okay, sich einfach so einen jüdischen Namen zu geben und dann auch noch mit dieser Rache-Konnotation. Eigentlich ja geil, jüdische Rache, nachvollziehbar, aber Silvana war keine Jüdin, und für ihn sah das auch ein bisschen nach Grenzüberschreitung aus. Oder durfte sie das, weil sie Migrantin war? Im Interview sagte sie immer, sie habe sich für die englische Schreibweise des Namens entschieden, also: Rachelle statt Rachel, um nur ja keine falsche Aneignung zu betreiben. Aber war das so einfach? Er selbst kannte gar keine Leute, die an Verschwörungserzählungen über Juden glaubten, auch nicht von links. Obwohl: So genau wusste man das ja nie, dachte er, während er sich innerlich schon genüsslich auf seine

Pro- und Contra-Liste »Ist der nächste Donnerstag der richtige Zeitpunkt, um in die BRAVO BAR zu gehen?« einstellte, die er gleich schreiben wollte.

Ob nicht auch bei seinen Freunden noch Elemente faschistischem Bewusstseins im Unbewussten schlummerten oder sonst irgendein uralter Judenhass, der ja manchmal auch als Reflex kam, wie er gerade gelesen hatte? Schon allein die Angst, etwas falsch zu machen, wenn es um dieses Thema ging, war das nicht auch schon antisemitisch? Greta hing neuerdings ständig mit diesem Litron in der BRAVO BAR ab. Litron war ein jüdischer Rapper, aber eigentlich hatte er einen Job bei einer Versicherung. Er war rund fünfzehn Jahre jünger als Greta, aber das schien die beiden nicht zu stören. Wann immer sie sich trafen, redeten sie sofort wild aufeinander ein und schienen die ganze Welt um sich herum zu ignorieren, wobei »die ganze Welt ignorieren« keine gute Beschreibung war. Denn die Welt ignorierten sie ja gerade nicht, wenn sie miteinander sprachen. Immer wenn er ihre Gespräche belauschte, redeten sie gerade über Rap und darüber, wie antisemitisch und frauenfeindlich der war, wie absolut oberschlimm, und das, obwohl Rap doch gleichzeitig die tollste Musik überhaupt war, und wie sie beide dies in die Bredouille brachte. Diese verdammte Vorliebe für Hip-Hop aber auch, und deshalb musste das geändert, sogar gegendert werden, ohne gleich in die Consciousness-Rap-Falle zu tappen, die es ja auch noch gab. Rap für Deutschlehrer wollte man schließlich auch nicht machen! Aber immer noch besser als das hier: Litron konnte und wollte sich nicht darüber beruhigen, dass so viele Rapper Landkarten vom Nahen Osten auf Social Media teilten, auf denen Israel fehlte. Durch Litron wusste Timo auch schon vor dem offiziellen Kollegah-JBG3-Echo-Skandal, und sogar schon vor der WDR-Doku, welche verschwörungstheoretischen Texte der beliebte Battle-Rapper so hatte. Er war sich mit Litron einig, dass Kollegah ein Verschwörungs-Vollhonk war, aber seine Reimketten waren trotzdem ästhetisch einmalig gut.

Timo verspürte jedes Mal einen leichten Stich im Herzen, oder vielleicht auch auf der Zunge, wo auch immer, wenn er sah, wie gut sich Greta und Litron verstanden, wenn sie so ihre Köpfe zusammensteckten, wie da ein Leuchten durch die Körper ging, wie aufgeregt glücklich sie übereinander waren, ohne auch nur das geringste Aufheben darum zu machen. Mit Liebe hatte das alles nichts zu tun. Das durfte man gar nicht ansprechen. Sie hatten nichts miteinander, aber das konnte ja noch kommen, dachte Timo manchmal so bei sich. Bei Greta wusste man doch nie. War sie schon immer so gewesen wie in diesem Sommer? Oh fuck, jetzt hatte er sie schon fast unter Schlampenverdacht, sie innerlich als Schlampe tituliert. Aber so führte sie sich neuerdings auch wirklich auf. Oder nicht? War es nur eine Performance, nur so zum Spaß? Das war alles so schwierig geworden, wie man über wen dachte und redete, selbst bei den besten Freunden und Freundinnen konnte man da, seitdem sie es alle so ernst nahmen mit der Identitätspolitik, nicht mehr sicher sein. Und genau dafür liebte er Rachelle; dass sie so wenig Angst hatte, etwas falsch zu machen und dann – wer hätte es gedacht? – zu allem Überfluss auch noch ständig alles richtig zu machen schien. Falls es das überhaupt in diesem Ausmaß gab: richtig und falsch.

STRATEGIE-GEDANKEN
Pro und Contra: diesen Donnerstag in die BRAVO BAR gehen oder doch lieber erst nächste Woche? Im Moment spricht alles dafür, erst nächste Woche wieder dort aufzulaufen. Ich bin mir doch ganz sicher, dass sie noch Zeit braucht. Je länger sie nichts mehr von mir hört, desto mehr kann sie mich vermissen. Was, wenn sie gar nicht da ist,

aber Madame Peugeot ist da. Und die erzählt ihr dann, dass ich schon wieder auf der Matte gestanden habe? Ist doch klar, dass Rachelle dann denkt, dass ich wegen ihr da war. Dann muss ich wieder ein paar Wochen aussetzen. Dann geh ich doch lieber gleich erst hin, wenn ich mich richtig gut fühle. Denn die Wahrscheinlichkeit, dass sie selber höchstpersönlich anwesend ist, geht gegen null. Aber den Schaden habe ich dann schon, und selbst wenn Madame Gnade vor Recht gelten lässt, und Rachelle nicht sagt, dass sie denkt, dass ich wegen ihr da war, so wird sie mich ihr gegenüber jedoch auf jeden Fall erwähnen, und dann wird Rachelle sich ihren Teil halt einfach denken. Und was, wenn dann wieder der blöde Typ dabei ist, der schon am ersten Abend dabei war, Mr Bulldogge? Dann wird sie vielleicht schwach und lässt sich doch noch auf ihn ein. Ich muss weiter Rachelles Utopie bleiben.

Timo ließ seinen Blick über die Straße schweifen, die keine echte Straße war, nicht »street« genug jedenfalls: Da war der »Wasser-Korridor« von nebenan, wo man sein Leitungswasser hinbringen, auf Schadstoffe analysieren lassen und obendrein noch goldene Wasserhähne kaufen konnte. Und gegenüber gab es einen unfassbar elitären Buchladen, in dem es fast keine Bücher im englischen Original gab, dafür Notizbücher für 25 Euro das Stück. Etwas schnürte ihm die Kehle zu: Eine verpatzte Liebschaft von vor fünfzehn Jahren fiel ihm wieder ein. Oh, er war so in Lara verliebt gewesen, damals, fast so heftig wie in Rachelle heute – wenn auch natürlich nicht zu vergleichen, die beiden. Er stockte kurz und beschloss dann, dass es ihm helfen würde, seine Vorgehensweise bei Rachelle zu reflektieren, wenn er das mit Lara aufschreiben würde: Sich klein machen, in die Erinnerung gehen und das als Stärkung empfinden, weil es dann weitergehen und die Wunde verheilen kann, falls da überhaupt noch eine ist: So oder so ähnlich machten das doch seine weiblichen Freunde und ihnen wollte er es gleichtun. Tagebuchschreiben als Therapie! Und nur der Mond schaute herab und grinste, denn er wusste: Um mit so einer großartigen Bitch wie Rachelle zusammenzukommen, brauchte Mann dringend eine Therapie. *Wie Lara damals ihren Boyfriend zur Spaß-Demo am 2. Mai mitgebracht hat, und dass, obwohl ich dachte, Lara und ich, wir würden doch eigentlich schon zusammen gehen. Was, wenn der Typ, der am Abend des 4. August mit Rachelle auf der Vernissage herumstand, schon längst ihr neuer Freund war? Wer war das überhaupt? Er war so hässlich. Wenn sie natürlich auf so hässliche Typen steht ... Aber ich hatte das Gefühl, dass sie sich über mein Aussehen freut, sie es gewissermaßen hammer findet, dass ich als Mann so gut aussehe. Ich krieg einen Schock fürs Leben bei der Vorstellung: Sie und der Hässliche, schon längst zusammen.*

Timo trank einen Schluck aus seiner Tasse, als würde ihn der typische Cappuccino-Geschmack noch ein wenig weiblicher machen – und das hieß in seiner Antifa- beziehungsweise Antifee-Weltsicht: Smarter machen, als könne er dadurch den Schmerz ein *weißer* Mann zu sein, der bald auch noch ein alter, *weißer* Mann sein würde, weit von sich beamen. Er verstand es ja. War nur ein Machtdiskurs, die vereinte Linke aller Länder machte das ja nicht, dieses: Den alten, *weißen* Mann verspotten, weil sie ihn persönlich ärgern wollte, sondern da sie alle miteinander – die Frauen und die Schwarzen und die Schwulen – viel zu lange unter seiner Tyrannei gelitten hatten. Schnell vertiefte er sich wieder in seine »Strategie-Gedanken«, die wie kaltes, klares, analytisch korrektes Wasser aus ihm herausflossen, und ihn wie einen kompletten Vollidioten, den sprichwörtlich »begossenen Pudel« dastehen ließen.

Es war doch richtig, erst nächste Woche wieder in die BRAVO BAR zu gehen, wenn dort die Buchlesung stattfand? Er stellte – in seinen typischen Gedankenschleifen – die Idee, noch diese Woche in die BRAVO BAR zu gehen, auch schon wieder in Frage. Ja, beruhigte er sich, sie wird schon nicht diese Woche den hässlichen Bösen heiraten und mit ihm aufs Land ziehen. Er schrieb weiter, und genoss es, wie die blaue Tinte im Moment der Ankunft auf dem Papier noch leicht feucht war, wie eine Möse – wie Rachelles Möse, die zu berühren er bereits das Vergnügen gehabt hatte: *Was kann mir schon passieren, wenn ich mir noch eine gemütliche Woche mache*, verteidigte er seine Entscheidung, als müsse er vor einem Gericht antreten, das ihn dazu verdammen wollte, sich auf der Stelle ein Bein für Rachelle Engel auszureißen. *Es kann doch nur gut für die ganze Sache sein, wenn ich mir noch etwas Auszeit vor der nächsten möglichen Begegnung gönne? Es ist doch super, dass sie da die Lesung haben, nächste Woche. Ich werde doch Schriftsteller, und dies weiß Madame Peugeot, und einem zukünftigen Schriftsteller kann sie ja schlecht unterstellen, dass er nur wegen ihrer Freundin Rachelle da ist, wenn er eine Buchlesung in einer Bar besucht.* Es klang ein wenig so, als müsse er sich selbst beschwören, ja, als wäre es allmählich mal nötig, mit Engelszungen auf sich selbst einzuwirken, um nicht komplett durchzudrehen. Und er setzte noch einen drauf, in diesem blauen Gemisch aus Wankelmut, Übermut und Verzweiflung: *Und am besten, ich werde dann einfach wirklich Schriftsteller, und schreibe einen Roman über die ganze Scheiße hier, dann könnte ich mich an Rachelle und Madame Peugeot rächen, für den Fall, dass sie mich beide nur verarschen.* Seine Augen leuchteten für einen Moment angriffslustig und es war fast ein wenig schade, dass seine zahlreichen Verehrerinnen nichts von diesen Blitzkrieg-Blicken mitbekamen; sie hätten sich glatt wieder neu in ihn verliebt, zumal seine Füße unter dem Tisch zu tanzen begannen.

Zur Hölle: Er würde einfach einen Roman schreiben, dann hätte er sie alle im Sack. Und ein klein wenig Gangster wäre das doch auch, sich derart glamourös an einer Gangster-Rapperin zu rächen, mit einem Roman: mehr Worte als jeder noch so kilometerlange Rap-Text! Aber so schön und befreiend die Gedanken »Roman schlägt Raptext«, »Ich bin dann König dieser Stadt« auch waren, so grausam wurden sie hinterrücks von einem Schuldgefühl eliminiert. Denn sofort wurde Timo von den Fäden seiner privilegierten Herkunft geschüttelt, wie eine Timonette, die sich zuerst in geckenhaftem Stolz vorwärtsbewegt und dann stolpert und hinfällt, weil ein paar ihrer Fäden bereits gerissen, gekappt worden sind.

Nein, er hatte nicht die Karten, solch künstlerische Rechnungen aufzumachen, oder anders gesagt: so knallhart berechnend vorzugehen in der Kunst. Denn, na klar, verspottete er sich selbst und seine Herkunft, mit den Mitteln der oberen Mittelschicht die Mittel der Unterschicht toppen, ausstechen, in den Schatten stellen: Das wäre ein billiger Triumph, das geht so nicht, das ging nicht auf, das würden Rachelle oder die Rapszene niemals gelten lassen. Man konnte einen Rapper nicht mit den Mitteln eines Romanschriftstellers schlagen – so viel wusste er als Musikjournalist. Man konnte ihn nur mit den Mitteln eines Rappers besiegen, und er war kein Rapper, verdammt! Konnte niemals einer sein oder werden, dafür war er viel zu privilegiert aufgewachsen, und zu *weiß* und zu sehr ARZTSOHN, obwohl er seinen Vater doch hasste! Seine tänzelnde Lebensfreude löste sich auf und er verfiel wieder in diese nervöse Angespanntheit, die zu seinem Wesen gehörte wie das Narrativ von der Dolchstoßlegende zum Ersten Weltkrieg. Aber einen Roman würde er trotzdem schreiben, so viel stand mal fest: Schluss jetzt!

Er beschloss es mit einem Knurren, das seine Stirn für einen Moment in Falten legte wie bei einem Mops. Einen Roman schreiben, das wäre seine Erlösung, sein Eldorado, sein Lambo, sein Gras und sein Wettbüro. Dann eben nicht, um damit hochzufliegen zu den Sternen, dann eben, um wenigstens nicht unterzugehen wie Rose auf der Titanic, um nicht zu ertrinken in dieser Liebe. Ein wenig Selbstverteidigung war wohl noch erlaubt. Hilfesuchend blickte er nach oben, an die Decke des Cafés, als suche er bei einem höheren Wesen nach Rat. Der Besitzer des Visage hatte dort ein echtes Boot aus Holz befestigt, und es war keine Frage, dass damit auf die Not Geflüchteter aufmerksam gemacht werden sollte. Überhaupt fielen Timo mal wieder nur humanistische Gründe ein, warum jemand so ein riesiges Ungetüm an der Decke eines Cafés befestigte. Dies galt es zu hinterfragen: *Wenn das Boot runterfällt, auf einen drauf, dann ist man tot*, notierte der designierte Romanschriftsteller, denn es konnte nicht schaden, gleich ein paar Eindrücke von der unmittelbaren Umgebung in das noch zu schreibende Buch mit aufzunehmen. Sofort bekam er aber einen Schreck davon, dass er das Wort »tot« einfach aus seinem Gedankenstrom heraus aufgegriffen und da hineingeschrieben hatte. So mir nichts, dir nichts. Als Sohn eines Arztes hätte er eigentlich eine Idee vom Tod haben müssen; hatte er aber nicht. Papa war nur Orthopäde, und das hatte nur mit dem Körperbau, den Knochen zu tun, nicht mit dem eigentlichen Körper, mit dem ganzen Blut und so, doch immerhin mit dem menschlichen Skelett, das als Synonym für »Leiche« durchging.

Und dann war der tote Moment, in dem Timo an den Tod gedacht hatte, genau wie der Moment, in dem er versucht hatte, eben nicht an den Tod zu denken, auch schon wieder vorbei. Aber Halt, eines ging noch, einen Satz darüber bekam er noch unter, Liebe und Tod, das klang so schön nach Goethes Werther: *Wie soll ich etwas so Schauerliches wie den Tod für möglich halten, wenn ich nicht mal das Leben mit meiner Geliebten geteilt habe?* Etwas in ihm atmete durch und er begriff plötzlich, dass er schon nicht sterben würde, bevor er sie das nächste Mal getroffen hatte. Er würde überhaupt nie sterben, nie, nie, nie, das hatte er sich fest vorgenommen, da der Tod nur ein Gerücht war, und bis sie – er und Rachelle – so alt waren, dass sie sterben mussten, hatte die Wissenschaft sich bestimmt etwas dagegen einfallen lassen. Irgendein für immer die Zellen erneuerndes Mittel, das über so Späße wie »Intervallfasten« und »Mittagsschlaf« hinausging. Er hatte also Zeit. Ein gutes Stichwort! Er notierte sogleich: *Zeit.* Und wiederholte in verschieden großen Schriftzügen: *Zeit, Zeit, Zeit, wir haben Zeit, Zeit, Zeit, Zeit, Zeit. Es kommt nicht auf eine Woche an, ich kann auch nächste Woche noch in die BRAVO BAR gehen! Der Entschluss steht also fest.*

Befriedigt klappte er sein Notizbuch zu und sah sich im Raum um, wo gerade eine Traube aus Hipstern an den silber lasierten Tresen mit der raumschiffgroßen Siebträgermaschine stürmte, weil Marina mit ihrer fantastisch schlechten Laune »letzte Runde« in die kleine Manege gerufen hatte.

Er klappte sein Notizbuch gleich wieder auf, denn er hatte etwas vergessen, musste nochmal ran, wollte etwas klarstellen, bevor die zwei schönsten Stunden des Tages – *die zwei einzig schönen Stunden des Tages?*, wie sein Füller alarmiert fragte – auch schon wieder vorbei waren. Noch schnell einen Cappuccino bestellen, und nicht ans Geld denken: »To go, jetzt schon im To-go-Becher bitte«, rief er mit beinahe flehentlicher Stimme durch den Raum. »Na, klar, mach ich dir«, antwortete Marina gutmütig.

Gleich musste er wieder hinaus, in diese liebende und mordende, bummelnde und brummende, in diese kaltduschende Stadt, als ein Nichts, ein Niemand, mit vollen Haaren (was für einen Mann in seinem Alter immerhin nicht selbstverständlich war) und mit leeren Taschen (was ebenfalls nicht der männlichen Norm entsprach). Die Goldstückchen drückten sich verschämt am Rand seines Portemonnaies herum – wie die Klit seiner neuen Flamme, in der erregend engen Muschi –, als wollten sie ihm überdeutlich klarmachen, dass sie nicht viel bewirken können in seinem Leben. Er kramte sie trotzdem heraus, und legte sie schon mal für- oder vorsorglich auf seinen Tisch, damit er sie nachher nicht mehr suchen musste, eins nach dem anderen, schichtete sie aufeinander, bis sie sich auf genau 5,60 Euro summiert hatten, denn er spürte schon, dass er noch Text im Kopf hatte, der schneller aufs Papier wollte, als die Tinte trocknen konnte.

Ab jetzt schrieb er gegen die Zeit an. Er kannte »seine« Marina, sie schmiss ihn Punkt siebzehn Uhr raus, vielleicht auch schon zwei Minuten vor siebzehn Uhr, er hatte also nur noch fünf, sechs Minuten Zeit. In diesen letzten Minuten musste er, wollte er, schnell nochmal festhalten, warum ihm doch eigentlich absolut nichts Schlimmes mehr passieren konnte in dieser Liebe und warum einfach alles gut werden würde. Einmal schaute er noch kurz auf, nahm den Kaffeebecher dankbar nickend entgegen, als ob auch Marina ein echter Soulmate von ihm wäre. Sie hatte ein Herz aus Milchschaum obendrauf gezaubert und zählte wortlos die Münzen vom Tisch in ihre Hand. Er war in Gedanken ganz bei seinen Strategie-Plänen, und auf einmal flossen die Worte aus ihm heraus wie den ganzen Tag noch nicht, und vielleicht kam das alles daher, dass Marina so kurz vor Ladenschluss noch so fleißig gewesen war und ein liebevolles Herz in den Cappuccino gemalt hatte. *Ich bin es nicht mehr gewohnt, ununterbrochen an die eine Frau zu denken, die ich liebe. Aber da das schon seit drei Monaten so geht, bin ich es auch nicht mehr gewohnt, NICHT ununterbrochen an Rachelle zu denken*, ergänzte er seine aktuelle Statusmeldung, oder altmodischer gesagt, seine tägliche Beichte, denn tatsächlich war das

Tagebuch für einen wie ihn, der aus einer katholischen Gegend kam, Beichtstuhl pur. Vielleicht sind Leute, die aus katholischen Familien kommen, ja die besseren Tagebuchschreiber, überlegte er, dann fuhr er fort: *Ich meine: Es muss doch den Punkt geben, wo ein menschliches Verhalten so dermaßen richtig ist, dass das Gegenüber gar nicht mehr anders kann, als sich einzugestehen: ja, genau, das ist er – das ist mein Mann, mein Mann fürs Leben ... Die grundsätzliche Idee hinter all meinen strategischen Gedanken ist doch: wenn ich alles richtig mache, oder fast alles richtig mache, dann habe ich doch am Ende mehr richtig gemacht bei Rachelle Engel als alle anderen Männer, und dann MUSS sie sich, OB SIE WILL ODER NICHT, auf mich einlassen.*

Timo fand diesen Gedanken so großartig – auch wenn da ja eigentlich GEWALT dahintersteckte, aber, nun gut: psychologische Gewalt, das war etwas anderes als diese Rape Culture, von der die Feministinnen neuerdings alle redeten –, dass er ihn gleich nochmal, in anderer Form, hinschrieb: *So vieles, was ich richtig gemacht habe, in meinem Leben, in ihrem Leben, so vieles haben andere bei ihr noch nicht richtig gemacht.* Er hielt inne und überlegte, warum er sich trotzdem so oft beschissen fühlte, wenn er an die Liebschaft und alles, was daran hing, dachte. Der Seufzer, der aus ihm herauswollte, war schon fast mit dem Wimmern eines kleinen Tiers vergleichbar, das jemand mit dem Fuß getreten hatte.

Seine Gedanken überschlugen sich wieder und drängten in eine Richtung, die ihm ungeheuerlich erschien: *Es hilft doch alles nichts! Es ist nur ärgerlich, dass ausgerechnet die Frau, mit der ich die irrste Vertrautheit spüre, am schwersten zu durchschauen ist. Ich meine: ich kann sie so schlecht einschätzen, obwohl sie mir doch so nah ist: vielleicht wäre sie stinksauer, wenn mich das alles zum Schriftsteller machen, wenn aus der Verworrenheit der Situation doch noch ein Buch entstehen würde? Und verwechsele ich auch etwas, und Liebe und Arbeit kann man gar nicht, darf man gar nicht miteinander verbinden, wie ich das mache. Was, wenn am Ende mein Buch rauskommt, und sie sich darin wiedererkennt? Für mich wäre das der Hammer, aber für sie wäre es eine Katastrophe, wenn ich sie so entblättern würde, so öffentlich. AUFGEPLUSTERT, AUSGEPLAUDERT, ENTBLÖSST – in all ihren Gefühlen und Widersprüchen, mit all ihren Stärken und Schwächen, in ihrem ganzen Wesen v e r l e t z t! Und auch andere Leute werden sie darin wiedererkennen, denn sie ist ja nicht blöd und die sind nicht blöd, sie ist eine berühmte Frau, jedenfalls in einer bestimmten Szene, bei den jungen Leuten: die kennen doch alle Rachelle Engel. Sie ist eine der ersten Straßenrapperinnen, die es von ganz unten bis ganz nach oben geschafft hat, verdammt, sie ist eine Legende! Sie wird niemals vorbeikommen und mich lieben, wenn sie davon Wind bekommt, dass ich ein Buch über DIE BEZIEHUNG IN ANFÜHRUNGSZEICHEN geschrieben habe. Aber etwas anderes als Schreiben kann ich doch nicht. Sie liebt mich genau dafür. Weil sie mich für einen tollen Musikjournalisten hält. Das müsste sie doch dann eigentlich verstehen! Aber verstehen ist nicht dasselbe wie akzeptieren. Klar wird sie es verstehen, dass jemand mit ihrem berühmten Namen Reibach machen will, aber lieben kann sie mich dann nicht mehr. Scheiße! Vielleicht mach ich doch keinen Roman draus. Das ist so typisch Mann: am Ende muss immer ein Artefakt, ein Kunstwerk, etwas zum Aufstellen und Aufgeilen dabei rauskommen. Greta hat Recht: »Behalt den Scheiß doch einfach für dich!«, hat sie mir neulich geraten, als mir zum ersten Mal der Gedanke kam, ein Buch aus der Liebesgeschichte zu machen, um wenigstens etwas davon zu haben. »Hey, Millionen, oder besser: Milliarden von Mädchen haben auf dieser Welt schon Tagebuch geschrieben«, hat sie gerufen und mich mit total verächtlicher Miene angeschaut, »einfach nur, um mit ihren Gefühlen besser klarzukommen!« Es klang aber nicht nur verächtlich, es war auch voller Spott, und umso beschämender für mich, dass Greta, die ja meine BFF ist, dabei total ernst geblieben ist, so ganz tiefer Blick in die Augen: »Und keine hat sich dabei gefühlt wie Shakespeare in Love.« »Ich fühle mich auch nicht so wie Shakespeare in Love«, habe ich gekontert, denn mir war trotzdem zum Lachen zumute, »sondern eher so ein bisschen wie ›Bushido in Love‹.«*

Aber sie hat nicht gelacht, sondern gesagt, mit einem Achselzucken, immer dieses Achselzucken, wenn die Rede auf Deutschrap kommt: »Ich kenn mich nicht aus mit deinen Rappern.« »Aber Bushido kennst du«, habe ich versucht sie auf den Arm zu nehmen. Sie hat nur genickt. Ganz blöd ist sie ja auch nicht, sollte dieses Nicken bedeuten.

Worauf ich hinaus will: Vielleicht muss ich das Tagesbuchschreiben wirklich auch so handhaben wie ein Mädchen: Nur für mich. Streng geheim. Deckel drauf. Schluss. Nichts mit Roman.

Dies ist das Tagebuch von Timo Jung, geboren in Berlin, gestorben in Berlin, begraben in Berlin. Ich meine natürlich: sozialer Tod in Berlin, ausgelacht und veräppelt und verarscht in Berlin. Stimmt gar nicht: geboren in München. In einer Familie der oberen Mittelschicht. In eine weiße, deutsche Familie der oberen Mittelschicht im Taubertal, bei München. Natürlich zugezogen nach Berlin. Hört Rap, seitdem er elf ist.

Rachelle Engel – Keine Metastasen, nur Melodien, Januar 2019

Du nennst mich Capital, doch ich hab tausend Namen.
(Capital Bra)

Ich bin ein streunender Punk, dem Wege entlang,
Richtung unbekanntem Ziel, es ist mehr ein Fluchtgefühl.
(FaulenzA)

Ich finde keinen Frieden, denn ich glaube an die Liebe.
Gefühle überwiegen, die Wahrheit wird zur Lüge. Ich hab Angst.
(Haiyti)

Keine Metastasen, nur Melodien.
(Rap von Rachelle Engel)

Omg, nicht schon wieder diese Nebeldecke! Seitdem Rachelle Engel auf Chemotherapie war, hatte die Sonne nicht einmal ihr träges, goldenes Haupt erhoben, nicht ein einziges Mal! Folge 25 von Nebeldecke, Nebeldecke, wenn ich nur so ein Leben hätte, reimte etwas schon leicht meschugge Gewordenes in ihr, als sie an diesem Januarnachmittag aus ihrer Haustür stolperte. Sie kam aus der Superwärme ihrer Wohnung und trat in eine nassforsche Kälte, die sie sofort frösteln ließ, obwohl Rachelle, von mehreren Laken Thermokleidung umgarnt, mehr einem gut ausgestatteten Astronauten glich als einer jungen, kranken Frau.

Der Himmel am Horizont war so bleich wie ein Krankenhausleintuch. Diese Art von steifer Bettwäsche, die das Gefühl in einem weckte, aus Versehen unter ein Leichentuch gerutscht zu sein. Aber Rachelle war wohlauf. Sie schlenderte in

Richtung Park, schwankte dabei allerdings erheblich mit dem Oberkörper hin und her, als suchte sie nach der »New Balance«, die ihren Joggingschuhen den Markennamen gab, seitdem sie Adidas den Laufpass gegeben hatte. Das Gehen fiel ihr schwer, gerade so, als würden die neuesten Drogen aus der BRAVO BAR durch ihre Venen kreiseln. Das wäre überhaupt das Beste: Wenn sie jetzt auf Club-Chemie wäre statt auf Krankenhaus-Chemo. Wenn sie ehrlich zu sich selbst war, so wünschte sie sich, dass alle ihre Freundinnen und Freunde im Moment genauso verstrahlt wären wie sie. Sie ertrug den Gedanken nicht, die Einzige zu sein, der etwas Gefährliches eingeflößt wurde. Dabei war es so herum doch wenigstens einmal etwas Neues. Mit ihren Augen suchte sie die Wolkenwand nach einer undichten Stelle ab. Gab es nicht doch irgendwo noch eine Lücke, einen Riss im Deckweiß dieses seltsam leblosen Wintertags? Einen rosa-orange leuchtenden Übergang zu den finsteren Feuern ihrer Welt? Noch vor ein paar Wochen war es um diese Uhrzeit stockfinster gewesen. Aber die dunkelsten Tage hatte Rachelle Engel wahrlich hinter sich gelassen.

Sie dachte, zu ihrer Beruhigung: Es ist fünf nach vier. Es ist der Zwölfte Erste. Der kommt nicht mehr wieder, sponn eine weise Stimme das Rädchen in ihr noch ein bisschen weiter. Pain und Finsternis standen ihr mittlerweile zu nahe, um schon wieder dem Licht der Welt zu vertrauen, das Rachelle hinter den Wolkenbrettern vermutete; ein leiser Seufzer der frühlingsgetönten Natur. Langsam, langsamer, ein Bein vors andere setzen. Die Übelkeit in der Magengegend mitnehmen. Irgendwie kam man doch voran, irgendwann. Noch konnte sich Rachelle Engel, die sich in Zukunft auch als Künstlerin wieder Silvana Lovrić nennen wollte, nur im Schneckentempo fortbewegen ... Aber später, in wenigen Minuten schon, würde sie fliegen, sie spürte es kommen. Ihre Gedanken konnten Erdbeben auslösen.

Die Endorphine, der Sauerstoff, alles, was der Körper an gutem Zeugs ausschüttete, wird sie tanzen lassen, dann.

Rachelle war fest entschlossen, die Welt mit all ihren Sinnen einzunehmen. Sie verspürte eine seltsame Lust auf die Momentaufnahmen des Alltags. War es das, was die Spießer »Achtsamkeit« nannten? Sie hielt sich da an die Devise von Onkelchen Sido: »Genieß dein Leben ständig, du bist länger tot als lebendig.«

Rachelle hatte schon immer ein Faible für die neumodischsten Vollmonde und niedrigschwelligsten Feuerwerke. Sie sah auf einmal wieder so viel Interessantes da draußen, wie in der Zeit, als sie noch an der Kunsthochschule studierte. Plötzlich war sie wieder Malerin. War wieder der Mensch, der das Leben über alles liebte, und genau deshalb war sie dazu übergegangen, ihre gesamte Umgebung in Stücke zu reißen. Allein, um Maß zu nehmen. Ja, da war auch eine Technische Zeichnerin in ihr, eine Ärztin oder Krankenschwester. Eine Superfrau, die am liebsten alle Phänomene der Wirklichkeit berechnet und in mathematische Werte wie in grelle Gemälde übersetzt hätte, während cremig die Farbe am Pinsel zu Boden tropft.

Alles bedeutete ihr etwas, jede Nuance im Wechsel der Jahreszeiten wollte beachtet, später vielleicht ins Smartphone diktiert werden. Wo früher auch mal Null Bock ihr Dasein bestimmt hatte, regierte jetzt wieder so eine spirituelle High Energy, die sie auch dann nicht verließ, wenn sie ermattet in ihrem Bettchen lag. Je gesünder sie wurde, desto kranker fühlte er sich an, ihr Körper. Das war die Quadratur des Kreises – das Paradox der Chemo. *Ich möchte abheben, auf 'ner Wolke schweben und mir gleichzeitig selber Ruhe geben*, wie in dem verdammt kuscheligen und radikalen Einhorn-Rap-Track von der queeren Rapperin FaulenzA. Seit Neuestem fiel auch Rachelle unter die Kategorie »Einhorn«. Denn nur 2,5 % aller an Brustkrebs erkrankten Frauen waren im Alter von 35 bis 39. Wobei Rachelle ihre Diagnose durchaus schon in der Vergangenheitsform betrachtete: Der Tumor war ja schon wieder weg. Jede andere Definition wäre eine Fehleinschätzung! Ich *hatte* Krebs, korrigierte sie sich, während sie versuchte, die berühmt-berüchtigte Landsberger Allee heil zu überqueren, die weit über die Stadtgrenzen hinaus traurige Bekanntheit für ihre tödlichen Fahrradunfälle erlangt hatte. Er war rausgeschnitten, mitgenommen, untersucht, vermessen und weggeworfen worden: Vermutlich schimmelte er gerade auf einer Sondermülldeponie vor sich hin. Auf der anderen Straßenseite angekommen blieb sie ruckartig stehen. Sie war jetzt schon ausgelaugt, so verletzt und voller Kummer. *Aber Baby, bitte, du musst mir verzeihen, in meinem Kopf warn wieder diese Melodien.* Gleichzeitig freute sie sich darüber, dass FaulenzA auf dem Spotify-Mixtape-5 automatisch von Capital Bra abgelöst wurde. Der Bratan hatte seinen Erfolg wirklich verdient, versuchte sie sich mit einem Gedanken über Musik abzulenken. Er hatte sich den Straßenrap geschnappt und daraus dribbelnden Trap gemacht. Capi stand unter den Drogen der Straße, während sie auf Stoff aus der Apotheke hin und her schaukelte. Nur die Bewegung an der frischen Luft half noch gegen dieses Bündel Ödnis in ihr. Sie hatte den Tod wirklich für ein Gerücht gehalten, bis zu ihrer Schockdiagnose, insgeheim gedacht, dass es sie nie treffen wird. Und jetzt mit einem Mal begriffen, dass die Lebenszeit eines jeden Menschen kostbar war, hatte das ausgerechnet in dem Moment erkannt, wo alles in ihr danach strebte, die Tage so schnell wie möglich verstreichen zu lassen. Müdigkeit und Lebensfreude lagen im Clinch miteinander, ebenso Trauer und Hoffnung.

Vielleicht war es noch ein bisschen zu früh, um auf der Straße zu tanzen? Die Windschatten der alten Bäume beschützten sie, aber gleichzeitig fühlte sie sich auch bedroht. Da waren jede Menge schräge, winterkahle Äste, die nach ihr zu greifen schienen, um mit Capital Bra, unterlegt von Arthur Schopenhauer, zu flüstern: »Das Schicksal mischt die Karten, wir spielen.« Rachelle liebte den wintervollen Nadelduft im Park, erst recht, wenn er mit Kälteschauern und eisiger Luft aufgeladen war. Er verströmte eine minzige Note, die sie an Männer-Deos erinnerte und an die Zeit, als Männer noch der Dreh- und Angelpunkt ihres Lebens gewesen waren. Natur-Minze, der Pfeffer des freien Mannes sozusagen. Sie hatte sich kürzlich auch eine Bodybutter mit dem Duft von Minze und Limette gekauft. Wie neuerdings alle ihre Cremes hatte sie das Produkt bei CodeCheck eingegeben, eine App, die Kosmetikprodukte auf bedenkliche Inhaltsstoffe absucht. Und »bedenklich« oder »giftig« bedeutete im Grunde immer »krebserregend«. In der Welt von CodeCheck, in der auch Rachelle jetzt wie ein Engel ihre emotionalen Zelte aufgeschlagen hatte, war fast jede Creme, jedes Deo, jeder Lippenstift und jedes Parfum potentiell »krebserregend.« Es schien fast so, als fänden die Macher all dieser hochgiftigen Produktpaletten den Krebs erregend. Oder warum musste immer überall dieser Scheiß drin sein? Und alles, was nicht hundert Prozent Bio war, konnte man sowieso zu hundert Prozent vergessen. All die großen Marken, die sie in ihren Songtexten so überaus begeistert abgefeiert hatte: einfach nur toxischer Müll!

Baby, sag mir, warum lässt du mich allein? Ich bin laut, geh dir fremd und trinke viel. Aber Baby, bitte, du musst mir verzeihen. In meinem Kopf waren wieder diese Melodien.

Ja, doch, Rachelle hasste die »Vernunft der Besserverdienenden«, und sie hasste Bio immer noch, obwohl sie sich im Moment ausschließlich Bio ernährte. Von dort war es auch nicht mehr weit, gleich die Metropolenbäume, den Wald vor der eigenen Haustür, zu umarmen

»Schaut her: ich leiste Großes, Leute!«, leuchtete ein winziger Hoffnungssplitter aus tausend Farben in ihren Augen. Oder, besser noch: »Schaut ausnahmsweise mal nicht zu mir, Leute. Ich sehe scheiße aus, heute. Die Glatze steht mir überhaupt nicht und meine viel zu dünne Gestalt zeichnet sich in viel zu dicken Kleidern ab. Ich trage zwei Jacken und drei Mützen übereinander, und bin trotzdem noch so schlank wie Greta Thunberg. Traue mich in diesem Aufzug gerade noch in mein Lieblingscafé, und auch das nur, weil es neu ist und mich dort zum Glück noch keiner kennt.« Die Besitzer dieses Cafés, kroatische Landsleute ihrer Eltern, waren außerdem viel zu feinfühlig und höflich-distanziert, um ihren Gästen zu nahe zu kommen oder B-Promis unter Krebsverdacht zu stellen.

Die meiste Zeit aber blieb sie nun – gedankenverlorener Gedankenstrich – zu Hause. Motto: Die verlorene Tochter, die Abenteurerin kehrt zurück – zu sich selbst. Back to Rachelle!

»Auch junge, fitte Leute, die absolut nichts falsch gemacht haben, können Krebs bekommen«, hatte Doktor Garcia, die eine Koriphäe auf dem Feld der Brustkrebsforschung war, ihr gleich zu Beginn der Behandlung in der Charité gesagt. Ja, Rachelle fiel in diese schmeichelhafte Kategorie der jungen Fitten, bei denen trotzdem ein Tumor gewachsen war. Sie hatte nie besonders viel Alkohol getrunken, und geraucht, von den Joints mal abgesehen, hatte sie nur auf Promofotos oder wenn sie sich im erotischen Clinch mit jemandem befand.

»Es ist wie ein Attentat. Sie haben einen Zufallskrebs, aber das kann passieren.« Frau Garcia war noch keine vierzig und ihre smaragdschönen, grünen Augen blitzten angriffslustig, als sie Rachelle untersuchte. »Da ist er!«, rief sie und zeigte während der Biopsie auf das weiße Geschlängel auf dem Ultraschallbild. Es klang so entschlossen, als ob sie ihrerseits ein Attentat plante.

Rachelle war schon mit den Bildern der Röntgenuntersuchung und der eindeutigen Diagnosestellung im Brustzentrum der Charité angerückt. Die Biopsie war bereits der Auftakt zur Behandlung. Doktor Garcia trug einen weiß-bunten Kittel mit grünlichen Blumen-Pailletten, das Wesen des Daseins schien sich in diesem Outfit zu bündeln, das ein bisschen nach Krankenhaus und ein bisschen nach Designermarke aussah. Dass Frau Garcia außergewöhnlich klug war, checkte Rachelle sofort, als sie unter Schock und mit hilflos ausgestreckten Achselhöhlen auf der Untersuchungsliege kauerte. Zu diesem Zeitpunkt hatte sie noch nichts vom exzellenten Ruf der Ärztin gewusst. Aber sie *fühlte* diese Frau! Schon allein, weil sie so smart war, sich nicht durchweg im Kalkweiß der Ärzte zu kleiden. Es stand ja sicher nirgendwo geschrieben, dass man eine Ärztinnen-Uniform von der Stange tragen musste? Rachelle hatte geradezu eine Seelenverwandtschaft mit dieser Frau anvisiert, hatte die *Kreativität* dieser Frau gespürt, die gekommen war, ihr gemeinsam mit der nicht minder bezaubernden Gynäkologin Frau Dillon das Leben zu retten!

Und es geschah, dass es Rachelle gelang, der Sache komische Seiten abzugewinnen, wenn auch erst nach der brusterhaltenden OP, die schon drei Wochen nach der Diagnose stattfand und bei der die Ärztinnen mit ihren Zauberhänden den Tumor vollständig entfernten. Das war Heilung pur. Danach stand nur noch die Frage im Raum, wie mit der auf 10 Prozent bezifferten Wahrscheinlichkeit umzugehen war, dass der Krebs wiederkam, falls sich irgendwo im Körper noch eine oder mehrere Zellen befanden. Das hatte Rachelle erst noch lernen müssen: Es gab einen Unterschied zwischen Metastasen, also einem Krebs im fortgeschrittenen Stadium, und sich teilenden Krebszellen, die auch bei einem entfernten Tumor im Frühstadium noch im

Gewebe schlummern konnten. Eine sogenannte Tumor-Konferenz, die aus zwanzig Ärztinnen und Ärzten bestand, hatte dann eine Empfehlung für Chemotherapie und anschließende Bestrahlung ausgesprochen. »Das machen Sie jetzt für ihr ganzes Leben«, hatte Doktor Dillon gesagt. Es befand sich innerhalb einer Grauzone, ob man diese aufwendige Behandlung überhaupt machen musste. Denn die Wahrscheinlichkeit, dass sie zu 100 Prozent gesund war, war ja bei 90 Prozent. Aber es hatte Rachelle natürlich sofort eingeleuchtet, dass sie fein raus wäre nach der Krassbehandlung. Und gerade weil sie ja eigentlich völlig gesund war, würde sie mit den Nebenwirkungen einer Chemotherapie bestimmt gut klarkommen.

Es war also eine paradoxe Situation: Man hatte sie aus Präventionsgründen in die Abgründe übelster Übelkeit gestürzt, damit so ein Übel nicht nochmal vorkam, wenn man es übelst genau betrachtete, kalauerte Rachelle schon wieder, während sie von den Leuten, die ihr im Park begegneten, immer nur die Schuhspitzen sah. Frauenbeine in schlanken Stiefeletten schlenderten an ihr vorüber. Rechts von ihr war die Wiese, auf der sich Steine, groß wie Sitzkissen, aneinanderreihten. Wer hätte gedacht, dass man sich einmal davor gruseln würde, zu dünn zu sein? Eine Schande beinahe, dass sie in diesem Jahr auf Instagram so viele Likes und positive Kommentare für ihre Fotos bekommen hatte. Hauptsache, die Leute da draußen wussten von alledem nichts. Sie hielten Rachelle für eine schöne, schlanke Frau – fast zu schön für eine Rapperin, dachte sie in bitter-sarkastischer Manier, aber mit einem winzigen Funken echter Freude.

Ich bin wieder unterwegs, ich seh tausend Farben (Ja).
Du nennst mich Capital, doch ich hab tausend Namen.

Die Fakten über die Biologie ihres Tumors trug Rachelle immer mit sich herum, wie ihren quietschbunten Rucksack, dessen Materialen ja auch gar nicht so hochgiftig waren, wie man denken könnte. Jedenfalls waren die Krebsdaten, die durch ihren Kopf stürmten und sich türmten, ziemlich erleichternd ... Sie erfand einen Rap, sie liebte diese Schlussfolgerung: *Keine Metastasen, nur Melodien.* Trotzdem leichte Verbitterung; Einsamkeit. Und es würde noch Monate dauern, bis sich hier im leblosen Gestrüpp in lila Farben die ersten Krokusse zeigten.

»Bitte nicht beachten, heute! Bin in geheimer Mission unterwegs!« Wenn die Öffentlichkeit wüsste, dass Rachelle Engel eine Krebserkrankung hatte, dann wäre ihre Hammerkarriere vielleicht beendet. Aber selbst wenn nicht, so würden Rachelle alle Zacken aus der Krone brechen. Sie hatte es nicht einmal ihren beiden besten Freundinnen aus ihrem Hellersdorfer Stammclub erzählt. Jody und Nadine waren in dem Boxverein ja immerhin auch ihre Konkurrentinnen. Wer war sie, dass sie ihren Gegners von ihren größten Schwächen erzählte? Rachelles Selbstbewusstsein hielt es nicht aus, wenn der Mythos ihrer Unbesiegbarkeit in Frage gestellt wurde. Es wusste nur die Kernfamilie und die beste Freundin, die gleichzeitig auch die Managerin war. Praktisch! Isabella hatte alle Auftrittstermine, jedenfalls bis März, wegorganisiert. Bis dahin, bis zum zweiten, weniger krassen Teil der Chemotherapie, müsste dann schon wieder alles in Lot sein. Die Show würde weitergehen, aber bis März ging nur Gehen im Park und Flehen in the dark.

Sie zählte wieder die Tage, wie zuletzt als Schulkind. Studierte mit wissbegierigen Augen den altmodischen Kalender mit den großen schwarzen Lettern im Schwesternzimmer der Chemo-Ambulanz. Prägte sich die besonderen Dienstage im Januar, Februar und März ein, alle drei Wochen, an denen sie zur Chemo musste. Der Papierkalender erschien ihr objektiver als die Kalender-App auf dem Smartphone. *Jeder Tag ist ein kleines Jahrhundert*, wie in dem Song von der seltsamen Indie-Songwriterin Stella Sommer, den Timo mal rauchend vor der BRAVO BAR stehend vorgespielt hatte. Ein Jahrhundert aus Gold, Silber und Bronze. An jedem Tag bekam sie alle Medaillen gleichzeitig geschenkt, an jedem Tag rettete sie sich mehrfach das Leben – oder war es umgekehrt und das viele, viele Leben in ihr rettete sie?

Die zwei Monate bis März lagen wie ein Schützengraben vor ihr, aber auf dem freien Feld neben dem Bunker stand ein geheimnisvoll-abweisendes, lichterfunkelndes Schloss. Das war nicht mehr und nicht weniger als ihr inneres Licht. Es gab dieses Licht, das niemals ausgeht! Die Zeit, nur die Zeit würde darüber entscheiden, ob sie die harte Therapie durchhielt oder nicht. Und es war keine Frage, dass sie durchhalten musste. *Damals als ich jung war, bin ich geflogen. Hin und wieder Richtung Boden, aber mit dem Blick nach oben*, märchenonkelte Sido ihr jeden Abend vom *30-11-80*-Album ins Ohr. Der war aber auch alt geworden! Der 30. November 1980 war sein Geburtsdatum. Ihre Chemotherapie lief seit dem 17. Dezember, circa 11 Uhr 30. Sie hatte den Termin fein krakelig in ihren Taschenkalender geschrieben. Die Krankenschwester hatte auf ihre weiß-goldene Rolex geschaut und dabei pathetisch mit den Armen gerudert: »Chemo läuft ab jetzt«, hatte es durch den orangefarbenen Raum geschallt. Es war ein feierlicher Augenblick, beinahe bewusst inszeniert. Das Ding musste jetzt durchgezogen werden, so einfach war es schlussendlich, man durfte es nicht mehr unterbrechen, ein halbes Jahr lang nicht. Das war überhaupt mit das Beste an einer Chemotherapie: Diese Freude über jedes Stündchen, jeden Streckenabschnitt, den man schon hinter sich gebracht hatte. Endlich einmal nicht damit hadern, dass die Zeit wie im Nu verfliegt. Morgen-ist-heute-schon-gestern – ich komme!

Wenn jeder Tag ein kleines Jahrhundert ist, entspricht dann ein halbes Jahr mehreren Millennien, überlegte Rachelle, während sie den beiden übersüßen Chihuahua-Hundis mit den hochgestellten Ohren auswich, die auf dem freien Feld neben ihr herumtollten. Wenn sie früher etwas über Brustkrebs im Frühstadium aufgeschnappt hatte, war sie davon nie besonders beunruhigt gewesen. Man atmete da ja regelrecht auf, wenn man das irgendwo hörte. Freute sich für die Frauen, die ihn rechtzeitig erkannt hatten. Dachte nicht an Chemotherapie, Strahlentherapie und Hormontherapie, wusste nichts von Körperscan mit Nuklearstrahlung, dachte lediglich: Ist ja nochmal gut gegangen, ist ja wohl halb so schlimm, kann ja geheilt werden.

Von klein auf hatte sie die *Bravo* gelesen. Dort war einem immer geraten worden, auch im jungen Alter regelmäßig zur Krebsvorsorge zu gehen. Denn man wusste ja nie. Dort stand auch, dass schon geringe Mengen Alkohol zu Brustkrebs führen können. Es sei ein weicher Risikofaktor, kein harter. Aber immerhin ein Faktor, und so ungewöhnlich das war: Rachelle hatte diesen Ratschlag des Dr.-Sommer-Teams verinnerlicht und nie besonders viel getrunken, jedenfalls nicht in Anbetracht der trinkseligen Musikbranche, in der sie sich befand. Was für eine Verarschung! Oder wäre es sonst noch schlimmer gekommen? Lag ihre relativ harmlose Tumorbiologie schon am weitgehenden Verzicht auf Alkohol? Musste sie der *Bravo* vielleicht eine Grußbotschaft schicken? Am wirksamsten ging das über ihren TikTok-Kanal, aber dann müsste sie sich ja als Krebspatientin outen – und das war ihr die Sentimentalität rund um die *Bravo* nun auch wieder nicht wert. Rachelle war ganz schön überrascht davon, welche Ausdauer, wie viele Portionen Glück bereits vonnöten waren, um einen Tumor im Frühstadium zu heilen.

Aber nach der Chemo wäre wirklich alles für immer gut. Krebszellen sind ja sich teilende Zellen und mit der Chemo machte man alle sich teilenden Zellen platt. Das ganze Elend kam nur daher, dass man dabei auch gesunde sich teilende Zellen erwischte, zum Beispiel Haarzellen und Zellen, die fürs Immunsystem zuständig sind. Die Haare würden wieder kommen, das hatte man ihr versprochen. Ab März würden sie wieder wachsen. Die Medizin wusste aber auch alles. Nun gut, spann sie die Überlegung weiter, ins Wagemutige hinein: Warum auch nicht, der März ist ja der Monat, in dem der Frühling seine Knospen ausfährt. Irgendwas würde im März schon wieder gehen. Mit dem Gedanken, dass in zwei Monaten die fiesere Phase der Chemo vorbei war, konnte sie leben. Dass die Behandlung aber insgesamt fünf weitere Monate dauern würde, war nicht mehr im Bereich des Vorstellbaren. Rachelle befand sich im Modus der Ungeduld, wie die meisten Leute, die noch nie eine schwere Krankheit durchgemacht haben.

Und so lief sie, Schritt für Schritt, den von Isabella so genannten Sauerstoffweg entlang, als ob sie auf der Flucht vor dem Krebs wäre. Der Sauerstoffweg war ein schmaler Weg, die Böschung hoch, von der Landsberger Allee bis zu einem Rondell aus Parkbänken. Die warteten dort oben auf sie wie ein geheimes Hochzeitsbankett. Es war eine Art Wintergarten für Stadtbewohner, erhöhte Sitzfläche, und laublose Bäume, die sich artistisch wie Kung-Fu-Kämpfer in alle Richtungen verrenkten. Eine Runde ausruhen, bitte. Rachelle nahm einfach Platz wie im Wartezimmer der Chemo-Ambulanz. Der Bräutigam war das Leben selbst. *Doch ich hab tausend Namen.* Aus alter Gewohnheit spielte sie ein selbstausgedachtes Spiel: Wer möchte ich sein? Möchte ich vielleicht mit irgendwem tauschen? Jede Parkbank stand für einen Menschen, ein Lebensgefühl. Sie konnte sich eins aussuchen, eins von zehn Leben. Früher hatte sie immer nur ihr eigenes gewollt, ja: angebetet! Sie war so stolz auf sich gewesen, auf das Leben, das sie sich aufgebaut hatte, mit seinem herben Charme, den schiefen Türmen und den wilden Irrtümern, die sie doch in die Charts in D, A und CH katapultiert hatten. Seitdem »Ich boxe und du streichelst« die deutschen Charts von der Pole-Position her geentert hatte, war sie davon überzeugt gewesen, das tollste Leben von allen zu haben. Und das nicht nur weil ihr Boxverein in Hellersdorf ihr damals Eins-a-Sponsoren vermittelt hatte, nach denen sich auch männliche Rapper die Finger geleckt hatten. Ihr Oberkörper begann zu dancen, als ihr die berühmten Zeilen in den Kopf schossen: »Mich schützen und zuschlagen, das sind meine Zutaten / Ich versteck mich nicht, ich steh im Licht, raub dir die Sicht (Blaulicht, Rotlicht, Neonlicht, Rampenlicht) / Gibt kein Licht, das mir nicht schmeichelt, während du schon an deinen Handyfakes verzweifelst / Ich boxe und du streichelst.« Jetzt, wo sie den Schock einer Krebserkrankung erlebt hatte, kam ihr, speziell auf ihrer Lieblingsparkbank, der unfassbare Gedanke, dass es wirklich schön sein könnte, ein anderer Mensch zu sein. Hauptsache ein Mensch ohne Krebs. Wenn sie doch nur Isabella wäre, oder Timo. Oder Capital Bra. Oder eine junge Krankenschwester.

Dass man plötzlich nicht mehr man selbst sein wollte, nach allem, was man schon erreicht und erlebt hatte, gehörte in die Top 10 der scheußlichsten Gedanken auf Krebstherapie. Und selbst hier im Park noch standen ihr die glänzend gesunde Gesichtshaut und die schwungvoll getuschten Wimpern des Pflegepersonals vor Augen, das ihr im Empfangsraum des Brustzentrums begegnet war. Die Pflegerinnen waren so lebendig, pure Pfirsichfaces. Sie hatten das Kostbare noch, den reinen Körper ohne böse Zellen. Sie hatten sich am Morgen die Wimpern gebogen und die Augen geshadowt und waren rausgegangen, in ihr Erwachsenenleben. Rachelle kroch förmlich in die ausgemalten Leben der Krankenschwestern hinein, bis sie ihren eigenen Schmerz ein Stück weit vergaß. Ob das Krankenpersonal für den Umgang mit den Krebspatientinnen wohl eine psychologische Schulung bekommen hatte? Oder stellte man für so einen Job einfach nur die Nettesten ein; diejenigen, die von Haus aus eine empathische, flüsternde Sensibilität mitbrachten? Und an den Wochenenden gingen sie mit Sicherheit shoppen. Auch und gerade die Nettesten. »Mal etwas anderes sehen als den Krebsladen, sorry, als all die krebskranken Leute auf Station hier.« Endlich mal wieder Glanz ins eigene Jungsein bringen: Sich etwas Neues für Haus und Haar kaufen! Einen Lockenstab, 25 mm, für weiche und natürliche Locken, antistatisch keramisch. Ein neues Boxspringbett vom Spezialisten, dazu einen goldenen Kerzenständer, FSC-zertifiziert und recyclebar, natürlich mit Rabattcode. Irgendwas halt, das sie vom traurigen Anblick der Krebspatienten ablenkte und einen Hauch Luxus für die Festtage versprühte. Modern-Touch-Hammerschlag. Antik-Barock-Metall, Baby! So schön war das, wenn man ein Leben hatte und sich nicht groß darum scheren musste, es zu behalten. Dann waren die Bescherungen groß, der Alltag angenehm.

Rachelle nestelte nervös an ihren lila glitzernden Herzchen-Handschuhen herum, die sie vorletzten Winter originellerweise, haha, bei Tchibo gekauft hatte, und flüsterte sich selbst die nächsten To-do-Schritte zu. Jetzt erst einmal den leichten Schwummer-Schwindel in den Griff bekommen. Das Herz würde mit höchster Wahrscheinlichkeit nicht von der Chemo beschädigt werden, sie wollte es gleich im März untersuchen lassen! Die Menge an Gift, die man ihr verabreicht hatte, war wohl nicht stark genug. Ein Teil von ihr wusste das, ein anderer war angsterfüllt, bei dem Gedanken an jeden

Schritt, der vor ihr lag. Es blieb dabei, dachte sie im übermütigen Singsang der Destiny's-Child-Überhymne: *Operation: rette sich wer kann (das Leben). Aus unserer beliebten Serie: I'm a Survivor, I'm gonna make it!* Ihren ureigenen Galgenhumor ließ sich die berühmte Straßenrapperin Rachelle Engel neuerdings auch von FaulenzAs Zauberalbum *Wunderwesen* verstärken. Fauli war eine Transfrau und sie sang vom Schmerz, eine Außenseiterin zu sein, und trotzdem – oder gerade deshalb – ein Leben aus Wärme, Solidarität, Marzipan und Kuscheltier anzustreben. Und ja, auch eine Operation. Eine geschlechtsangleichende.

Abgefahren, aber echt! Rachelle fand das Anarcho-Zeugs von den Antifaschisten schon genauso geil und verrückt wie früher die Mucke von Aggro Berlin. Es war zwar das genaue Gegenteil von Straßen- oder Gangster-Rap, aber genauso lustig und verstrubbelt und verboten und todernst in der Sache. Von einem leichten Leben ohne Stress, von Chillen ohne Ende, träumten sie aber alle: die Anarcho-Zecken und die Aggro-Gangster ebenso wie die Trap-Babys in ihren halbseidenen Bällchenbädern aus dummen Drogen, schlechten Endreimen und Südstaatenslang. Was sie alle einte, war das Grundgefühl des Rap: Selbstermächtigung, schnelle Schnitte und fuck y'all. Sie alle hatten keinen Bock mehr, Hamster im Getriebe des Turbokapitalismus zu sein. Manche wollten einen Haarreif aus Discokugeln, auch wenn sie als Männer gelesen wurden; begehrten Glitzerschmuck in Regenbogenfarben; andere wollten echte Juwelen und technokratische Luxusküchen. Wieder andere mussten sich von den Strapazen einer Ausbildung erholen und daher in chemischen Substanzen baden. Nur Rachelle wollte alles zugleich! Aber ohne sich dafür in den Untere-Mittelschichts-Jobs des CDU-geführten Deutschlands zu Tode zu malochen. Yo, richtig gehört: Wenn es um die Analyse ihrer geliebten Rap-Szene ging, verband Rachelle den guten Riecher einer glücklich-überforderten Pop-Soziologin mit der Arroganz eines Zuhälters. *Eins nach dem anderen, eins nach dem anderen, heute muss ich einfach meine Zeit mal verlangsamen*, gab die kunterbunte Fauli (feat. Sookee) über Kopfhörer das Schritttempo des heutigen Tages vor. In Rachelles Füßen kribbelte es, ein Zeichen dafür, dass sie sich genug ausgeruht hatte. Sie würde gleich aufstehen und weiterlaufen ... Dabei schritten die Beats von FaulenzA keinesfalls gemächlich voran, sondern waren im idealen Discobereich von 120 bpm angesiedelt. Ein bisschen flotter als die innere Schnecke durfte die Musik schon sein, die man sich bei einer Chemotherapie selbst verordnete. Als FaulenzA »eins nach dem anderen, eins nach dem anderen« auf »du brauchst mir nicht sagen, dass du meinst, dass ich anders bin« reimte, lachte Rachelle laut auf, zum ersten Mal am heutigen Tag. So gut, so schräg, und doch eine gerade Linie: *Komm, lass uns leben wie ein Einhorn im Wonderland!*

Wenn Rachelle lachte, in diesen Tagen, dann oft über Rap-Reime. »Was ist Ihr Hobby? Musik und Internet? Gut! Dann verlassen Sie sich auf die Musik. Im Verlauf der Chemo werden Sie zu schwach werden, um im Internet zu lesen und zu scrollen, dann sind Sie ganz auf die Musik angewiesen. Nehmen Sie nur Songs, die Sie stärken«, hatte der Psychoonkologe ihr geraten. Sie wusste seinen Namen nicht mehr, aber er war der Einzige, der vor Weihnachten, als ihr plötzlich eingefallen war, dass sie dringend mal ein Gespräch mit einem Psychologen oder einer Psychologin brauchte, noch freie Termine hatte. Er, die einzige »männlich gelesene Person«, wie sie, mittlerweile selbst schon im Sprach-Speech der Genderpolizei, dachte. Scheinbar vertrauten die sogenannten Menschen den sogenannten Frauen neuerdings mehr als den sogenannten Männern. Jedenfalls hatte er prompt kräftige, musikaffine Metaphern im Angebot gehabt. »Sie müssen sich, wenn Sie da am Tropf der Chemo hängen, einfach vorstellen, dass Sie vor einem Mischpult sitzen. Und Sie drehen jetzt einfach den Regler für Angst ganz weit runter. Und die Regler für Fröhlichkeit und Selbstbewusstsein ganz weit nach oben.«

Es war faszinierend, wie viel sie an der Charité von Musik hielten. Die meisten Ärztinnen waren Fans von Rockmusik und logischerweise auch von R&B. Isabella führte mittlerweile eine Strichliste über den Musikgeschmack der Ärzte. Fast schon dreist fragte sie immer mal wieder nach: »Mögt ihr auch Deutschrap?« Zuerst hatte Rachelle Schiss bekommen, dass die Geschäftsfrau in Isabella ihnen etwas von ihrem Label verkaufen wollte, denn Ärztinnen waren aus Isabellas Sicht ja Leute mit Geld wie Heu. Da geriet sie schnell mal in Goldgräberstimmung. Aber in diesem Fall meinte sie es nur gut, wollte einfach nur die gedrückte Stimmung im Behandlungszimmer ein wenig aufmischen, Witz in das todernste Palaver auf Messers Schneide am Vormittag bringen. Dabei schliefen Rapper doch am Vormittag! Das war ja sowieso der krankeste Widerspruch zu ihrem bisherigen Leben: Sie musste morgens früh aufstehen, um in den Genuss einer Chemotherapie zu kommen. Nein, das war nicht mehr Hip-Hop, das war Spießeralltag pur. Und wie! Silvana! Aufstand!

Zum Glück wirkten die Tracks von FaulenzA, Finna und Lena Stoehrfaktor auch schon in der Früh. Sie waren wahre Wunderwesen. »Ich bin die Partydiva auf Antidepressiva«, jauchzten und fauchten sich Fauli und Finna gemeinsam durch einen sensationellen Refrain – und sorgten dafür, dass Rachelle sich wie von selbst zurechtfand, während sie, Kopf hoch, das wird schon, von der Torstraße kommend, die Luisenstraße entlangmarschierte, um dann querfeldein durch den Campushof zu der Seitenstraße zu gelangen, in der das altehrwürdige Backsteingebäude der Chemo-Ambulanz lag. Ja, mit dem Wundereinhornrap in den Gehörgängen schlenderte es sich mühelos durch die mutlosesten Gassen. Mental Health statt Halt's Maul! Rücksicht und Achtsamkeit statt gewaltvoller Überschreitung von Körpergrenzen! Und über all dem ragte das Bettenhochhaus der Charité. Eine surreale Zukunftswelt aus einem übergeschnappten Comicstrip.

Jetzt hatte Rachelle, die immer noch unter den Märchenbäumen rastete, aber genug Kraft getankt. Sie erhob sich und klickte wieder auf das Duett von Capital Bra und Juju zurück. Einen Steinwurf vom Rondell entfernt, standen, dicht an dicht, »die beiden Krummen«, wie sie diese misshandelten Bäume nannte, von denen sie heute Nacht sogar geträumt hatte. Die standen da beieinander wie zwei begossene Pudel, unter all den hundert Jahre alten, hochgeschossenen, wohlbeschaffenen Bäumen, als wären sie gerade erst vom Blitz getroffen worden. Sie hielten sich aneinander fest wie sterbende Verliebte in einem Rap-Track! Und Rachelle könnte schwören: Die beiden tuscheln über all die Leute hier mit ihren Luxusproblemen.

Um mich rum so viele Bitches
Aber keine von den'n kann sich mit dir messen, na na na na
Heute kennen mich so viele
Aber du kennst mich am besten, na na na.

Auch Rachelle hielt Abstand zu den gesunden Bitches im Park. Welche Sorgen konnte man schon haben, wenn man keinen Krebs hatte? »Baby, sag mir, warum lässt du mich allein?«, raunte sie mit plötzlicher Energie im Kehlkopfbereich. Auf einmal war da ein Kribbeln auf ihren Stimmbändern, hundert Rezeptoren sprangen auf diese Zeile an, ein Signal ihres Körpers, das er loslegen, losrappen, vielleicht sogar lossingen wollte. Und wenn ihr die Chirurgin auf der Krebsstation nicht gesagt hätte, »Belasten Sie Ihre Lungen und Ihre Stimme nicht so, Sie haben dann ja keine Schleimhäute mehr«, dann hätte sie sich von dem leichten Vibrieren dieses Dings oberhalb der Luftröhre anstecken lassen und lauthals den Refrain von »Melodien« angestimmt.

Schon verschwand das Kribbeln wieder, ähnelte höchstens noch dem Brummen einer Winterbiene, die keine Blume zum Bestäuben gefunden hatte. Der Satz eines Dichters, den sie irgendwo aufgeschnappt hatte, mischte sich in ihren wackeligen Bewusstseinsstrom ein: »In Anbetracht des Todes ist alles lächerlich.« In dieses »Alles« würde sie sich nie mehr hineinsteigern, war sich Silvana sicher. Diese Dumpfbacken-Sorgen wollte sie nie wieder haben. Das war immerhin das Gute daran, dass man sich sagen konnte: Wenn das hier vorbei ist, werde ich nie mehr ein einziges Problem haben, einfach weil ich mir keins mehr mache. Schon gar nicht wegen nichts und wieder nichts. Worüber hat man sich früher nur immer so aufgeregt? Wenn man ohne Regenschirm unterwegs war, am Tag, als der Regen kam, überlegte sie pathetisch. Oder ob man sich vielleicht blamiert hatte, weil einem nachts um halb drei auf der Tanzfläche der BRAVO BAR ein dummer Spruch rausgerutscht ist? Irgendeine hilflose Scheiße, die sowieso von den bellend-beltenden Stimmen und doom-dröhnenden Bässen der Musik geschluckt worden ist? Ich hätte Timo besser nicht erzählt, dass ich schon nass bin und seinen Schwanz schön finde, seufzte sie mit leichter Ironie. Sie fühlte sie immer noch auf der Haut: Diese manisch-depressive Hitze des vorangegangenen Endlossommers, aus dem sie geschlüpft war wie eine marginalisierte Marionette aus einem Kasperletheater.

Wann hatte es eigentlich angefangen, dass sie sich so schlapp und zugleich so aufgezackt fühlte wie ein durchgestrichenes Hakenkreuz? Doch nicht wegen diesem *alten weißen Mann*, diesem Timo, der zugegebenermaßen bildhübsch aussah und ein bisschen auch wie ein Mädchen? Ich hätte Timo besser nicht erzählt, dass ich schon nass bin und auch seine Augen schön finde, rief sie sich den dümmsten und schwächsten Moment ihres Lebens erneut in Erinnerung. Früher hatten schon solche Kleinigkeiten genügt und sie war auf hundertachtzig gewesen. Oder wenn Isabella mal wieder auf ihre kleinbiestige Art herumjammerte, dass sie noch 300 Euro Spesen für zwei Stunden Rumhängen an einem wunderschönen Schweizer Badeort haben wollte. Und Rachelle wusste nur zu genau, dass Isabella die 300 Euro für den SSV bei D&G brauchte: 60 Prozent Rabatte über Nacht, ihre Managerin war Diamand-/Premium-Kundin bei so mancher Luxusmarke.

Doch wenn Rachelle den Krebs erst besiegt hatte, würde alles anders werden: Die ganze Schwere, das Gejammer und Geheule, jede Beule, außer die in den Hosen der Männer, wären dann Geschichte. Jeder Fall in die Unendlichkeit eines trostlosen Nachmittags mit zu viel Weed und Pfefferminzdrops, jede dieser einparfümierten einsamen Elendsstunden – für immer vorbei. Sie konnte sich die Zukunft in tausend Einhornfarben ausmalen. Ihr Leben würde eine tanzende Aneinanderreihung von wunderschön, wunderwesentlich und wundervibe sein. Eine Wucht, die aus allen Wolken fällt, aus allem Wollen mit Wokeness gewürzt, den Butterfly immer in der Tasche. Jede Sekunde würde so sein wie die Momente in der Vorweihnachtszeit, wenn der Glitzerschnee nach Adventskalender schmeckt und die Schokolade auf einem goldenen Schimmel zu den Geschmacksnerven vordringt, während man freihändig, mit Haiyti im Ohr, auf dem schnellsten Fahrrad der Stadt zur Schule reitet, an der Nordsee entlang. *Wohin soll'n wir fahr'n? Wohin soll'n wir fahr'n? Ich drehe den Globus und du hälst ihn an.*

Aber bis zu dem Moment, wo einen das Leben endlich heiratete, musste man unbedingt alles richtig, ja, richtiger als richtig machen. Wenn man nicht aufpasste, dann wurde alles geschluckt. Dann blieb nicht nur von der Liebe nichts mehr übrig, die man in sich trug, es gab einen dann schlichtweg nicht mehr. Nicht nur auf TikTok oder Insta, sondern überhaupt. Was war dagegen schon ein falscher, weil viel zu flacher Anmachspruch? Der Therapeut, dessen Namen sie vergessen hatte, hatte es ihr doch erklärt: »Der Schock sitzt Ihnen noch in den Gliedern, im Kopf, in den Organen, den Faszien, Röhren, Knochen: Überall dort, wo das Trauma seine energetische Kraft entfaltet hat.« Ja, der »Höllenangriff des 20. September«, wie sie den Nachmittag nannte, an dem sie die Worte von der Röntgenärztin vernommen hatte, dass sie Brustkrebs habe, saß ihr noch in allen Gliedern. Dabei hatte sie den Knoten in der Brust sogar selbst ertastet, sich nur nicht so viel dabei gedacht. Ihr Leben war so voller Action gewesen, sie hatte doch gerade erst das dritte Video zu ihrem Album *Anschmiegsam Asozial* lanciert. Sie war nur zum Arzt gegangen, um sich hinterher nichts vorwerfen zu müssen. Und dann: das! Einfach ein Mordsschlag in die Magengrube.

Aber auf dem Nachhauseweg von der Kadiner Straße, quer durch Friedrichshain, hatte sie schon eine erste Lösung im Umgang mit dem Krebs gefunden: Sie war ihm einfach davongelaufen. »Wenn du von unten guckst, ist ganz oben der Meeresspiegel«, oder so. Wollte einfach das Adrenalin spüren, ein streunender Punk sein, *dem Wege entlang, Richtung unbekanntem Ziel, es ist mehr ein Fluchtgefühl*, den FaulenzA-Track auf voller Lautstärke. Wie viel Energie plötzlich wieder durch ihren Körper strömte, in dem sich doch angeblich gerade ein Krebs gezeigt hatte. *Doch die Gesellschaft ist krank, kurz vor dem Untergang. Wie ein Schiff, das stetig sinkt, bleibt an Bord, und ihr ertrinkt, ihr ertrinkt.* Zuerst die Ultraschalluntersuchung, später dann die Mammographie. Diese beiden unterschiedlichen, bildgebenden

Verfahren, wie es so schön hieß, als hätte die Sensationspresse ihre Hände im Spiel, hatten es ans Tageslicht gebracht: Etwas ganz Böses war zu ihr gekommen!

In diesen Momenten, bei diesem Schlendern, an diesem Januarnachmittag, begriff sie auch, wie die Kranken auf die Gesunden schauten, und umgekehrt. Die Gesunden nehmen die Kranken überhaupt nicht wahr, gar nicht für voll. Aber die Kranken, die staunen, über sich und über die Gesunden, und darüber, wie sie gerade eben noch selbst so gesund sein konnten! Wie kann man nur so gesund sein, sein ganzes Leben lang, und es nicht einmal merken? So gesund, dass man sich nicht einmal ernsthaft mit der Möglichkeit beschäftigt hatte, dass Boxsport eben doch ein gefährliches Hobby war. Sie schüttelte über ihr früheres Ich mittlerweile schon selbst den Kopf. Auch der Künstlername war ihr unheimlich geworden. Was, wenn der Krebs ein Racheengel war, den sie mit ihrem provokanten öffentlichen Auftreten heraufbeschworen hatte? Noch dazu ein jüdischer Name, auch wenn sie ihn auf Englisch schrieb. Vielleicht hatte Timo doch Recht und diese Aneignung stand ihr nicht zu – da konnte sie noch zehnmal Migrantin sein. Sie war keine Jüdin. Aber was war mit Solidarität? War es nicht einfach ein übelstschöner Akt von Solidarität mit verfolgten Minderheiten gewesen, sich Rachelle Engel zu nennen? Sie wusste nicht mehr, wie sie darauf gekommen war. Vielleicht hatte sie dabei auch einfach nur an die No Angels gedacht. Der Name war im Kopf aufgeblitzt, Rachelle Engel, bumm, peng. Komisch, dass keine andere Rapperin vor ihr darauf gekommen war. War »Solidarität« – dieses nach Sauerkraut und Pellkartoffeln stinkende Wort aus der Trickkiste der Sozialdemokratie – nicht gerade wieder ganz oben in den Twitter-Trends gelandet? In jedem Menschen steckte eine Kraft, die nach Rache rief, weil Rache nun mal süß war.

Wo sie hinwollte, war nichts, was es im Außen gab. Sie mochte an keinem Punkt Rast machen, sondern immer weiter im Kreis um den See spazieren, der von einem majestätisch thronenden Graureiher bewohnt wurde. Der Riesenvogel bewachte Tag und Nacht sein Territorium. Der Bootssteg war sein Kaffeehaus. Er saß da, bei Wind und Wetter, sich alleine aufplusternd, nicht wie die Enten im Teich, die in Begleitung schwammen. Ob er wohl einsam war? Und während sie nach dem grauen Vogel schaute, wie jeden Tag, versuchte Silvana das Unmögliche möglich zu machen: Aus dem Kreislauf ihrer Gedanken wieder auszusteigen. Es war ein Rundgang, der nirgendwohin führen sollte, außer zu sich selbst. Ob man das mit dem Krebs vielleicht auch mal einen ganzen Tag lang vergessen konnte, hatte sie den Psycho-Onkel gefragt. Das war noch ganz am Anfang gewesen, noch vor der Chemotherapie. Aber der Psychoonkologe hatte nur den Kopf geschüttelt: »Tut mir leid, ich glaube, das geht nicht.« Das war der Moment gewesen, als er ihr geraten hatte, die Regler für Angst, an diesem imaginierten Mischpult, immer weiter nach unten zu drehen. Mit der Hammermedikation in der Blutkreisbahn erübrigte sich die Frage dann sowieso. Konnte man vergessen, dass vor der Haustür ein Krieg losging?

Doch rausgehen, an die frische Luft, die Mischung aus Bewegung und Sauerstoff: Das ging immer. Es war außer Schlaf das Einzige, was man tun konnte, um sich während einer Chemotherapie halbwegs normal zu fühlen. In den uralten Schutzmauern ihres Kopfes hatte sich ein Spalt aufgetan, ein Bewusstsein gebildet. Die alte Verletzlichkeit war wieder da! Wann hatte sie sich zuletzt so defekt gefühlt? War es, als sie fünf Jahre alt war und der Vater unter der rot-weiß gepunkteten Party-Tischdecke eines Dorf-Imbisses seinen Rausch ausschlief? Der Vater, der immer versucht hatte, seinen Schmerz vor ihr zu verbergen? Es wäre schlimm genug gewesen, einen Papa zu haben, der sich, anstatt für seine Familie zu sorgen, einen Namen als Alkoholiker machte, in Neubauviertel-Suburbia, mit all den wohlgekleideten Kindern aus den christlich-unchristlichen, bürgerlich-urdeutschen Familien around. Dass ihr Vater aber als Ausländer gelesen wurde, dass der Einwanderer aus Ex-Jugoslawien sich dem Feind so ausgeliefert und hilflos auf der kalten Bank eines verräucherten Imbisses vor sich hin geschnarcht hatte, dass es alle mitbekamen, wie die ganze Familie in einer Anderthalb-Zimmer-Wohnung lebte ... War dieser Imbissmoment einer der letzten Momente im Leben von Silvana, wo sie noch offenherzig ansprechbar gewesen wäre auf ihre Wunden? Aber das war sowieso verschwendete Liebesmüh, denn im Doof-Deutschland der achtziger Jahre sprach einen auf derlei Erschütterungen ja sowieso keiner an. (Immer nur auf die blöden Wurzeln, nie auf die Wunden.)

»Du hast die Hosen voll und trägst nie die von Gabbana / Doch ich lieb dich ohne Groll / Papa gibt es nicht bei Klarna«, war die allererste Rap-Line, die sie je in ihr Schulbuch gekritzelt hatte. Die Texte waren nachträgliche Medizin für Situationen wie diese, aus denen es keinen Ausweg zu geben schien: Ein eiskaltes Schamgefühl war ihr den Rücken hochgekrochen, als die Mutter ihn auf Kroatisch anflehte, doch bitte mit nach Hause zu kommen. Und dann war etwas Heißes in ihren Kopf gestiegen, eine beißende Beklommenheit, die sich zu einem Gedanken formte: Sie würde kämpfen, nur noch kämpfen. Auf der Stelle abhauen. Die Deutschen mussten ihr scheißegal werden, wenn sie unter ihren Blicken nicht mehr leiden wollte.

Was war dagegen schon Krebs im Frühstadium? Im Vergleich zu einem Kind, das seinen Eltern nicht helfen kann in Kohls Deutschland, oder waren es schon die Schröder-Jahre gewesen? Aber nein, durchfuhr sie eine Ahnung: Ein Krebs im

Frühstadium ist das Schlimmste, was Rachelle Engel, pardon Silvana Lovrić, jemals passiert ist. Der Anblick des weißen Geschlängels auf dem Röntgen-Bild. Und wie die Radiologin, bei der sie als allererstes gewesen war, noch bevor man sie zur Charité geschickt hatte, dann gesagt hatte: »Das ist schon ein richtiger Krebs, schauen sie mal, da sind schon richtige Füßchen dran, Krebsfüßchen.« Und wie Silvana dann die Knie eingesackt sind, denn für ein paar Schreckmomente lang hatte sie geglaubt, mit Füßchen wären Metastasen gemeint. Verdammt, wie konnte sich diese Röntgenärztin nur so ungeschickt ausdrücken? Sonst aber war auch diese Frau unfassbar feinfühlig gewesen. Sie hatte Silvana überschwänglich versichert, dass sie an diesem Krebs garantiert nicht sterben würde. »Nicht beim Zustand der heutigen Medizin.«

Silvana schaute auf die Handy-Uhr und rekapitulierte noch einmal: Es ist fünf nach halb fünf, im ersten Monat des Jahres. Von nun an geht's bergauf! Und wenn sie mit der Horrortherapie durch war, würde es erst richtig losgehen. Das Jahr, es ging jetzt voran. Da war etwas in Bewegung gekommen, eine Beschleunigung hatte eingesetzt.

»Man sieht Ihrem Blutbild nicht unbedingt an, dass Sie eine der härtesten Chemotherapien der Welt machen«, hatte Frau Dillon nach der ersten Dosis gesagt. Der Monat des »Höllenangriffs«, der September, war da bereits Geschichte. Genau wie der Tumor selbst, der am 25. Oktober herausoperiert worden war. Genauer gesagt: in der Stunde zwischen 10 und 11.30 Uhr, der Stunde ihrer Geburt. Wirklich wahr. Sie hatte es der Pflegekraft erzählt, die sich nach der OP um sie kümmern sollte. Triumphierend ausgerufen: »Ich bin um halb zwölf geboren. Und jetzt ist es halb zwölf. Also neugeboren, jetzt, um halb zwölf!« Sie hatte sich angezogen gefühlt von der ordnenden Kraft der altmodischen Uhr an der Wand, auf die sie trotz ihres schmerzenden Busens voller Freude gestarrt hatte. Aber die Frau, die den Operationssaal aufräumte, hatte nur etwas Unfreundliches gebrummt und sie dann im Berliner Dialekt gefragt: »Aber eine Deutsche sind Sie nicht? Bei ihrem fremdländischen Namen.« So ätzend dieser Alltagsrassismus war, so gut war er für ihren Heilungsprozess, weil Silvanas Gedankenkarussell von null auf hundert darauf ansang. Sie regte sich die nächsten 24 Stunden in Dauerschleife über diese Frau auf, und vergaß darüber beinahe die Angst vor allem, was ihr in puncto Krankheit noch bevorstand.

Silvana wusste beim Spazierengehen nie genau, wann er kam, aber jetzt kam er: Der Euphorie-Schub des Tages und sie hob endgültig ab, und Überleben war zum Kinderspiel geworden! Hatte sie gerade noch gegrübelt? Worüber? Über die fünfprozentige Wahrscheinlichkeit, an Brustkrebs zu sterben? Jetzt grübelte Silvana nicht mehr, jetzt flog sie in Richtung schönes Sternenzelt. Flog zu den quietschfidelen Eichhörnchen, die in den Baumwipfeln herumsprangen und sich an wackeligen Ästen festhielten. Etwas hatte sich gelöst, gelockert. Sie war wieder gelenkig, strotzte vor Kraft, alter und neuer, lief direkt in den Himmel hinein. Sie schwamm wie ein Wunderwesen in den Bilderbuchwolken. Aß die Himmelsgebilde wie Puderzuckerwaffeln. Das bleiche Firmament, eine Flauschdecke, ein Traum aus Eiswaffeln und Himbeerkuchen. Es hätte sie ebenso gut nach unten ziehen können, schon allein wegen der dicken Glanzpanzerjacke von D&G. Aber die Götter wollten sie oben sehen! Und was wollte man im Keller da unten schon machen? Die ausgestreckten Hände derjenigen halten, die den Krebs nicht überlebt hatten, nicht überleben würden? Ihr Entsetzen, ihren Wahnsinn, ihre Erschöpfung und ihre Einsamkeit fühlen?

Silvana fühlte, wie sie mit aller Macht nach oben gezogen wurde wie aus einem noch schwelenden Wohnungsbrand, und rein in diesen Heißluftballon called: *Life, oh life, oh life!* Im Rundflug sah die Welt schon wieder anders aus. *I don't want to see a ghost. It's a sight that I fear most. I'd rather have a piece of toast. And watch the evening news. Life, oh life, oh life, oh life.* Wenn sie so dem Horizont entgegenstapfte, dann war Silvana eine gesunde Frau, die nur noch schnell eine Chemotherapie hinter sich bringen musste. Aber was war jetzt nochmal mit den Frauen, die es nicht überleben würden? Man konnte ja nicht bis zum Ende seiner Tage heulen, wenn das Ende so nah war? »Was Sie hier erleben, ist schon schlimm genug«, hatte der Psychoonkologe ihr mit ursanfter Stimme zu verstehen gegeben. »Sie müssen nicht auch noch an diejenigen denken, die an Brustkrebs sterben.« Es klang mehr als einfühlsam, es streichelte ihr Gemüt wie ein Akkordeonbogen in einem Queer-Rap-Track. Wow! Sie durfte an sich selbst denken. Es war sogar ausdrücklich erwünscht. Aber war das nicht gemein? War man denn nicht verpflichtet, auch an die Leute zu denken, die daran starben? So viel innere Solidarität mit Leuten, die dieselbe Krankheit hatten, nur schlimmer, musste doch sein. Auch wenn es sie innerlich zerriss, sich einen Menschen vorzustellen, der demnächst an Brustkrebs sterben würde. »Falsch!«, hatte aber auch Frau Dillon ausgerufen, und sie durch die traurigen Ränder ihrer blassblauen Brille scharf angeschaut: »Es ist dann eine andere Krankheit. Ein Krebs ohne Metastasen ist nicht dieselbe Krankheit wie ein Krebs mit Metastasen.«

Energie für sich einzubehalten schien wirklich das Gebot der Stunde zu sein. Kein Trauergottesdienst für die Toten also. Sie sollte außerdem nicht so viel mit ihren Freundinnen und Freunden reden, um die angegriffenen Schleimhäute in Mund und Rachenraum zu schützen. Sollte sich an ihrer Überlebensprognose von 95 Prozent festhalten! Ja, genau, 95 Prozent, danke, das war genug, um ihren Peace of Mind zu finden. Sie war ja nicht crazy. Jedenfalls nicht am Tag, nicht im Gehen, nicht wenn sie über den beiden krummen Bäumen im Park schwebte, und mit dem Graureiher um die Wette flog. Sie hatte 99 Probleme, aber Krebs war keins davon, verdammt! Sie hatte noch nicht einmal die Lyrics für ihr zweites Album komplett selbst geschrieben. Das musste sich in Zukunft ändern. Sie musste doch Timo von sich beeindrucken; er wusste ja nichts von all dem, wunderte sich am Ende noch, der dumme Kerl, dass sie sich nicht mehr bei ihm meldete. (Er ahnte noch nicht, dass sie auch mit Hilfe seiner Energie überlebte. In dieses Ungeheuer von einem Gedanken war sie gestern kurz vorm Einschlafen gestürzt, dann hatte sie ihn sofort wieder und für immer vergessen.)

»Kann man daran sterben?«, hatte sie am Anfang der Behandlung wissen wollen. »Ja, wenn Sie jetzt nichts tun, dann sterben Sie auf jeden Fall an diesem Krebs«, lautete die etwas verzögerte Antwort. Rachelle hatte nicht weiter nachgefragt. Das Schicksal wollte ihr ja nur einen gehörigen Schrecken einjagen – ein Schreck gehörte immer dazu, zum Schicksal. »Was Sie hier erleben: Das ist nicht der Tod, das ist das Leben!« Den Spruch hatte Rachelle nun mehr als einmal aufgeschnappt, vor allem bei den Psychonkologen. Sie waren die geborenen Rapper. Dafür angestellt zu übertreiben, und dabei hatten sie sogar recht. Sie malten die Wunder bunt an und drehten den Spieß bei Katastrophen einfach um. Jetzt konnte sich Rachelle derlei Sprüche schon selbst aufsagen. Oder war es nur das, was man so sagte, zu einer 37-jährigen Frau, die beim Tanzen auf den Tischen abgeholt und ins Brustzentrum eingeliefert worden war? Verhaftet wegen Hot Pants und Hedonismus? Was hätten sie denn sonst sagen sollen, überlegte sie – »Frau Lovrić, Sie haben halt Pech gehabt im Leben«? Ein klein wenig stürzte sie jetzt doch ab, kam ein bisschen runter, nachdem ihr das mit der 37 eingefallen war. Was, wenn sie lügen? In ihrem Kopf gingen die Alarmanlagen los, deren schriller Klang mit Sicherheit bis zur Arbeitsstätte ihrer Mutter in Kiel zu hören war. Was, wenn sie meine Prognose beschönigen? Aber diese zertifizierten Ärztinnen, die mussten doch die Wahrheit sagen, oder etwa nicht? Sie dachte an die von der Zeitschrift *Fokus* vergebenen Premium-Zertifikate, die dem Brustzentrum in Mitte absolute Exzellenz bescheinigten. Aber war die Empfehlung eines altmännerkonservativen Scheißblatts etwas wert? Sollte sie nicht doch besser eine Weltreise machen? In die Banlieues fahren? Sie, die immer behauptet hatte, von dort zu kommen. Oder eine Netflix-Doku über ihr Leben drehen? Die letzten Wahrheiten verkünden: »Sie hat den ultimativen Frauenhass-Song geschrieben. Jetzt gewährt die ›Deine Freundin, das Miststück‹-Sängerin erstmalig tiefe Einblicke in ihr Privatleben. Die ganze Wahrheit über ihren Skandal-Song!« Sich mit Timo aussprechen? Letzteres ja wohl kaum. Er würde sie fallen lassen wie die heiße Kartoffel, die er selber war. Wer wollte schon eine kranke Freundin an seiner Seite? Eine, die man womöglich noch nach ganz unten begleiten musste?

Zum Glück lief gerade »So High« von SXTN auf ihrer Playlist. Vielleicht hatte der Song soeben einer jungen, kranken Frau das Leben gerettet. Auch der Spruch aus der Charité – »Das gehört zum Leben dazu« – spukte weiter durch ihren Kopf, und schon lichtete sich der Nebel unter ihren knirschenden Füßen wieder, das Laub war mittlerweile fast zu Staub zerfallen. Solange man noch selbst auf etwas Totes treten konnte, war man wenigstens selbst noch nicht tot. War das das Leben? Erneut wurde sie von einem kleinen High erfasst, wie von Eins-a-Discostuff. Let's go, go, go. Alter, diese Stimmungsschwankungen schossen sich gerade aus allen Himmelsgewehren auf sie ein: Mit einem schmerzenden Chemo-Port über der Brust durch einen winterkahlen Park laufen, mit juckenden Mützen auf dem beglatzten Kopf, plüschwarm angezogen an einem eiskalten Winternachmittag? »Das gehört zum Leben dazu!«, imitierte sie höhnisch die Stimmen der Ärzteschaft. Was alles dazugehörte, zu diesem sogenannten Leben. Oder gehörte es nur zum Leben einer Skandalrapperin dazu? War das die Strafe für Rebellion? Für die Aneignung von klobigen SS-Sturmschuhen, um als Einwandererkid die Gesellschaft dezent auf ihren Faschismus aufmerksam zu machen? Für die schmusigen Pump-Shoes-Tänze all over the dancefloor, für die süßen Joints und den tosenden Applaus, für all die Sterntalerstunden ihrer unwahrscheinlichen Karriere? Lag es vielleicht daran, dass sie andere Leute, oder besser gesagt: Frauen, beleidigt hatte? Nicht nur irgendwelche Leute, nein: Rachelle hatte tatsächlich *Frauen* beleidigt. Im momentanen Gesellschaftsklima kam das überhaupt nicht gut an. Frauen waren doch die neuen Heiligen. Sie waren Göttinnen geworden, seitdem sie qua MeToo Grabscher ins Grab, oder zumindest in den Knast, bringen konnten. Und diese heiligen dreifaltigen Königinnen hatte sie in ihren Power-Raps als BITCHES bezeichnet? War sie denn wahnsinnig gewesen? Dabei hatte sie immer gedacht, in aggro Berlin dürfe man sowas. Es war doch ein total positives, selbstbewusstes Statement, die Wut einer Frau auf ihre Nebenbuhlerin so auf den Punkt zu bringen, wie sie das in »Deine Freundin, das Miststück« getan hatte. Es war letztlich ein Song über die Doppelmoral in Spießerbeziehungen. Ist das denn von den bigotten Kritikerschweinen nie jemandem aufgefallen?

Plötzlich fühlte Rachelle sich wie der freieste Mensch auf der Welt. Es war beinahe so, als würden sich all ihre quengeligen Lebensgeister auf einmal in ihre Stimmbänder zurück verirren, als sie, die Zeilen ihrer fiesesten Nummer vor sich hin rappend, die glitzernde Eisschicht des Sees zum Einstürzen brachte.

Bist du immer noch mit der Psychobitch zusamm'
die du schon vor zick Jahren nicht begehrt hast?
Da bleib ich doch lieber die Schlampe mit den wechselnden Affären
Von der du so viel gehört hast
Die dich so verstört hat
Die du so betört hast
Die du so getötet hast
Die dich so getötet hat
Denn jetzt mal ehrlich
Du denkst vielleicht: deine Alte wäre nicht gefährlich
Und was schert's dich?
Sie ist halt so wie sie ist
Bequem für dich, nimmst das so mit
Genau wie das Leben, ein bisschen trist
Du schaust gar nicht mehr hin
Oh fuck, was ist nur so schlimm?
Was ist so schlimm? Dass du lieber sie zur Freundin nimmst
Ich chill mit Cardi B und Avril Lavigne
Bin ich dir eigentlich zu wild?
Oh bitte, sind wir doch mal ehrlich
Graue Mäuse sind gefährlich
Sie ist so unauffällig
Was hast du dir dabei gedacht? Eine graue Maus
Stattest sie aus mit deiner Macht
Doch Obacht! Auch graue Mäuse können beißen
Und blaue Hunde wie uns in Stücke reißen
Du sharst dein Licht mit ihr
deshalb is' es auch so zappenduster
mittwochnachmittags bei dir
Wir leben nicht mehr in den fünfziger Jahren
Da wimmelte es vor solchen Paaren

Ihr seid die Saat des Patriarchats
Sie ist die, die nie was aus sich selber macht
Trotzdem hat die Hoe Hoe Hoe die ganze Zeit nur an sich selbst gedacht
Sie tut so bescheiden, doch sie kann Menschen gar nicht leiden ...

Das Stück war von rap.de als der Track mit dem längsten Deutschrap-Text von einer Frau ever bezeichnet worden. Rachelle hatte diese Review so gefeiert, als ob sie bei rap.de geschrieben hätten, dass sie den Längsten hatte. Die Jungs nahmen es for granted, dass sie die unheiligen Worte »Bitch« und »Miststück« in den Mund genommen hatte. Schließlich war das ein Markenzeichen von Straßenrap. Warum fanden die Feministinnen es aber so schlimm, überlegte Rachelle und steuerte eine Parkbank an, um sich kurz auszuruhen. Sie sagten doch neuerdings immer, dass man sich als Frau auch aufbrezeln durfte, dass es cool war, den Jungs zu gefallen. Und sie beeindruckte die Typen nun mal mit ihren Songtexten. Sie war ja eine Kanakin. Was wusste sie, ob sie den deutsch-deutschen Jungs überhaupt gefallen wollte? Bei den Jungs aus den jugoslawischen und arabischen Einwandererfamilien stand die saftige Rede jedenfalls hoch im Kurs. Von ihr aus! Die Immerschonbiodeutschen konnten doch auch Sexisten sein. Da musste man sich nur mal das Ehegattensplitting ansehen. Das hielt diese deutschen Girls sauber am Herd. »Frauen an den Herd« stand bei den Deutschen praktisch noch immer im Gesetz! Die mit ihrem Dauergequatsche über Demokratie, und dann hat der neofaschistische Kapitalismus in ihren Herzen sie qua Steuerpolitik unten gehalten. Aber sich den arabischen Deutschen immer so überlegen fühlen, diese Heuchler! Wenn sie schon so frei sein wollten, dann mussten aber auch alle dasselbe verdienen. Sowas gabs doch auch in den anderen europäischen Ländern nicht. Nur das saubere deutsche System hatte »seine« Frauen hinterrücks in die Altersarmut getrieben, mit dieser Mischung aus der Ideologie der Freiheit und all den Gender-Pay-Gaps, von denen wieder nur die jungen und die alten *weißen* Männer profitierten. Wenn alle Ladys ihr mal zuhören würden – da würde keine mehr bei Gehaltsverhandlungen versagen. Vielleicht musste man diesen angepassten Spießerinnen einfach mal klare Kante vorgeben.

Ihr Rap wäre am Ende die Rettung für die Emanzipation, auch wenn er noch so scharf verurteilend daherkam, dachte Rachelle grimmig und trank ein paar Schlucke Mineralwasser ohne Kohlensäure aus der mitgebrachten Plastikflasche. Und wenn nicht, ganz ehrlich: Dann war es ihr auch scheißegal. Dann hätte sie halt nichts bewirkt, so what? Sie war nicht auf der Welt, um sie zu verändern, und nicht um sie zu gendern, sondern um die Zeit irgendwie rumzubringen und Spaß zu haben. Sie machte ihr Begehren nicht nur auf hohen Haxen klar, der Biss steckte auch ganz klar in ihren Songtexten. Für manche ihrer Jungs waren Frauen nun mal Huren, für die meisten war auch das nur ein unsicheres Spiel. Rachelle war zwar nicht auf den Kopf gefallen, aber sie war der festen Überzeugung, dass man auch mal Sachen aus dem Bauch heraus machen musste. Sie hatte sich immer als Ausnahmefrau bezeichnet. Irgendetwas musste man den anderen Fotzen voraushaben. Außerdem gab es ja wirklich krass viele von diesen Saubermänner- und Sauberfrauen-Beziehungen.

Der Text handelte ja nicht mal von ihr selbst. Sie hatte das nur aufgeschnappt, in der Nacht mit Greta, damals in Hamburg, auf St. Pauli, nach der Vergewaltigung. Die Chemotherapie hatte sich zu so einem Trigger entwickelt, dass jetzt auch andere traumatische Erlebnisse hochkamen. Sie wollte Greta damals in der scheußlichen Nacht, als sie sich gegenseitig aufgefangen und sich ihr ganzes Leben erzählt hatten, dadurch empowern, weil die sich so über ihre Stiefmutter aufgeregt hatte, die sie zu einem Aschenbrödel gemacht hat, angeblich. Greta hatte die halbe Nacht über ihren Vater geheult, und wie er in der Beziehung zu der gewollt »unweiblichen« Stiefmutter zum Opfer geworden sei. Rachelle war richtig froh gewesen über so eine Tiefeneinsicht in eine biodeutsche Familie, wo der Vater dann einfach mal so eben die Tochter im Stich lassen durfte, weil seine neue Ehefrau, eine gierige graue Maus, alles aus ihm rausholte. Rachelle hatte das ganze Drama dann in den Jargon der Gegenwart übertragen, mit dem Ziel, deutsche Doppelmoral aufzuschreiben, aus der Sicht der Ex-Geliebten, die nur als Sünde markiert wird, nicht als Mensch.

»Deine Freundin, das Miststück« war ausschlaggebend dafür gewesen, dass Isabella sich ihr damals als Managerin angedient hatte. Isabella hätte jeden Vertrag unterschrieben, um diesen Disstrack groß rausbringen zu dürfen, war nahezu unterwürfig geworden. Sie behauptete, dass sie so etwas auch einmal erlebt habe. Und schwärmte am laufenden Band: »Die hässliche Nebenbuhlerin, was für'n geiles Disstrack-Thema.« Isabella schwor auf die Idee, dass sie sich in einer Generation von verdeckten Narzissten befanden, die sich laufend als Opfer präsentierten, um anderen etwas wegzunehmen. Und die Rap-Kultur handelte nun mal davon, die gesellschaftliche Macht zurückzuspiegeln. Eine Machtdemonstration der Ohnmächtigen, ein Hoch auf das Miststück!

Die Freude an all dem brachte Rachelle wieder auf die Beine. Sie erhob sich von der Parkbank und spürte keinerlei Beeinträchtigung ihres Gesundheitszustandes mehr. Sie beschloss, zur Feier ihrer guten Konditionen den Bunkerberg hochzulaufen. Fast wehmütig dachte sie an die Zeit dieses Disstracks zurück: Mein Gott, war das alles lange her. Aber sie beide empfanden den Track auch heute noch als aktuell, und Isabella brach immer in kichernd-gute Laune aus, wenn sie ihn irgendwo auf voller Lautstärke spielten. Nur Greta, die ihn inspiriert hatte, mit ihrer traurigen Rede vom Aschenbrödel, verurteilte ihn höchstpersönlich! Brandmarkte ihn sogar auf ihrem Feminist-friendly-Blog als completely frauenfeindlich, allein die darin verhandelten Schönheitsideale seien ein No-Go. »All diese eklige Missgunst, die aus dem Text aufsteigt wie aus einer Jauchegrube ...« So hatte sie zu einem Verriss ausgeholt, der seinesgleichen suchte. Selbst ihr Rundumschlag gegen Antifuchs, über den sie damals alle redeten, war dagegen ein Aufgebot an Herzlichkeit. Dieses Miststück Greta! Sie sollte lieber anerkennen, dass Rachelle das Vokabular für den Albtraum toxischer Beziehungen schon Anfang des Jahrzehnts draufhatte. Jetzt redeten sie alle – feminist friendly! – über toxische Männer. Aber es gab auch toxische Frauen! So sah sie das. Ganz entspannt. Nicht moralisch. Na klar, es gab auch toxische Männer. Die Brüder von netten Kumpels hatten sie öfters mal übelst beleidigt, einer hatte sie sogar angespuckt und als minderwertige Rapperin beschimpft. War sie nicht trotzdem »part of the game« gewesen? »Viel Feind, viel Ehr«, so hatte sie das immer alles weggesteckt. Nur wohin, wohin verdammt nochmal, hatte sie es hingesteckt? Wo verbargen sich die Beschimpfungen aus ihren zehner Jahren? Die Kränkungen, die Shitstorms aller gegen alle? War dort, wo sich das Zusammengerissene verbarg, eventuell ein Krebs gewachsen? Fest stand: Sie hatte den Hass beider Gesellschaftsgruppen an der Backe (am Busen?): den der Frauen und den der Männer. Ein Wunder, dass sie unter solchen Umständen überhaupt auf die 2 Millionen Views pro Video gekommen war. Doch ihre Fans schätzten sie für ihre Ehrlichkeit. Und wenn sie ehrlich war, so hatte sie »Bitch« gesagt und auch »Bitch« gemeint!

Fuck, Quatsch, versuchte sie sich zu beruhigen. Eine Krebserkrankung durfte man nicht metaphorisch lesen. Sie musste aufhören, die Krankheit als aggressiven Racheakt des Universums zu begreifen und alles fein säuberlich voneinander trennen. So war das halt im Rapgame. Mädchen zählten nicht viel. Auch wenn sich das mit frechen, entschlossenen Ladys wie Ebow und Babsi Tollwut gerade änderte. Babsi war der neueste Geheimtipp, sie brachte die ganze Scheiße auf den Punkt: »Ich bin ahnungslos geboren, ziemlich hässlich und mit Glatze / Und das Ding war entschieden, als die Fruchtblase platzte / Denn mit jedem Zentimeter, den ich wachse / Entwickle ich mich von 'nem Mensch zu 'ner Matratze / Ich weiß dann früh Bescheid über meine Wertlosigkeit / Vergleich mich mit den Jungs und scheine wertlos zu sein.«

Vor zwei Wochen hatte Rachelle die zweite Chemo-Gabe erhalten. Die Immunwerte rasselten in der Woche drauf ein paar bange Tage lang nach unten, zeitweise lagen die weißen Blutkörperchen bei krasskrasseramkrassesten 0,2 %. Rachelle hatte Antibiotika schlucken müssen, für den Fall, dass sie einen Infekt bekam, der sie unter diesen Umständen vermutlich dahingerafft hätte. Seit letztem Freitag waren die Leukozyten wieder bei wundervollen 3,5 % – und sie war einfach mal wieder gerettet. Nur was diesen 0,2 % vorausgegangen war, war ausgerechnet das Gegenteil davon, ein überaktives Immunsystem, mit einem Leukozytenwert von 80, das würde ihre Freunde noch in hundert Jahren gruseln, wenn sie davon erzählte. Dieser verwaschene, in jeder Hinsicht unheimliche Morgen des neunten Januars.

*

Silvana kommt kaum aus dem Bett. Sie fühlt sich, als ob Teile ihres Körpers sich in unförmige Gummimasse verwandelt hätten. Gleichzeitig kommt ihr der Gedanke, sie würde innerlich zerplatzen. Sie unterdrückt ihn. Es ist der zweite Tag nach der dritten Chemo-Gabe. Sie hat viel an ihrer Contenance gearbeitet und versucht diesem Gefühl der totalen Schlapp-und-Gespanntheit nicht zu viel Bedeutung beizumessen. Am Tag davor hat sie eine Spritze bekommen. Die berühmte Spritze, die das Immunsystem wieder nach oben pumpt. 3000 Euro kostet das die Krankenkasse, mindestens. Schon die ersten beiden Spritzen haben sich durch Nebenwirkungen bemerkbar gemacht. Jetzt ist es schlimmer. Silvana kommen die Tränen. Sie weiß nicht, wo sie hin soll mit dem Gefühl dieses unheimlich Schlimmen. Sie haben gesagt, wenn ihr etwas komisch vorkommt, soll sie sich an einen Arzt wenden. Aber so komisch ist es auch wieder nicht, oder doch? Ab wann ist etwas Komisches so komisch, dass man sich Hilfe holen darf? So alleine hat sie sich seit der Krebsdiagnose nicht mehr gefühlt. Vielleicht wäre Spotify eine gute Adresse, um sich Hilfe zu holen. Aus ihren Top-Mixtapes wählt sie spontan den »Gute-Laune-Mix«. Vielleicht ist es höhere Gewalt oder tiefere Niedertracht, aber Spotify spielt als Erstes »Here Comes the Sun« von den Beatles. Dies wird für immer ihr »Here Comes the Sun«-Moment werden. Die liebevolle, unendlich zarte, zärtliche Stimme des Sängers beweint mit ihr die Lage, in der sie sich befindet: »Little darling, it's been a long, cold, lonely winter.« Schon so lange her, dass es gut war, säuselt er. Silvana schüttelt sich, babygleich, Tränen schießen ihr in die Augen. Sooo lange her, dass es gut war. Aber jetzt kommt ja die Sonne! Was ist schlimmer, dass es schon so lange nicht mehr gut war oder dass jetzt die Sonne kommt? Sie versucht, sich an der melodischen Sonne zu wärmen, doch plötzlich steigt Panik in ihr auf. Was, wenn jetzt gar nicht die Sonne kommt? Sie hatte ja eigentlich eine ruhige Nacht, aber so durcheinander wie an diesem Morgen ist sie schon lange nicht mehr gewesen. Silvana zwingt sich aufzustehen und schaut einmal kurz in den Spiegel. Der rechte Oberarm scheint ein bisschen angeschwollen zu sein. Aber ist das schlimm? Nach der letzten Spritze hat sie sich doch ebenfalls unförmig gefühlt. Sie beruhigt sich wieder, das ist doch nur das Cortisol. Oder es war doch die Spritze? Hauptsache keine Lungenentzündung. Man hat sie nur vor der Lungenentzündung gewarnt. So komisch ist das jetzt auch wieder nicht, dass mal während einer Chemotherapie etwas anschwillt. Sie legt sich zurück ins Bett. Sie will den ganzen Tag nicht aufstehen. Hat nicht die Kraft, um bei irgendwelchen Ärzten anzurufen und ihren Zustand zu schildern. Was soll schon sein, ansonsten geht es ihr ja gut. Das Herz schlägt wieder normal. Sie will nur nie wieder »Here Comes the Sun« hören, wenn die Sonne gar nicht scheint.

Am späten Abend kommt Isabella zu Besuch. Silvana erzählt ihr nichts von ihrer Beunruhigung. Isabella hat gute Nachrichten beziehungsweise Isabella spinnt, was beinahe dasselbe ist. Sie ist der Meinung, Silvana könne doch Mitte April, wenn der härteste Teil der Chemo hinter ihr liegt, endlich das Release-Konzert für ihr Album spielen. *Anschmiegsam Asozial* läuft bei weitem nicht so, wie es laufen könnte, und woran soll das sonst liegen, wenn nicht an der konzertlosen Zeit? Isabella sitzt mit vollem Gewicht auf Silvanas Bett, ein schimmerndes Glas Wodka Lemon in der einen, Kippe in der anderen Hand. Sie ist in ihrem Element. Sie sagt, sie hat die Zusage für den 15. April, sie dürfen zur Prime Time einen Gig spielen, »und jetzt kommts: im Prince Charles!« Vorher noch ein Aufwärmset in der BRAVO BAR. »Da werden auch nochmal ein paar Hunderter-Scheinchen die Besitzer wechseln. Dafür können wir uns dann DJ Rifflex an den Turntables leisten.« Nach ihnen werden im Prince Charles noch ein paar MCs aus New York spielen, eine Hip-Hop-Vocalband, von der sie gerade den Namen vergessen hat.

»Kannst du deinen Drink bitte im Wohnzimmer trinken, mir wird schlecht, wenn ich Alkohol nur sehe«, entgegnet Silvana einsilbig.

»Nee, tut mir leid, ich muss mich auch bei Laune halten«, bläfft Isabella unbeeindruckt zurück.

»Okay, verstehe.« Silvana hat begriffen. Isabella hat heute keine Antennen für sie und ihre Krankheit. The show must go on.

»Außerdem wäre DJ Rifflex doch ein guter Mann für dich«, gibt sich Isabella siegessicher.

Silvana tut ihr den Gefallen. Sie kichert und bläst mit ihr ein bisschen auf all diesen Möglichkeiten herum wie ein Hippie auf einem Kamm. Ja, sie könnten das Konzert geben, und ja, sie wird mit DJ Rifflex flirten. Es ist halb zwei Uhr nachts, als Silvana schließlich ausflippt und sich wieder auf ihren beschissenen Ist-Zustand besinnt. Schluss mit den Traumlandschaften.

»So spät schon? Ich bin mir nicht sicher, ob ich noch lebe«, bricht es unvermittelt aus ihr heraus. Sie kann sich kaum mehr beherrschen. Sie quält sich wieder aus dem Bett. Sie schaut wieder in den Spiegel. Der Arm ist richtig fett angeschwollen. »Schau mal, mein Arm.«

»Scheiße«, findet auch Isabella, zumal, wenn sie sie ihn mit dem linken Arm vergleicht.

»Was könnte denn das jetzt sein?«, fragt Silvana, der langsam der Arsch auf Grundeis geht. Von der Möglichkeit, dass der Arm anschwillt, ist einfach nie die Rede gewesen.

»Wir rufen bei der Telefonnummer für Notfälle an, die sie dir gegeben haben«, hilft Isabella ihr erstaunlich schnell weiter und greift nach Silvanas Handy. Zum ersten Mal am heutigen Tag lässt Silvana sich beruhigt ins Bett zurückfallen. Irgendwer kümmert sich schon. Dann sieht sie Isabellas nervösen Blick. Die spricht schon mit einer Schwester. Ungläubig wiederholt sie den Satz »Sofort in die Notaufnahme«. »Das könnte eine Thrombose sein«, flüstert sie ehrfürchtig und wählt schon die Taxinummer. »Wir müssen sofort zur Charité.«

Der Taxifahrer denkt, dass es sich um eine Geburt handelt und beginnt zu rasen. Silvana zieht sich die Kapuze ihres Hoodies über die Augen, als wolle sie mit dem Dunkel der Nacht konkurrieren. Sie hat Angst vor den Viren und Bakterien in der Notaufnahme. Nervös nestelt sie an ihrem Mund-Nasen-Schutz herum. Sie ist mit ihren Handlungen jetzt immer drei Schritte weiter in der Zukunft, sie ist nicht mehr im Hier und Jetzt, das macht alles noch anstrengender. Die ewigen Was-wäre-wenn-Gedanken.

Bei der Patientenaufnahme lässt man sie sofort durch. Es muss schlimm um sie stehen, in Anbetracht der vielen Wartenden. Als Chemopatientin ist man wohl Dauer-VIP im Emergency. Die Ärztin, die sie nach hinten winkt, sieht in dem grellen Nachtlicht der Neonröhren noch erschöpfter aus als Silvana unter ihren vielen Mützen. Die Glatze ist noch neu und das Ablegen der Kopfbedeckung wäre embarrassing.

»Sowas sehen wir hier jeden Tag, da müssen Sie sich nicht entschuldigen«, versichert ihr die Ärztin, während sie den linken Unterarm nach einer geeigneten Vene zum Blutabnehmen absucht. »Ich will nicht Ihr Geld, ich will nur Ihr Blut«, versucht sie es mit einer kleinen Comedy-Einlage.

»Ich will Ihnen aber nur mein Geld geben«, murmelt Silvana benebelt. Als das Blut schließlich doch noch in das Plastikröhrchen fließt, sind alle ganz erleichtert. Silvana bekommt eine Liege in einem Untersuchungsraum, der durch Stellwände in viele kleine Parzellen abgetrennt ist. »Wie gefährlich ist das alles?«, jammert sie Isabella voll. Ein freundlicher Arzt kümmert sich jetzt, er sieht aus wie einer von den Strokes. Nur dass er vermutlich seine besten Nächte im Neonlicht eines Krankenhauses verbracht hat, statt unter Scheinwerfern auf einer Bühne. Blinded by science!

»Was diese Ärzte für ein krasses Leben haben«, wispert Isabella, die scheinbar gerade in eine ähnliche Richtung gedacht hat. »Rock'n'Roll ist ein Scheißdreck dagegen«, flüstert Silvana.

Der Arzt beugt sich über sie. Er spricht so behutsam, als würde er ihr »Here Comes the Sun« vorsingen: »Hören Sie, wir müssen verhindern, dass eine Thrombose kommt. Es sieht ganz danach aus. Wir geben Ihnen jetzt präventiv eine Spritze, wir warten nicht erst ab, bis der Thromboss da ist. Und gleich wird eine Spezialärztin Sie untersuchen ...« Isabella bricht in ein wieherndes Lachen aus, als sie das Wort »Thromboss« hört, aber das stört hier keinen. Ein bisschen Albernheit scheint sogar willkommen zu sein, um die Anspannung zu lösen.

»Nix mit Thrombose, ich bin hier der Boss!«, reißt Isabella das Wort an sich. »Meine Klientin muss im April ein Konzert geben. Also schicken Sie diese Thrombose zur Hölle.«

»Bis April ist Ihre Klientin wieder auf den Beinen«, beschwichtigt der Arzt in die sich ausbreitende heitere Stimmung hinein. Aber eine Frage muss Silvana noch stellen. Sie fühlt sich, als hätte sie zehn Schubladen durchwühlt und endlich die eine Sache gefunden, nach der sie verzweifelt gesucht hat: »Wie schlimm ist so eine Thrombose, kann man daran sterben?«

»Das ist nichts, was man haben will, aber auch nichts, woran man stirbt«, sagt der Arzt mit einem weichen Unterton, aber mit Nachdruck. Eine Stimmlage wie raschelndes Goldpapier in einer Kekspackung.

Doch der schöne Zustand gerät schon wieder ins Kippen, eine Ärztin steuert auf ihr Grüppchen zu, und fragt mit besorgter Miene: »Haben Sie eine Spritze fürs Immunsystem bekommen? Sie haben so unwahrscheinlich hohe Immunwerte, die gibt es eigentlich gar nicht, Sie haben einen Immunwert von 80. Aber wenn Sie die Spritze bekommen haben, dann bedeutet das nichts. Das kann in einem Moment schon mal so sein.«

»Ja, ich habe die Spritze bekommen, am Dienstag um zwölf Uhr dreißig«, gibt Silvana sehr genau Auskunft.

»Dann ist alles gut. Danke für die Information.« Schon ist die Ärztin wieder weg.

»80? Das Immunsystem geht doch nur bis zwölf!«, sagt Silvana ungläubig. Wenn das so weiter geht, wird sie noch verrückt. »Wofür trage ich eigentlich eine Mund-Nasen-Bedeckung? Mir kann doch kein Virus irgendetwas antun. Sieht so aus, als ob ich das beste Immunsystem im ganzen Laden hier, in ganz Berlin habe.«

Der nette Arzt kommt zurück mit dem EKG-Besteck. »Ich habe ein Immunsystem von 80. Kann man daran sterben?«

»Das kann ein multiples Organversagen auslösen«, antwortet er ernst, aber wenig alarmiert. »Da kann man dann nicht mehr viel machen.«

Für Silvana ist es vielleicht der größte Schock in dieser Therapiephase. »Ja und kann mir das passieren?«

»Haben Sie denn Schmerzen? Ich meine so richtig starke Schmerzen? Kopf- und Glieder- und Bauchschmerzen?«

»Das nicht«, sagt Silvana schnell, »aber heute Morgen habe ich so ein Ziehen in den Gefäßen gespürt, keine richtigen Schmerzen. Im Moment geht's mir gut.« Tatsächlich fühlt sie keinerlei Schmerz mehr.

»Dann ist alles gut«, sagt der Arzt. »Das würden Sie jetzt

schon merken. Das wären krasse Schmerzen überall im Körper. So sind es nur Entzündungswerte, das ist egal.«

»Ich werde jetzt also nicht an diesen 80er-Immunwerten sterben?«, wiederholt Silvana ungeduldig.

»Nein, das werden Sie nicht, und gut, dass wir darüber gesprochen haben.«

Silvana ist platt, speechless. So schnell wie hier die lila Wolken auf und ab ziehen, da kommt nicht mal sie, mit ihrem bipolaren Gedankengalopp, noch mit. Gerade eben noch multiples Organversagen, jetzt schon wieder alles paletti?

»Was Entzündungswerte sind, wollen wir gar nicht erst wissen«, schimpft Isabella in gespieltem Entsetzen. »Also siehst du, alles halb so wild. Überhaupt nicht wild.«

Jetzt nur noch schauen wegen der Thrombose, in Silvana macht sich eine angenehme Schläfrigkeit breit. Auf einmal sind auch die Gespräche aus den anderen Kabinen interessant. Sie hat wieder Ohren für ihre Umgebung. Rechts von ihr liegt eine angehende Medizinstudentin, die sich einen Herzinfarkt nur eingebildet hat, das jetzt aber nicht zugeben will. Silvana kichert in sich hinein, während sie sich die Klage der jungen Frau anhört. »Ich will ja auch mal irgendwann hier arbeiten«, sammelt die sich gerade wieder.

Aber die behandelnde Ärztin lässt nicht locker: »Ich frage Sie jetzt noch einmal: ›Was haben Sie denn gedacht, was es ist, warum Sie zur Notaufnahme gekommen sind?‹«

Silvana verpasst die Antwort, weil jetzt links von ihr Trubel entsteht. Ärzte aus vielen verschiedenen Fachrichtungen kümmern sich um eine Vergiftung. Was könnte das nur gewesen sein? Woher kam das Gift? Es ist ein bisschen wie Tatort gerade. Kein Wunder, dass sie den Pjtor von Pussy Riot hier wieder fit gekriegt haben, bei dieser sensationellen Betreuung. Der wurde doch angeblich von Russlands Geheimdienst vergiftet, denkt sie im Wegdösen. Gleich wird auch noch ein Hautspezialist hinzugezogen, heißt es. Der Vergiftete scheint aber ansprechbar zu sein, wahrscheinlich ist der Horror schon halb überstanden.

So ist das also Mittwochnacht, einen Häuserblock von der BRAVO BAR entfernt, wenn hinter den blauen Vorhängen der Notaufnahme alle Möglichkeiten eines sauberen Überlebens erörtert werden. Silvana hat sich immer auf ihr Interesse an anderen Menschen verlassen können, jetzt ist es ein wahrer Segen.

Isabella kommt aus dem Wartebereich zurück, wo sie sich eine Cola geholt hat. »Hier erlebt man ja mehr als in zehn Jahren im Rap-Business«, schimpft sie in hysterischer Empörung. Ihre Nerven liegen jetzt scheinbar auch blank. »Da war so ein besoffener Typ, der hat mich voll fies angegrinst und dann ganz schön angebaggert. Das war so unheimlich, da war plötzlich niemand mehr außer mir und ihm im Wartezimmer.«

»Oh, Scheiße«, flüstert Silvana mitfühlend, »egal was einem passiert, irgendein Arschloch ist immer zur Stelle.« Und als wäre das nicht schon schlimm genug, wird Silvana jetzt von einem neu hinzukommenden Arzt aufgefordert, die bequeme Schlafliege zu verlassen. Sie müssen jetzt zur Thrombose-Untersuchung. Durch dunkle unterirdische Gänge geht es in einen Ultraschallraum, der die Thrombose dingfest machen soll. Die zuständige Ärztin sei gleich da. Es gibt gerade nur diese eine Ärztin, die das kann.

»Die Expertin«, kichert Isabella fasziniert, »ein Riesenhaus voller Alphamädchen und Gilmore Girls!«

Wenig später führt die Ärztin sie ins verwaiste Behandlungszimmer. »Einmal nur wollte ich bis halb sechs durchschlafen. Nur einmal im Leben bis halb sechs schlafen! Doch als ich hörte, Thromboseverdacht unter Chemotherapie, hätte ich das mit meinem Gewissen nicht vereinbaren können. Wir lassen niemanden mit einem dicken Arm zu Hause sitzen. Aber wirklich nur deshalb. In jedem anderen Fall hätte ich mich nicht um vier aus dem Bett klingeln lassen. Ich hätte das dann einfach verweigert. Aber ich weiß, was Chemopatienten so erleiden müssen, mein Schwager macht das gerade durch.«

Sie sitzen in einem sehr dunklen Raum mit sehr hellen Geräten, das glitschige Nass des Ultraschallgelees auf ihrem Oberarm, diese beruhigenden Bewegungen! Die Ärztin fragt: »Wie haben Sie eigentlich den Krebs entdeckt?«

»Selbst ertastet«, murmelt Silvana stolz und ergänzt: »Er ist schon wieder weg!«

»Mein Gott, haben Sie ein Glück. So ein Glück.« Sie kann sich gar nicht mehr beruhigen. »Die meisten Frauen können das nicht selbst ertasten. Und wenn, dann verdrängen sie es meistens erst einmal. Dann ist es oft schon zu spät. Mensch, hatten Sie ein Glück!« Ach so, Silvana sitzt hier, weil sie einfach so ein Glück hatte ... Und einen Thrombus könne sie beim besten Willen nicht entdecken.

»Nein, da ist nichts. Da kommt kein Thrombus. Wissen Sie, dass Sie unglaublich schöne Venen haben?«

Frau Lovrić musste zur Sicherheit noch ein paar Tage im Bettenhochhaus verbringen und bekam jeden Tag zwei Thrombose-Spritzen. Nach etlichen weiteren Untersuchungen buchten die Ärzte den angeschwollenen Arm unter einer Rubrik ab, die angeblich gar nicht so selten ist: Seltsame Vorgänge, für die es keine medizinische Erklärung gibt. Nun, Silvana hatte eine Erklärung. Sie hatte einfach zu früh in diesem Winter »Here Comes the Sun« gehört. Und der angeschwollene Arm hatte einen überdimensionalen Sonnenbrand oder einen Bienenstich davon bekommen. Aber das waren Gedanken, die nur

Timo verstehen würde. Und Timo durfte gerade nicht sein in Silvanas Welt.

Die Ärztin mit der kastanienbraunen Lockenpracht eines Heiligenbilds gab ihr bei der Entlassung aus dem Krankenhaus noch den Tipp, sich, sobald die Werte wieder oben wären, mal ein schönes Wochenende zu machen: »Treffen Sie sich mal wieder mit Freunden. Und vergessen Sie die Chemo für eine Weile.«

Mit welchen Freunden denn? Problem war: Rachelle hatte keine Freunde mehr. Zu Beginn der Krebserkrankung war sie jeden einzelnen durchgegangen. Keiner erschien vertrauenswürdig genug, die Fresse zu halten. Jeder würde es mindestens einem »guten Freund« weitererzählen und sich eine Woche später mit ihm zerstreiten, Freundschaften hielten im Rapgame nicht lange. Und der gute Freund würde es dann mit der besonderen Freude am Verrat ausplaudern oder sich nichts dabei denken und es umso achtloser herumerzählen. Innerhalb eines Monats wäre die ganze Stadt im Bilde. Nach zwei Monaten käme der erste »schüchterne« Anruf von Hiphop.de. Alle würden sich mit Besserungswünschen überbieten und vor Mitleid zerfließen. Nur Auftrittsangebote kämen keine mehr rein. Auf Wünsche, sich zu bessern, konnte eine wie Rachelle, die schon mit vierzehn Jahren zum ersten Mal einen Sozialarbeiter an der Backe gehabt hatte, ohnehin verzichten ... Sie brauchte mehr denn je nur sich selbst. Sie hatte schließlich unwahrscheinliches Glück gehabt!

Kapitel 2

BAD ROMANCE

Greta Marie – Glücklich wie nie, 18. August 2018

Ich feier, ich pöbel, ich spring durch den Club und dreh ab.
Ich bin ein braves Mädchen, aber nicht heute Nacht.
Bra bra bra braves Mädchen, bra bra bra braves Mädchen,
bra bra bra braves Mädchen, aber nicht heute Nacht.
(Kitty Kat)

Draußen ist Vollmond. Draußen ist Vollmond.
Mein Kopf ist Pilot. Mein Kopf ist Pilot.
Es geht um Million'n. Es geht um Million'n
Roulette – ich setz alles auf Rot.
(Capo)

Menschen machen Fotos von dem Sommer, für den Fall, dass jemand
daran zweifelt, dass man wirklich und wahrhaftig existierte.
(Die Goldenen Zitronen)

Ich will 'ne Liebe, die so klein ist, dass sie in eine Handtasche passt.
So verläßlich und gemeinnütz wie eine Pfandflasche Saft.
(Ping Pong Ponys)

Und wieder ein Sommertag, der an Haut und Fersen klebt wie ein offenherziges Quietschbuntkleid, das ein spanischer Frachter nach Berlin gebracht hat. Ein Sommertag, der passte wie unter die Haut gelasert oder einfach nur wie angegossen. Dieser Sommer war kein Warenhaus, denn er nahm nichts zurück. Oh yeah, Greta liebte diese Hitze, die ihr die sprichwörtlichen Flügel verlieh, denn sie war felsenfest davon überzeugt, dass es nie mehr kalt werden würde, in diesem Land, in ihrem Leben, oder wo immer sie sich gerade befand. Sie rief ihren

Push-up an, der brauchte nicht lang, sie zupfte sich den BH zurecht; sie wollte wie ein Premium-Kunde behandelt werden, in diesem Shop, von dem sie immerhin die diamantene Kundenkarte besaß.

Greta stand vor den gepunkteten Engelchen der buntgesprenkelten Eingangstür ihres heißgeliebten Desigual-Shops am Alexanderplatz und warf einen flüchtigen Blick auf die Headline der aktuellen *taz*, die sie auf dem Zehnminutenweg von zu Hause zum Alex gekauft hatte: *Vor dem Grundgesetz sind nicht alle Menschen gleich.*

Dann rollte sie das bedruckte Papier zusammen, als wäre es nur ein Festival-Plakat und steckte es in ihre Handtasche, die zu allem Überfluss auch von dieser Marke war. Politik war für den Moment langweilig geworden.

Darf die Handtasche überhaupt mit rein, oder denkt die Verkäuferin dann, sie hätte sie geklaut? Der Gedanke bremste Greta in ihrem Elan etwas aus: Inmitten der engelshellsten Drachenhitze dieses Nachmittags gingen ihr gerade nur noch kleine Lichter auf (auch wenn sie in diesen Tagen ihr Strahlen wieder hatte), und zum ersten Mal, seitdem sie die 100.000 Euro geerbt hatte, und dem Rausch, in dem sie sich seither befand, mischte sich ein altbekanntes Schuldgefühl ins Hoch mit ein. Das kam davon, wenn man die *taz* las. Wo hatte es sich nur die ganze Zeit versteckt, wo zur Hölle, in welchen Resonanzraum ihres Körpers war es gerutscht? Es konnte nicht sein, dass sie so viel Geld hatte, bestimmt ist alles geklaut, summte es schwach (aus welcher empfänglichen Sogstelle des Körpers auch immer) aus ihr heraus, als Bote jenes armen, alten Gefühls von »Es steht mir nicht zu« oder »Es darf mir nicht gut gehen«.

Die Sängerin schickte den Schuldton zurück zur Einkaufsstraße, auf dass er dort zersprang wie ein Goldrandteller aus Porzellan und neben einem dieser Steine landete, die ihr in diesen Tagen vom Herzen gefallen waren. Greta war ein Spielautomat, der zeitgleich auf Alarm und Risiko geschaltet hatte. Ihre eigenen roten Linien leuchteten in den glühendsten Farben der Desigual-Farbpalette. Sobald sie die Einkaufsboutique betreten hatte, würde auch ihre innere Schranke weichen. Die Vorfreude auf die Begegnung mit Hunderten von asymmetrischen Kleidern war riesig, denn Greta bevorzugte die schrägen Töne, und sei es nur, damit keiner merkte, dass sie eine Perfektionistin und ein Fashion Victim war. Oder ging es nur darum, sich die übermäßige Lebensfreude, die ihr sowieso schon in den Knochen steckte, auch noch in die Einkaufstüte zu packen? Im Moment liebte sie die neuen Kleider sogar mehr als die neuen Männer, die sich ihr in der BRAVO BAR an jedem verdammten Dirty Dienstag an den Hals warfen (autsch) und an die Hüften schmiegten (schon besser), um sich dann (genau so) zu ihrem Busen, der schmalen Taille und dem einladenden Po vorzuarbeiten (Reihenfolge variiert) – als könnte man den Ernst des Lebens auch einfach mal überspringen beziehungsweise übertanzen und im Zuge dessen wieder unschuldig werden. Als wäre das völliges Neuland für sie. Dabei waren die meisten von ihnen schon in den neunziger Jahren des letzten Jahrhunderts in den Disco-Tempeln von Brookyln und Manhattan vom Tanz und vom Sex angefasst worden. Denn was hieß: die »neuen« Männer? Das war nur buchstäblich zu verstehen, nicht im übertragenen Sinne. Es waren ja nicht die sprichwörtlichen »neuen Männer«, im Sinne des feministischen NDW-Schlagers »Neue Männer braucht das Land«, die sich dort austobten.

Aber neu waren sie doch. Was für eine gute Laune man davon bekam, dass man beim Tanzen flirten konnte und trotzdem Grenzen aushandeln durfte. Man spürte kaum die Anspannung, in all der Euphorie. Manchmal lief es auch aus dem Ruder. Da war dieser sehr junge, sehr hübsche Junge gewesen, der hatte sie gewarnt und ganz von oben herab angeherrscht: »Wenn wir jetzt noch drei Minuten so weitertanzen, dann mach ich Dinge mit dir, ohne dich zu fragen.« Greta erschrak, aber sie wollte ihn zurück-erziehen. Tanzte noch weitere, gefühlte zweieinhalb Minuten eng mit ihm, war Wachs in seinen Händen, er konnte doch sowieso schon alles mit ihr machen, was er wollte. Sie löste sich erst in der vermutlich letzten Sekunde aus der gemeinsamen Umklammerung und suchte wortlos das Weite, vielleicht, um zu demonstrieren, dass er sich mit seiner mackerhaften Einstellung nur selbst den Spaß verdarb.

Heute geh ich aufs Ganze, aber es müsste sich lohn'n. Heute geh ich aufs Ganze, Roulette – ich setz alles auf Rot, machte sie sich mit der 2017er-Hymne von Capo Mut. Seitdem Greta das viele Geld auf der Sparkassenkarte hatte, war selbst die »hypochondrische Störung« wie weggeflogen. Eine Psychologin hatte die vor ein paar Jahren mal auf Kontrollverlust in ihrer Kindheit zurückgeführt. Die Angst zu sterben oder schwer zu erkranken (zum Beispiel an Lupus, Borreliose oder Brustkrebs wie etliche ihrer musikalischen Heldinnen), hielt sich seitdem im Hintergrund – das Geld schien sie für ihre Tapferkeit im Umgang mit zwanghaften Ängsten zu belohnen.

Allerdings war die Angst vor Krankheiten, diesem übergriffigen Storyteller, von einer ebenso sinnlosen wie schönen Angst verdrängt worden: Was sollte sie machen, wenn sie den Tüllrock mit dem Zeitungsprint nicht mehr in Größe M hatten? In den Online-Shops, sogar im großen Netzangebot der Outletcity Metzingen, war er ausverkauft. Und was noch schlimmer war (und noch von der Urfurcht herrührte): Wie damit umgehen, dass sich in dem Kugelschreiberkritzel-Pulli mit dem Mond, der aussah wie von einer Schablone ausgestanzt, circa 7 Prozent Polyamid befanden? Greta kaufte normalerweise nur nachhaltige Sachen aus Baumwolle und Viskose. Na gut, ein bisschen Elasthan war in vielen Kleidungsstücken enthalten (5 Prozent). Die Wintermäntel durften sogar vollumfänglich aus Polyester sein, klar. Aber Polyamid? Was für ein Pech, dass sich dieser nicht gerade ungiftige Stoff ausgerechnet in diesem umwerfend schönen Pulli befand. Sie staunte und schaute an sich herab, und kam jetzt richtig ins Schwitzen: Verdammt, die Jacke, die sie trug, war ja auch von der spanischen Lieblingsmarke. Jacke und Handtasche waren auffällige Zwillinge aus der Stonewashed-Serie, beide aus himmelweichem weißem Strick und blauer Baumwolle mit funkelnden Pailletten und Blumenprints, die sich in allen Schattierungen der Farben Lila, Rot und Gold austobten. Greta war mächtig glücklich, sich all diese Blumenblitze, die sie in der Fachsprache »Florale Allover-Prints« nennen, plötzlich leisten zu können. Es war alltagstauglicher Jeans-Style und trotzdem hätte man darin gemeinsam mit David Bowie, Lady Gaga und den Blitz Kids ein intergalaktisches Raumschiff mit Sonnenterrasse besteigen können.

Louie Maro, für den sie einst Feuer und Flamme gewesen war, hatte mal vermutet, dass farbenfrohe Blumenkleider ihre hypochondrische Antwort auf Leute mit Ganzkörpertätowierung waren. Greta hatte diese These gefallen. Louie Maro, der sie alle umgehauen hatte mit seiner charmanten Solo-Piano-Nummer und mittlerweile auf dem Weg zum Weltruhm war, schaute Greta manchmal noch auf eine ganz eigentümliche Art und Weise an, sagte dann auch überraschend liebe Sachen. Vielleicht, um zu zeigen, dass er sie immer noch aus ihrer gemeinsamen Zeit schätzte, als sie das Folk-Duo Lady Smirnoff gebildet hatten? Genaugenommen war er damals schon ein viel zu klassischer und versierter Klavierspieler gewesen, um mit ihr diesen lyrischen Dream-Pop mit den vielen Feedbackschlaufen zu machen. Inzwischen hatte sich auch sein Kleidungsstil verändert. Er trug nur noch dieses elegante Reichenschwarz, das manchmal glänzte wie bei einem Mafia-Boss. Besonders schlimm wurde es, wenn er dazu eine weiße Fliege trug. Für Greta hingegen war klar, dass man auf buntes Zeugs steht. Nur den Deutschen, die keine Einwanderungsgeschichte nach 1950 hatten, leuchtete das häufig nicht ein.

Sie schob die Thoughts an Louie Maro rasch beiseite, das überraschende Gelderbe beherrschte wieder ihren Gedankenfluß, wie so oft in diesen Tagen. Gretas ältere Schwester hatte das Elternhaus geerbt und sie ausbezahlt, gestorben war niemand! Ihr Vater regelte das schon zu Lebzeiten. Sie hatte sich nur über die Schätzung des potentiellen Verkaufspreises geärgert, denn sie hatte immer angenommen, dass ihr Elternhaus mehr wert war, und daher etwas Zeit auf einen Anwalt verwendet. Dr. Dreher (er hieß wirklich so) war sich auch nicht sicher gewesen, ob man sie da nicht eventuell über den Tisch drehen, äh, ziehen würde. Er hatte ihr aber zugeraten, auf den Deal einzugehen. Und als dann der Tag der Vertragsunterzeichnung gekommen war, da hatte Greta Marie Gogal sich mit einem Schlag wieder wie das Glückskind gefühlt, das sie tatsächlich einmal gewesen war, in der Zeit vor Schulhofmobbing und Stromabstelldrohungen. Dieses Gefühl bestätigte ihr auch der ausgesprochen freundliche Notar: »Ach, diese alten Häuser in den angrenzenden Dörfern von Heidelberg, da weiß man doch nie, was mit so einem Haus los ist. Es ist hochanständig, dass Ihre Schwester Ihnen überhaupt einen hohen Betrag dafür gibt. Immerhin haben Sie jetzt nie wieder Scherereien mit dem Haus«, sagte er mit einer wegwerfenden Handbewegung, während seine Sekretärin auf einer vollelektrischen Schreibmaschine alles in Echtzeit mittippte.

Das Schönste an der Vertragsunterzeichnung war der Moment, als die forsche Augustsonne im Amtszimmer vorbeischaute und es in leuchtende Vierecke zerlegte, während gleichzeitig der Regen aus einem Bündel übrig gebliebener, nachtblauer Wolken an die Fensterscheibe prasselte. Und als sie den Vertrag aufs Schwungvollste mit ihrem schönen, gut kompostierbaren Namen unterschrieben hatte, überkam sie das Gefühl, dass eine fremde Macht ihre Hand hielt. Eine, die etwas auf Greta Maries schwärmerisch-sarkastischen Stil gab.

Der Notar hatte Recht gehabt: Was wusste man schon von so alten Häusern? Greta wusste nur, dass es ein Leben vor der Rente gab. Denn so schön sie es dort gehabt hatten: Wer außer ihrer Schwester und ihrer Familie wollte denn in diesem Haus so weit ab vom Schuss wohnen, noch dazu, wenn es dauernd in Schuss gesetzt werden musste? Und wenn sie im Alter – oder Anfang nächsten Jahres – mal wieder pleite wäre, dann könnte sie immer noch eine Boutique eröffnen ...

Und doch versuch ich die Flamme meiner Träume zu erhalten.
Auch wenn kalte Winde weh'n, trage ich ein Licht in mir.
Denn der Fluch der Gesellschaft lässt so manches Licht erkalten.
Und so geh ich durch die Nacht und hoff, dass ich es nicht verlier.

Das war ihr Statement-Refrain von FaulenzA, der passte zu den Statement-Kleidern, so ging sie durch den Tag, der Großes mit ihr machte: Das neue Album der Ping Pong Ponys war eingeschlagen wie eine, nun ja, wie ein Bömbchen, doch weil sie ihre eigenen Songs nicht mehr hören konnte, die voller Überschwung und Vorfreude den wahren Sex zelebrierten, streamte sie Tag und Nacht die von FaulenzA. »Totenstadt« stammte lustigerweise noch aus den Punktagen der Zeckenrapperin, und war strenggenommen überhaupt kein Rap. Greta konnte von dem Lied nicht genug kriegen. Ihr Musikerinnenherz war allein schon davon bezaubert, dass es ein bisschen an einen Dreivierteltakt erinnerte, was mindestens so gut war wie ein Dreiviertel-Puffärmel. Was für eine grandiose Idee, dachte sie, immer wenn sie es hörte, einen Song gegen den Gleichschritt in einem Beinahe-Walzer-Rhythmus zu machen. Sie musste das unbedingt kopieren. Die flackernde Akkordeon-Melodie machte es vollends zu einem echten Hochlicht im funkelnden Gesamtwerk von FaulenzA.

Greta stand immer noch vor dem Desigual-Shop, und als ob die Handtasche Kontakt mit ihr aufnehmen wollte, klingelte jetzt aus ihr heraus das Handy. Wtf, sie ging dran, und erschrak, als sie die grüne Nummer auf dem Display sah: Die von RTL Radio riefen zurück! Oh nein, sie hatte ja letzte Woche das Interview zugesagt! Die Redakteurin wollte unbedingt mit ihr über ihre MeToo-Erfahrungen sprechen, wie sie das neuerdings nannten, wenn Medienleute oder Schauspielerinnen, Sängerinnen mit Kusshand, ihnen Sexgeschichten erzählten ... In diesem Jahrzehnt bitte nur die ganz besonders kranken.

Zu ihrem Erstaunen hatte sie sich sagen hören: »Ja, kein Problem, kann ich schon machen«, während sie, ein Vanilleeis schleckend, im Koffeinrausch vor dem Café Visage auf und ab gegangen war. Wenn's weiter nichts war, als öffentlich darüber zu sprechen, dass der Chefredakteur des Modemagazins sie vergewaltigt hatte, und welche Folgen das nun wiederum für ihre Psyche und ihr Leben gehabt hatte ...

War ihr Herz gerade – in Vorfreude auf das bevorstehende Shopping-Ereignis – durchaus noch mit niedrigem Blutdruck kombinierbar gewesen, so pumpte es auf einmal so kirchturmlaut drauflos, dass bestimmt auch vorbeilaufende Passanten es hören konnten.

»Wenn es Ihnen nichts ausmacht, dann gehen wir jetzt gleich auf Sendung«, flötete die Aufnahmeleiterin, oder vielleicht war das auch schon die Moderatorin, am anderen Ende der Leitung. »Das Vorgespräch hatten wir ja letzte Woche schon.«

»Okay«, hörte sich Greta pflichtbewusst sagen, und lief ein paar Meter zur Seite; nur weg vom Paradies der Eingangstür. Sie stellte sich in ungleich geduckterer Haltung, als wollte gleich irgendwer auf sie einprügeln, auf eine der Treppenstufen: Die schlauchartigen Ladengeschäfte am Alexanderplatz, mit ihren geöffneten Türen, die ständig Leute rein oder raus ließen, sahen aus dieser Perspektive aus wie flashy Raubtiere. Sie würden sicherlich gleich zuschnappen, mit ihren grellen Schnauzen.

Sie wurde als »Musikerin und Autorin« vorgestellt, aber auch als »ehemalige Organisatorin und Pressesprecherin des SlutWalkBerlin« und sollte erstmal kurz erklären, was der SlutWalk war. Das war leicht. Die Formulierungen lagerten immer noch wie wertvolle, goldene Meterware in Gretas Kopf. Sie musste nur ein Kästchen wie aus blauem Samt hervorkramen und drauflosreden. Alles passte noch: »SlutWalk«, das war der Song, der ihr für immer auf der Tastatur ihres Pianos gegeben sein würde.

»Der SlutWalkBerlin war Teil einer weltweiten Protestbewegung, die sich gegen Vergewaltigungsmythen positionierte. Wir haben gegen Betroffenenbeschuldigung bei Vergewaltigungen und für sexuelle Selbstbestimmung demonstriert. Gegen Täter-Opfer-Umkehr«, rasselte sie, ohne nachzudenken, die Essentials runter. Dann ergänzte sie, um sich selbst auch ein wenig wichtig zu machen: »Die Bewegung wurde in Kanada gestartet, war dann aber auch schnell in Berlin und hatte hier eine der höchsten Facebook-Likes-Quoten weltweit.« Immerhin hatte sie das Ding mit Leidenschaft mitorganisiert, jedenfalls im ersten Jahr: Sie war als Einzige aus der Orga-Gruppe auch noch am Tag der Demo mit dem Herzen dabei, als das ganze Ding aus dem Ruder zu laufen drohte. Sie hatte öffentlich und mit Klarnamen dahintergestanden. Deshalb nervte es sie auch, dass seit dem Aufkommen von MeToo so getan wurde, als ob es zuvor keine Kämpfe gegen sexualisierte Gewalt gegeben hätte. Dabei hatten sie, die ganzen Medien, alle miteinander, doch jahrelang die Artikel zu Sexismus-Themen mit den SlutWalk-Bildern von leichtbekleideten Demonstrantinnen aufgemacht!

»Wir waren die Ersten, die die Bilder und das Vokabular einer neuen Zeit in die Medien gebracht haben, das Thema selbst ist ja leider schon so alt wie das Patriarchat«, versuchte sie es mit einer Mischung aus Witz und schwer verdaulichem Vokabular. »Patriarchat« klang für die Medien immer noch zu radikal, zu links. Greta legte noch einen drauf: »Wir haben auch gegen das deutsche Sexualstrafrecht demonstriert, dafür, dass ›Nein‹ auch ›Nein‹ heißt. Es ging speziell darum, dass dem Opfer nicht eine Mitschuld an einer Vergewaltigung gegeben werden darf, so nach dem Motto: ›Die Schlampe hat sich zu freizügig gekleidet‹.«

Eigentlich war es heute ja keine große Sache mehr darüber zu sprechen. Aber ein bisschen tricky war es schon noch. Der Begriff SlutWalk stand unter anderem bei Vertreter:innen der Critical Whiteness Studies in der Kritik, da er ein Schimpfwort für Schwarze Frauen universell auf alle Menschen übertrug, auch auf diejenigen, die gar nicht so sehr darunter litten. Hinzu kam, dass dieser Begriff sogar noch viel abfälliger und negativer war, wenn er im Kontext »Sklaverei« verwendet wurde. Greta fand, an dem Vorwurf sei etwas dran: Man hatte sie in ihrem Leben wirklich nie als Slut, wenn schon, dann als Schlampe beschimpft. Sie hätte das Ganze lieber »Schlampenmarsch« genannt, aber eine Mehrheit der Gruppe entschied, dass es eine weltweite Bewegung war und man deshalb die englischen Begriffe verwenden sollte, auch wenn die historisch besetzt waren.

»Sicherlich begrüßen Sie es als Gesicht der SlutWalk-Bewegung auch, dass es jetzt mit #MeToo eine neue Bewegung gibt, die sexuelle Gewalt in Machtverhältnissen, insbesondere am Arbeitsplatz bekämpft«, sprang die Moderatorin schnell in die Lücke, die Greta beim Sprechen gelassen hatte.

»Ja, ich finde die MeToo-Bewegung großartig«, pflichtete Greta ihr bei, »aber man muss auch ehrlich sagen, dass es für die privilegierten weißen Schauspielerinnen nicht mehr das ganz große Tabu war, über dieses Thema öffentlich zu sprechen.« Sie sagte es mit Schalk in der Stimme, als hätte sie bei der Meterware noch eine goldene Kordel gefunden, die ihr beim Seilsprung behilflich sein konnte. »Es gab in den letzten Jahren unzählige Aktivistinnen all over the world, die weniger ökonomisch abgesichert waren und die das Thema sexualisierte Gewalt in einer Rape Culture mit viel Risiko für ihr persönliches und berufliches Leben nach außen getragen haben, sei es, dass sie Demonstrationen organisiert oder auf Social Media mobilisiert haben.«

Das war für die Moderatorin das Stichwort: »Eine davon sind Sie, Frau Gogal. Sie haben im Vorgespräch erzählt, dass Sie selbst in ihrer Laufbahn als Journalistin sexuelle Gewalt erlebt haben. Wollen Sie uns etwas darüber erzählen? Sind Sie schon einmal an ihrem Arbeitsplatz sexuell belästigt worden, und wann war das und wo?«

»Oh Gott«, entfuhr es Greta, nicht zuletzt, weil die Moderatorin immer noch »sexuell« statt »sexualisiert« sagte, während sie mit den Augen ein paar samtseidenen Schulmädchen folgte, die in wurzelnden Glockenröcken über Baumwollstrumpfhosen geschäftig tuschelnd an ihr vorbeischlenderten.

»It's all those little things that I fear.« Sie räusperte sich. »Das war eigentlich bei jedem Job so, den ich als Journalistin hatte, zu der Zeit, als ich noch Journalistin war, also von meinem 17. bis zum 35. Lebensjahr. Aber vor allem bei dem Hamburger Modemagazin. Dort wurde ich vom neuen Chefredakteur vergewaltigt. Er hat das irgendwann, also zehn Jahre später oder so, auch zugegeben, also mir gegenüber, privat. Es weiß sonst keiner, nur meine besten Freunde und Freundinnen. Ich habe es ihm sogar verziehen, einfach, weil das Leben weitergehen musste.«

Mutprobe bestanden, Greta atmete durch. Jetzt wollte sie der Wahrheit aber auch noch einen XXL-Oversize-Mantel umhängen: »Ja, das war eine schöne Scheiße«, legte sie nach. Sprach einfach aus, was ihr als Erstes in den Kopf geschossen kam. Stand wohl immer noch unter dem Eindruck einer psychoanalytischen Therapie, die sie mit 25 gemacht hatte. »Ich bin auch echt froh, dass ich das überlebt habe«, sagte sie, abermals ohne bewusst darüber nachzudenken. Auf einmal war es ganz einfach. Greta war jetzt beim Thema-im-Thema, als ob sie immer noch eine Armee aus Riot Girls im Rücken hätte, was schon immer eine grobe Fehlfantasie gewesen war. Aber nicht nur die SlutWalk-, die MeeToo- und die One-Billion-Rising-Bewegung, auch der erdbeererhabene Mai, der pfirsichsanfte Juni und der zitronenfaltergelbe Juli standen auf einmal hinter ihr. »Ich habe ihm natürlich tausendmal gesagt, er soll aufhören, aber er hat nicht aufgehört. Er wusste genau, dass das schon eine Vergewaltigung war, aber es hat ihm Spaß gemacht und er hat extra nicht aufgehört.«

»Das ist ja wirklich schlimm, was Sie da erleben mussten«, unterbrach die Moderatorin entsetzt und beherzt zugleich, und Greta fand plötzlich das Wort »erleben« ein bisschen unangemessen; aber egal, die Leute fanden oftmals in solchen Momenten nicht die richtigen Worte, schon gar nicht vor 130.000 Zuhörerinnen. Da hörten ja fast so viele Leute zu wie Heidelberg Einwohner hatte. »Aber was mich noch interessieren würde: In welcher Konstellation standen Sie zu ihrem Vergewaltiger? Hat er ein Machtgefälle ausgenutzt?«

»Ihr Vergewaltiger«, als würde er ihr gehören. Greta wollte ihn nicht, wollte ihn nie. Sie hasste es, in so eine persönliche, besitzende Beziehung zu dem Vergewaltiger gebracht zu werden. Der gehörte ihr nicht. Sie hatte ihn sich auch nicht rückwirkend angeeignet. Sie wünschte einfach nur, er wäre ihr nie über den Weg gelaufen. Der Tonfall der Moderatorin erinnerte sie an ihren eigenen Interviewtonfall, wenn die Sache brenzlig zu werden oder zu kippen drohte: Eine Mischung aus zu empathisch und geradezu ängstlich darum bemüht, das Thema wieder auf das Narrativ zurückzubringen, von dem man in der Eingangsmoderation ausgegangen war.

Greta spielte mit: »Ja, das war auf jeden Fall ein Machtgefälle: Er war ja Chefredakteur und ich war freie Mitarbeiterin. Die Mitarbeit bei dem Magazin bedeutete mir viel und das hat er ausgenutzt. Mir war klar, am nächsten Morgen, wenn ich das jetzt in der Szene herumerzählen würde: Sie würden mir kein Wort glauben. Auch die anderen Redakteure nicht. Sie würden wieder nur denken, dass ich eine hysterische, sexfeindliche Feministin bin, die sich einen Vorteil verschaffen will, indem sie einen Kollegen, in dem Fall den Chef, denunziert.«

»Warum haben Sie das gedacht? Lag es vielleicht daran, dass die Spielregeln der damaligen Zeit, also der Zeit vor #MeToo, eben nach männlichen Machtplänen gestrickt waren und man als Frau mitspielen musste oder sonst nicht mehr dabei war?« Das war eine echt gute Frage, die die Moderatorin zudem schon bestmöglich selbst beantwortet hatte. Greta war beeindruckt. Vielleicht waren das ja schon diese neuen #MeToo-Zeiten?

»Ja«, sagte sie und man hörte ihrer Stimme an, dass ihr Herz dabei lachte: »Genau so, wie Sie das jetzt gesagt haben, genau so war es. Ich dachte wirklich ...« – Gretas Worte überschlugen sich – »Wir waren am nächsten Morgen nach der Vergewaltigung zusammen bei einem Brunch eingeladen, wo ganz viele unserer gemeinsamen Freunde und Kollegen waren und ich habe so in die Runde geschaut und gedacht: ›Nee, wenn ich jetzt die Bombe platzen lasse, dann bin ich raus, nicht er.‹« Jetzt lachte nicht mehr ihr Herz, sondern etwas Un-Herzliches in ihr kurz auf, aber sie sprach schnell weiter, weil es fürs Radio sowieso schon zu viel war. Viel zu viel. »Das kommt davon, wenn der Feminismus so einen schlechten Ruf hat. Ich war ja schon als Feministin öffentlich, das war mutig genug, ich konnte nicht auch noch einen Vergewaltiger anzeigen. Also habe ich zu der Sache geschwiegen, aber meine Texte wurden immer feministischer und schönheitsidealkritischer, und das musste er dann drucken, das war eine gewisse Genugtuung, und trotzdem hatte ich noch jahrelang die größten Angstzustände, dass er mir etwas antut, um mich zum Schweigen zu bringen.«

»Das tut mir sehr leid, dass Sie so etwas Schlimmes erleben mussten und vielen Dank, dass Sie hier über Ihre Erfahrungen als junge Journalistin geredet haben«, sagte die Moderatorin, die eine Doppelfunktion zu haben schien: Einen objektiv-distanzierten, journalistischen Stil wahren, und dabei so zart und zugewandt klingen wie eine Trauma-Therapeutin. Die machen auch etwas mit, die Journalistinnen heute, dachte Greta, und bedankte sich ihrerseits für das »tolle Interesse an dem Thema« und für »die aufrichtig interessierten Fragen«. Und dann war das Geistergespräch auch schon vorbei, genauso abrupt, wie es begonnen hatte. Beide Gesprächsteilnehmerinnen sagten zur gleichen Zeit »Tschüss« und legten auf. Uff.

Die unwahrscheinliche Hitze dieses Spätsommertages hatte sie wieder. Es war wie auf der Tanzfläche der BRAVO BAR, wenn einem plötzlich klar wurde, dass man sich schon ganz schön großartig fühlte. Raumschiff RTL, Anarchie, Aliens und

Radiowellen. Greta dachte kurz an Irma Vidal, ihre Uroma, die zu einer ähnlichen Un-Zeit, vor hundert Jahren, an vorderster Front, für das Frauenwahlrecht gekämpft hatte. Wie haben sie das damals gemacht, ohne Direktverbindungen zu verrückten Röcken und Handys, die einem das Gefühl gaben, am Leben zu sein? Wenn sie das nächste Mal ins Elternhaus fuhr, das ihr nicht mehr gehörte, dann würde sie eine Schwarzweiß-Fotografie von Madame Gogal aus den Kisten mit den alten Bildern kramen, und ihr einen Platz in der Berliner Wohnung geben. Gretas Feministinnen-Herz freute sich über alles, was sie da gerade eben von sich gegeben hatte, aber ihr privates war weniger leicht zu beruhigen: Gretas Superheldinnenfigur flog, nach anfänglicher Euphorie, nun doch noch durch verschiedene Zustände von Scham und Angst, während sie sich aufrappelte, um die paar Treppenstufen nach oben zu steigen und endlich ihre Einkäufe zu erledigen beziehungsweise zu *erleben*. Danach wollte sie im Studio in Neukölln einen oder zwei neue Songs einsingen. Es war ja immer noch Sommer. *Ihr* Sommer. Dieser Sommer der Augenblicke. Er stabilisierte sie. Er kam als Glücksbringer und baumelte als kupferpinke Dreierkette um ihren Hals, der Klimawandel war eine Bitch, und Greta hatte den passenden Gürtel dazu.

Es war alles so ungerecht. Dass sie sich so leicht hatte einschüchtern lassen, sie hatte das Arschloch von Chefredakteur ja nie angezeigt. Sie wäre sonst verrückt geworden vor Angst. Es wusste praktisch immer noch niemand, obwohl man in der Modeszene damals mehr als nur gemunkelt hatte. Zumal er auch noch andere Frauen belästigt hatte. Was, wenn der Typ, aufgeschreckt durch dieses Interview, und dem #MeToo-Zeitgeist zum Trotz, zum Gegenschlag ausholen würde? Sie wusste genau, dass er sie hinter den Kulissen immer weiter gedisst hatte, in all den Jahren, um ihre Zurechnungsfähigkeit für alle Zeiten in Frage zu stellen. Sie schob den fürchterlichen Gedanken – dass es nach all den Jahren immer noch nicht vorbei war – rasch beiseite. Sie hatte keinen Namen genannt, er konnte doch froh sein, dass sie diesbezüglich ihre Fresse hielt. Sie hatte ihre Energie für Wichtigeres auszugeben, sie hatte gegen das deutsche Sexualstrafrecht und gegen die weltweite Rape Culture und gegen alle möglichen Vergewaltigungsmythen gekämpft. Es war besser, etwas Gutes für alle zu tun, als ein weiteres Arschloch mit Klarnamen an den Pranger zu stellen. Jedenfalls, wenn man zu psychotisch gefärbten Gedanken neigte. In puncto Gold aus Scheiße machen war Greta sowieso schon immer spitze gewesen.

Jetzt stand sie wieder mit sehnsüchtig leuchtenden Augen vor der Eingangstür des Desigual-Shops wie vor einer babyputzigen Pforte zum Paradies, und dachte darüber nach, wie gemein es doch war, dass es Frauen so schwer gemacht wurde, Geld zu verdienen. Alle wollten immer, dass Frauen selbstständig waren, nur verdienen durften sie ihre Unabhängigkeit nicht beziehungsweise verdient hatten sie sie nicht. Wohl der, die geerbt hatte!

Und so war der klitzekleine Moment des Zögerns, bevor man sich selbst etwas Gutes tut, jetzt vorbei, und Greta marschierte in den verheißungsvollen Shop wie in einen Spielzeugladen, wo es all die schönen Sachen für ihre Puppen und sie selbst gab, die sie in diesen Spätsommertagen des Wahnsinns und der Wahrheit unbedingt noch brauchte.

In diesen Tagen des Übersprungs war auch das Singen zur puren Lust geworden. Ein sinnliches Überspinnen. Die Töne saßen in der Kehle wie kichernde Teenager, die nur darauf warteten, freigelassen zu werden, um auf ihren Fahrrädern über Berg und Tal zu flitzen und die Welt der Erwachsenen auf den Kopf zu stellen. Der Kehlkopf konnte aufblühen, die Zunge durfte sich nach oben orientieren, wie es ihrer Natur entsprach – bis beide Phonationskörper eine gemeinsame Achse bildeten, die einer Wirbelsäule glich. Hallo, schöne Aufrichtung.

Oder lag es nur daran, dass Louie Maro der Welt versprochen hatte, demnächst ein Doppelalbum über die Liebe rauszuhauen? *Love 'n Piano Notes*. Sie hatte die Ankündigung gerade im Netz gefunden. Ob sie darauf wohl noch eine Rolle spielte? Ein Titel auf der Songliste hieß »London Love«. Ob der wohl von ihrer gemeinsamen Zeit handelte? Vielleicht aber auch nur eine Chiffre für: »Mir fällt nichts mehr ein.« Ein Klischee. Louies Songtexte waren inmitten des Hypes um seine Klavierballaden immer dürftiger geworden, insbesondere, wenn er, den internationalen Markt bedienend, auf Englisch oder Französisch textete. Will er mich zurück, dachte sie so leicht dahin, wie sie alles so leicht dahin dachte, in diesen Tagen. In London waren sie Helden für einen Tag gewesen.

Louie Maro faszinierte sie noch immer. Vielleicht hatte sie sich die letzten sieben Jahre, in denen er mit seiner Familie im selben Viertel lebte wie sie, ohne auch nur einmal ein Bier mit ihr zu trinken, ja nur eingebildet? Aber dann wischte sie das Gefühl der Hoffnung sofort wieder beiseite. Es spielte alles keine Rolle mehr, denn Greta Marie war endlich erwachsen geworden. Keiner wagte es mehr, sie zu verarschen oder ihr einen Bären aufzubinden. Im Gegenteil, die Menschen wollten es ihr recht machen. Denn Greta war in Control of all ihrer Mittel und lebte zum ersten Mal nur nach ihren Bedürfnissen, und das zu jeder Sekunde des Tages. Zwar war sie innerlich immer noch das Schlüsselkind, wie in dem Politrap-Klassiker von Cora E., aber ihr Schlüssel hing schon lange nicht mehr an einem seidenen Faden, sondern an einer Peitsche aus gelbem Leder. Wenn man für diesen Zustand des Schwebens und des

Schuleschwänzens erst das verdammte 39. Jahr erreicht haben musste, dann her damit, dann war 39 gut.

Sie hatte einen Songtext in der dritten Person Singular über sich selbst geschrieben. Er hieß »Greta Marie – glücklich wie nie« und war ein kleines Spottlied auf dieses bedingungslose Glück, das sie in diesen Tagen erfuhr. Jetzt konnte nichts Schlimmes mehr passieren. Das Leben schimmerte als Silberkettchen: brombeerfarben und bombensicher. Sie musste nur noch auf Festivals gebucht werden, das war alles. Dann wäre das Glück perfekt. Ihre Panikattacken und Schweißausbrüche hatten sich jedenfalls, wenn schon nicht völlig verzogen, so doch zumindest am äußeren Rand von Berlin versteckt. Ebenso die Politik-Sucht.

Auf dem Weg zum Tonstudio am Paul-Lincke-Ufer hatte Greta ihren »Gesangsfahrplan«, wie sie ihn nannte, schon zur Hand: Er bestand aus zwei orangefarbenen DIN-A4-Blättern, die auf beiden Seiten beschrieben waren und 150 wertvolle Gesangsübungen enthielten, die sie allmählich in ihr Repertoire integriert hatte. »Hände an die Wangen, als könnten die Fingerkuppen den Klang wie Tinte einsaugen«, und schon schwebte sie wieder durch ihre Lieder, durchbrauste alle Ortschaften und Oktaven ihrer physischen wie psychischen Existenz. So wie man am Meer denkt, *diese eine Liebe darf nie zu Ende gehen*, so hing sie am Tropf dieses Sommers, der eine übertrieben geniale Gesangsdiva in Tüll- und Lametta-Kleidern aus ihr gemacht hatte. Die hohen Töne waren ein Kinderspiel geworden und der Produzent traute ihr mittlerweile zwei komplette Songs pro Session zu.

Sergey war ein grundguter, ja gemütlicher Mensch, nur hyperpedantisch. Seine Pedanterie spornte sie zu immer neuen Höchstleistungen an. Greta legte sich in ihrem politischen Aktivismus ständig selbst Grenzen auf, aber in der Kunst war sie das Gegenteil. Sie machte alles immer komplizierter. Hier durfte sie ihre spielerischen und panischen Anteile ans Steuer lassen. Bei der heutigen Session würde es um »Greta Marie – glücklich wie nie« und um den »Handtaschensong« gehen, die sie als Bonustracks auf die Social-Media-Kanäle stellen wollten. Sie hatte die beiden abwechselnd schon in der U8 die ganze Zeit vor sich hin gesungen. Die Backing Tracks hatten sie schon. Greta dachte voller Vorfreude an die Klavierspuren, die sie gestern eingespielt hatte und jetzt gleich wieder hören würde. Ihre Klavierkünste reichten nicht mehr nur für Konzerte aus, sondern auch fürs Studio. Wie schön, wenn alles, was man sich aufgebaut hatte, endlich Kettchen mit Früchten trug. Dabei war es gar nicht so leicht gewesen, mit den Ping Pong Ponys größere Bekanntheit zu erlangen. Ihr früheres Bandprojekt mit Louie Maro war bis vor kurzem das erfolgreichere geblieben. Erst mit dem zweiten Album des neuen Trios hatte sie zu dem Überraschungserfolg, der ihr bereits mit Mitte zwanzig beschieden gewesen war, wieder aufschließen können. Jedenfalls, wenn man davon ausgeht, dass eine ausverkaufte Berghain-Kantine, Millionen von Streams und 10.000 verkaufte Alben im Zeitalter von Spotify ein Erfolg sind. Zumal die Ping Pong Ponys ihre Konzerte selbst buchen mussten. Ein Ende des Booms zeichnete sich bereits ab. Schon wild. Schnell was Neues rausbringen jetzt. Die Songwriting-Front, die sie mit Felicity bildete, war stabil, nur die Schlagzeugerin Emilia schwächelte. An deren fragiles Nervenkostüm durfte Greta jetzt gerade nicht denken.

Doch irgendetwas stimmte nicht bei »Glücklich wie nie«. Vielleicht sollte es besser »The damned don't cry« heißen, wie dieser alte Song von Visage, den sie in der BRAVO BAR rauf und runter spielten. »Glücklich wie nie« klang nach einer gelben Primel auf einer weißen Küchenkachel, spießig deutsch. Besonders wenn sie sich ihre neuen Feier-Freunde aus der BRAVO BAR als Hörer:innen vorstellte: Die Pornodarstellerinnen und die Rapstars, die koksenden Dichter und die Kommunistinnen von der Partei Die Linke. Ganz zu schweigen von den furchtlosen Kämpferinnen, die gerade eben noch beim deutschen Ableger von Femen mitgemacht hatten. Sie waren zehn, fünfzehn Jahre jünger als Greta, und es entsprach nicht gerade ihrem todschicken Geschmack, auf wolkigen Gitarren-Ausläufern herumzutoben. Indie-Rock mit Surfpunk und Chanson-Einflüssen schien ihnen zu abstrakt, zu blumig, einfach far too nice. Aus zauberzarter Verbundenheit zu Greta heraus mochten sie aber das neue Ping-Pong-Ponys-Album. Was vielleicht daran lag, dass sie die narrativen Reimstrukturen des Deutschrap in die Kompositionen eingepflanzt hatte wie kreuz und quer gewachsenen Löwenzahn. Was in der heutigen Popkultur zählte, waren Erfahrungsberichte und Erlebnissongs aus der Hölle, pardon, aus der Wirklichkeit der neoliberalen, sexistischen, rassistischen, ableistischen, klassistischen, von Bullenschweinen und deutschem Kapital geführten westlichen, kolonialistischen Gesellschaften. Die aber gleichzeitig schönes, vielfältig beschissenes, bedrohtes und becirctes Leben für alle ermöglicht hatten. Deutschland war nicht mehr der Feind wie im Deutschpunk. Deutschland war in jeder Form von Deutschrap zum Land der unbegrenzten Möglichkeiten geworden, die man sich jetzt nur noch schnell erschließen musste. »Eiscafé Europa zahl die Flüge« war im Zuge der Geflüchteten-Bewegungen in tanzenden Riesenlettern auf die Tanzfläche der BRAVO BAR gesprüht worden. Die Skizze für ein besseres Leben für alle: Sie stand da und täglich glaubten mehr Leute daran, auch dort, wo unpolitisches Feiern angesagt war.

Die BRAVO BAR war am unteren Ende der Torstraße angesiedelt. Sie befand sich an der Ecke zur Friedrichstraße, wo es rechts in die Chausseestraße geht. Seit ewiger Zeit schwebten goldene Luftballons im Fenster der Bar. Ansonsten sah sie von außen wie ein schwarz ausgebombtes Loch aus. Auf den ersten Blick hätte man sie für eine gewöhnliche Abschlepp-Kaschemme halten können. Was sie mit Sicherheit nicht war. Sie war voller bad boys und bad girls, die sich auf extreme Weise miteinander stritten und sich manchmal währenddessen ineinander verliebten, was wiederum zu weiteren Extremwetterlagen führte. Es gab aber auch einfach die »normalen« Leute (die man in diesem Teil von Mitte schon automatisch »Hipster« nennen musste), die sich dort nach der Arbeit auf einen Absacker trafen, und sich allenfalls über die gehobenen Preise ihrer Weißweine mit der Kellnerin stritten, die gleichzeitig DJ war. Eine verdammt gute DJ. Die BRAVO BAR war einfach hot und man konnte nie genau sagen, was einen erwartete. Die meisten Gäste kamen in kleinen Grüppchen. Manchmal trieben es Leute auch im Keller miteinander, aber das war nur für ausgewählte Gäste. Erst mal wieder neu herausfinden, jeden Tag, wer man eigentlich war und mit wem man zusammenstehen wollte.

Die Barbetreiber hatten den Dreh heraus, immer gerade diejenigen Persönlichkeiten des öffentlichen Diskurses und Twitter-Lebens in ihren Laden einzuladen, ja zu locken, die gerade einen gewaltigen Shitstorm an der Backe hatten. Aktivistinnen, Politikerinnen, Fernsehphilosophen, Mainstream-Musiker, Underground-Musikerinnen, Schauspieler, Journalistinnen, of course, Porno-Autoren, Gangsterbräute, Hotelbesitzer. Alle hatten ja ständig Shitstorms: Shitstorm war das Ding des Jahrzehnts, Hate Speech die heilige Kathedrale der Jugend, und der Barkeeper, der wie (fast) alle hart auf die Vierzig zuging, empfing die Gäste mit einem Glas Champagner oder Weißwein, und mit Worten, die der Lage angemessen waren, und sich in liebevollen Trost zu steigern vermochten. *Life has a funny way of helping you out.* Er feierte die Ausgebuhten, auf dem Marktplatz der sozialen Medien Geshitstormten, für ihren Mut, so viel auszuhalten, an jedem einzelnen Scheißtag. Er hatte auch immer eine Idee auf den Lippen, wie sie das Ding nochmal drehen könnten. Er war ja ein Dichter und fand immer ein poetisches Schlupfloch in der Argumentation für sie. Tagsüber lebte er auf Twitter und nachts in der BRAVO BAR, oder war es umgekehrt? Ja, Johannes Finke war selbst ein Dichter und ein Meinungsmacher, er und Hamed betrieben den sowohl übertrieben unkorrekten wie auch übertrieben korrekten Blog »Unten in Berlin«: Hier wurde über frauenfeindlichen Gangster-Rap ebenso euphorisch berichtet wie über sexpositiven Riot-Girl-Punk. Der Scheiß war heiß, auf jeden Fall. Und der Schreibstil exzellent – detailgenau, augenzwinkernd, authentisch, aber um's Eck gedacht. Und wer mit vierzig immer noch kein:e Kommunist:in war, der oder die oder dey war auf jeden Fall ein schlechter Mensch. Wer keine Designerkleider trug aber auch. Die einzige Weltanschauung, auf die sich alle geeinigt hatten, lautete in etwa: Capitalism kills, kleidet sich aber geil.

Kein Wunder also, dass man sich jeden Tag neu ausmalte, in Unterhaltungen mit den tollsten Umdrehungen und mit hundert shocks per minute, wie toll das erst wäre, mit der Identität, der eigenen und der aller anderen, wenn es grenzenlos gerecht zuginge, auch in Hellersdorf und in Marzahn, auch außerhalb der Ringbahnzonen dieser Welt. »People are all the same and we only get judged by what we do. And If I'm ugly then so are you«, hatten die Sugababes schon in den nuller Jahren gewusst, aber wenn die R&B-Sounds jetzt hier aus den Lautsprecherboxen dröhnten, kapierte man erst die ganzen versteckten Bedeutungen, die man früher immer überhört hatte. Und selbst Rap-Labels, die der Rape Culture verdächtigt wurden, spielten mit dem Gedanken, einmalig ins Riot-Girl-Fach zu wechseln und das 22-jährige ehemalige Au-pair-Mädchen von Johannes (nur gut, dass sie weder singen noch rappen konnte) zur neuen sexy sensation im feministischen Punkrock aufzubauen. Greta hatte es gerade noch verhindern können.

Aber was genau stimmte jetzt nicht mit »Glücklich wie nie«? War es das »ü«, dieser blöde Umlaut? Vielleicht war der Song noch zu sehr dem spießigen Indie-Rock verhaftet und sie hätte lieber das schmissigere »Die Droge Greta« vertonen sollen, überlegte sie, während sie mehrere Treppenstufen am Paul-Lincke-Ufer auf einmal nahm, an Rosenständen und Imbissbuden vorbei, als gelte es heute Nachmittag noch eine Rallye zu gewinnen. Zügig lief sie mit mulmigen Gefühlen an dem beliebten Lokal Hafenkante vorbei, aus den Augenwinkeln die Biertische mit den rot-weiß gepunkteten Tischdecken inspizierend, als ob sie beißen würden. Ausgerechnet in diesem hippen Lokal hatte ihr mal ein männlicher Gast – exactly an dem Tag, an dem sie hier das Kennenlern-Gespräch mit Sergey hatte – mit der flachen Hand so brutal in ihre Unterleibsgegend beziehungsweise auf die Vulva (so nannte mittlerweile selbst die *Bravo* das weibliche Geschlechtsorgan) gehauen, dass sie sich danach noch stundenlang vor stummen Schmerzen gekrümmt hatte.

Greta hatte der Versuchung widerstanden, zum Arzt zu gehen oder die Polizei zu rufen. Stattdessen hatte sie sprichwörtlich die Zähne zusammengebissen, ein echt nettes Kennenlerngespräch mit Sergey geführt, dabei Termine für Studiosessions ausgemacht, über das Honorar für das Mastering und die Bezahlung von Gastmusikerinnen geredet. Man lebte nicht nur in einer Zeit, in der man im Vorübergehen im Radio Vergewaltiger anzeigen konnte, man lebte auch immer noch in der Zeit, in der man im Vorübergehen vergewaltigt werden konnte, nur weil man ein enganliegendes Sommerkleid in den Farben der Tischdecke der Hafenkante trug. Was natürlich nicht der Grund gewesen war. Kein Kleidungsstück rechtfertigt sexualisierte Gewalt.

Greta erinnerte sich daran, wie sie sich irgendwann von ihrem Sitzplatz erhoben und sich in die Nähe des Angreifers gewagt hatte: Er saß an einem Tisch mit direktem Blick auf das Spreeufer, ein paar Tische von ihrem entfernt, trank Kaffee und aß Kuchen, so wie sie. Sie schob den dumpfen Nebel in ihrem Kopf beiseite und konzentrierte sich ganz aufs Detektivische, wollte ihm auch ihren verletzten Blick nicht gönnen, stand auf, schlich um seinen Tisch herum, spähte ihn aus, hasste ihn. Er saß mit ein paar blonden Frauen da, sie lachten. Er war ebenfalls blond, groß und sportlich. Mit Sicherheit würde er argumentieren, dass ihm die Hand nur »ausgerutscht« sei.

Sie versuchte, die Erinnerung an den schrecklichen Vorfall schnell wieder loszuwerden, indem sie sich aktiv mit der Idee auseinandersetzte, den dritten Ast des Trigeminus-Nervs anzusprechen, wenn sie beim Singen einen schönen Klang wollte. Als sie die ulkigen Tische vor der Hafenkante hinter sich wusste, verlangsamte sie ihren Schritt wieder. Gerade der Refrain des Handtaschensongs könnte vom hohen, voluminösen Klang dieses »Nerv-Ansingens« profitieren. Sie liebte diesen Song, aber die beiden Strophen waren noch nicht perfekt aufeinander abgepaust und der Übergang in den Refrain musste noch smoother werden:

Ich will 'ne Liebe, die so klein ist, dass sie in eine Handtasche passt
So verlässlich und gemeinnütz wie eine Pfandflasche Saft
Kein Feuer, keine Flammen – gemäßigtes Verlangen
No more drama, denn für die big love,
hab ich mir 'nen Zwergspitz angeschafft.

Sie wollte es punkschnell einsingen und widerstand deshalb der Versuchung, am Imbiss eine Linsensuppe zu kaufen. Auf dem Außenhof des Neuköllner Studios befand sich ein über und über mit Graffiti besprühtes Wunderkiosk, in dem es alle nachhaltigen Leckereien gab, die sich ein schizophrener Hypochonder von heute nur vorstellen konnte. Greta investierte mal wieder in das beruhigendste Getränk der Welt: einen Cappuccino-to-Go mit Hafermilch. »Gebot Nr. 1: Wenn die Welt untergeht, trink ich trotzdem Cappuccino«, hatte Natascha P., die einmalige, grandiose Natascha P., neulich auf YouTube vermeldet, und jedes Mal, wenn Greta die goldenen Groschen aus ihrem Portemonnaie fischte und auf ein Hygienetuch legte, um sie zu zählen (weil sie nicht gerne Geld anfasste), summte sie dieses neue erste Gebot aller Kaffeesüchtigen vor sich hin. Mit dem heißen Becher in der Hand marschierte sie die paar Schritte über den Hinterhof ins pudelwarme Studio mit seinen fünf beheizten Räumen und platzierte sich schon mal, mit dem Produzenten scherzend, vor dem großen trophäenähnlichen Silberding, das mitten im Raum aufgebaut war.

»Können wir gleich loslegen?«, fragte sie, während sie sich einsang und Sergey sie mal wieder für den Cappuccino rügte: »Milch ist schlecht für die Stimme.«

»Das ist aber Hafermilch.«

»Macht das einen Unterschied?«

Sie lachte: »Ich glaub schon.« Wie oft sie dieses Gespräch schon geführt hatten! Es war zur Karikatur ihrer selbst geworden, wahrscheinlich fand es nur noch aus Gewohnheit statt. »Weißt du, was ich gerade gemacht habe? Ich hab 'nem großen Radiosender ein Interview gegeben, über so'n MeToo-Fall in meinem Leben. Jetzt bin ich irgendwie stolz auf mich, dass ich das gesagt habe. Vor so vielen Leuten! Das sind so die modernen Mutproben, weißt du. Ich zeige damit meinem früheren Ich, dass ich es nicht im Stich lasse.«

»Ja, und haben sie dir dafür hoffentlich einen Batzen Geld überwiesen, kannst du dir jetzt einen Urlaub auf den Malediven leisten? Da war ich nämlich gerade mit meiner Süßen. Das kann ich wärmstens empfehlen.«

»Das ist ja eine tolle Vorstellung, dass man für sowas Geld kriegen würde. Dann wäre man ja bestechlich und hätte es vielleicht nur deshalb gesagt. Nee, für sowas gibt's kein Geld. Mir reicht's schon, wenn das Interview dazu gut war, potentielle Täter abzuschrecken und ihr Umfeld zu sensibilisieren, sodass andere Frauen das nicht auch noch durchmachen müssen.«

»Was für Riesenarschlöcher, die sowas machen«, schimpfte Sergej vor sich hin. Und sie konnte das Kopfschütteln in seinen Worten hören. Unvorstellbar, dass Sergej sich so verhalten würde. Mit ihm war es sogar möglich, fun of Geschlechterrollen zu machen! Neulich war der Schnappschuss von ihnen beiden, auf dem sie auf seinem Schoß saß, in einer Musikzeitschrift erschienen. Sie hatten das heteronormative Der-mächtige-Produzent-und-die-kleine-vollbusige-Sängerin-Bild aus den vergangenen antifeministischen Zeiten nachgespielt, es war ein Joke gewesen, ein Brüller. Gleichzeitig schienen sie sich in diesen Rollen erstaunlich wohl zu fühlen. Sie strahlten beide auf dem Foto, eine Mischung aus authentisch und augenzwinkernd. Eines dieser Fotos, von dem man hinterher nicht mehr weiß, ob man es lieber nicht gesehen hätte.

»Ich fang jetzt mal an«, sagte Greta und stieg gleich mit dem Refrain ein, es war ja der Glückssong.

Frohes Leben sammeln, statt tote Krebse angeln
Ozeandampfer lenken, statt Schiffe zu versenken
Auf hohe Bäume klettern, nicht in den Ästen verheddern
Ich sag den Untergang ab und trau mich runterzuschau'n.

»Soll ich noch die Strophe gleich hinterher machen?«

»Ja, das war schon gut, ich würde sagen, sing das Ding einmal durch, es kann ruhig ein bisschen gehauchter, gesprochener klingen, und dann gucken wir.«

Im Gucken war Greta gut. Sie stellte sich vor, wie an ihren Augenwinkeln der Klang vibrierte, sich in die kleinen Finger zog, wie gleichzeitig ihr Gaumen verschwand und der Ton direkt in ihrem Kopf landete. Und so stolperte sie in die Strophen:

Morgens leucht ich rot für dich
Mittags mit 'nem lila Stich
Am Abend hell-lichtaschblond-Grüne
Bin in der Nacht auch deine Bühne
Ein Leuchtebogen, aus Zauberdrogen.

»Du hast ja gerade ein Goldkehlchen«, sagte Sergej begeistert und legte schnell das Playback des Handtaschensongs ein. Greta stellte sich vor, dass ihr Kehlkopf blühen durfte und die Zunge ein stolzer Pferdekopf war. Sie kam sofort in eine natürliche Beziehung zum Klang. Der Übergang zu einem anderen Song, einer neuen Melodie machte ihr nichts aus, sie konzentrierte sich einfach weiter auf die Resonanzräume in Mund und Kopfbereich.

Ich will 'ne Liebe, die so klein ist, dass sie in eine Handtasche passt
So verlässlich und gemeinnütz wie eine Pfandflasche Saft
Kein Feuer, keine Flammen – gemäßigtes Verlangen, ertönte es aus ihrem hinteren Rachenbereich und dehnte sich als feiner Kopfklang aus.

»Gut so«, lobte sie in Gedanken ihr Stammhirn, dachte an den fetten Knotenpunkt, an dem sich gerade viel Klang gesammelt hatte, schickte ihn dann runter zum gefühlten dritten Ast des Trigeminus. Ihre ganze Kiefermuskulatur durfte unter der Schirmherrschaft dieses Klangerlebens stehen. Es handelte sich dabei um einen physisch-akustischen Vorgang, der beinahe automatisch ablief, so geübt war sie darin.

No more drama, ja, für die big love,
hab ich mir 'nen Zwergspitz
angeschafft.

Die Strophe des Handtaschensongs passte noch nicht ganz zum Refrain, Greta wusste nicht, warum. Beim Schreiben hatte es sich richtig angefühlt:

Wenn wir uns das nächste Mal treffen,
hab ich Multicolor-Echthaar-Tressen
Du erkundigst dich nach meinen Weltstar-Plänen
Ich kenn dich nicht, nur mehr so vom Sehen.

Verdammt, das war kein Songtext, das war Resteficken, knurrte etwas in ihr! Sergey lachte aus seiner verkabelten Standleitung heraus. »Findest du das zu platt?«, fragte sie blitzschnell nach, weil ihr der Text mit einem Mal albern vorkam.

»Nee, gar nicht, freu mich schon auf die Kohle, die demnächst bei mir auf meinem Konto landet, wenn du Weltstar bist.«

»Ich bin mir mit dem Text nicht sicher«, sagte sie ehrlich, während die Riesenkopfhörer ihr das Geradeaus-Reden erschwerten.

»Das musst du wissen, jetzt sing erstmal«, baute er sie auf und ließ sie doch frei, das war etwas, was man als guter Produzent beherrschen muss. Eine Songwriterin und Sängerin muss ihre lyrische Kollektion selbst tragen und verantworten. Greta beschloss, sich wieder mehr auf die Gesangstechnik zu konzentrieren und den Textinhalt auszublenden, gab sich aber vorher noch in Sekundenschnelle das Versprechen, die Zeile mit den Weltstar-Plänen später wieder rauszukicken. Die Übertreibungen des Hip-Hop konnte man nicht so ohne Weiteres in Gitarrenrock übertragen, das musste viel geschliffener und arroganter gemacht werden. Dazu fehlte ihr aber gerade die Inspiration. Sie wollte nur raus hier und in der BRAVO BAR auflaufen, mit den durchsichtigen Tüllkleidern am Leib. Als ob Sergey ihre Gedanken lesen könnte, schaltete er wortlos die Gitarrenklänge der Bridge von »Greta Marie – glücklich wie nie« auf ihren Kopfhörer. Greta schleuste die dazugehörige Melodie durch die Klanggewölbe ihrer Kopfräume.

Ja, und die Liebe?
Die war so anders dieses Mal
Sie ersparte sich die Qual
Der Pfeil traf nicht mehr in ihr Herz
Er berührte nur mehr ihre Außengrenzen
Greta Marie liebte beinah ohne Schmerz,
es war so schön wie Schuleschwänzen.

»Okay, warte mal«, sagte Sergey, »ich habe eine Idee für einen Sound.« Er schickte etwas rüber, was zzzischelnd anklang und sich im großen Bogen wieder blubbernd einkriegte, es klang wie eine zerplatzte Seifenblase: »Ich dachte, ich probiere mal einen Sound aus, der so klingt, als ob das Herz knapp von einem Pfeil verfehlt würde.«

Greta lachte fröhlich, als wäre sie eine Geisel, die ihrem Verfolger entkommen ist. »Ich habe mich geschämt für diesen Text, und du hast gleich etwas damit angefangen, das ist fantastisch.«

Sergey gab das Kompliment zurück: »Also bitte, das war nur ein kleiner Versuch, da finden wir noch spacigere Sounds, natürlich ohne in die Grundkonstruktion einzugreifen. Der Backing Track ist toll.«

Nach der Session hörten sie die beiden Songs gemeinsam durch. Sie saß auf der cognacfarbenen Ledercouch, er navigierte am Mischpult herum. In diesem Operationssaal der Kreativität, wo die schwersten Entscheidungen getroffen wurden, weil man Ohren brauchte wie ein Luchs, wo die schlimmsten Momente von Gut und Scheiße und Leben und Tod herausgefiltert wurden, fühlte sich das Leben für sie am sichersten an. Zwei Idioten, die auf Ecstasy pinkfarbene Ponys streicheln.

»Für wen hast du die Lieder geschrieben?«, wollte Sergey

plötzlich wissen. Die Frage kam immer irgendwann, nicht nur von ihm. Manchmal präsentierten ihr die Fragesteller auch schon mögliche Namen wie einer werdenden Mutter: Soll es Elias oder Leon heißen? Mit Vorliebe die Namen von Lieblingsmusikern, die berühmter als sie selbst waren. Denn Greta stand in dem Ruf, früher mal so etwas wie ein Groupie gewesen zu sein, was immer noch besser war, als mal schizophren gewesen zu sein. Beides konnte einem ein Leben lang anhaften, wenn man nicht aufpasste.

Zugegebenermaßen: Sie hatte ja selbst aktiv für sich als Groupie geworben, geheime Jugendsexgeschichten in einer Skandal-Kolumne einer Musikzeitschrift präsentiert, die sie allerdings nur preisgegeben hatte, um den Ruf, eine sexfeindliche Feministin zu sein, loszuwerden – was man sich nicht alles einfallen lassen musste, wenn man bereits in den neunziger und nuller Jahren eine der wenigen öffentlich präsenten Feministinnen der dritten Welle gewesen war. Dennoch: Lieber das Verbotene sein, als das, was Verbote aussprach. Am besten aber: Beides-in-einem. Trans class, love cats, class cats. Tatsächlich dachte man bis vor kurzem noch, dass eine hübsche Frau, die sexy war, es doch nicht nötig hätte, sich für etwas so Altmodisches wie Frauenrechte einzusetzen. Oh, shut up!

»Sind die Lieder vielleicht von deinen Gefühlen für Louie Maro geleitet?«, reformulierte Sergey, der schlaue Fuchs, seine Frage. Und Greta erschrak kurz. Woher sollte sie das wissen. Verdammt, jedes Lied, das sie schrieb, konnte rein theoretisch für Louie Maro sein, sie hatte aufgehört darüber nachzudenken. Sie schrieb ihre Lieder aus dem Unbewussten. Die Leute mussten aufhören, sie mit solchen Fragen zu behelligen. Vor kurzem hatte Louie Maro mal wieder den Kontakt gesucht, ihr ein paar blumige Worte rübergereicht, sie sogar quite liebevoll »Baby« genannt. Doch das spielte keine Rolle mehr. Der Schlussstrich zwischen ihnen war viel zu fett gezogen. Oder etwa nicht? Er hatte ja damals – »Baby« hin oder her – sogar darauf bestanden, dass sie sich diese Liebe abgewöhnt. Liebe: Das war für ihn funktionierende Kameradschaft. Und nicht wechselseitiger Kontrollverlust. Man verlegte gemeinsam die Stromleitungen, rief die Handwerker, machte es sich schön. Da durften doch nicht einfach alle Sicherungen durchbrennen.

»Nee, das Lied ist für Samir aus der BRAVO BAR«, platzte es aus Greta heraus, nur um sich gleich darauf zu korrigieren: »Nee, stimmt nicht. Es ist für Terri. Ein Macher aus der Hip-Hop-Szene, recht berühmt, aber kein Rapper, die totale Leidenschaft, ich halt's nicht mehr aus.«

»Ein bisschen mehr Leidenschaft würde dem Lied aber sicher nicht schaden. Ich sag's ja nur«, brummelte Sergey, und ergänzte, wie um sie zu ärgern: »Ein bisschen mehr Baby, Baby.«

»Okay, bis nächste Woche baue ich noch ein paar mehr Kicks in den Text ein«, bekannte Greta ganz erschrocken, wie ein Kind, das man beim Müßiggang erwischt hatte.

»Musst du ja nicht.«

»Muss ich doch, wie ich deiner Reaktion entnehme.«

»Du kannst machen, was du willst«, lachte er.

Aber Greta war aufgrund des Anflugs von Kritik, den sie aus seiner Stimme herausgehört hatte, plötzlich total niedergeschlagen. »Ja, ich weiß, es ist blöd, so abgefuckt über Liebe zu singen«, sagte sie schließlich. Der Handtaschensong war ja nur eine ironische Spiegelung all der kleinen Lieben, die Männer leben, weil ihnen die Utopie für die große, leidenschaftliche Liebe auf Augenhöhe abhandengekommen ist, erschloss sich ihr plötzlich der Inhalt ihres eigenen Songtexts.

»Ich muss es noch um einiges spöttischer vortragen, nicht leidenschaftlicher«, wusste sie plötzlich, was das Lied brauchte.

»Ja, sowas in der Art«, lachte Sergey sein herzliches, sich selbst überschüttendes Lachen, in dem immer noch genug Heiterkeit für sein Gegenüber enthalten war. Es war möglich, dass sie schon komplett aneinander vorbeiredeten, aber das wäre nur gut. »Mensch, die Vocals gefallen mir doch«, sagte er scheinbar unvermittelt in Gretas schweigenden Zweifel hinein. »Du hast ein schönes Organ, das war dicht und schwebend gesungen, das müssen wir nicht nochmal machen. Ich nehme die Vocals mit nach Hause und nächste Woche machen wir den endgültigen Mix. Vielleicht kann man die Ironie ja auch mit einem verstimmten Saxofon rüberbringen. Ich probier mal was.«

»Okay, tob dich gerne aus, ich überleg mir auch noch ein paar knurrige Synthie-Kleckse. Ich hab da ganz tolle Effekte. Jetzt geh ich erstmal in die BRAVO BAR.«

»Wenn es für die Musik ist ...«

Als sie in der BRAVO BAR ankam, erzählte ihr Samir als Erstes, wie er sich vorstellte, sie zu vögeln. Greta war enttäuscht, for a short moment, dass Litron nicht da war. Mal sanft wollte Samir sie nehmen, das war schon okay, dann aber auch mal wieder gar nicht soooo sanft, er wolle sie hart kommen lassen, er wisse doch, dass sie darauf stand. Er war sich da zumindest ziemlich sicher, wie er noch leicht selbstkritisch anmerkte. Greta saß mit zusammengezogenen, nackten Beinen auf der Holzbank vor der Bar und lachte ihn aus, ein bisschen aber auch mit ihm, lachte ihn ein. Wie er da saß, so hübsch und gleichzeitig so ganz und gar un-hot, mit seiner Lust auf Rangeleien am Boden und seinen pseudoinformierten Sexfantasien. Für sie war er einer der Typen, die Lady Gaga nicht in die BRAVO BAR reingelassen hatten, weil Frau Superstar sich geweigert hatte, zumindest vorübergehend ihre Gesichtsbedeckung abzulegen. Obwohl er sie dann natürlich sofort erkannt hätte. Ihre Crew, die Leute um sie herum, hatten Samir, der an diesem Abend einer von zwei Türstehern war, von allen Seiten belabert. Und alles nur, weil Hamed in Urlaub war. »Jetzt lass sie doch endlich rein, du Wichser, die Frau ist ein Weltstar, verstehst du nicht, du Loser, also bitte.« Aber Samir war seinen Prinzipien treu geblieben: »Ich lass niemanden rein, der sein Gesicht verdeckt. Ich will wissen, mit wem ich es zu tun habe.«

Greta liebte ihn für seine Sturheit. Trotzdem legte sie ihre schlanken, kurvigen Beine noch eine Weile im Schneidersitz aufeinander. Einerseits, um sich besser zu fühlen. Andererseits, um ihm zu zeigen, dass sie auch ohne Sex ganz entspannt war – und dass das auch noch eine schöne Weile so bleiben würde. Mindestens die nächsten zehn Minuten. Sie fand, wenn Männer, die man gar nicht so übel fand, über Sex sprachen, war ein Schweigen mehr wert, ja von so viel mehr Geheimnis durchwirkt als jedes dumme dahingekicherte Wort. Schweigen war eine softe Waffe. Eine Schwebebahn, die dazu einlud, in der Verliebtness des Moments nicht die Nerven zu verlieren. Samir schien ihr Schweigen aber gar nicht zu bemerken, er quatschte einfach fröhlich weiter in die vor Hitze bibbernde Stadtnacht hinein. Greta verstand nur Bahnhof, irgendwas mit Splash-Festival und dass er Freikarten habe und hinfahren will und dass sie mitkommen soll. Aber von wegen Bahnhof: Trampen! Sie kämen auch umsonst zu Xatar ins Backstage-Camp rein. Hamed und noch ein paar andere Freunde von ihm hätten Karten und seien alle voll unten mit dem vielumschwärmten Goldräuber und Gangster-Rapper. Jeder hier in der Bar war mit mindestens einem von den wirklich berühmten Deutschrapstars unten. Xatar war einer von den etwas liebevolleren bösen Rappern (immerhin hatte er Schwesta Ewas Karriere unterstützt) und wenn Samir doch nur nicht so viel, so pausenlos, reden würde, wenn er ihr doch nur etwas besser zuhören könnte, dann würde sie ihn sogar als Boyfriend in Erwägung ziehen. Aber das konnte sie ihm nicht sagen, das wäre wirklich beleidigend gewesen. Geht's noch lange, Mama, ich will nicht mehr leben, dachte eine Stimme in ihr, die sie rasch ausblendete. Dieser Junge hier war doch so ausgesprochen nett! Er würde ihr auch den Kopf von Johannes dem Täufer auf einem Silbertablett bringen, wenn sie ihn darum bäte.

»Es ist mir scheißegal, welchen Ruf ich in Sex-Sachen habe«, flötete sie stattdessen, und versuchte dabei, dem Stimmklang etwas metallische Schärfe beizumischen, während sie in Trance aus dem Fenster und auf den Strom aus Autos starrte, der unablässig die Torstraße auf und ab schwamm, als hätte der Gebrauch von zu vielen bunten Liebespillen auch auf sie abgefärbt. Die Straße führte direkt zur Charité und zum Hauptbahnhof, hier war immer etwas geboten. Es stimmte natürlich nicht, dass ihr Ruf hier schon gelitten hatte. Es war nichts Besonderes, dass eine Frau auf bisschen extremeren Sex stand. Greta hasste die Widersprüche in ihrer Seele wie alle hier. Sie aber vielleicht ein wenig mehr als die jüngeren Freundinnen und Freunde. Sie nahmen Widersprüche – hier die Kämpferinnen gegen sexualisierte Gewalt, dort der Sex mit ein bisschen zu viel oder mit pseudoabgesprochener Grenzüberschreitung, die immer heftiger wurde – viel sportlicher, viel selbstverständlicher. Sie waren die erste vollständig mit Hip-Hop und Pornographie aufgewachsene Generation. Greta war ein paar Jährchen älter und konnte diese Phänomene mit etwas mehr Distanz betrachten. Manchmal sickerte etwa eine der scheußlichen Songzeilen von Kollegah in ihr Bewusstsein. Nein, sie fand die gerade zum ersten Mal auch in einer größeren Öffentlichkeit diskutierten Zeilen über gebrochene Steißbeine usw. im höchsten Maße schrecklich.

Es war doch klar, dass sie es mit allem ständig übertreiben mussten, nur um dann im nächsten Moment wieder zusammenzubrechen und bei all den Triggerwarnungen die Taschentücher nicht mehr zu finden, die in komfortablen Frischhalteboxen stets bei den gerne aufgesuchten Therapeuten bereitstanden. Nur wer seine Grenzen austestet, lernt sie schließlich kennen.

Die Millennials lebten Sex, Drogen, Dance, Twitter, für und gegen Putin und All Cops Are Bastards und sahen darin keinerlei Widerspruch zu fantastischen Uni-Abschlüssen, um zehn Uhr abends ins Bett gehen und all over the world studieren. Sie waren nicht mehr Boheme, keine aus dem System herausgefallenen Outlaws oder Slacker, die sich erst nachmittags aus dem Bett quälten wie Greta in ihren Zwanzigern. Vielmehr war das System in sie hineingekrochen und es schlief sich ganz gut im Bett mit dem Devil. Die Künstler lebten von Staatsgeldern der hippen Förderbehörden und dachten sich nichts dabei. Sie waren die Untoten, die jedes Battle für sich entscheiden würden. Dennoch: Sie identifizierte sich mit ihnen. Wenn es die toughen, lustigen Frauen aus der Diskriminierungskritik doch nur schon früher gegeben hätte! Ihre neuen Freundinnen waren so stolz auf ihre eigenen Widerstände against all shitstorms, und auf ihr Überleben in den teuren Metropolen, die sie sich eigentlich alle gar nicht mehr leisten konnten.

Ich bin ein Labyrinth aus brutalem Trauma und Apfelschauma.

Allein, dass sie die Sache mit der Identitätspolitik und dem Feminismus, für die Greta immer schon eingetreten war, endlich mal in aller Konsequenz in Angriff nahmen. Greta kannte schon fast gar keine anderen Leute mehr, wollte auch keine anderen kennen, nur weg von denen, die ihr ganzes Leben auf Feminismus geschissen hatten und jetzt so taten, als wären sie immer schon Feministinnen und Antirassistinnen gewesen.

Und während Samir sie weiter zu überreden versuchte, am Samstag mit aufs Splash zu trampen (Trampen! Wusste er denn nicht, dass sie eine Zimmerpflanze war, die es auf den Tod nicht ausstehen konnte, ihre Wohnung zu verlassen, und für die schon die vier Stationen mit dem Bus zur BRAVO BAR eine Weltreise bedeuteten?), driftete sie in Gedanken weit ab und führte ein inneres Streitgespräch mit Terri, wie sie es in diesen Tagen häufig tat.

Die Standuhr vor dem Manolo-Restaurant, das sich in Sichtweite befand, zeigte schon zwei Uhr nachts, als Samir seinen Schwanz in ihr bewegte, sie hatten die Sitzposition seit Stunden nicht mehr gewechselt. Sie waren zu beschäftigt, mit Gucken und Gesten, um es in einer Ecke zu treiben. Too busy to be themselves.

»Ich bin ein Mystiker«, sagte er großspurig, »das alles hat für eine integre und transzendente Seele wie die meine keinerlei Bedeutung.«

Sie musste lachen, weil sie das Wort »Trans« schon lange nicht mehr in Verbindung mit »Transzendenz« gehört hatte. Penetration und Petition und Petting waren alle dasselbe geworden. Hauptsache man verlor sich nicht dabei.

Die Stadt selbst verhieß Transzendenz. Eine Liebhaberin, die einen für immer in den Wahnsinn treiben würde, man gewöhnte sich besser schnell daran. Und wenn sie sich vorher ein intimeres Plätzchen für den Sex gesucht hätten, wäre ja sowieso nichts daraus geworden. Die Stadt kam gerade mehrere Male, mit pinken und orangefarbenen Farbblitzen vor Augen, als er seinen Schwanz auch schon wieder herauszog. Immerhin hatte er völlig selbstverständlich ein Kondom benutzt.

»Komm wir gehen noch woanders hin, zu mir oder so«, sagte er und seine Augen waren ein strahlendes Mosaik aus Straßenbier und Sex-Euphorie. Sie sah ihm an, dass er ziemlich fassungslos darüber war, dass sie mitgemacht hatte. »Ich habe schon fürs Wochenende eingekauft, komm doch mit zu mir, es gibt selbstgebackene Pizza mit Oliven und Thunfisch.«

»Ich finde das voll nett, aber ich habe keinen Hunger. Aber war doch toll mit uns, das können wir doch mal fortsetzen«, erwiderte sie. Plötzlich langweilte sie sich in seiner Gegenwart und er schien es zu spüren, seine Worte überschlugen sich, und noch während sie so hin und her redeten und überlegten, was jetzt zu tun wäre, fiel Greta wieder in ihre tolerante Trance zurück. Sie beobachtete die vorbeifahrenden Autos und dachte an Terri, der sie vor ein paar Tagen um dieselbe Uhrzeit geküsst hatte, nachdem sie die halbe Nacht auf ihn eingeredet hatte, was ihm eigentlich einfiel, all diese Gewalt zu verharmlosen mit seiner tollen und beschissenen Rap-Agentur, und sich mehrere goldene Villen damit zu verdienen, während die Mädchen in den Videos auf Arsch und Titten reduziert wurden und die weiblichen Rapper viel zu wenig Aufmerksamkeit bekamen. Er hatte nur kapriziös gelächelt, noch einen von seinen überdimensionierten Joints angezündet und gesagt: »Wenn du dich sehen könntest.« Wenn sie sich sehen könnte! Ja, die Person, die an der Klippe hängt, heißt Greta. Sie konnte sich doch sehen, verdammt!

Und wenn nicht, dann war Greta aber froh, in dieser Nacht, dass sie sich selbst nicht sehen, sich aber sehen lassen konnte. Sie hatte sich gerade, als sie mit Samir am Abgehen war, wie ein scheues Reh auf einer gefährlichen Lichtung einmal um die eigene Achse gedreht und war nach vorne gesprungen, vom Reh zum Luchs, in weniger als ein paar Sekunden, weil der DJ plötzlich SXTNs freche Revolutionslieder auf die Tanzfläche geschossen hatte: *Ich fühl mich frei. Ich bin so high. Ich bin zufrieden und ich suche keinen Streit. Ich bin so breit, total befreit, weil ich die Scheiße, die du quatschst, nicht mehr begreif. La, la, la, la.*

Das war noch neu, dass sie sich rundum wohl fühlte. Das hing mit Geld zusammen. Greta hasste Geld: Wie viel man davon brauchte und wie schwer es war, die schönen Scheine auf diesen verschlungenen Karrierepfaden zu verdienen, die sie sich ausgesucht hatte. Auf dem Nachhauseweg, den sie auf bequemen hochhackigen Pumps zurücklegte, da es gerade einfach darum ging, zu jeder Tages- und Nachtzeit sie selbst zu sein, spann sie den Songtext weiter, der ihr heute Nachmittag im Café Visage aus der Feder gerutscht war, nachdem sie die halbe Nacht wachgelegen und ihn durch die schwarzen Tiefgaragen ihrer Seele geschleust hatte. Sie sang ihn, sang sich bis in die menschenleeren Straßen ihres reichen Viertels hinein, brachte die Silben so lange in Stellung, bis sie so festsaßen wie die kleinen Ösen ihres Push-up-BHs:

This is a Pure-Fiction-Fan-Action-Sex-Legend-Storyteller
Ich bin's immer noch, immer noch dein Cliffhanger
Dieser Strip ist allmählich nur noch was für Kenner
Der Höhepunkt ist uns entglitten, jetzt wird's enger
Und auch die Nippel sind verwickelt, geht das schneller
Dein Manuskript ist leicht verrückt, der Morgen dämmert.

Erst als sie die Haustür hinter sich abgeschlossen hatte und von der Unordnung ihres Zuhauses empfangen wurde wie von einem explodierenden Wasserkocher, fühlte sie sich nicht mehr leicht, nicht mehr high, nicht mehr »Von Party zu Party«, nicht mehr SXTN und nicht mehr Beyoncé. Sie war nicht mehr zufrieden, nicht mehr befreit, nicht mehr in diesen herrlichen Zuständen einer Vormanie: Für eine gefühlte Ewigkeit fiel sie wieder in die mutlosen Moods dieses Frühjahrs zurück, in jene eidesstattliche Depression, aus der sie Stück für Stück und mit jeder Faser und jeder Faszie ihres Körpers herausgekrochen war. Wahrscheinlich war es doch ein Fehler gewesen, Samirs Einladung zu selbstgebackener Oliven-Pizza abzulehnen. Aber müsste man nicht zuallererst bei sich selbst ankommen und die Renovierung des Holzbodens planen, überlegte sie mit wachsender Verzweiflung. Jetzt, wo sie das ganze Geld hatte! Der Kirschholz-Boden in ihrer Altbauwohnung schrie nach einer Generalüberholung, während sie aber über eine tiefsitzende Angst vor schädlichen Stoffen nicht hinwegkam, die eventuell beim Abschleifen der Dielen zutage gefördert würden. Wie viele Aktivitäten trennten sie denn eigentlich von einem normalen Zuhause, hunderttausende oder nur zwei oder drei? Wie oft müsste sie sich, für den Fall, dass sie die Dielen abschleifen und lackieren ließ, bei irgendwem für die eigene Schusseligkeit und Hypochondrie, für ihr ganzes Laientum in puncto Fußböden entschuldigen? Und wo bekäme sie überhaupt so eine aufwendige Lackierung her, verdammt! Oder genügte etwa ein flauschiger Teppich aus Naturwolle? Sie musste sich schleunigst etwas einfallen lassen, bevor das ganze Erbe in ihren Kleiderschrank aus Zeltstoff und in die Produktion des nächsten Albums floss. Müsste man seine Gedanken irgendwie auf Geldanlage umprogrammieren? Nicht immer nur für Clothes, Clothes, Clothes, Music, Music, Music, Boys, Boys, Boys ausgeben, dachte sie mit Blick auf die aufgeschlagen am Boden liegende englische Originalausgabe der Autobiographie von Viv Albertine. What would Viv Albertine tun, wenn sie 100.000 Euro geerbt hätte? Die Antwort, die sich Greta selbst darauf gab, war so einfach wie ernüchternd: Sie würde sie für Kleider, Musik und Jungs ausgeben ... Und das wäre falsch. Greta musste verhindern jemals wieder in die Hilfsbedürftigkeit zurückzufallen, aus der sie gerade erst herausgefunden hatte.

Rachelle Engel – Weißensee im Winter, 2. März 2019

Weißensee: Schon wieder Schweigen im Walde. Heute wollte sie mal wieder einen ausgedehnten Spaziergang machen. Rachelle hatte sich dafür die Parkanlage des Weißensees ausgesucht. Sie schöpfte wieder Hoffnung, aus jeder Bewegung. Sie nahm gerade jedes Licht auf. Und von oben bahnte sich ein Neues an! Der Himmel war um diese Uhrzeit schon wieder heller als noch letzte Woche um die Zeit. Der Weißensee war mit einer fleckigen Eisdecke überzogen, und man konnte vom Ufer aus direkt in das Schwarz des Sees hinabblicken. Seine Oberfläche erinnerte sie an die Fenster eines Nachtzuges, die mit kleinen Ornamenten aus Schnee vollgekritzelt waren. Ein paar einsame Kleckse Wahnsinn. Schillernde Winter wie in ihrer Kindheit gab es schon lange nicht mehr. In früheren Centuries hätte man auf dem Weißensee mal locker Schlittschuhlaufen können. Rachelle zwang sich, an etwas außerordentliches Schönes zu denken. Für ein paar kurze Momente hörte sie die sanftmütige Stimme von Timo aus den Bäumen herauslachen, dann wieder Totenstille. Wenn er doch nur nicht so ein blöder Schwabe wäre – dann hätte sie vielleicht mit ihm sowas wie happy werden können.

Wenigstens der Frühling war mit Rachelles Krebserkrankung nicht aus der Welt geschafft worden. Ganz im Gegenteil: Er würde stattfinden, sie hatten schon ein wenig miteinander geflirtet. Die ersten vier Dosen waren die härtesten, und sie befand sich in der zweiten Woche nach der vierten. Let's go, go, go. So eine Chemotherapie war eine Karussellfahrt. Ständig rissen einen Stürme in entgegengesetzte Richtungen, doch schlussendlich blieb man immer heil in den windschaukelnden Ketten des Karussells sitzen.

Jetzt besser nicht daran denken, was eine weise Ärztin einmal verlautbart hatte: »Bei einer Chemotherapie kann alles passieren.« Aber Rachelle hatte diesen diskreten Hinweis schnell beiseite gewischt wie ein besonders unangenehmes Tinder-Profil. Wofür hatte sie gelernt, giftige Kommentare an sich abprallen zu lassen? Außerdem hatte man ihr im Vorbereitungsgespräch eingeschärft, es gebe für jede Nebenwirkung ein Gegenmittel – und ganz bestimmt hatten die sich auch für den Tod eins einfallen lassen.

What is love? Baby don't hurt me, don't hurt me, no more, hörte sie von weit her einen feierlichen Chor gospeln. War eine Chemo so viel schlimmer als das, was sich ihre so called friends an einem Wochenende im Berghain oder in der BRAVO BAR reinpfiffen? War das, was sie hier machte, nicht vielmehr Drogenkonsum unter ärztlicher Aufsicht? Also um ein Vielfaches sauberer als der gepunchte Scheiß, den sie damals so vertickt hatte. Und bald schon, so wollte es das Schicksal, das seine ersten Flammen vorauswarf, würde sich das Beste aus den beiden Leben wieder vereinen. Sie würde ja in der BRAVO BAR auftreten! Der rote Teppich würde sie emportragen wie eine Balletttänzerin, die mit fließenden Bewegungen die Nacht eröffnet. Ladies and gentlemen, here comes »Anschmiegsam Asozial« in der BRAVO BAR. Brust, Bauch, Po, Beine und Herz. Das alles musste wieder zu einer Einheit zusammenfinden. Sie würde wieder auf den Tischen tanzen, als wäre nichts geschehen. Möglichst zu Beginn der neuen Phase, die immerhin aus zwölf Gaben des etwas harmloseren Medikaments Paclitaxel bestand – die aber nichtsdestotrotz eine weitere Herausforderung fürs Immunsystem darstellte. Aber auch dafür würde es wieder Spritzen geben. Das Einzige, was gegen die Chemie half, war mehr, noch mehr Chemie! Nur dass Rachelle mittlerweile genug Vertrauen gefasst hatte, um zu ahnen, dass sie auch das überstehen würde.

Sie war nicht mehr einundzwanzig. Sie lebte nicht mehr vom Drogenverkauf. Niemand würde sie mehr vergewaltigen, weil sie Mitwisserin von krummen Geschäften war. In dieser Krise war sie eine erwachsene Frau, der andere erwachsene Frauen und Männer beistanden. Sie war nicht allein mit dem Krebs. Sie stand vielmehr auf den Schultern all der trotzigen, klugen und verzweifelten Kämpferinnen gegen Brustkrebs vor ihr. Auf diesem in Beton gegossenen und doch beweglichen Sockel der modernen Medizin. Man behandelte sie mit allem Wissen, das man zur Brustkrebsbekämpfung weltweit gesammelt hatte! Ein Mega-Privileg. Die Medizin war schließlich auch eine Community, um nicht zu sagen eine »Neighbourhood«. Eine, die Rachelle nur nie zuvor beachtet hatte. Aber sie war da gewesen, als Rachelle sie gebraucht hatte. Nur fünf Gehminuten von der BRAVO BAR entfernt. Sie hatte jede Frage stellen dürfen. Sie hatte auf alles eine Antwort bekommen. Einmal im Leben auf jede Frage eine Antwort erhalten ...

Rachelle war es wert, dass man ihr half, das Problem von der Wurzel her zu lösen. Draußen im Taxi nach der ersten Chemotherapie-Gabe hatte sich überraschend schnell ein Hungergefühl bemerkbar gemacht. Heißhunger auf Kartoffeln. Sie durfte ja essen, was sie wollte. »Alles, was sie da durchbringt, ist gut«, hatte es im Vorbereitungsgespräch, an jenem Dezembertag, um elf Uhr morgens, geheißen. Im Taxi unterhielten sich Isabella und Rachelle lautstark darüber, wo sie auf der Stelle ein Kartoffelgericht herbekommen könnten, ein richtig deutsches.

»Ein deutsches Kartoffelgericht«, lachte Rachelle, und dachte kurz an das tolle Buch von Sibel Schick, *Deutschland, schaff' ich ab: Ein Kartoffelgericht.*

Der von ihr arabisch gelesene Taxifahrer mischte sich ein: »Da würde ich mir doch einfach irgendwo ’ne Portion Pommes holen.« Für einen kurzen Moment freute Rachelle sich über diese naheliegende und doch so verblüffende Idee. Der sich stoisch durch den Feierabendverkehr kämpfende Mann ahnte scheinbar nicht, dass eine Krebspatientin mit Übelkeit im Magen auf seinem Rücksitz saß, so fröhlich wie sie vor sich hin schnatterte. Hatte man ihr vielleicht einen Stimmungsaufheller in die Medikation gemischt?

Zu Hause stand ein Eimer bereit, aber »Es wäre besser, wenn Sie gar nicht erst anfangen zu kotzen«, hatte die Vorbereitungsfee zu ihr gesagt. »So wie Sie durch die erste Chemo durchkommen, so kommen Sie durch alle vier Hammer-Gaben, und letztlich auch durch die weiteren zwölf hindurch.«

»Nein, das geht heute nicht«, hörte Rachelle ihre eigene, aufgekratzte Stimme vom Rücksitz aus sagen. »Ich brauche richtige Kartoffeln.« Während sie im Taxi durch die hereinbrechende Stadtnacht gondelten, stellte sie fest, wie weit sie sich durch die Krankheit schon von der normalen Welt entfernt hatte. Der Vorschlag des Taxifahrers »Hol dir doch einfach ’ne Pommes« wirkte auf einmal wie ein Wink aus einer Zeit, in der man unbekümmert gewesen war. Und während sie schweigend im Sound des kommerziellen Rap- und R&B-Senders Kiss FM vor sich hin fuhren, stach ein Gedanke besonders heraus: Diese Welt, in der es keine Chemotherapie und keinen Krebs gab – war das die längste Zeit ihres Lebens auch ihre Welt, ihre Zeit gewesen?

Aber es wurde von Tag zu Tag besser. Schon am übernächsten Tag konnte sie wieder durch den geliebten Park laufen. Das Zeugs wurde vom Körper mit jedem Toilettengang mehr und mehr ausgeschwemmt. Man musste nur zwei oder besser noch drei Liter Wasser am Tag trinken. Das war die wahre Aufgabe, denn Wasser war die Lösung für alle Probleme, Wasser war der Wein der Kranken. Zwei Liter waren das Minimum. Es verteilte das Gift im Körper, und es machte, dass es sich schneller wieder verpisste. Aber das war leichter gesagt als getan. Denn jeder Schluck reizte den Magen. Es war eine Herausforderung, laufend diese Wassermengen in sich reinzuschütten. Doch auch daran konnte man sich gewöhnen. Während der Spaziergänge nahm sie die Übelkeit kaum noch wahr. Sie musste nur an etwas Schönes denken. Und apropos, let's go, go, go: BRAVO BAR, wir kommen! Es stand beinahe fest: Sie würde am 15. April einen öffentlichen Geheimgig in der BRAVO BAR spielen und danach ins Prince Charles abrauschen. DJ Rifflex is waiting. Die Prinzessin der Düsternis, Ihre Majestät vom Weißensee, war wieder auf dem Weg nach oben!

Sie walkte, aber wahrscheinlich war es nur ein Schlendern. Sie schlenderte, vermutlich ein Trödeln. Sie trödelte, sie trippelte. Ihr kam es so vor, als würde sie rennen. Sie lief, mal schneller und mal langsamer, und wenn sie ein Pferd gehabt hätte, dann wäre sie auch geritten. Einmal noch den Rundweg um den Weißensee herum, bitte. Sie hatte immerhin noch den Rap der Marke »Aggro« im Blut. Im Arztgespräch war das überhaupt *der* Moment gewesen. Die Ärztin hatte die Wachstumsrate des Tumors angesprochen, da war das Wort »Aggressivität« gefallen und Rachelle hätte es beinahe vom Hocker gehauen. »Bitte, Gott: Ich weiß ja, ich bin die Härteste von allen, aber bitte lass den Krebs nicht auch noch *aggro* sein!« Und der liebe Gott hatte ihr den Gefallen getan. Die Ärzte waren von einer Wachstumsrate von 11 ausgegangen, was in Anbetracht ihrer Jugend ein Witz sei. Sie badete in der Wachstumsrate 11, vergötterte die 11, schlief in der 11, sie aß die 11, sie schmückte sich mit der 11. Die 11 war ihre neue Zauberformel, Handcreme aus lauter guten Bio-Zutaten, war Balsam für ihre seelenlose Seele, ein Bällchenbad der Sinne. Wo-wollt *ihr crunken? Ja-ja-ja, wir wollen crunken. Sagt Totalschaden. To-to-totalschaden*, lachte die Superhymne von Tony D mit ihr. Von wegen Totalschaden! Sie hatte einen Krebs, der nicht aggressiv war. Seitdem sie das mit der 11 gehört hatte, war die 11 ihr neues Zuhause. Esoterisch gesprochen: Eine Dualseelenzahl, die das Ankommen bei sich selbst feiert. Sie war wie all die anderen Aggro-Kids: harte Schale, weicher Kern.

Ein mieses Spiel. Das durfte man nicht. Ein Krebs war eine rein medizinische Sache: Es gibt Vorgänge in unseren Körpern, zu denen wir keinen Zugang haben. Das musste sie erst noch lernen. Ob der Krebs jetzt mehr oder weniger aggro war: Das sagte überhaupt nichts über ihren Charakter oder ihr Temperament aus.

Sie gönnte sich heute den Parkspaziergang am Weißensee, weil Sonntag war und Isabella sie mit dem Auto hingefahren hatte. Isabella holte sie auch wieder ab, obwohl sie gerade nicht wirklich Zeit hatte, denn sie musste für ihre Ausbildung zur Betriebswirtin büffeln, nächste Woche stand eine wichtige Prüfung an.

Aber Rachelle hatte keine Angst mehr vor dem Alleinsein. Alleinsein war nicht so schlimm, wenn man am Leben dran war. Sie hatte nichts zu verbergen. Konnte sich alles haarklein eingestehen, was noch kommen würde und was schon hinter ihr lag. »Diagnose: Leben« stand auf der Brustkrebs-Broschüre von der Charité. Auf diesen Prospekten waren stets Leute mit graublonden Haaren abgebildet, und mit Lachfältchen, die ihren zupackenden Charme unterstreichen sollten. Diese Leute strahlten um die Wette mit sich selbst und mit den Liebsten in ihrem Leben. Häufig war ein Paar abgebildet: ein Heten-Paar. Cis-Mann und Cis-Frau. Sie waren mittel- oder uralt, nicht wirklich sexy, immerschondeutsch, und sie bissen vor Freude in einen Apfel. Sie sahen so aus, als besäßen sie ein zusätzliches Haus auf dem Land, das erste Enkelkind war schon unterwegs, sie hatten ihren Kindern kostspielige Studienkurse im In- und Ausland finanziert, und das eigene Leben lag wie ein kalter, klarer, funkelnder Bach vor ihnen. Diese gesunden Deutschen mussten nur gerade noch schnell einen bedauerlichen Umweg über den Krebs nehmen und eine Chemotherapie überstehen.

Vor Rachelle hingegen lag ein reißender Fluss, der in alle sieben Weltmeere mündete, singende, tobende Stürme und beißender Spott, Schuldgefühle, hellschwarze Locken – und wo waren eigentlich die Lachfältchen um die Augen? Sie war zu jung für Lachfalten und niemand auf ihren Kindheitsfotos hatte diese blonden Löckchen und roten Bäckchen. Ihre Eltern hatten nie das Geld gehabt, um sie finanziell zu unterstützen, obwohl ihre Mutter zeitweise sogar in der Personalabteilung einer Weltfirma arbeitete. Aber das war lange her. Seit ein paar Jahren steckte Rachelle an jedem fünfzehnten und dreißigsten des Monats drei 50er-Scheine per Einschreiben nach Kiel. Sogar während der Krebstherapie hatte sie ihrer Mutter ein paar Ohrringe mit blauen Aqua-Kapseln im Goldrahmen geschenkt. Mama war mehr unten mit den Nerven als sie selbst. Vor allem, dass sie ihren 450-Euro-Job bei Karstadt in Kiel nicht einfach so kündigen und sich in Berlin um ihr krankes Kind kümmern konnte, belastete sie. Rachelle musste ihr beinahe jeden Tag die medizinische Sachlage erörtern. Sie schaffte es kaum, ihr zu vermitteln, dass im Moment jeder Mensch, der ihr zu nahekam, ein potentielles Todesrisiko darstellte.

Sie konnte doch jetzt an einer Lungenentzündung sterben, verdammt. Alle, selbst die beste Mutter, mussten sich da zusammenreißen und fernbleiben. Man konnte nie ausschließen, dass irgendwer einen Infekt in sich trug, besonders, wenn man wie Mama weiter im normalen Arbeitsleben steckte. Noch dazu war gerade Grippesaison. Es war doppelte Scheiße, eine Chemotherapie im Winter zu machen, oder dreifach scheiße, oder vierfach. Nur die leicht unterkühlte Isabella schien über die intellektuelle Vorstellungskraft zu verfügen, dass Erkältungsviren real waren und es daher besser war, selbst beim Einkaufen im Supermarkt eine medizinische Schutzmaske zu tragen. Wenn sie Rachelle besuchte, trug Isabella die medizinische Maske wie selbstverständlich. Und besonders verschmust war sie auch nicht. Isabella war niemand, der freiwillig Rachelles Hand hielt, oder ihr zur Beruhigung mal über den Kopf streichelte. Eigentlich war sie zu keiner zärtlichen Geste zu bewegen und Rachelle ertappte sich bei dem Gedanken, dass jeder kleine Straßenköter mehr Zärtlichkeit abbekam als sie.

Rachelle war all out of touch, ausgerechnet in der Phase, in der sie eine zärtliche Berührung mehr als alles andere gebraucht hätte. Sie lenkte sich für gewöhnlich von dieser Zärtlichkeitsarmut ab, indem sie sich schöne Gedanken über ihre Karriere machte: Im Kern war sie eine Deutschrap-Legende! Erst gestern Nacht hatte sie neue Erfolgsmeldungen auf ihre Wiki-Seite gestellt, die heute Morgen schon gesichtet und genehmigt worden waren. Sie lief hier als ganz neuer Mensch durch den Park – als der von Wikipedia genehmigte. Sie war noch durch die harte Aggro-Schule gegangen und hatte sich endlich durchringen können, das vielbespuckte Feature mit Kitty Kat auf ihre Seite zu stellen. Dazu das hämisch kommentierte Interview, das sie damals rap.de gegeben hatte. rap.de waren die einzigen, die »Frauenrap« ernst nahmen, aber leider erst seit 2015. Kitty Kat hatte oft brutal einstecken müssen, viel öfter als sie. Rachelle hatte immer schon auf ihrem eigenen Label veröffentlicht, daher war sie niemals direkt den Sexisten zum Fraß vorgeworfen worden. Aber bei allem Respekt vor Kitty Kat und Aggro, die vielleicht nur versucht hatten, es besonders spannend zu machen, als sie anfangs Kitty Kats Gesicht nicht zeigten – es war Rachelles Vorteil, dass sie ohne Skandale geblieben war. Die Zahl ihrer Hater war überschaubar. Und die Leute waren sowieso abgelenkt von Schwester Ewas Eskapaden und dem unsäglichen Schauprozess gegen die einzig authentische Gangster-Rapperin. Rachelle galt als die *Künstlerin* unter den Dreien, die sensible Domina, die im Zweifelsfall eher unscheinbar auftrat. Nur der Idee eines sanften SM-Spiels verpflichtet. Aber unscheinbar war gut. Eine Frau ohne Ruf war eine gute Frau. Diesen berühmten Spruch von Virginia Woolf musste man bei der Karriereplanung berücksichtigen. So paradox es klang: Nur nicht jeden Scheiß mitmachen. »Any publicity is good publicity« – das galt nur für die männlichen Prominenten und Rapper.

Rachelle gab RTL & Co. auch keine Interviews mehr. Das hatte zur Folge, dass sogar Vice und Hiphop.de sie in den Aufzählungen der wichtigsten Deutschrapperinnen schon mal vergaßen. Scheiß der Henker drauf! Besser so, als noch einen Disstrack von zum Beispiel Fler an der Fresse. Der lästerte immer noch so viel über Feministinnen wie sie früher. Aber auch die anderen Jungs waren nicht viel weiter. Nur der Oberpionier Staiger griff manchmal ein, sprach ein Machtwort gegen Sexismus; verteidigte sogar die mehr als gewöhnungsbedürftige Pilz. Schon der an und für sich wunderbare Roozi von Hiphop.de sprang in den allermeisten Fällen nur für die Typen in die Bresche.

Nun gut, Rachelle wollte sich mit niemandem anlegen: Wenig Feind, wenig Ehr, dafür Narrenfreiheit, lautete ihr Gebot. Rachelle hatte sowieso die besten Antennen, wenn es um Gefahrenabwehr ging. Konnte singen, schmelzen, Hottie sein und rappen und rumpöbeln und wenn nötig auch mal die Fresse halten. Ihr Vorteil war immer ihr verdammt gutes Aussehen gewesen. An ihr gab es nichts zu melden. Sie war normschön, wie sie das neuerdings nannten, wenn eine so richtig geil aussah, ohne auf geil zu machen. Rachelle war ohne Schönheits-OPs ausgekommen, nicht einmal Lipfiller hatte sie verwendet. Nein, sie war keine von den Plastik-Puppen. Ihr Kerngebiet waren ihre große Klappe und sexpositive Tracks rund um SM. Nur leider wurden mindestens fünfzig Prozent des Geldes, das reinkam (am besten bezahlt waren die Gigs in der Provinz), gleich wieder in die Karriere investiert. Und die Konkurrenz schlief nun wahrlich nicht mit den falschen Zuhältern. Gefühlt jeden Tag gab es eine neue, noch jüngere, noch schönere Rapperin, die auf den Trap-Trip aufgesprungen war und sich als Influencerin auf Insta aufgestellt hatte. Dieser Typus Rapperin war strenggenommen schon gar keine Künstlerin mehr. Es waren rappende Influencerinnen, selbst dieporno-schöne Katja Krasavice machte jetzt Rap – Rachelle Engel spürte genau den Unterschied zu ihrer Daseinsweise.

Diese jungen Rapperinnen schockten jetzt alle mit Selbstbestimmung und mussten dafür nicht mal mehr einen auf Domina machen. Sie durften sich verletzlich geben und konnten trotzdem erwarten, nicht verletzt zu werden. Die neuen Trapperinnen quatschten einfach etwas von sexueller Selbstbestimmung, und dass kein Kleidungsstück sexuelle Gewalt rechtfertigte. All diese Slutwalk- und MeToo-Sprüche. Sie waren die perfekten Bastarde aus Heidis Konsumkultur und feministischem Aktivismus. In ihren Tracks redeten sie nicht nur über Sex, sondern auch darüber, was sie beim Ficken nicht wollten. Bitches, die am Ende nicht mal einen Blowjob gaben. Rachelle dachte manchmal, dass nicht der Brustkrebs ihr Problem war, sondern dass keiner mehr da wäre, der ihren ehrlichen Straßenrap noch hören wollte, wenn sie den Krebs erst besiegt hätte. Sie und die Rapperin mit der schwarzen Fuchsmaske, sie und Antifuchs, und natürlich Schwesta Ewa, waren die letzten ihrer Art. Sie ließen es sich, zumindest theoretisch, nicht nehmen, Frauen als Bitches zu beschimpfen. Der Zeitgeist hatte sich gedreht. Jägermeister hatte einen feministischen Frauenschnaps im Programm.

Gab es auf dieser Welt etwa keinen Sexismus mehr? Wie sollte sie in dieser schwerbehinderten Situation auch noch fünf Jahre Schwerbehinderung ertragen? Doch wer um Himmels Willen würde ihr die Frauenhass-Refrains noch abkaufen? Selbst Bushido ließ sich neuerdings von seiner Ehefrau Anna-Maria in den Gangster-Schatten stellen. Die war die Härteste von allen! Und das Schlimmste daran: Rachelle Engel glaubte selbst nicht mehr daran, dass die meisten Frauen Bitches waren und Verachtung verdienten. Spätestens seitdem Staiger und Mauli einen Song von Babsi Tollwut in ihrer »wundersamen Rapwoche« auf FluxFM gespielt hatten, konnte kein Zweifel mehr daran bestehen, dass die politisch korrekten Zecken sie hart abgehängt hatten.

Aber das Schönste daran: Es interessierte sie im Grunde einen feuchten Kehricht. Sich mit anderen vergleichen, war schon immer nichts als die Hölle gewesen, danke Chemo! Jetzt konnte sie das endlich mal von außen sehen. Das Leben war zu kurz und zu krass, um immerzu in Konkurrenz zu gehen. Judging war over. Mein Maßstab bin ich selber, dachte Rachelle.

War es das, was sie meinten, mit diesem Modewort der Resilienz? War das »Diagnose: Leben«, schoss ihr wieder der Name des Prospekts durch den Kopf, während sie beiläufig registrierte, dass auf dem Boden immer noch eine Armada aus heruntergefallenen Herbstblättern lag, ineinander verknäult wie schlafende Flusskrebse. Während des Gehens war das Rascheln unter Rachelles Füßen zu stummen Seufzern verkommen. Wenn sich Rachelle klopfenden Herzens durch diese »Wohlfühl«-Krebs-Broschüren mit all ihren kostspieligen Ernährungstipps las, dann hoffte sie inständig, dass »Diagnose: Leben« auch für Leute wie sie und ihre Rap-Friends galt. Für die, die immer mit dem Geld knapsten und nur aus der kalten Stadt, dem Mief der Metropole, rauskamen, wenn sie irgendwo auf dem flachen Land mal einen Gig hatten, wo sie dann wieder gegen Rassismus und Nazis spielen mussten, um zu demonstrieren, wie weltoffen Deutschland doch war. Vor allen Dingen aber hoffte Silvana – die Kunstfigur Rachelle Engel fiel ja Tag für Tag mehr von ihr ab –, dass dies auch für Leute galt, die keine Augenringe hatten, keine Lachfältchen, nichts. Nur eine Haut wie ein Pfirsich und die Aggressivität der Jugend im Programm.

»Es ist wegen ihrer Jugend«, hatte Doktor Dillon von Anfang an Alarm geschlagen. Wegen welcher Jugend denn? Im Rapgame war man mit 37 Jahren uralt. Nur auf der Krebsstation galt man mit 37 Jahren noch als jugendlich. Wenigstens mal ein Vorteil, könnte man denken, so ein junger Körper, der steckte das besser weg, aber nichts da. Was kaum jemand wusste: Jung war scheiße bei Krebs.

Je jünger, desto gefickter war man; und die Radiologin, die den Krebs festgestellt hatte, hatte noch einen Meilenstein dazu erfunden: »Wenn Sie jetzt zum Beispiel in ihren Zwanzigern oder frühen Dreißigern wären, würden Sie womöglich daran sterben, aber mit 37, da müssen Sie sich keine Sorgen mehr machen.« (Nein, wirklich gar keine!) Die Statistik machte den großen Einschnittt bei 36 Jahren.

Oh wow, oh wow! Sie war ein Jahr drüber. Und in Momenten wie diesen, wo sie voller Adrenalin durch den Park spazierte, gelang es ihr sogar, nüchtern auf diese Fakten zu blicken.

Die Brust tat nicht mehr weh. Die OP-Narbe war klein, winzig, swinging. Sie sah aus, als würde sie lachen und machte Rachelles Busen wenn überhaupt noch hübscher, weil interessanter. »Jetzt bist du halt 'n bisschen tätowiert auf'm Busen«, hatte Isabella tröstend gelacht. Auch in der Charité war Rachelles Busen der Star gewesen! Ihre Chirurgin hatte mit ihren geschickten Wunderflossen eigenhändig ein Handyfoto von dem Busen mit der todschicken Narbe gemacht, um sie bei der nächsten »Tumor-Konferenz« vorzuzeigen.

Jetzt noch ein paar Monate Pirouetten auf dünnem Eis drehen, und gut war, und fertig. Nur noch ein bisschen länger dieses heikel-heilige Giftgeschenk in den Blutbahnen ertragen. »Wir geben Ihnen jetzt eine der härtesten Chemotherapien der Welt«, hatte es geheißen. Das befriedigte immerhin den Teil in ihr, der für Größenwahn anfällig war. Rachelle war nicht furchtlos, aber sie begriff blitzschnell, dass man in diesem Fall die englische Bedeutung von Gift nehmen musste: Geschenk. Sie war aufgeklärt über die Risiken und Nebenwirkungen. Bei dieser Chemo in diesem Rahmen waren sie gering genug. Eine der Nebenwirkungen war der Tod. Aber die war lange nicht so wahrscheinlich wie die Hauptwirkung: Diagnose Leben.

Das Milchhäuschen am Weißensee hatte im Winter geschlossen. Aber das Seewasser war noch da. Jetzt nur noch vier Monate. Es war gar nicht so schlimm. Die Gedanken drehten sich im Kreis. Rachelle war erstaunlich wach, auch wenn sie die immer gleichen Sinneseindrücke verfolgten. Der Himmel sah heute aber ganz anders aus als noch vor ein paar Tagen um diese Zeit. Sie war zur Einsiedlerin geworden. Die Zeichen der Natur bedeuteten ihr etwas. Es war vier nach vier an einem zweiten Dritten. Die Finsternis war um zwei Stunden nach hinten verlegt worden. Da kam auch schon der nächste

Taumelschub der Euphorie und zog sie nach oben, wo sie doch eigentlich nach unten hätte fallen sollen! Überleben war ein Gefühl, das süchtig machte, begleitet von Gedanken, die immer dieselben waren.

Gut fünf Monate war es jetzt her, dass man ihr den Krebs in deutscher Wertarbeit aus dem Gewebe herausgeschnitten hatte. Fünf Monate, die sich so endlos anfühlten wie der seltsam morbide Endlossommer davor. Schließlich war Rachelle direkt aus einem tropischen Daueraugust abgeholt worden, dem durchgeknalltesten Sommer des Jahrhunderts, dem wärmsten auf jeden Fall seit Beginn regelmäßiger Messungen im Jahr 1881. Sie hatte sich gefühlt, als hätte man sie in Handschellen abgeführt, in die kühlen Räume des Brustzentrums. Die lächelnde Rosa Schleife, präventionsverheißend im Schriftzug, dort an der Wand, war das Einzige, das noch übrig war vom heißen Glamour jenes albtraumhaften Traumsommers. In riesigen Lettern prangte der Schriftzug an der Wand. Die Schnörkel genau an der richtigen Stelle. Rachelle hatte eine Schwäche für die Farbe Rosa. Sie hatte auf die Schleife gestarrt, im Zustand eines ersten Schocks, wie ein dickes Kind, das sich zum ersten Mal im Leben in einem Boutiquenspiegel betrachtet: »Wird das jetzt das ganze Leben so weitergehen, dass ich anders bin als all die anderen Kinder? Wird das Leben jemals wieder schön? Ist das überhaupt noch Leben?«, hatte sich das mehrgewichtige Mädchen gefragt, das Rachelle einmal gewesen war, und dann war ihr Blick plötzlich auf eine riesige Haarspange mit rosaroten Blüten gefallen. Könnte die sie wieder schön machen? Könnte die sie erlösen?

Die rosa Schleife im Schriftzug stand für: Brustkrebsprävention. Bedeutete: Leben. Ein Symbol für zeitig erkannt, für frühes Stadium. Wenn man das alles addierte und durch eine Haarspange mit rosa und roten Blüten teilte, kam dabei heraus, dass im Prinzip nichts passiert war. Sie war nicht einmal krank. Sie hatte nur etwas, was man behandeln musste.

»Sie sind dann bei den Lebenden.« Die Schleife umgarnte Rachelle, schmiegte sich wie ein kostbares Collier an ihr verdorbenes Dekolleté. Auf wackeligen Beinen und mit einem Mund, so trocken wie der vergangene Endlossommer, war sie auf dem Flur zum Behandlungszimmer herumgestanden, mit nichts als dem Wort »Krebs« in ihrem Kopf, und war doch schon gerettet, weil sie diesen Tumor rechtzeitig erkannt hatte. Hier, und nicht auf den Tanzflächen, den lichtirisierenden der BRAVO BAR, die nur fünf Minuten zu Fuß entfernt vom Brustzentrum lag; hier und nicht in der irrlichternden Tropenhitze draußen, hier in dem riesigen Raum voller leisem Gemurmel, stillem Horror, hier, wo sich die größte Hoffnung und die größte Hölle die Hand gaben, mit einer Träne und einer rosa Schleife im Knopfloch, hier wurde ihr Leben gerettet. Einmal durchschütteln und retten, bitte. One more shot, please! Cappuccino, Sex, Chemotherapie. Schnittblumen und Sonderschichten.

(Komm), komm wir gehen, wir gehen zusammen den Bach runter
(Komm), denn ein Wrack ist ein Ort, an dem ein Schatz
schlummert.

Und wenn sie ganz ehrlich zu sich selbst war, dann hatte sie sich selbst gerettet. Ein Superflygirl, eine Heldin: Sie hatte ihn sich selbst ertastet. Yes!

Obwohl sie im schlimmsten Tourstress gewesen war und eine neue Show vorbereitet hatte. Am Tag, nachdem ihr neues Album erschienen war. Noch schnell Brustkrebsprävention machen, mal geschwind ein bisschen abtasten, man erlebt ja sonst nichts. Ah, da ist ja ein Ding, so ein pelziges, fühlt sich an wie eine Erbse unter der Haut. Sie hielt das für etwas Gutartiges, ein Wort wie »Knoten« kam ihr nicht in den Sinn. Das war bestimmt irgend so eine Verdickung halt.

Bereits die Bezeichnung »Brustzentrum«: autoritär und frivol zugleich. Die Stimmung: schrill-gedämpft. Jede und jeder nur mit sich beschäftigt, eingeschlossen ins Kabinett der Horrorgedanken, und doch verbunden durch diese modernen, kalten, schutzgebenden Räume. Eine unausgesprochene Community, die sich heimlich an den Händen hielt. Gute Menschen mit bösen Tumoren in ihren Körpern. Sie sah auch viele junge Frauen. Bei manchen glaubte man zu sehen, dass sie chronisch Krebs hatten. Sie wirkten ausgemergelter, konsternierter, auch tapferer. Schienen das Tuch über der Glatze mit mehr Bitterkeit zu tragen als diejenigen, die noch ihre langen, wehenden Mähnen hatten. In diesem Kampf würden sie ihnen nichts nutzen. Es waren so viele Junge hier! Für Rachelle sahen sie aus wie eine typische Ansammlung von Club-Besuchern. Verdammt, hatte die ganze Jugend plötzlich Krebs, oder was?

Sie musste daran denken, wie sie beim ersten Einchecken ins Brustzentrum die Toilette sauber geschrubbt hatte, da sie in der ersten Aufregung des Angekommenseins leicht danebenpinkelt hatte. Was, wenn hier Kameras installiert sind, hatte sie sich panisch gefragt. Wenn sie nur denjenigen Frauen den Brustkrebs wieder wegmachen, die das Klo fein säuberlich hinterlassen? Sie war regelrecht herumgekrochen, in der piekfeinen, gekachelten Kabine. Hatte sich darum bemüht, sämtliche Pinkelspritzer wegzuwischen und den Raum so zu verlassen, wie sie ihn vorgefunden hatte.

Eigentlich hatte sie nur einen Monat in dem Gefühl gelebt, Krebs zu haben. Sofort waren die Lebenden, die Liebenden, die Gelehrten und die von sonnigem Gemüt durchfluteten Menschen auf ihn aufmerksam geworden: Auf das kleine Schwein mit dem Todeswunsch, und sie versprachen, die Psychopathendrecksau zu vernichten. Denn er war schon ein wenig ein Teil ihres Körpers, ein Teil von ihr, wenn auch ein ganz kleiner, ein Lil Krebs. Durfte der komplett verachtet werden, es war ja ihr Gewebe? Vielleicht spielte diese Überlegung aber auch keine so große Rolle. Nevermind. Sie musste ihn auf jeden Fall plattmachen lassen wie sonst nichts. Der war ja imstande, alles Gute in ihr zu töten, auch ihre »big brown eyes«. Wären dann auch die schönen, braunen Rehaugen von Silvana tot?

Nach der Diagnose stand Silvana einmal vor dem Spiegel in ihrem Schlafzimmer und schaute sich tief in die Augen. Wie konnte das bisschen bösartiges Gewebe da unten ihr auch diese wahrhaftigen Augen nehmen? Sie war beinahe neugierig: Wie sollte das gehen? Woran genau starb man eigentlich, wenn man an Krebs starb?

Die Krähen stolzierten über die Gehsteine wie Boten einer geheimen Macht. Immer wenn sie an einer Krähe vorbeilief, wurde sie von einer unbeschreiblichen Angst erfasst und hastete in der Folge noch atemloser durch die Stadtlandschaft mit ihren hupenden Autos und hustenden Kindern. Auf keinen Fall durfte sie sich einen Erkältungsvirus einfangen. Musste besondere Leistung bringen, um weiterhin dazuzugehören. Zum Glück hatte der Endlossommer ihr 15.000 Euro aufs Konto gespült, irgend so ein leichtsinniger und jetzt schon unwahrscheinlicher Deal mit einem Kreditkartenhersteller. So konnte sie sich auch ihre kostspielige neue Ernährung leisten. Eine Ärztin hatte ihr geraten, sich in der Zeit der Chemo nur von saisonalen Lebensmitteln oder Bio-Produkten zu ernähren und ihr einen Text von einem französischen Wissenschaftler gemailt. Seht mal alle her: Rachelle speist heute wie Gott in Frankreich. Doch der *long hard lonely winter*, von dem in dem Songklassiker die Rede ist, war noch nicht vorbei. Nicht ein einziges Mal, seitdem sie auf Chemo war, hatte ein menschliches Wesen außerhalb der Ärzteschaft sie berührt. Sie hatte sich noch nie in ihrem Leben so sehr nach Zärtlichkeit gesehnt und nie war sie weiter davon entfernt gewesen.

Auf Dauerschleife hörte sie »Angst« von Haiyti. Die Rapperin hatte wie sie einen kroatischen Papa, der in den achtziger Jahren, so ging die Legende, einen slightly bekannten NDW-Hit gelandet hatte, und Silvana war sich sicher, dass sie jeden Kiekser, jede sägende Ungewissheit im manischen Gesang von Haiyti schon einmal nachts geträumt hatte. Wenn sie ehrlich zu sich selbst war, so war ihr Haiyti unsympathisch, aber wenn sie noch genauer hinschaute, dann wusste sie auch warum: Weil sie sich zu sehr mit dieser kleinen Superfrau identifizierte! Wenn sie in Haiytis Abgrund blickte, dann meinte sie, ihre eigenen dreißig Jahre grandios vertuschte Einsamkeit zu sehen. Besonders neidisch war sie auf Haiytis Lyrics, die vom deutschen Feuilleton hochgelobt wurden, während ihre eigenen aus klassistischen Gründen immer aussortiert worden waren. Die Lyrics der Konkurrentin hingegen, sie waren wie ein entglittener Höhepunkt, ein entgleister Zug, eine expressionistische Meisterinnenleistung.

Einmal hatte sie in einer Frauenzeitschrift die Überschrift gelesen: »Würden Sie sich selbst heiraten?« Das hatte ihr wirklich zugesetzt. Weil sie es innerlich laut schreiend verneinen musste. »Nein, natürlich nicht. Natürlich würde ich mich selbst nicht heiraten!« Vielleicht mussten diese Zeiten auch mal vorbei sein, überlegte sie, während sie blicklos vor Erschöpfung an schnatternden Enten vorbeilief, die aus dem kalten See getürmt waren, um sich an Land aufzuwärmen. Wenn sie den Krebs erst besiegt hatte, würde sie alles daransetzen, auch noch den Tumor des Selbsthasses loszuwerden. Sie wollte zu der Frau werden, die sie selbst heiraten würde.

Ich hab Angst
Ich zieh wieder durch die Nacht (Ah)
Ich trink viel mehr als ich kann
Marokks halten meine Hand, Hand, yeah
Ich finde keinen Frieden
Denn ich glaube an die Liebe
Gefühle überwiegen
Die Wahrheit wird zur Lüge
Ich finde keinen Frieden
Weil ich glaube an die Liebe
Gefühle überwiegen, ich fange an zu lügen

Sie walkte. Sie schlenderte, mal schneller, mal langsamer. Sie schlenderte weiter bis ins Licht am Horizont.

Sie setzte sich auf eine Parkbank, die Finger tippten automatisch auf rap.de und Hiphop.de herum. Ihr wacher Geist (keine Spur von Chemobrain) blieb an einem Porträt über Olexesh hängen, der mit der deutschen Sängerin Edin die »Romeo & Julia«-Love-Bombe des letzten Jahres gezündet, den verdammten »So wie du bist«-Moment abgefackelt hatte. Sie musste die üblichen Neidgefühle auf seinen Erfolg unterdrücken. Wollten alle jetzt: Duette machen, bei denen einem die Widersprüche zwischen den Geschlechtern nur so um die Ohren flogen beziehungsweise so erfrischend den Rachen herunterrutschten wie eine ganze Tüte Gletscher-Eis-Bonbons. Olexesh hatte zudem die Pole »Ghetto und Uptown« als Gegensatzpaar ausgemacht. Was für ein Konstrukt, dachte Rachelle leicht verächtlich, sie war auf einmal völlig in Gedanken versunken, aber irgendwie war dieses Konstrukt auch hübsch.

Ja, Hip-Hop war Romeo & Julia gegangen dieses Jahrfünft,
alle auf der Suche nach der verwandten Seele.

Rachelle spürte jetzt doch etwas wie eisige Kälte am Schlaghosenansatz ihrer Jeans zerren, aber die blöde Kälte kam nicht durch. Sie holte sich »Magisch« von Olexesh und Edin auf ihre Spotify-Ohrstöpsel und war ein paar Minuten wie verzaubert, im Rausch der Gefühle. Die bad boys hatten ihr Herz für die good girls entdeckt, das musste man ihnen lassen, auch wenn es ein bisschen nach Tchibo-Werbung klang. Die Melodiebögen dieser Deutsch-Pop-Rap-Verschnitte verströmten ein Aroma wie ein Nachkriegs-Filterkaffee aus gerösteten Kaffeebohnen – Rap als Geschenk zum Valentinstag. Aber auch hier gab es eine leichte Kehrtwende: Offener Sexismus war eben nicht mehr das Ding der Stunde. Und versteckter auch nicht. Wenn einer noch ein paar andere Optionen im Kampfanzug hatte, als den Macho-Don zu geben, dann wurde sie schwach. Und sie sah sich Timo in der BRAVO BAR abschlecken, war schon geil gewesen, der eine oder andere angetäuschte Shot mit ihm:

Ich bin ein Junge aus dem Viertel, du ein Mädchen aus der Stadt
Zwischen Dreck und Gesocks, wo die Sonne niemals lacht.

Ja, das war fast wie bei ihnen. Nur, dass er der Junge aus der Stadt war, und sie das Mädchen aus dem Ghetto. *Treffen uns heimlich, wieso muss es so verrückt sein? Immer wenn es dunkel wird, erscheinst du. Wohin führt der Weg? Nimm meine Hand und dann geht Bleifuß.*

Die Political Correctness war Wortsalat in ihrem Kopf: Ob sie jetzt lesbisch, bi oder pan war, mit einer Ärztin oder einem Gangster rummachte, oder mit einem anarchistischen Weißbrot aus Schwaben: War schon alles wurscht. Wenn sie doch nur überhaupt mal wieder eine Berührung auf ihrer traurigen nackten Haut fühlen dürfte!

Aber in den besseren Vierteln gab es auch Hexen. Sie wusste noch den Moment, als sie Greta wiedererkannt hatte. Greta war als Feministin verschrien. Die harten Jungs aus der BRAVO

BAR nannten sie jedenfalls, nicht ohne Respekt, »die kleine Hexe«. Dabei hatte sie, rein äußerlich gesehen, gar nichts von einer Hexe. Aber klein war sie, das schon. Nach einer Reihe von schweißnassen Viertelstunden auf der Tanzfläche fand sich Rachelle mit der kleinen Hexe vor dem übertrieben glamourösen, bronzefarbenen Barockspiegel im überbordenden Toilettenraum der BRAVO BAR wieder. Sie hatten sich beide mit starker Schminke überboten, und sich gegenseitig kommentiert.

»Hat dein Lippenstift auch einen Namen?«, wollte Greta wissen.

»Meiner ist von Yves Saint Laurent«, log Rachelle, »der heißt irgendwas mit ›rouge‹, aber eigentlich heißt er einfach ›Yves Saint Laurent‹.«

»Das verstehe ich«, jauchzte Greta: »Die Markenlippenstifte kann man auf den Markennamen herunterbrechen. Das ist ihre wahre Message.«

Rachelle wollte etwas erwidern, doch Greta sprach schnell und begeistert weiter: »Meiner heißt ›Marry Me‹!«, rief sie und reckte einen kleinen, unscheinbaren Stift in die Höhe. »Der ist von irgendeiner bescheuerten Bio-Marke. Hauptsache keine Schadstoffe drin. Aber schau mal hier – ich hab noch einen von derselben Bio-Marke, der heißt ›Catwalk‹. Schon besser, oder?«

»Ich finde ›Marry Me‹ viel cooler als ›Catwalk‹«, widersprach Rachelle, die Gefallen an dem Nonsense-Gespräch gefunden hatte. In einer hysterischen Girls-Laune über die unwichtigsten Dinge der Welt zu plaudern, war ganz nach ihrem Geschmack. Es war so amerikanisch. Zumal sie wusste, dass Greta sie wegen ihrer frauenfeindlichen Raps für eine blöde Sau hielt. Das hatte Timo ihr mal gesteckt. Natürlich nicht in genau diesem Wortlaut, aber Rachelle hatte genug Fantasie, um sich vorzustellen, wie Greta über sie lästerte – so wie die kleine Hexe über alle Menschen sprach, die nicht in ihre politisch korrekten Verbotszonen passten. Greta wirkte aber etwas normaler als in ihrer Vorstellung. Sie kam gar nicht wie eine rüber, die anderen etwas verbieten wollte. Sondern wie so ein richtiges Girly-Girl, das unendlichen Bock auf Spaß hatte. Vielleicht war das aber gerade das Tückische an ihr? Dass sie auch eine gewisse Lust, einen bestimmten Drive mitbrachte; kein Wunder, dass die Jungs hier an ihren Lippen hingen. Und da war noch etwas: Dieses Mädchen strahlte eine gewisse Unsicherheit aus. Da war etwas unerlöst geblieben in Greta. Rachelle hatte für so was Antennen. Sie registrierte die kleinsten Schwächen eines Gegenübers. Greta war eine höhere Tochter, hatte ihr gutes Zuhause jedoch unterwegs verloren, wie Timo es auszudrücken pflegte.

Plötzlich durchfuhr es Rachelle. Moment, da war doch was, oh krasse Scheiße. Was für ein Mega-Hammer! Das war ein Schock, sie erkannte sie an ihrem süddeutsch-gepflegten, trapigen Singsang wieder. An dieser wohlwollenden und aufgekratzten Stimmlage: Das war das Mädchen aus dem zweiten Stock, aus St. Pauli, mit dem sie vor rund 15 Jahren blutüberströmt aus der Wohnung geflüchtet war! Die für sie dagewesen war, sie aus der Stockstarre herausgelabert hatte. In dieser niederschmetterndsten aller Nächte. Nach dem Schlimmen. Sie hatten die ganze Nacht zusammen am Küchentisch einer Kellerwohnung gesessen, und Rachelle hatte gezittert, am ganzen Körper, nur gezittert. Es war in der WG eines Freundes von Greta, nachdem Rachelle in der Etage über Gretas Apartment von drei Drogendealern vergewaltigt worden war. Rachelle hatte sie einfach warnen müssen. Das Blut war gerade so an ihr heruntergelaufen; sie hatte gar nicht mehr gewusst, wo es noch herkam. Hilfe, war da was in und an ihr kaputt gegangen? Aber ihr Kopf war noch klar, sie konnte noch geradestehen, sich noch gerade machen. Rachelle stand vor Gretas Haustüre und drückte in größter Beharrlichkeit auf die Klingel: »Die haben mich gerade vergewaltigt und mit dir machen sie das auch. Wir müssen sofort abhauen. Du musst das auch. Komm jetzt! Die haben die ganze Zeit gesagt: Die aus der Wohnung direkt unter uns, die holen wir uns auch. Mit der machen wir das auch!«

Rachelle erkannte Greta jetzt ganz zuverlässig an der ungewöhnlichen Kombi aus dichten Augenbrauen und hellblauen Augen, sie war sich jetzt ganz sicher. Wie sie damals gedacht hatte, dass Greta auch nicht so ganz von hier sei. Beinahe so, als ob ihre Eltern noch eine andere Nationalität in ihr Klischee von einem deutschen Gesicht gezeichnet hätten. Auch die leicht schrille Stimme und die hektische, aber warmherzige Gangart waren unverkennbar die ihrer Schicksalsgefährtin aus St. Pauli. Was für ein Wahnsinn, sie hier wiederzusehen. Rachelle war nah dran, einen Freudenschrei des Wiedererkennens auszustoßen. Dann riss sie sich kurz und schmerzlos zusammen. Sie wollte sich Timos bester Freundin nicht mit so einer Schwächlings-Geschichte nähern. Er durfte niemals erfahren, was für eine whacke Braut sie in ihrem früheren Leben gewesen war. Eine Loserin, ein Opfer, eine, die Schmiere stand bei krummen Geschäften am Hafen. Deshalb sagte Rachelle jetzt: nichts. Zog nur kurz die Augenbrauen nochmal nach, lächelte geheimnisvoll, raunte etwas Versöhnliches wie »Aber ›Catwalk‹ ist auch ein schicker Name.« Und flüchtete aus der Toilette der BRAVO BAR, zurück auf die Tanzfläche, auf der sie wie auf einem Laufsteg zu »Ms. Jackson« tanzten.

Es war die schlimmste Stunde ihres Lebens gewesen und Greta war beinahe aufopferungsvoll für sie dagewesen, in den wirren, angsterfüllten Tagen danach. Das musste sie auch heute noch anerkennen, auch wenn die Kleine damals herumgenervt hatte; sie solle zur Polizei gehen, wegen Spurensicherung und so. Ich bin doch keine Schleimspur, hatte Rachelle gedacht, denn so hatten die sie immer genannt: »Eine einzige Schleimspur.« Sie wäre niemals zur Polizei gegangen. Hatte ja selber Dreck am Stecken: Drogendealen. Und überhaupt: All cops are bastards, oder etwa nicht? Die hätten ihr doch eine Mitschuld gegeben, die von hier bis zum Mond gereicht hätte. Ganz abgesehen davon, was die Rapists mit ihr gemacht hätten, wenn sie Wind von einer Anzeige bekommen hätten.

Nachdem sie Greta wiedererkannt hatte, war Rachelle stundenlang nicht mehr ansprechbar gewesen. Timo war Luft für sie geworden, sie tanzte blicklos vor sich hin: Was wusste so einer wie er schon vom wirklichen Leben? Er war ein Snob, der noch nie in seinem Leben ein Problem gehabt hatte. Sie war ganz neben der Kappe, hörte die Stimmen der Vergewaltiger durcheinander höhnen. Es war wie ein Donnergrollen im Niemandsland, aber hey: Drei mächtige Drogendealer hatten sie vergewaltigt. Über so was kam man nicht an einem Wochenende hinweg. Zumal sie sich monatelang vor ihnen verstecken musste. Auf der Tanzfläche der BRAVO BAR sah Rachelle die Nacht, die ihr Leben in Hamburg zerstört hatte, wieder klar vor sich. Sie war nicht mehr zur Kunsthochschule gegangen, obwohl sie doch die Kunst geliebt hatte, irgendwie. Hatte ihren Hilfsjob an der Kasse der Spielhölle gekündigt und war zurück zu ihrer Mutter nach Gaarden-Ost gezogen. Von dort aus hatte sie sich Stück für Stück eine halbwegs funktionierende Karriere als Rapperin aufgebaut, da sie zufällig jemanden kannte, der jemanden kannte, der Kitty Kat kannte, die ausnahmsweise mal 'ne Lady für ein krasses Feature suchte. Rappen war das Einzige, was noch ging, als wieder mal nichts ging. Für alles andere wäre sie für immer zu schwach gewesen.

Wenn sie die Augen für die Schönheiten der Welt öffnete, und ganz nach oben an den Himmel heftete, dann konnte sie sich auf einmal sogar vorstellen, zweihundert Jahre alt zu werden – und nicht schon mit vierzig oder so zu sterben. Es war schön, dass das Leben so toll war, und seltsam, dass es etwas gab, dass es für Rachelle etwas gab, das schlimmer war als das Zusammenkommen von Sexismus und Rassismus. Und dass sie diesem Schlimmen irgendwie schon entkommen war. Genaugenommen war dies eine super Erfahrung: Wir nehmen ihnen das Leben weg und spielen es ihnen im großen Bogen wieder zu. Es war doch richtig beschrieben, wenn man sagte, dass sie das Leben fucking liebte, und dass sie es riechen konnte, mit jedem Atemzug der Winternebelluft eines neureichen Berliner Nachmittags. Sie saß da, von den süßen, kleinen Enten mal abgesehen, ganz alleine. Unübersehbar Rachelle Engel. Eine Legende.

Und sie hatte auch Schönes erlebt, im Krankenhaus. Achtsame, rührende Begegnungen. Rachelle hatte gar keine Haare mehr gehabt und das war überhaupt der tollste Moment dieses Krankenhausaufenthalts gewesen. Sie war aus ihrem Bettenhochhauszimmer hinaus auf den Flur gelaufen, mit einem Kopftuch in der Hand, das umzubinden sie nicht hinbekam, und aus dem Nebenzimmer lief genau zur selben Zeit ein offenbar gesundes, muslimisches Girl mit einem Tuch um den Kopf. Für einen Moment historischer Klarheit berührten sich ihre Blicke. Sie lachten sich an, in vollster Empathie. Ihre Augen leuchteten vor Liebe und Selbsterkenntnis. Es war fast so, als ob das Mädchen ihre Gedanken gelesen hätte: Jetzt bräuchte man mal jemanden, der einem zeigt, wie man sich ein Kopftuch umbindet, sodass es richtig toll aussieht. Und sie bildete sich zudem ein, die Gedanken des Mädchens gelesen zu haben: Ja, ich weiß, es gibt noch andere Gründe ein Kopftuch zu tragen als den Glauben. Bitte denk jetzt nicht, dass ich dir das übel nehmen würde. Ich weiß, dass so ein Zeichen vieles bedeuten kann. Bei mir bedeutet es gerade auch mehr als nur eins. Und ich würde dir auch gerne zeigen, wie Kopftuchbinden geht, doch wir kennen uns ja leider nicht. Aber toll, dass wir uns jetzt durch diese Blicke begegnet sind. Rachelle heulte danach ein bisschen, weil es so schön und intensiv gewesen war.

Sie lief nun langsam, aber nicht eingesackt, aus dem Park heraus, zu dem mit Isabella vereinbarten Treffpunkt. Die Straßenlaternen verströmten orangefarbenes Licht, wie unter Tage, Bergbaulicht. Als ob das Licht in einer für Techno bekannten Stadt sich aber auch zu schade wäre, in einer anderen Farbe als Orange zu leuchten. Sie dachte an Leute, die an Krebs sterben müssen. Doch dann war ihr Hirn gnädig und sie dachte an Leute, die es überlebten. Rachelle summte eine Zeile von FaulenzA: *Sissi 1 bis 3, die gucke ich nur heimlich, und dann wein ich, und ich fühl mich wie 'ne Raucherin auf Rauchentzug, doch ich streif die Rolle ab wie einen Tauchanzug.* Irgendwann würde sie die Rolle der Krebskranken wieder abstreifen – wie einen Tauchanzug. Sie hatte doch nur die Hauptrolle in einer Krankenhausserie bekommen – oder war das, was sie da gerade erlebte, einfach schon die neue Staffel von *Charité*, die im Jahr 2018 bis 2019 spielte?

Dann, mit einem Schock wie ein Tequila-Shot, ergriff sie eine stumme Panik: Dass nämlich das Leben an ihr vorbeiging, weil sie im Leben von ihrem Jungen aus der Stadt, im Leben von Timo, überhaupt keine Rolle mehr spielte. Er hatte nichts mehr von sich hören lassen. Aber er hatte ja sowieso nur ihre Fassade geliebt. Die Lil'-Kim-Fassade, die Schutzmauer, an der seine Liebe abprallte. Sie war nicht wirklich im Bilde darüber, was er da an sie herangetextet hatte, wusste nur, dass er ein verliebter Dummkopf war, in all diesen Nächten.

Sie selbst würde in einer halben Stunde zu Hause in ihrem Bett liegen und auf voller Lautstärke das Album von Babsi

Tollwut hören: *HipHop ist am Arsch.* Sie würde die Tafel Zartbitterschokolade essen, mit 60 Gramm Fett und unter vier Gramm Zucker. Kakaofett war perfekt für die Verdauung. Genau das, was sie jetzt brauchte. Etwas, das so bitter schmeckt, dass es schon wieder süß ist.

Und dann wieder die Durchhaltesätze, die Rachelle immer wieder, Tag und Nacht, wiederholte. Sie wahren Leuchtbuchstaben, so wie das »Hier wo du strahlst«-Logo auf der Tanzfläche der BRAVO BAR; ein Radsportlaufband um ihre Stirn. Früher rotierte da der Ohrwurm »Lady Marmalade« von Pink, Christina Aguilera, Lil Kim und Mya: *Voulez-vous coucher avec moi, ce soir.* Heute glitzerte: Gut heilbar! Wenig aggressiv! Klein! Frühstadium! Bestmöglicher Brustkrebs! Hormonpositiv (80 %)! Ein ganz anderes Leben war das, an diesen Chemo-Dienstagen in den schlauchartigen Gängen mit den gelb gestrichenen Räumen, in denen Menschen um ihr Leben kämpften. Der Tag des Höllenangriffs kam nach einem Sommer, der nicht sehr weit von Höllentemperaturen entfernt gewesen war. Die Beats waren ins Schleudern geraten. Sie war auf dem Höhepunkt ihres Erfolgs gewesen. Es war der Sommer der Superlative gewesen: Du hast deinen Soulbrother endlich gefunden? Dann lass ihn doch einfach wieder ziehen, saug ihn aus, reiß ihm das Brokat vom Leib, sei seine kleine Kim, gib ihm ein Alibi, damit er mal aus dem Viertel der Reichen herauskommt, zu seiner kleinen, großen, überlebensgroßen Kim, in die BRAVO BAR.

Zu Hause angekommen riss sie sich die schweißnassen Kleider vom Leib, sprang unter die Dusche, ließ brüllend heißes Wasser über ihren aufgepeitschten und edelerschöpften, sauschlappen Body fließen. Dann pisste sie noch circa zehn Minuten lang im Strahl, weil sie schon wieder die Tapferkeit besessen hatte, Wassermassen in sich hineinzuschütten. Nachdem sie sich die Hände abgetrocknet und mit einem

Medizin-Tuch voller Virenschutzmittel sogar nochmal übelst desinfiziert hatte, schmiss sie sich übermütig in ihr höherpreisiges Bett und rutschte beinahe augenblicklich in den tiefsten Schlaf ihres Lebens.

Woher wollt ihr wissen, dass der Fuchs nicht beißt? Woher wollt ihr wissen, dass sie nicht schon längst tot ist? Sie schlief, wie einer dieser Steine, der sie ihr Leben lang gewesen war: *Ohne Heimat und alleine*, und noch im Traum ärgerte sich Rachelle Engel darüber, dass dieser Track nicht von ihr stammte.

Sie gehörte doch zum Geschlecht der Gesteinigten, und sie gehörte zum Geschlecht der Steine, sie war eigentlich nonbinär, ein Mann und eine Frau in einer Person. Oder etwa nicht? Wie alle?, überlegte sie, zum Glück nur im Schlaf, man sah ihr den Mann nicht an, von der Glatze jetzt mal abgesehen. Sie war eine Kriegerin, und noch in eigener Sache unterwegs, die nächsten vier Monate. Zum Steine-Erweichen war diese Chemo. Und wenn sie mit allem durch wäre, würde sie vielleicht eine Liebesbeziehung mit Timo beginnen. Gut möglich aber auch, dass sie ihn jetzt schon gebraucht hätte.

Greta Marie – Bohemistische Erdbeeren (rebellisch), Juli–August 2018

Mich interessiert nicht, wer von Euch hier dicke Bälle hat,
denn wenn ich will, sitzt ihr bis Ladenschluss im Bällchenbad.
(Lena Stoehrfaktor)

Mittelfinger in die Luft, Riot not diet, pure Love im Club,
fragt sich nur wer schon so weit ist?!
(Finna)

Nachts durch die City gehe ich Vögel jagen.
Mein Fell ist so dick, ich kann kaum eine Jacke tragen.
(Natascha P.)

I don't know who you are, but I – I'm with you.
(Avril Lavigne)

Frauen, die in Deutschland Musik machen, müssen was ganz Besonderes sein, ein schmuckvoll geripptes, kunstvoll geblümtes Woll-Shirt mit signalrotem Papageien-Motiv, das seine spitzen Krallen in Lavendel, Orchidee und Flieder-Farben ausfährt. Oder, zum Beispiel: Ein geschlechtsloses Sex-Engelchen in lichtblauer Nacht. Mit seltenen, floralen Schmucksteinchen an den zarten Zehen. *Suck my left one!* Die meisten erkennen nicht einmal den Unterschied zwischen den beiden Modellen. Da das alles noch nicht genügt, um für Aufmerksamkeit zu sorgen, müsste am äußersten Saum des Papageien-Pullis noch etwas geraffter Blusen-Stoff zum Einsatz kommen. Zur Abrundung. Genau an der Stelle, wo ansonsten Schluss wäre.

Die hohen ästhetischen Ideale des Patriarchats sind natürlich sehr, sehr schwer zu erreichen, trink lieber eine Tasse Tee und lutsch einem männlichen Großkotz den Schwanz. Und du, genau du, exakt du, hast es verfehlt, Baby! Egal. Tut uns leid, dein Papagei war uns nicht französisch-amerikanisch genug. Zu surreal, zu irreal, oder zu real. Such dir eins aus: *Much too young to Rock 'n' Roll!* Die Frage, was Dada ist, ist antidadaistisch. Dada ist der Punkt der Gleichgültigkeit zwischen Inhalt und Form, Mann und Frau, Materie und Geist. Es ist die Spitze des magischen Dreiecks. Dada ist ein Leben ohne Pantoffeln. Es erlaubt uns, in verschiedenen Farben zu urinieren. Du bist nur eine Sängerin, du kannst das nicht verstehen. Letztendlich will gerüschten Plüsch-Einsatz am Saum keiner hören, ab in die Pantoffeln, richtige Zeit, richtiger Ort ist abgeblasen, und selbst dann, wenn der Song ausnahmsweise mal gut wäre (Das hast du doch gar nicht selbst geschrieben? Das hat doch der Louie Maro für dich komponiert!), würden sie im selben Atemzug noch behaupten, dass so einen Song keine einzige in Deutschland lebende Musikerin schreiben könne, schon gar nicht, wenn sie deutsche, polnische, türkische, schweizerische, syrische oder spanische (sogenannte) Wurzeln hat. Wie bitte? Du verdammter Polyphem! Jedes meiner Gedichte ist mehr wert, als alles, was du in deinem Leben je schreiben wirst. Männer hingegen, die in Deutschland Musik machen, müssen einfach, sagen wir, nur normal sein. So schrecklich normal wie Deutschland, wenn es versucht mal wieder ganz besonders schrecklich normal zu sein. Also so normal wie in den späten zehner Jahren des 21. Jahrhunderts, als eine nationalsozialistische Partei in den Bundestag gewählt wurde. Es hilft männlichen Musikern, wenn sie von Kopf bis Fuß in etwas Hemdsärmeligkeit stecken, und andererseits aber auch wieder in sweeter, streetsmarter Jeans und Lederkluft, Gucci, denn zum Glück befinden sie sich in gewohnter Opposition zum System und zu den Nazis, denn so lassen sich von der Kunst aus die besten, kalten Kriege gegen marginalisierte Gruppen führen. Bevorzugt auch mit etwas roter Tusche an den Händen, die entfernt an Blut oder wenigstens Kunstblut erinnert. Sonst hört auch ihnen keiner zu.

Als Greta aka Kirschholzgirl, wie sie sich auf Twitter nennt, in einer dieser Sommernächte (»Nein, Sie haben kein Recht darauf, eine Künstlerin zu sein«, höhnte eine vorsintflutliche Stimme in ihr) unter ihre dünne Bettdecke geschlüpft war, hatte sich ihr nicht nur der Kopf, sondern auch der Magen verkrampft. Das Bettzeug immerhin fühlte sich nicht nur samtweich an, es war auch wirklich aus theaterblauem Samtstoff, was eigentlich ein minderer Stoff war. Richtig, sie musste doch morgen früh um neun Uhr zum Jobcenter gehen, um über die Zukunft ihrer »Hilfsbedürftigkeit« zu sprechen. So nannte sich das, wenn man aus gewaltvollem Künstlerinnenpech heraus wieder die Miete nicht bezahlen konnte. Kirschholzgirl war eine Musikerin aus Deutschland, da war die Zukunft immer hilfsbedürftig. Die Zukunft, also das Leben in ein paar Stunden, würde ihre aktive Mitarbeit benötigen.

Seit Mitte des Jahrzehnts hatte sie ihren politischen Aktivismus weg von den ganz großen Themen – Vergewaltigung, Mord-und-Totschlag, Krieg und Diktatur, Kapitalismus und Neofaschismus –, hinein ins kulturpolitische Fach verlegt. Da wurde man auch weniger in Morddrohungen verwickelt. Sie fühlte sich pudelwohl unter ihrer Bettdecke. Schlafen war ihre Religion. Es gab nichts Schöneres, als die Gedanken im Seerosenteich der Liebe aufblühen zu lassen und ganz allmählich in einen Bewusstseinsstrom aus tanzenden und miteinander verbandelten Buchstaben abzutauchen.

Takahashi schrieb ein Gedicht, unter das Greta gerne ihren Namen gesetzt hätte. »Sagt Ihnen, ich bin nicht zu Hause. Sagt Ihnen, dass niemand da ist. Ich kehre in fünfhundert Millionen Jahren zurück.« Sie lag dann ruhig da, alles zeichnete sich vor ihrem inneren Auge ab; alles ging immer weiter, durch Tunnel und Untergründe und noch mehr Gründe, auch die größten Kitschbilder wurden zuerst mal in Empfang genommen und von ihr selbst an sie selbst weiterverteilt. Wozu Drogen nehmen, wenn es doch Träume gab? Kirschholzgirl verbrachte ihre Nächte im reinsten Drogenrausch. Der Kopf schlief schon, nur die Augen waren noch wach wie bei einer britischen Singer-Songerwriterin, die sich zu viel vorgenommen hatte.

In dieser Nacht hatte Kirschholzgirl eine Idee: Sie musste sich die Sache mit ihrem Vater, der aus einer italienisch-französischen Familie kam, mit ihrer Urgroßmutter Irma Vidal, endlich mal in ihre Musikerinnenbiografie schreiben, am besten gleich in den allerersten Satz. Herkunft war wichtig. Französische Wurzeln, und dann auch noch solche. Keine schlechten Voraussetzungen, um den Durchbruch als Musikerin in Deutschland zu schaffen. Tatsächlich erzählte man sich in der Familie ihres Vaters mit Respekt in der Stimme, dass die »Mutter«, wie sie von allen Generationen genannt wurde, eine Frauenrechtlerin gewesen war, die für das Frauenwahlrecht gekämpft hatte.

Blusen-Stoff, der ganz unten am Saum zum Einsatz käme. Greta alias Kirschholzgirl wollte auf die Männerfestivals gebucht werden. Sie war schließlich eine begnadete Performerin. In Deutschland spielten auch hundert Jahre, nachdem die Frauen das Wahlrecht erlangt hatten, auf fast allen Festivals, ob alternativ oder Mainstream, ob In- oder Outdoor, ob Rock, Punk, Hip-Hop oder Electro/Techno, fast nur Männer. Die Lieder von Kirschholzgirl gaben es auf jeden Fall her, im Radio gespielt zu werden, und sie liebte es, auf der Bühne durchzudrehen. Seitdem sie in den frühen Neunzigern in einer Schule in Olympia, Washington ein halbes Austauschjahr verbracht hatte (gerade rechtzeitig zur Explosion von Grunge und Riot Grrrl), wusste sie: Man durfte machen, was immer man wollte, wenn man es nur mit Leidenschaft durchzog. In den USA zwangen sie die Schülerinnen, die sich zu Musik und Sprache hingezogen fühlten, gar nicht erst in die Mathematik-Kurse, aber sie predigten im Journalismus-Unterricht, dass kein Weg daran vorbei ging, statt im Passiv im Aktiv zu schreiben. »Dialog ist immer besser als indirekte Rede!« Keine komplizierten Regeln. Macht's doch einfach immer direkt. So wurde man zu Energie erzogen. *Oh, I wish I was a punk rocker with flowers in my hair!* Süße Träume, das wissen alle, wollen dich missbrauchen, andere wollen missbraucht werden. Kirschholzgirl sah sich da so herumturnen bei Rock am Ring, ganz oben, auf irgendeinem Turm, vielleicht auf einem Hexenturm, während ein Unwetter losbricht, Donnergrollen aus der Ferne, Türenschlagen, Gebimmel aus tausend Kirchenglocken, Regen und Schnee und Hagel, während sie immer tiefer, weiter, feiner, feister unter die Bettdecke rutschte.

Als sie aufwachte, wusste sie, dass die erste Hälfte der Nacht traumhaft schön gewesen war; vielleicht lag es schon daran, dass sie beschlossen hatte, ihr schönstes Kaninchen – die große, weise Irma Vidal – endlich mal aus dem schwarz-rot-lila Hut zu zaubern. Die zweite Hälfte der Nacht hatte sie hingegen in unruhige Gewässer geführt, sowie der furchtbare Termin näher rückte, gleich, gleich, schon um neun. Kirschholzgirl wusste in solch raren Momenten des Aufstehens vor acht Uhr, was sie auf dem Kerbholz hatte: Warum Bürokraten in Ämtern Künstlerinnen wie sie hassten; wie sie da so lag im Koma der körpereigenen Traum-Drogen und sich aus eigener Kraft rausziehen musste, als der Wecker klingelte. Sie wollte das nicht öfter als zweimal im Jahr erleben.

Sweet dreams are made of this
Who am I to disagree?
I travel the world and the seven seas
Everybody's looking for something.

Und wenn die Bürokraten mal für alle kommenden Generationen ausgesorgt hätten, dann würden sie bis in die Puppen schlafen. Wer wäre sie zu widersprechen?

Ein Jammer, dass immer, wenn Greta zum Jobcenter musste, die Sonne vom Himmel knallte, als wollte sie ihr höchstpersönlich das Gesicht zerkratzen. Nicht einmal Schäfchenwolken waren zu sehen, geschweige denn eine anständige Bewölkung, die die UV-Strahlung wenigstens um ein paar Prozentpünktchen geschmälert hätte. Die Uhr zeigte schon viertel nach acht, und Greta hatte immer noch keine Entscheidung getroffen, ob sie sich zu diesem tolldreisten Termin die Wimpern tuschen und Lippenstift auftragen sollte. Sie stand auf dem Balkon und blinzelte voller Hochspannung in die als gefährlich empfundene Morgensonne. Die Sonne da oben war ihr Sturm, der sie in die Knie zwang. Repräsentierte alles, was dazu angetan war, dass man sich auf Erden klein und hilflos fühlte. Das gelbe Schwein! Doch heute hatte Greta Marie Gogal einige Papiere voller Triumph in der Tasche, sie musste nur noch den Weg von ihrer Wohnung zur Arbeitsagentur finden, und zwar schnell.

Sie ging zurück ins Wohnungsinnere, stand dann ein paar Sekunden reglos da, wie die batteriebetriebene Tanzpuppe Carina aus ihrer Kindheit, die immer schon nach wenigen Sekunden schlapp gemacht hatte. Die Angst vor den fiesen, faltenauslösenden Eigenschaften der Mittagssonne, die sie beim Rückweg erwartete, war ihr in Fleisch und Blut übergegangen, seitdem sie im sündigen Alter von 27 Jahren beschlossen hatte, Sängerin zu werden. Oder war es an dem Morgen passiert, als Louie Maro Schluss mit ihr gemacht hatte, woraufhin sie, dem Wahnsinn nahe, ein Szenario der süßen Rache ersponnen und beschlossen hatte, nie wieder in die Sonne zu gehen, für immer jung zu bleiben und damit alle Konkurrenz aus dem Feld zu schlagen?

Sie wusste, was die Lösung war: Sie würde einfach ein Taxi rufen, um sich den infernalen Strahlen zu entziehen. Sie rief die 030-887766, wo sie VIP-Kundin war. Denn auch für längere Strecken zahlte die Musikerin Taxi-Geld. Aber heute würde es keine längeren Strecken geben, das Jobcenter war räumlich nahe gelegen, ein Acht-Euro-Ding, keine große Sache, für die man an diesem Tag auf gutes Essen oder Ausgehen hätte verzichten müssen, nur sehr ungut gelegen, inmitten seltsam schattenloser Straßen. Als sie vor drei Jahren zum ersten Mal beim Arbeitsamt vorstellig geworden war, hatte sie es zu Fuß probiert. Aber während des fünfzehnminütigen Fußmarsches war der Teil in ihr ausgeflippt, der sich immer sofort eine Bedrohung ausmalte. *We're on a road to nowhere.* Dieser Weg war ein Albträumchen: Flaches, menschenleeres Land wie in Norddeutschland, gleißende Sonne, keine Bäume, die Schatten spenden, ganz zu schweigen von einem sich überlappenden, von mehreren Laubbäumen gespendeten Schatten, wie er in Handbüchern für Sonnenschutz empfohlen wurde. Den Trick mit den Sonnenhüten hatte Greta zu dem Zeitpunkt noch nicht gekannt. Als sie dann in den mit »Integration« betitelten Räumen der Arbeitsvermittlung saß, hatte sie am ganzen Leib gezittert. Es war nicht die berufliche Lage gewesen, die sie in Panik versetzte, sondern der Gedanke an die scheußliche Sonne, der sie ungeschützt ausgesetzt gewesen war. Was waren schon dreihundert Euro im Monat? Das war eine Zigarettenzulage; das waren fünf Minuten auf einem Festival in Hintertupfingen.

Sie hatte ihr jugendliches Gesicht noch nicht verloren, in den letzten zwölf Jahren ihres Versuchs, als Musikerin Fuß zu fassen und Bein zu zeigen. Sie sah immer noch zwanzig Jahre jünger aus. In ihrem Fall hieß das, sie sah aus wie zwanzig. Ganz im Ernst, wie zwanzig. Nicht wie eine Vierzigjährige, die aussieht wie eine Zwanzigjährige, sondern wie eine zwanzigjährige Frau, die aussieht wie eine neunzehnjährige Frau. Und dass, obwohl Greta nie irgendetwas hatte machen lassen, kein Botox, keine noch so harmlose Falten-Unterspritzung mit Hyaluron, rein gar nichts, denn schließlich konnte das ja auch schiefgehen. Was, wenn ein Nerv getroffen wurde? Sie hatte mal gelesen, dass man sich zum Beispiel schwere Augenverletzungen zuziehen konnte, wenn man sich die Tränensäcke unterspritzen ließ. Nur Naturkosmetik, Obst, Gemüse, ausgewogene Ernährung, Sport, Wasser, Holundersaft in rauen Mengen. Karottensaft. Walnüsse. Gretas Leben war vegane Schokolade.

Sie saß im Taxi und musterte mit tiefer Verachtung die sonnengedeckelten Grasflächen, an die sich alsbald Tankstellen, Lagerhallen und sonstiges unnützes Bauwerk des normalen Geschäftslebens anschlossen. Jetzt bog das Taxi um die Ecke, ein Hoffnungsschimmerchen leuchtete in ihr – lag es an dem leichten Ruckeln des Taxis, das ein winziges Gefühl dafür freilegte, dass man sie ja durchaus noch kriegen konnte, die Kurve? »Da vorne an der Ampel können Sie anhalten, Sie müssen nicht auf die andere Seite wechseln«, hörte sie sich sagen. Sie bezahlte mit einem Zehner und bedankte sich bei dem Taxifahrer. Dann schlug sie mit zu viel Schwung die Beifahrertür zu und rannte los. Wenn sie es schaffte, die letzten hundert Meter zum Gelände zu sprinten, dann wäre sie in Kürze wieder in der Nähe eines Schattens.

Atemlos und mit einer Klemme ums Herz kam sie im betonierten Vorgarten des Arbeitsamts an, das rote »A«-Logo der Bundesagentur für Arbeit, das von der Außenfassade winkte, ließ keine andere Deutung zu: Hier war sie richtig. Jetzt nur noch das A umcodieren, dekonstruieren: A muss wieder für Anarchie stehen – wie bei FaulenzA! Es war kein Zufall, dass Greta an ihre Lieblingsrapperin dachte, als sie die fitnessgestählten, hochoffiziellen Jungs vom Sicherheitspersonal vor der Eingangsdrehtür erblickte, denn dies war ihr Hip-Hop-Moment. Das Einzige, was half, wenn man als Workaholic das Jobcenter betrat – sich wie eine Rapperin zu fühlen. Oder, noch wirksamer: Als Teil einer großen Gruppe leidender, diskriminierter Menschen, die schon lange beschlossen hatte, nicht mehr zu leiden, sondern nur noch zu kämpfen und zu feiern. Um die Selbstachtung nicht zu verlieren, musste man ganz schnell in eine Körperposition gehen, die für jedes »Halt die Fresse«-Wackelkamerasturmgewehrvideo getaugt hätte. Sie machte sich ganz gerade – natürlich auch nicht so, dass es sich nach militärischem Drill anfühlte, halt mehr so die Casual-Position – und lief mit wächsern-wachsamer Miene am Wachschutz vorbei zum Fahrstuhl. Auf dem Weg nach oben durfte man nicht zimperlich sein.

Aus irgendeinem Grund war dieser Fahrstuhl im Jobcenter der einzige, vor dem sie nie Angst hatte; vielleicht weil hier oben unten war? Im siebten Stock angekommen lief Greta in die Abteilung für aufstockendes Arbeitslosengeld. Lieber wartete sie vor der verschlossenen Tür der Sachbearbeiterin. Heute war es der Raum 89. Vorher war es 87 gewesen. Auch Greta konnte aus der Gesellschaft herausfallen, auch Greta musste wieder eingegliedert werden. Das Ertragen der sexualisierten Gewalt war umsonst, die Kostenübernahme hatte das Opfer zu tragen. Sie schrieb in Gedanken gerade schon wieder eine Abhandlung, in der sie die »freiwillig vom System Ausgegrenzten« und die »unfreiwillig Ausgegrenzten« in Bezug zueinander setzte, weil man das doch eh so genau nie sagen konnte; es müsste ein Modell geben, eine Theorie, die intersektionalen Feminismus mit Subkultur und Dissidenz zusammendachte; da zeigte die Uhr auf dem Smartphone endlich neun. Greta klopfte an und trat ein, obwohl sie keiner hereingerufen hatte. »Hallo«, sagte sie schüchtern.

»Guten Tag, kommen Sie herein«, sagte eine verhuscht am Schreibtisch sitzende Frau, die sich, seitlich platziert, nachgerade verbarrikadiert hatte, sodass man ihr nicht in die Augen schauen konnte. »Sind Sie schon länger hier?«, wollte sie wissen. »Haben Sie vor der Tür gewartet?«

»Ja, klar«, erwiderte Greta.

»Das sollen Sie doch nicht«, sagte die Frau in einem barschen Ton, der auf keinerlei Toleranz schließen ließ. Ja, fast wütend klang sie. Wütend und hochnäsig.

Greta verteidigte sich erschrocken und fläzte sich währenddessen auf einen der grauen Plastikstühle: »Ich habe den Termin um neun Uhr, was ist falsch daran, um neun Ihren Raum zu betreten?«, fragte sie lieber mal nach, um nicht die Orientierung zu verlieren.

»Weil wir dann Zeit verlieren, das ist klar, das kann man sich doch denken«, sagte die neue Sachbearbeiterin, die Frau Ludwig hieß und mit der netten, alten Sachbearbeiterin nur noch zwei Ähnlichkeiten hatte, und das waren ihr ungefähres Alter und ihr blondgefärbtes Haar.

»Hm, hm«, sagte Greta unschlüssig, und verstaute ihren Hut unauffällig auf dem freien Hocker neben ihr, weil ihr zu so viel Blödsinn ausnahmsweise mal gar nichts mehr einfiel.

»Wenn Sie schon vorher da sind, dann können Sie auch vorher eintreten. Was stehen Sie denn dann noch vor der Tür rum? Das ist doch totaler Unfug«, wiederholte die Frau streitlustig, preußisch.

»Okay, ist ja gut«, sagte Greta beschwichtigend. »Wenn ich das gewusst hätte, wäre ich früher eingetreten. Aber es hätte ja auch sein können, dass noch jemand anderes drin ist.«

»Das war aber nicht der Fall,« sagte die Frau kalt, »und Sie haben es nicht herausgefunden.«

»Okay, jetzt bin ich ja hier.« Greta durchschaute diese Frau mit jeder Faser ihres Körpers. Leute, die das Wort »Unfug« verwendeten, waren ihr schon immer ein Gräuel gewesen. Schlimmer war nur noch »Kokolores«, und Greta hatte nicht vor, sich von einer Blockwartin ins Bockshorn jagen zu lassen. Ganz klar ein Fall von Antipathie auf den ersten Blick!

»Sie haben ja letztes Mal schon zugestimmt, dass Sie für einen Assistenzjob in der Pflege zu haben sind«, preschte Frau Ludwig gleich nach vorne. »Oder haben Sie in der Zwischenzeit anderweitig einen sozialversicherungspflichtigen Arbeitsplatz gefunden?«

»Das kann ich nicht«, sagte Greta entsetzt, während ihr der kalte Angstschweiß ausbrach. »Ich habe doch nur gesagt, dass ich mir das nochmal überlege. Ich habe kein Händchen für medizinische Jobs.«

»Sie müssen da nichts können, nur assistieren. Ich habe es Ihnen doch schon gesagt. Sie müssen zum Beispiel nicht selber die schwere körperliche Arbeit leisten, sondern nur assistieren. Dabei sein, wenn zum Beispiel ein Pfleger zu einer alten Frau in die Wohnung geht. Vorher vielleicht etwas einkaufen, Tee kochen, mithelfen, sowas in der Art.«

»Moment, Moment«, sagte Greta, die das Gefühl hatte, als würde ihr die Luft abgedrückt. »Bei dieser Frage bin ich noch nicht. Es gibt noch ein paar Sachen, die ich Ihnen sagen muss.« Aber die Frau hatte offenbar kein Ohr für etwas, was man ihr noch sagen musste.

»Sie kriegen nur was draufgezahlt, aufgestockt, wenn Sie einen sozialversicherungspflichtigen Arbeitsplatz haben und vierzig Stunden die Woche arbeiten. Nur dann können wir Ihnen noch was drauflegen. Und wenn Sie in die Rentensysteme einzahlen, weil sonst müssten Sie ja irgendwann wieder zu uns kommen!« Es klang wie eine Drohung. Greta dachte zwar nur das Schlechteste über diese Frau, ahnte aber nicht, dass

Frau Monika Ludwig tatsächlich so oft über das Ziel dessen hinausgeschossen war, was sie von den Antragstellern verlangen durfte, dass sie schon selber etliche Abmahnungen an der Backe hatte.

»Ich dachte, man hat das Recht bei Hilfsbedürftigkeit ...« Greta kam ins Stottern, ihr Blick flatterte durch den sonnengefleckten Raum und erkannte doch nichts wieder.

»Aber Sie sind nicht hilfsbedürftig. Sie sind Künstler.«

»Was heißt Künstler?« Greta sparte sich ausnahmsweise mal das Gendern, denn es war gut möglich, dass auch das zu viel Zeit gekostet hätte. »Ich bin ja auch noch Journalist.« Aber dann besann sie sich schnell wieder auf ihr Geschlecht, auf das sie regelmäßig reduziert worden war: »Was kann ich dafür, dass ich bei jedem Job, den ich als Journalistin jemals hatte, sexuell belästigt worden bin? Ich habe den Sexismus in Deutschland immer bekämpft.«

Die Gesichtsfarbe der Frau wandelte sich sichtbar, sie bekam eine gewisse rote Färbung. Als würde sie sich über irgendetwas ärgern oder sich für irgendetwas schämen. Dann geiferte sie los: »Worüber reden wir hier? Wenn das jemand mitbekommen würde, wenn ich das in meine Akte schreiben würde! Wir sitzen hier in den offiziellen Räumen des Jobcenters und Sie reden am helllichten Tag über *Sex*ismus in Deutschland.«

Ohne groß nachzudenken, holte Greta zu ihrem ersten Rundumschlag aus: »Entschuldigen Sie bitte, aber in meiner Eigenschaft als Feministin muss ich Ihnen leider mitteilen: Sexismus hat nichts mit Sex zu tun. Es geht um Frauenrechte. Ich habe durchaus auch noch ein Recht, das im Grundgesetz verankert ist: das Recht auf Gleichstellung von Mann und Frau. Das ist doch auch in der Pflege ganz wichtig: Dass diese Berufe besser bezahlt werden, weil es größtenteils Frauen sind, die

die unbezahlte oder schlechtbezahlte Care- oder Pflegearbeit leisten.« Nun war es an der Sachbearbeiterin, förmlich nach Luft zu schnappen, wobei sie aber nichts an ihrer Sitzposition änderte. Sie ließ sich weiter von der Seite aus bewundern, wie ein Popstar, aus sicherer Entfernung, als würde sie hinter Plexiglas sitzen. Greta nutzte das klitzekleine Zeichen der Erschöpfung ihres Gegenübers, um sich selber wieder in Stellung zu bringen: »Aber zurück zu meiner jetzigen Situation«, sagte sie versöhnlicher. »Ich habe Ihnen etwas mitgebracht. Meine Arbeitsbemühungen und meinen Roman, der gerade erschienen ist.« Sie packte das dicke Hardcover mit den Regenbogenfarben aus der Tasche wie einen kurios glänzenden Stein vom Meeresgrund. Außerdem eine Reihe von Zeitungsartikeln, die zu dem Buch erschienen waren. »Das ist mein Buch und das sind die Artikel, die mein Buch behandeln. Zu 1LIVE wurde ich gleich zweimal eingeladen, um das Buch vorzustellen. Immerhin bin ich jetzt bei einem Verdienst von rund 1200 Euro im Monat.«

»Wie viel Geld haben Sie denn von 1LIVE bekommen?« Die Frau hatte immerhin ein bisschen angebissen.

Gretas Herz rutschte an einen Ort, wo es nie zuvor gewesen war, weil ihr schwante, dass sie diesen finanziellen Standard auch erstmal halten musste. Außerdem war sie immer noch upset über die uninformierte Art, mit der die Sachbearbeiterin auf das Wort »Sexismus« reagiert hatte. Es konnte nicht wahr sein, dass hier Leute arbeiteten, die, wenn sie das Wort »Sexismus« hörten, an *Sex* dachten. »Hören Sie mal ...«, sagte sie, und von fern winkte ihr die große Irma Vidal von den evangelischen Altären des Himmels zu, »1200 Euro im Monat als Künstlerin, so viel müssen sie als weiblicher Künstler auch erstmal verdienen. Es gibt diese neue Studie des BKM, wonach Musikerin der am schlechtesten bezahlte und schwierigste

Beruf ist. Es ist ja nicht für immer. Nur für den kurzen Moment, bis ich auf Festivals eingeladen werde mit meiner Band. Ich habe mich bei sooo vielen Festivals beworben.« Sie holte achtzig Klarsichtfolien mit Blättern aus der Tasche.

Wie aus der Pistole geschossen wiederholte Frau Ludwig ihr Mantra: »Aber Sie sind selbstständig und Sie können nicht davon leben. Und Sie brauchen einen sozialversicherungspflichtigen Arbeitsplatz, um hier aufgestockt zu werden.«

Greta verlor allmählich die Fassung. Normalerweise verlor sie nie die Fassung auf Ämtern, das war etwas für blutige Anfänger:innen. »Aber bisher habe ich doch auch aufstockendes Arbeitslosengeld bekommen«, sagte sie leise, »das können Sie nicht entscheiden. Da gibt es doch Gesetze.«

»Es gibt kein Gesetz für Künstler«, sagte die Frau kalt. »Sie bekommen keine Extrabehandlung. Es gibt so ein Gesetz nicht.«

Das war interessant. Greta überlegte, was Irma Vidal wohl dazu gesagt, was sie ihr geraten hätte. Wie sollte man diese Frau, die hier wie ein Maskottchen, ein Andenken an die Blockwarte des 20. Jahrhunderts saß, als wollte sie nochmal die ganze Kunstfeindlichkeit des autoritären Charakters demonstrieren, nur auf seine Seite ziehen? Noch glaubte sie daran, dass es einen Weg gab. Vielleicht musste Greta die Ordnungsliebe und Veränderungsfeindlichkeit dieser Frau ausnutzen, die sie nicht gehen lassen würde, ohne eine bürokratische Lösung zum Abheften gefunden zu haben.

»Ich habe sehr viele Stunden damit verbracht, meine Karriere als Musikerin, Musiklehrerin und Schriftstellerin aufzubauen. Anderen Leuten würden Sie doch auch nicht sagen, dass sie alles, was sie sich erarbeitet haben, wegschmeißen sollen, und in einem Beruf weiterarbeiten sollen, der ihnen nicht liegt und« – sie holte Luft – »für den man nichts können muss, wie

Sie behaupten. Und was ich sowieso nicht glaube.« Sie hielt inne, plötzlich. Die Wahrheit stand als heiße Luft im Raum, der Atem eines Tigers, der drohend aufgestanden war und seinen Kopf erhoben hatte. In diese Stille aus Raub und Raubtier hinein kam Greta noch einmal auf die Bewerbungen zurück, die von der Frau mit sprichwörtlich spitzen Fingern angefasst wurden. »Das sind sage und schreibe achtzig Bewerbungen. Ich weiß nicht, wieso Sie mich sanktioniert haben«, sagte Greta, beinahe verbittert. »Was soll ich noch mehr tun, als mich bei achtzig vielversprechenden Jobs zu bewerben? Wissen Sie, man muss einen bestimmten musikalischen Standard erreicht haben und eine gewisse Bekanntheit mitbringen, damit so eine Bewerbung überhaupt Sinn macht. Es ist purer Sexismus, dass ich keine einzige Zusage erhalten habe.«

»Schluss jetzt«, sagte die Frau, »das Wort will ich hier nicht mehr hören: *Sexismus in Deutschland*.«

»Richtig«, erwiderte Greta, »sprechen Sie es nur aus. Es heißt: Sexismus. Sexismus in Deutschland bedeutet, dass Männer die Festivaljobs kriegen und Frauen in die Altenpflege befördert werden. Seien Sie doch froh, dass es Leute wie mich gibt, die diesen Wahnsinn bekämpfen.«

»Jetzt reicht's. Machen Sie den Job oder machen Sie ihn nicht?«

»Ich kann so was nicht. Ich bin dafür viel zu hypochondrisch veranlagt. Haben Sie denn gar keinen Respekt vor der freien Meinungsäußerung und vor der Kunstfreiheit? Soll es darauf hinauslaufen, dass nur noch Männer in Zeitungen schreiben, während Journalistinnen, die nur 1200 Euro im Monat verdienen, in die Altenpflege gehen?« Sollen wir den Männern den Arsch putzen, während sie uns in der Kultur verhöhnen?, dachte sie, während ihre Wut exponentiell anwuchs und sie sich bemühte, ruhig zu bleiben.

»Wenn Sie keinen Job machen und nicht in die Rente einzahlen, dann müssen wir später ihre Rente übernehmen und das machen wir nicht, nur weil Sie singen und schreiben wollen. Ich kapier das schon: Sie wollen singen und schreiben und tanzen«, übernahm die Drachenfrau wieder das Gespräch. »Sie wollen singen und tanzen«, wiederholte sie, als wäre singen und tanzen der Inbegriff einer bösen Tat. »Sie wollen ihren Traum leben. Und wenn ich mir da die anderen Leute so anschaue, die täglich bei mir hier sitzen. Und all die Frauen erst, die jeden Tag in der Pflege ackern. Sie leben auf Kosten der Allgemeinheit. Sie dürfen aber nicht auf Kosten des Steuerzahlers ihren Traum leben!«

Greta lachte höhnisch auf: »Das ist kein Traum. Welcher Traum denn? Ich lebe meinen Albtraum!«

Der Satz verfehlte seine Wirkung nicht. Zum ersten Mal trat so etwas wie ein Gefühl ins ansonsten ausdruckslose Gesicht von Mrs Sachbearbeiterin. Aber Gefühl war nicht gleich Mitgefühl. »Aha, ein Albtraum also, und warum machen Sie es dann?«, höhnte sie zurück. »Und ihr Angebot als Musiklehrkraft hat auch nicht funktioniert.«

Greta hatte sich mittlerweile etwas runterreguliert, während die Frau sich weiter durch ihre Unterlagen fraß. Es war nichts zu machen. Sie musste ihren Kampf auf einer anderen Ebene, mit den Wölfen des Musikgeschäfts, kämpfen. Sie musste, wenn sie jemals noch ihr Lebensziel erreichen und ein Leben ohne Selbstverrat leben wollte, allen unnötigen Ballast von sich werfen. Und dazu gehörte diese Abteilung für Selbstständige. Eine Abteilung, die es nicht fertiggebracht hatte, ihre Mitarbeitenden über Sexismus aufzuklären, obwohl hier ständig Journalist:innen ein und aus gingen, die bestimmt die klügsten Texte schrieben. Sexismus, ein schlüpfriges Wort, auf jeden Fall. Mit so einem System hatte man es hier zu tun.

In einem der angeblich freiesten und liberalsten Länder der Welt. Frauen durften einfach keinen Spaß im Beruf haben. Spaß war ein Männer-Privileg. Greta hatte auf einmal große Lust, dieser Frau ebenfalls den Spaß zu verderben. Bisschen Verwirrung stiften, jetzt. Etwas tun, was nicht katalogisierbar war, einfach in keine Schublade passte.

Die Sachbearbeiterin sagte immer noch nichts, sondern studierte mit der begriffsstutzigen Mimik der Super-Reaktionärin weiterhin Gretas Akten. »Ich kann Leuten das Singen beibringen, Ihnen könnte ich es auch beibringen, wenn Sie wollten. Ich habe eine eigene Methode herausdestilliert, die das schon in fünf bis allerhöchstens zehn Sitzungen ermöglicht, nicht so wie die Opernsängerinnen von der Uni, die die Schüler aus besseren Verhältnissen fünf Jahre lang ausnehmen, und am Ende können die nicht mal einen einfachen Popsong singen. Und das wollen doch alle immer nur. Oder ein Geburtstagsständchen. Das habe ich in einer Seite im Netz ausführlich dargestellt, bin zu Bildungseinrichtungen in Berlin gegangen, und habe ihnen mein Konzept vorgestellt. Aber das ist ja nicht erlaubt. Es ist scheinbar nichts erlaubt in Deutschland, was einem kreativen Menschen wie mir ermöglicht, Geld zu verdienen. Wenn die Leute das Angebot nicht annehmen. Pech. Ich habe nur noch eine Wahl: Auf Festivals spielen. Auf der Hauptbühne!«

Die Frau schaute erstaunt aus der Wäsche. Als ob etwas ganz Kleines in ihr gelockert worden wäre, in den letzten Minuten. Aber von wegen: »Sie können immer noch in der Pflege arbeiten«, sagte sie lockend. »Ich kann Ihnen ein Angebot machen. Und wenn Sie das nicht wollen: Gar kein Problem, Sie können auch Regale im Supermarkt füllen. Da gibt es auch genügend Vierzig-Stunden-Jobs, wir legen dann noch was drauf, sodass sie auf das Existenzminimum kommen.«

Jetzt stand Greta auf. Weil sie wusste, dass sie nochmal laut werden musste. VERDAMMT FUCKING LAUT. Andererseits konnte sie sich vorstellen, was diese Frau mit Leuten machte, die in ihrem Beisammensein, in diesem Zimmer, anfangen herumzubrüllen. Weil sie genau kapierte, dass das eine war, die Tone Policing betrieb. Ein lauter Ton, sie ruft die Security, Greta wird in Handschellen abgeführt. Greta sagte, mittellaut: »Haben Sie mal darüber nachgedacht, in Ihrer Freizeit für bessere Arbeits- und Lohn-Bedingungen in der Pflegebranche zu kämpfen?« Dadurch, dass sie aufgestanden war, von dem grauen Stuhl, ihre Tasche unter den Arm genommen hatte, sogar den Hut irgendwie eingefangen und die Bewerbungsblätter hastig gepackt hatte, war Bewegung in die Sache gekommen. Die Frau schaute jedenfalls überrascht auf. »Natürlich unentgeltlich«, setzte Greta ihre Rede fort. »Wissen Sie, Menschen müssen für bessere Lebensbedingungen anderer Menschen kämpfen. Da gibt's nicht immer gleich Geld für. Es muss Leute geben, die dafür sorgen, dass Männer mit Frauen nicht machen können, was sie wollen. Was das Gesetz, die Kirche, der Staat, das Patriarchat, die Gewaltgeschichte aus 12.000 Jahren ihnen erlaubt oder nicht erlaubt. Ich gehöre zu diesen Leuten. Wir haben zum Beispiel dafür gesorgt, das mag Ihnen jetzt lächerlich erscheinen, dass es nie wieder ein Barbie-House in Berlin geben wird, weil das Mädchen in die Magersucht treibt. Wir haben die Barbies angezündet und das Sexualstrafrecht reformiert. Glauben Sie, dafür gibt es immer gleich Geld? Auf Kosten der Allgemeinheit? Wissen Sie eigentlich, was sich die Männer in den Strukturen dieses Landes so alles herausnehmen? Und Sie wagen es zu behaupten, dass ich auf Kosten der Allgemeinheit lebe? Hahaha. Glauben Sie bloß nicht, dass *ich* ein schlechtes Gewissen habe. Wieso machen *Sie* nicht das, was *ich* gemacht habe? Ich sage Ihnen warum: Weil *Sie* diejenige sind, die auf Kosten der Allgemeinheit – oder soll ich sagen: der Gemeinheit – lebt.«

Greta war noch nicht unterbrochen worden, die Frau schaute sie nur ungläubig an, wie ein Unglück, das man nicht rechtzeitig verhindert hatte. Sie verteidigte sich nicht, registrierte Greta mit dem Kampfinstinkt von Kathleen Hanna, und Greta redete schnell weiter: »Die Pflegearbeit muss besser bezahlt und mehr wertgeschätzt werden. Warum kämpfen Sie nicht dafür, wenn Ihnen die Pflegerinnen so am Herzen liegen? Warum setzen Sie sich nach der Arbeit schnurstracks vor den Fernseher und glauben alles, was Sie dort sehen? Wissen Sie, wie die im Radio über Frauen reden und witzeln würden, wenn wir es ihnen nicht abgewöhnt hätten? Wissen Sie, in was für einer Gesellschaft Sie leben würden? Kümmern Sie sich erstmal darum, dass man in der Altenpflege mehr Geld bekommt und ich komm dann wieder und überlege es mir nochmal.« Aber das war es noch nicht. Das war es noch nicht wirklich. Greta wollte sich ihren brachialen Aufschrei, von dem sie mit offenen Augen träumte, für eine noch bessere Idee aufheben. Der Satz, für den sie aufgestanden war und für den sie in Zukunft auf ihre Grundsicherung, auf die Krankenkasse und auf alles verzichten würde. Richtig, sie musste ihren Satz, ihren EINSATZ noch bringen. Ein knurrendes, beinahe bellendes, atonales Lautwerden, eine Steigerung von einem Wurm zu einem Wolf kam aus ihrer Kehle, mit einer Mischung aus Humor und Hohn in der Stimme bellte Greta in den Raum, während sie bereits an der Tür stand, ein Sprung nur, a rush and a push, und sie wäre draußen: »Und machen Sie sich keine Sorgen um mich. Bis ich in Rente gehe, habe ich das System geändert! Dann krieg ich schon mein Geld, durch meine Auftritte auf Rockfestivals. Da kann man so viel Geld verdienen, das reicht fürs ganze Leben!«

Der Weg nach unten war einfacher als der nach oben. Das war wohl das Adrenalin. Sie flog heraus aus dem engen Treppenhaus, vorbei an beschützenden Securitys, mitten durch die Sonne. Sie war immer noch in der Energie der Kämpferin. Sie hatte immer noch die Kraft, alles in aller Klarheit zu sehen. Die Sonne brannte immer noch ein Loch in ihre Seele, zurück in die Dunkelheit. Jetzt gab es nur noch einen Weg: Sie musste hauptberuflich dafür kämpfen, auf Festivals gebucht zu werden, und zwar nicht nur für sich selbst, sondern auch für alle anderen Musikerinnen, die das Zeug dazu hatten. Und für alle Frauen in diesem Land. Das wäre, was Irma Vidal ihr gesagt hätte. Verdammt, dann war Musikerin und Unterstützerin jetzt eben ihr Beruf! Es war so simpel: Der Job, der am meisten Spaß machte, war natürlich der, den die Männer restlos an sich gerissen hatten. Aber jetzt war sie ja da! Sie würde für einen Stromausfall im Patriarchat sorgen. Einen Stromausfall, und dann mal weitersehen.

Für den Rückweg nahm sie den Bus, die Linie 200 war im Angebot, er fuhr bis zur Ecke der Straße, die zu ihrem Stammcafé führte. Gretas äußere Hülle, ihre Haut und ihre Kleider, war taub für die heißen Kessel des Juli. Sie hatte das nicht geplant; ihren der Selbstachtung entsprungenen Argumentanfall nicht, und auch nicht diesen pointierten, filmreifen Abgang. Der freie Fall fühlte sich gut an. Es war gut möglich, dass Greta erst jetzt, wo ihre kleine Gestalt auf der hintersten Sitzreihe des Busses Platz genommen hatte, so etwas wie einen Schock in den Knochen spürte. Es war aber auch gut möglich, dass sie gar keinen Schock erlitten hatte, auch wenn ihr klar war, dass sie plötzlich ohne Krankenversicherung und ohne Mietzuschuss auskommen musste. Wie eine Sprinterin, die beim Weitsprung zufällig die eine Grenze übersprungen hatte, um die es ja immer nur ging. Doch fühlte sie sich kaum anders als zuvor. Warum auch? Das Überschreiten der Grenze hatte sich so normal, so gewöhnlich angefühlt. Sie fröstelte in der Hitze des Busses. Es war kein unangenehmes Frösteln. Eher so etwas wie ein Sich-Räuspern des Körpers. Als müsse sich der Körper noch ein wenig von den unangenehmen Eindrücken reinigen, die er soeben empfangen hatte, bevor dann auf der Stelle und ausdrücklich etwas Neues beginnen konnte.

Ihr Kopf war schon nicht mehr beim Jobcenter, bei dessen Schikanen und Schichtzugehörigkeiten. Sie selbst gehörte weder zur oberen noch zur mittleren noch zur unteren noch zu irgendwelchen Zwischen- oder Mehrfach-Schichten. Sie gehörte zur Schicht der Künstlerinnen. Eine Künstlerin musste ihre Schichtzugänge selbst regeln.

Sie stieg aus und lief voller Tatendrang die Straße zum Visage entlang. In anderen Ländern saßen Leute wie sie im Knast, weil sie für ihre Rechte gekämpft hatten. Und ihr verwehrte der Staat nur einen Bonus für ihren revolutionären Geist. Das war zu verschmerzen. Aber gehörte sie überhaupt zu den Leuten, die anderswo für ihre Meinung eingesperrt wurden? War sie nicht auch dafür zu sehr Kunst, abstrakte Kunst? Bevor man sie einsperrte, würde sie noch ganz schnell irgendetwas unterschreiben. Trotz ihres Aktivismus war sie keine Heldin, sondern einfach eine fucking Künstlerin. Eine hundertprozentige Künstlerin, die in keine Schublade passte. Was willst du machen?

*

Am schönsten waren die Momente, in denen man den Menschen erblickte, der einem am meisten bedeutete. Bei Greta war das auf jeden Fall ihr Freund Timo. Der Mann, dem sie verdankte, dass sie auf teures Tomatenmark mit Bio-Oliven genauso wenig verzichten musste wie auf ihre monatliche Dosis zeitgenössischer Romane. Sie konnte richtig spüren, wie sich aus Freude über diesen unverhofften Geschenkmoment ihr Blutdruck, der für gewöhnlich genauso niedrig wie ihr Kontostand war, plötzlich erhöhte. Gleichzeitig verlangsamte sich ihr Atem, weil alles im Café Visage noch so vertraut und unberührt von dem gerade erlebten Schrecken war. Wie in einem Wimmelbild, das mit wenigen, aber kunstvoll ausgemalten Punkten alles über ein Szenario aussagt, oder vielleicht auch so, als würden sie gemeinsam ein Kreuzworträtsel lösen, saßen die wenigen Besucher:innen vereinzelt und doch vereint in der heiteren Atmo beisammen, an jedem der kleinen Tische war mindestens noch ein Stuhl frei, wie Fragezeichen standen die freien Stühle im Raum, als sollten auch sie helfen, das Rätsel der eigenen Identität zu lösen.

Timo winkte sie zu sich, und Greta flog förmlich auf den freien Stuhl neben ihm, wobei sie beinahe den Kaktus umgefegt hätte, der auf dem Marmortischchen stand. Timo war im Begriff, etwas zu sagen, er wirkte regelrecht upset, sein Mund klappte auf und zu, während Greta sofort das Wort ergriff, froh, sich alles von der Seele zu sprechen, was sich in den letzten beiden Stunden ereignet hatte. Als sie fertig war, sagte Timo erst einmal gar nichts. Er schaute nur ein bisschen traurig. Dann drückten seine Lippen fast tonlos etwas ganz anderes aus: »›Lang lebe der Tod 2‹ von Asperg featuring Trixacarus Gold, Jäger, Zarzar ist das Lieblingslied des Jahres, und hat am vergangenen Freitag den neugegründeten ›Award für Chart-Avantgarde‹ gewonnen.«

»Ah, ja, tatsächlich?« Greta war etwas enttäuscht, dass er schon wieder über Musik redete. Sie hatte gedacht, dass ihre heroische Story vom Sozialabstieg ihm Worte des Widerstands und der Wut, oder wenigstens des Mitgefühls entlocken würde.

Aber Timo war sowieso komisch, seit er sich in die Rapperin Rachelle Engel verliebt hatte. Offensichtlich probierte er gerade eine neue Gesprächskultur aus, eine, bei der man sich so leidenschaftlich wie möglich auf die eigenen Gesprächsinhalte versteifte. Eine Hamburger Art zu sprechen, wie sie beide mal festgestellt hatten, weil die Leute, die sie in Hamburg kannten, immer dann, wenn sie unterbrochen wurden und sich ein lebhaftes Gespräch einstellte, wieder zu der Stelle zurück shifteten, an der man sie unterbrochen hatte. »Ist ja schon gut, ich quatsch dich hier mit meinem Scheiß voll, du hast bestimmt deine eigenen Sorgen«, versuchte sie wieder mit ihm auf einen gemeinsamen Nenner zu kommen, auf diesen Schwebebalken des Sprechens, auf dem sie so gerne mit ihm auf und ab balancierte.

»Aber das sind deine Sorgen«, lachte er grimmig, »das sind genau deine Sorgen. Weil nämlich alle anderen Awards ausschließlich an männliche deutsche Musiker vergeben wurden. Das haben die Arschlöcher aus dem Musikbiz wieder mal so richtig herrenmenschenmäßig eingetütet. Du und deine Kolleginnen, ihr habt einfach null Chancen. Das bisschen Kunst, das ausgezeichnet wird, geht immer nur an die Herren. Und der einzige Preis, den eine Frau gekriegt hat, beziehungsweise zwei, weil sie sich nicht auf eine einigen konnten, wurde in der Kategorie ›Solokünstlerin‹ vergeben. Die nehmen den Musikern jetzt auch nicht mehr das Festmahl an Weihnachten weg«, versuchte er eine Anspielung auf das Sprichwort »den Braten fett machen«.

Greta fiel auf, dass er neuerdings versuchte, literarischer zu sprechen, sich insgesamt gewählter auszudrücken, als würde er Tag und Nacht Gespräche üben, für seine Bewerbungen beim Radio, für seine Rachelle. Auf einer anderen Ebene beantwortete sie seinen Einwurf aber inhaltlich, denn wenn beste Freunde miteinander sprechen, ist es sowieso immer ein Fest des Multitaskings: »Ah verstehe, ›Lang lebe der Tod 2‹ ist programmatisch auf meine Situation gemünzt«, enträtselte sie seine Worte.

Er seufzte: »So ist es.«

Jetzt brannte die Hypochonderin in ihr durch: »Kannst du das bitte sofort zurücknehmen? Willst du damit sagen, dass ich schon so gut wie tot bin?« Vom »Tod« durfte in Gretas Beisammensein nicht gesprochen werden, da war sie abergläubisch. Nicht, dass es dann wirklich passierte!

Timo lachte. »Ich will damit sagen, dass sie hier Blaubeer-Muffins haben und du dir sofort einen bestellen sollst, und mir bitte auch einen. Außerdem brauchst du jetzt erstmal einen Cappuccino mit Hafermilch, und ich bitte auch, und außerdem haben sie diesen rassistischen doofen Sketch von Anti-Veggieman auch ausgezeichnet, die deutschen Herrenmenschen. Es gibt also keinen Grund zu glauben, dass sich in absehbarer Zeit etwas verändern wird, bei den *weißen* deutschen Dudes im Musikbiz, es sei denn, wir verändern es.«

»Weiß und deutsch sind wir beide doch auch, du noch mehr als ich, ich hab immerhin eine französisch-italienische Urgroßmutter, die fürs Frauenwahlrecht in Deutschland gekämpft hat, und einen Urgroßvater, der sogenannte französische Wurzeln hatte und der als Sozialist und Sozialdemokrat in der Weimarer Republik als Stadtteilbürgermeister für Demokratie gekämpft hat und zwar tatsächlich die gesamte Zeit lang: von 1919 bis 1933.«

»Klar, weiß ich doch«, sagte Timo unbeeindruckt, denn er gab keinen Fick auf ihre Verwandten oder Vorfahren, oder wie immer Greta diese nannte. Timo hing der Idee nach, dass die Leute, die vom NS-Regime aus ihren Ämtern gejagt worden waren, die Berufsverbote erhalten und sich nicht ausreichend dagegen aufgelehnt hatten, die Allerschlimmsten von allen waren. Die hatten ja nur ihren Arsch retten wollen. Denn diese Leute wussten ja, was gespielt wurde, und sie hatten trotzdem die Fresse gehalten! Und sowieso: »Sozialdemokraten«. Wenn das nicht schon alles sagte. Über Sozialdemokraten konnte Timo nur herzlich lachen. Aus Rücksicht auf Gretas desolate Lage verzichtete er heute auf die leidige Diskussion, die sie schon so oft geführt hatten, und bei der Greta stets aufbrausend wurde, so nach dem Motto: Ist doch toll, dass meine bedrohten Verwandten, die vieles von dem repräsentiert haben, was die Nazis hassten, diese perverse NS-Zeit überlebt haben. Wäre es vielleicht besser, sie wären auch noch ermordet worden? Stattdessen rekurrierte er auf einen Gegenwartsdiskurs: »Aber *weiß* meint, wenn man es kursiv schreibt, so etwas wie weiß positioniert. *Weiß* auf diese Weise zu verwenden, bedeutet nicht, dass man als *Weiße* oder *Weißer* das nicht auch in Frage stellen kann. Außerdem waren die Franzosen verdammte Kolonialherren, so kommst du aus dieser Geschichte des *Weiß*seins bestimmt nicht heraus.«

»Will ich ja auch gar nicht, ich habe kein Problem damit, mein *Weißs*ein zu reflektieren, aber aus der Geschichte des Deutschseins oder zumindest der Affirmation einer gesunden deutschen Volksgemeinschaft schon ein bisschen.«

»Und was hast du davon?«

»Nichts.« Sie lachte. »Nichts als Ärger.«

»Herzlichen Glückwunsch. Und bei mir waren alle Faschisten in der Familie, väterlicher-, mütterlicher- und sonstigerseits, und wenn sie einen Hund oder eine Katze gehabt hätten, wäre der oder die wahrscheinlich auch ein Faschist gewesen«, sagte Timo trocken, um noch hinzuzufügen: »Mir ist das jetzt gerade zu kompliziert. Ich bin privilegiert und ich weiß es, und ich habe es nicht verdient, und ich übernehme Verantwortung dafür, oder versuch es zumindest, aber ich genieße trotzdem mein Leben, sonst noch was?«

»Nee, sollst du doch auch. Du sollst doch auch dein Leben genießen«, entgegnete Greta pflichtschuldig, und wünschte sich endlich einen Cappuccino und einen Blaubeer-Muffin herbei, weil sie fühlte, dass die Verantwortung, die er für sein *weißes*, männliches, reiches Privileg übernahm, möglicherweise gleich ihr zugutekommen würde. Da traf es sich gut, dass sich gerade der Kellner an ihrem Tisch vorbeidrückte, und mit spielerischer Freude ihre Wünsche erriet.

»Ich zahl dir natürlich die Krankenversicherung«, sagte Timo wie nebenbei. »Schau halt, dass du bei der Künstlersozialkasse bleibst.« Greta versank in einer heißen, ja, kochend heißen Welle aus Scham und Dankbarkeit.

»Also, ich lese dir vor«, sagte Timo mit spitzbübisch guter Laune, für die Greta ihn glatt hätte heiraten können.

»Schönste Geschichte: Anti-Veggieman – ›Äzkritik‹
Hoffungsvollster Newcomer: La grace de l'homme
Lieblingsband: Moderatte
Lieblings-Solokünstler: Cheffer
Lieblingsalbum: Moderatte – ›13‹
Lieblingslied: Asperg feat. Trixacarus Gold, Jäger, Zarzar – ›Lang lebe der Tod 2‹
Lieblingsvideo: Spinner feat. Jezus & Gentle Monster – ›Sprachfaule‹
Gelebte Popkultur: Tricolor Truthahn Club (Hamburg)
Beeindruckenste Live-Show: Eichelkind
Lieblings-Solokünstlerin: Zeche und Worthleber ...«

»Moment Mal«, kommentierte sie ironisch, »Gleich zwei Frauen, die sich einen Preis teilen. Ist das nicht ein bisschen übertrieben? Hätte es eine nicht auch getan?«

»Das ist die Kategorie, die für Frauen reserviert ist. Sie behaupten, dass beide gleich viele Stimmen bekommen haben. Aber dann hätte man sich für eine entscheiden müssen! Darüber habe ich nachgedacht. Bei den Männern hat man das ja auch hingekriegt.«

»Allerdings ist ›Hausarbeit nervt‹ von Eichelkind ein geiles Lied«, räumte Greta ein.

»Damit wieder alles geordnet ist«, sagte Timo mit einem Zitat von Blumfeld und Greta aka Kirschholzgirl fiel ihm lachend ins Wort und wiederholte die schöne Zeile noch einmal: »Damit wieder alles geordnet ist.«

Vier Blaubeer-Muffins und fünf Cappuccino-Tassen später tobte auf Gretas Facebook-Seite der zweitgrößte Shitstorm ihres Social-Media-Lebens. Doch beim vierten Muffin hatte sie ihn schon wieder im Griff. Auch ihr Adrenalinpegel hatte sich auf einem mittleren Niveau eingependelt. Die Posts ihrer Widersacher kamen aber weiterhin im Minutentakt. Es schien so, als würden alle am Award beteiligten Leute sich gleichzeitig die Finger wundschreiben, in Anbetracht des Disrespects von Gretas Post, den sie zwischen Muffin-Bissen und Cappucchino-Schlücken verfasst hatte:

> Wir haben heute leider KEINEN PREIS FÜR Miss Platnum, Stereo Total, Finna, Kitty Solaris, Mary Ocher, Maike Rosa Vogel, Filiz Dakar, SXTN, Ping Pong Ponys, Die Heiterkeit, Boy, Doctorella, Helikon und wie sie alle heißen ... Denn heute ist ein wundervoller Tag. Der Tag der Wahrheit für die deutsche Popkultur! Der neue Award für Chart-Avantgarde wurde nur an MÄNNER, eher »deutschstämmig« und

so, vergeben. Denn die machen bekanntlich die BESTE, wahrste und wichtigste Musik hierzulande. Sie können halt so richtig unser ALLER Alltag auf den Punkt bringen. Und so richtig GUT Musik machen. Wer würde sich damit NICHT identifizieren wollen? Privilegiert, halb schlampig, halb gut ausgebildet, schlecht gelaunt, hetero, ohne es raushängen zu lassen, auch mal ein Jahr im Leben ein bissel am Rande der Armutsgrenze gelebt und ganz bestimmt mit viel Hass auf Nazis und auf Erdogan. HERRLICH, diese deutsche Popkultur. Wir wollen mehr davon und immer noch MEHR! Und toll auch für Eat Pottwal, dass er einen PREIS für SEINE Band(s) erfunden hat. WOW! Da ist der ECHO mit seinem ach so verblödeten Massengeschmack ja ein Scheißdreck dagegen. Dann kann bald jedes Label und jede Formation ihren eigenen PREIS ins Leben rufen!

Es ist ja nicht die VIELFALT, die so einen Preis ausmacht, sondern die Einfalt. Da war man in den USA bei den Grammys schon vor 50 Jahren weiter ...

Und dabei gilt: immer schön von Helene Fischer abgrenzen! Die »deutsche Frau« ist nichts als Schlager. Und die singt bitteschön auch keine rebellischen Lieder. Das dürfen nur UNSERE Jungs! Die haben wir so lieb, bitte nicht schimpfen, ihr Bösen! Wir meinen es nur gut! Sie sind die Rebellen, die wir lieben! Sie machen unser Land richtig schön bunt und streiten sich so staatsträchtig-süffig mit Erdogan herum. Endlich gibt es mal einen Preis, bei dem es nicht um Verkauf und Anbiederung an den Massengeschmack geht, sondern um GESCHMACK! Ja, wir wissen, die Frauen, die in Deutschland Musik machen, sind einfach nicht GUT genug genug, um ausgezeichnet zu sein! Nicht einmal EINE von ihnen verdient den anspruchsvollen, coolen, alternativen Preis. (Außer in der ausdrücklich auf »Frauen« angelegten

Kategorie »Solokünstlerin«, und da konnten wir uns nicht auf EINE einigen. Das liegt daran, dass zwei Frauen so gut sind wie ein Mann, also haben wir Zeche und Worthleber rangenommen.)

Ja, wir wissen, ihr seid eine demokratische Jury: für 60 Euro Mitgliedsbeitrag im Jahr. Ganz sicher, und darauf könnten wir schwören, hat jedes zarte, ach so gut informierte, liebevolle, als toller Mensch durch die Welt laufende Jurymitglied seine eigene kleine persönliche Göttin, aber es konnten sich eben nicht genug auf EINE einigen, ja, das verstehen wir! Ihr seid auch nur Menschen und noch dazu gute Musikliebhaber. Wir freuen uns deshalb schon aufs nächste Jahr, wenn es wieder heißt CHEFFER, MODERATTE, EICHELKIND und so. Wir sind auch Fans von CHEFFER, MODERATTE, EICHELKIND und so. Wir haben auch Geschmack. Wir wünschen uns nur, dass die weiblichen* Antworten darauf ebenso gehört werden. Wir hätten deshalb den Preis für Popkultur an MISS PLATNUM gegeben. Sie, zum Beispiel, ist die ZUKUNFT!!! Eine RAPPERIN/SÄNGERIN, die ruft: BLEIB RUDEL! Ach so, ihr meint, es gibt uns nicht im Rudel? Frauen können nicht solidarisch miteinander umgehen? Sie sind selber Schuld, wenn sie das Male Bonding nicht packen? Da habt ihr natürlich Recht. Und zwar deshalb, weil ihr immer Recht und wir immer Unrecht haben, geschieht es uns Recht im Unrecht zu sein.

Nein, dies ist KEINE QUOTENFORDERUNG, sondern ein AUFRUF zu MEHR GESCHMACK. Barbarism beginns bekanntlich at home. Könnt ihr nicht mal für uns SPENDEN SPENDEN SPENDEN? Bei uns seid ihr schon mit 20 Euro im Jahr dabei, wir machen jetzt nämlich auch so einen Preis, nur mit ein bisschen mehr Diversität in der Waffel. Dann mieten wir halt nicht gleich die 2000er Arena, sondern nur das Schokoladen, ach was, schickt uns doch einfach NUR SCHOKOLADE. Wir machen das auch umsonst, diesen neuen Preis, wie wir immer alles umsonst machen: den Aufstand, die gute Musik, das Leben.

EURE PING PONG PONYS feat. Timo, the Jung

Aber es mischten sich auch schon die Stimmen von Freundinnen und Verteidigerinnen dazwischen, die in den Kommentarspalten herumschwammen wie glückliche Kleeblätter auf vergiftetem Milchschaum. Liebe und misogyne Hetze hielten sich die Waage. Die Macher hinter dem »Award für Chart-Avantgarde«, die sich für moralische Helden hielten, weil sie diesen neuen Preis gegen den viel zu kommerziellen »Echo« ins Leben gerufen hatten, gaben keine Ruhe. Greta hatte ein Heiligtum attackiert: Die Front der guten Kerle, die mit harten Bandagen für ihre Kunst kämpften, sich für das dreckige Geschäft sogar ein wenig opferten. Sie waren Könige, sie waren eine höhere Kategorie, und sie gestanden Gretas Kritik keinerlei Berechtigung zu, schon gar nicht wegen etwas scheinbar Popeligen wie Zu-wenig-Frauen-auf-der-Siegerinnenseite. Greta war infolgedessen ein Mädchen, das man ausgrenzen durfte.

Wenn sie mit dem Post erreichen wollte, dass die Entscheider:innen im Musikgeschäft auch ihre eigene Band beachteten, dann hatte sie mit ihrer Fundamentalkritik das Gegenteil erreicht. Sie würden sich niemals einen Song der Ping Pong Ponys anhören. Denn sie war eine, der man nicht trauen konnte, weil sie die »natürliche« Überlegenheit der Männer nicht anerkannte. Das kam davon, wenn man in Naturwissenschaften nicht aufgepasst hatte. Greta gab ihnen gewiss nicht die Pflege und die Fürsorge, die sie von Frauen erwarten durften. Kam daher diese Verachtung, die selbst Greta überraschte? Sie hatte wirklich gedacht, sie könne mit diesen Leuten noch reden, die sie nun mit lauter Kommentaren unter der Gürtellinie attackierten. Sie behaupteten, sie habe das alles nur geschrieben, um sich persönlich zu bereichern – hatte sie doch in ihrem Post voller Übermut angekündigt, eine eigene, spendenfinanzierte Award-Show aus dem Boden zu stampfen, und die Preise nur an Frauen und Ausnahmemänner zu verleihen. Ihr wurde Zerstörungswahn vorgeworfen, sodass es schon fast ein Akt von Zivilcourage war, ihr zu widersprechen. Die Männer und Frauen (manche schickten tatsächlich ihre Freundinnen oder Sekretärinnen vor), die sich mit empörten Kommentaren in den Kampf mit Greta stürzten, führten sich wie Möchtegern-Rambos auf. Zeit, es dieser fiesen Bitch mal so richtig zu zeigen. Und immer wieder derselbe Vorwurf: Wie konnte sie es nur wagen, diesen ach so idealistischen Award für die zeitgenössische deutsche Popkultur, bei dem der aufgeweckte Teil der Musikwirtschaft aufopferungsvoll seine Votes abgegeben hatte, so bösartig zu kritisieren, nur weil keine Frauen ausgezeichnet worden waren? »Es geht doch nicht um Geschlecht, es geht doch um Musik, Dummerchen!«

»Ihr Doofis«, wandte Greta ein, »es war doch nur ein persönlicher Kommentar auf einer privaten Facebook-Seite und ich verfüge doch über keinerlei Macht außer meinem Autorennamen. Und ich habe doch gesagt, dass ich Fan von einigen der ausgezeichneten Acts bin. Das ist doch alles kein Grund, mir hier so viel Scheiße und Gier zu unterstellen. Nie etwas vom feministischen Kampf für mehr Repräsentation gehört, ihr Schlauberger?« Zum Glück gab es auch viele Befürworterinnen und Berfürworter, die sich köstlich über Gretas Post amüsierten und viel Mad Love dafür gaben, dass sie den arroganten Machos im Musikbiz den Mittelfinger gezeigt hatte.

Ein Höhepunkt war der Moment, als sich pünktlich zu Gretas viertem Cappuccino der Moderator der Show höchstpersönlich zu Wort meldete, um sich noch eine Spur angewiderter und Beifall heischender als alle anderen über Gretas unmögliches Verhalten und Statement auszukotzen. Sein Fazit hätte jedem Männerrechtler zur Ehre gereicht: »Es gibt doch in der heutigen Welt kaum noch irgendetwas, was Männern alleine gehört. Die beiden letzten Bastionen jener alten, einsamen Männerleidenschaften sind Musik machen und den Grill bedienen. Versteht mich nicht falsch, ich will Frauen nicht unterdrücken, aber es gibt doch so schöne kulturelle Übereinkünfte, die man nicht unbedingt stören sollte. Dieser Moment, wo der Mann zum Grill geht und die Steaks rund und saftig brät, ist doch genauso bedeutend für unser aller Wohlbefinden und kulturelles Gedächtnis wie der Mann, der die Gitarre schultert und im Kreis seiner Männer loslegt. Wer das nicht mehr braucht, soll sich mit Kritik trotzdem zurückhalten, weil solche Stimmen nur unsere letzte Romantik zerstören. Es wäre also schön, wenn du, Greta oder Kirschholzgirl, einfach akzeptieren könntest: die Männer wurden zum Feuer machen nach draußen geschickt, sie haben das Feuer erfunden und sie haben auch die Musik erfunden! Seid uns lieber dankbar, dass wir das so gut können und seid doch so nett, habt etwas Charme und Großzügigkeit mit uns, und lasst es uns.«

»Das Feuer könnt ihr Herrenmenschen gerne unter euch aufteilen, aber die Musik geht an die Frauen«, schrieb sie in Bestimmer-Manier mit einem Zwinkerlachsmiley zurück. Im Beisammensein mit Timo hatte Greta jede Angst vor diesen Entscheider:innen verloren. Stattdessen schütteten sie sich aus vor Lachen, wenn wieder ein Kommentar von den Leuten vom »Award für Chart-Avantgarde« kam. Wenn man Timo und Greta von außen beobachtet hätte, würde man glauben, dass hier zwei Kinder friedlich miteinander spielten und planten, alle vierzig Kerzen auf der Geburtstagstorte gemeinsam auszupusten. Dabei versicherten sie sich die ganze Zeit, wie »dauerschockiert« sie waren.

Am nächsten Tag musste Greta Berliner Radiosendern Interviews geben, so hohe Wellen hatte ihr kleiner Facebook-Kommentar geschlagen. Dabei hatte sie ihn doch nur im ersten Koffeinrausch rausgehauen, just for fun und um ein bisschen Dampf abzulassen. Sie hatte all ihre weiblichen Lieblingsacts aufgezählt, die im vergangenen Jahr eine Platte gemacht hatten und die bei der vielköpfigen Jury keinerlei Beachtung gefunden hatten. Als ungemein egoistisch wurde ihr der nicht ernst gemeinte Spendenaufruf ausgelegt. Man wird halt nicht reicher, ohne dass andere ärmer werden, spottete sie in einem Interview, und sagte, dass es sich auch um das Problem eines Marktes handele, der die paar Prozentpunkte, die für nationale Acts übrig blieben, stets unter männlichen Künstlern aufteilte.

»So haben die Alliierten das aber nicht gemeint, als sie Deutschland unter sich aufteilten«, sagte Greta ironisch, »dass die deutschen Männer wieder die Frauen in die Küche zurückschicken.« Hinterher schämte sie sich ein paar Tage für dieses polemische, wenn auch nicht ganz falsche Schwarz-Weiß-Denken, das ihr Kommentar offenbart hatte, aber eine andere Erklärung für die Ignoranz gegenüber hiesigen Musikerinnen hatte sie nicht, und in der Zeit, in der sie bei der Psychoanalyse gewesen war, hatte sie gelernt, einfach den erstbesten Satz auszusprechen, der ihr in den Kopf geschossen kam, ob er Ärger bereitete oder nicht.

Greta und Timo verbrachten auch noch die nächsten paar Nachmittage vor Gretas aufgeklapptem Rechner und diskutierten mit ihren Facebook-Freunden und völlig neuen Leuten. Es fanden sich erstaunlich viele Gleichgesinnte, die sich stundenlang über das Geschlechter-Ungleichgewicht aufregen konnten und längst hätte Greta ein Lexikon mit den Namen all der Frauenbands veröffentlichen können, die einen Preis verdient hätten.

Die Sache hatte eine verdammte Eigendynamik angenommen und die meiste Zeit vergaß sie, dass der Auslöser für den Post ja der freiwillige Abgang beim Jobcenter gewesen war, zumal sie froh war, mal wieder einen gemeinsamen »Fall« mit Timo zu haben. Wenn er in ihrer Nähe war, fühlte sie sich sicher und geborgen. Er war ihr Trost, ihr Schönes, wenn Bücher, Zeitschriften, Sport, TV-Serien, Musik, Ausgehen und Blaubeeren vom Frühstücksteller picken nicht mehr ausreichten. Es freute sie auch, als Timo sich am Ende eines gemeinsamen Café-Happenings endlich ein Herz fasste und sie darum bat, ihn bei seinem nächsten Date mit Rachelle Engel in die BRAVO zu begleiten. »Ich muss mir da mal ein bisschen mehr Respekt verschaffen, auch wenn ich nur ihr Sub bin.«

»Ich finde es cool – du als Mann der Sub einer Frau, aber geht's nicht einfach darum, dass man sich geborgen, anerkannt, aufgehoben fühlt bei einem anderen Menschen? Darum geht es doch auch bei dieser Form von Sex, die ihr habt oder die euch vorschwebt. Schon mal drüber nachgedacht?«

»Du bist lustig«, sagte Timo da nur, und sie war verwundert, dass ihre Bemerkung ihn kein bisschen getroffen hatte. Stattdessen sagte er auf seine verwaschene, nichtsdestotrotz herzliche Art: »Auf Leute wie dich haben wir kinky people gerade noch gewartet.«

*

Sie wusste, es war noch nicht zu spät. Es war einer der unruhigen Tage dieses vor Freude und Angst vibrierenden Jahres. Sie würde Louie Maro wieder sehen, for sure. Es bedeutete nur nichts mehr. Sie stand auf der Gästeliste, Timo hatte das klar gemacht. Ohne zu denken, steuerte Greta auf ihr altes Stammcafé zu, das einst von einer Freundin von Louies Ehefrau betrieben worden war. Das war lange her. Die Betreiber hatten in der Zwischenzeit mehrfach gewechselt. Aus den kleinen Lautsprecherboxen, die direkt neben der Kasse angebracht waren, dröhnte Lady Gagas Überhit »Bad Romance«. Greta erkannte den Song an seinen schrillen Signalvokalen, den *Ohohohohohs*, den *Gaga-Uhlalaaaas*. Die sich nicht entscheiden zwischen Kampf und Karneval der Kulturen. Sie verfingen sofort und befleckten Gretas Schutzausrüstung. Ganz kurz kamen Erinnerungsbilder. An die Zeit der wunderschönen Albträume. Es war wieder wie damals, als die Therapeutin mit Nachdruck festhielt, sie hätte noch nie *so einen kaputten Menschen* wie Greta in ihrer Praxis gehabt. *I want your ugly, I want your disease*, sang eine arrogante Stimme im Bewusstsein reinen Schönklangs. Wobei die Therapeutin nicht das Wort »kaputt« verwendet hatte, sondern ein anderes, vornehmeres. Aber es lief darauf hinaus. So viele verschiedene, sich überschneidende Diagnosen ... die Gretas Zustand beschreiben sollten.

Die Therapeutin, sie hieß Lucy – wahrscheinlich hatten ihre Eltern sie nach dem Beatles-Song benannt –, hatte zwar eine gewisse warmherzige Professionalität ausgestrahlt, aber etwas an Gretas Geschichte schien auch sie in die Verzweiflung zu treiben. Vielleicht war sie sogar verzweifelter als Greta selbst gewesen? Noch nie einen Menschen gesehen, *der so kaputt* ... Das war krass, denn von außen hatte man ja gar nichts gesehen, außer eine übelst schöne junge Frau. Gretas seelische Narben sah man nicht, als sie angeblich von der Psyche aus gesehen so kaputt war! Woran hatte die Therapeutin es nur erkannt? »Sie sind wie ein Junkie, der nur noch am Hauptbahnhof herumstolpert, um einen Platz zu finden, wo er sich in Ruhe einen goldenen Schuss setzen kann. Aber statt zur Bahnhofstoilette sind Sie zu mir gekommen.« Der Tag, an dem die Therapeutin ihr diesen Seelenbefund überreichte hatte wie eine vergiftete Hochzeitstorte, war probably der hübscheste Tag in Gretas Lebens gewesen. Vom heutigen einmal abgesehen.

Konnten diese Psycholeute einem wirklich so tief in die Seele blicken oder blufften sie nur?, hatte sich ihr 22-jähriges Ich damals schon gewundert. Aber klar, man werde sie wieder hinkriegen, weil sie ja keine Persönlichkeitsstörung habe. Es sei einfach zu viel Scheiße passiert, zu viel zusammen gekommen in ihrem Leben. Sie müsse am ersten Tag beginnen, es sei nun wirklich nicht nur dieser eine Mann. Die Therapeutin hatte sich da, nachdem Greta ihr alles erzählt hatte, mit zehn verschiedenen Psychologen-Kollegen abgestimmt. Zehn! Gemeinsam hatten sie einen Plan erstellt, wie sie gedachten, Gretas Seele wiederherzustellen. Der »Seelenrettungsnotfallplan«, wie Greta ihn im Stillen genannt hatte, denn der Begriff des »Seelenmordes« war eins der liebsten Codewörter der Riot-Grrrl-Bewegung gewesen. Dabei hatte sie nur nach einer Sexualtherapie gefragt, sie wollte gar nichts mit Psycho oder Seele. Aber in dem Alter gab es das alles nicht ohne Psycho. Dabei war sie doch nur bis über beide Ohren verliebt. Aber Liebeskummer, der mal eben in eine Manie umschlagen konnte (»Die Liebe macht doch alle Leute instabil?«), offenbarte tiefergelegene Wunden. Bei der bloßen Vorstellung, dass sich zehn Fachleute über ihren Zustand austauschten, hätte sie beinahe einen weiteren psychotischen Schub bekommen oder mindestens ein paar weitere Magersuchtswochen eingelegt. Schneller als die Polizei erlaubte, entwich ihrer trockenen Kehle eine Frage: »Sie stehen doch wohl alle unter Schweigepflicht?« Greta war glücklich, als die Frage raus war. Lucy nickte ihr tief in die Augen: selbstverständlich. Natürlich standen sie alle unter Schweigepflicht. Den Rest erledigte Lucy. Greta verliebte sich in Sekundenschnelle in sie. Therapie: Ein fantastisches Spielzeug, jedenfalls für die Fantasie, und Greta war so erschrocken gewesen ob all dieser Diagnosen, dass sie beschlossen hatte, einfach alles zu machen, was Lucy ihr befahl. Nur schnell wieder raus aus der Scheiße. So schnell, wie sie davon erfahren hatte, so schnell vergaß sie auch wieder die zehn Leute, die Lucy im Rücken hatte. Lucy war ihre Medikation, ihr Malbuch, ihre Mutter, ihre Musikrichtung. Lucy musste nur etwas sagen, einen Tipp geben, eine Idee äußern, wie man die Lage außerdem noch betrachten könnte – und Greta, die nie gedacht hätte, dass es so schlimm um sie stand, ging in die Knie und ko-operierte. Ko-operierte mit sich selbst.

Weil sie ja keine Persönlichkeitsstörung hatte, würde es nur ein paar wenige Jahre dauern, bis sie psychisch wiederhergestellt wäre. Greta fragte lieber nicht nach, was denn wäre, wenn sie eine hätte? Zum Glück war Lucy, obwohl eine »Erwachsene«, ebenfalls noch jung, also Erwachsenen-jung, Ende dreißig. Greta hatte Angst gehabt vor einer »alten, hässlichen« Therapeutin, die ihr ihr hübsches Gesicht nicht gegönnt hätte. So »schwarzweiß« dachte Greta damals noch. So sehr im Gut-böse-Modus, angeblich die Grundschraffierung jeder psychischen Störung. Aber häufig war sie ja auch für ihre Schönheit gemobbt worden und nicht nur für ihre feministischen Ansichten. Lucy fand es bemerkenswert, nahezu toll, dass die neue Schicksalspatientin sich in diesem Zustand aus Angst, Depression, Magersucht und Wahnsinn noch Sorgen um ihr Sexleben machte: »Da ist noch etwas lebendig in Ihnen, das ist doch gut. Jetzt müssen Sie aber erstmal wieder größere Portionen Nahrung zu sich nehmen und lernen, für sich selbst zu sorgen.«

Jetzt stand Greta in dem leergeputzten Frühstückscafé *in der Straße, die nichts als Konsum zu bieten hat*, in dem Café, in dem sie ihre halben nuller Jahre verbracht hatte, obwohl oder gerade weil es einer Freundin von Louie Maros Ehefrau gehört hatte. Alles war wie gehabt: Die solide abgewrackten Lederbänke, die überfreundlichen Serviceleute, die unerträglich charmanten Bilder von den bunten Hobbykünstlern an den Wänden. Gretas rechtes und linkes Schulterblatt wanderten zu den Klängen von Lady Gaga ein Stück weit nach unten und fragten die Stimmlippen: Hallo, wie geht's? Kennt ihr mich noch? Wollen wir zusammen singen? Auch wusste der Kopf nicht mehr, was er gerade gedacht hatte, lenkte sich ab mit allerlei zersausten Alltagsgedanken. Auch in den Songs der Ping Pong Ponys befand sich nun mal der garstige Fußabdruck ihrer Seele; die Patina. Nur weil du von deiner Kunst nicht gänzlich leben kannst, bist du noch lange keine Hobbykünstler:in. Sondern: Du bist ein Hobbykünstler, weil du keine Segel ausgespannt hast, keine Schutzanzüge trägst, keine Fährten nimmst, keine Ausfluchten in Affären. Später erinnert sich keiner mehr daran. Bald kommt Papa nach Hause und sie essen zu Abend. Einer dieser Nachmittage ist das. Die zu einem kommen, weil man nicht zu ihnen gekommen ist.

Die Schiebefenster waren aufgeklappt, frische Schnittblumen in den Vasen, alles duftete nach Bettwäsche aus Pfefferminz. Das Café durfte sich mal ausschütteln, entspannen, bevor dann alle wieder einfielen, um ihre hausgemachten Kuchen zu bekommen. Ehe eine neue Emotion begann, während man sich dem Wind beugte, der von außen die Blumen in den Vasen anfächerte. Früher konnte man nur erahnen, was die Erwachsenen so durchmachen, heute wusste man, dass es keinen Unterschied machte. Es war damals nicht teenage und es war heute nicht erwachsen. Es machte keinen Unterschied. Es war

Leidenschaft, es konnte nur ignoriert werden. *I want your drama, the touch of your hand (hey) I want your leather-studded kiss in the sand.* Forget Triggerwarnung: Der Refrain von »Bad Romance« kam als der Blitz, der direkt über dem eigenen Haus einschlägt. *I want your ugly, I want your disease, I want your everything as long as it's free. I want your love.* Wenn man die jetzt auch schon für Liebeslieder setzen würde. Macht euch mal nicht lächerlich mit euren Triggerwarnungen, das Leben ist ein einziger Trigger, dachte Greta in Richtung der jungen Feministinnen. Es war ein Orkan mit sturzflutartigen Böen, der aus den Lautsprechern drang. Geht lieber raus und sucht euch eure eigene Lucy. In the Sky. With Diamonds. Die euch erzählt, dass sie nie zuvor etwas so gerührt hat wie diese tieftraurige Liebesgeschichte, die ihr aus euren normschönen kaputten Körpern heraus erzählt habt. »Bad Romance« kam als Folterporno. Sie wusste plötzlich für wen. Sie wusste es für die Dauer dieses einen Songs und sie wünschte sich so sehr, dass er nie zu Ende ging, weil sie gerade alles fühlte, was ein Mensch nur fühlen kann.

Sie musste noch etwas lernen, sie musste alles lernen von diesem Song. Möglicherweise ging es nicht um Terri, auch nicht um Samir oder Timo oder Johannes, nicht um die Aktivistinnen oder die Bloggerinnen, den Boxer, die Rapper, die Labelmacher, oder um all die anderen Shameless Dancer in der BRAVO. Die mit ihren neckischen Schampus-Gläsern und den gefährlichen LSD-Joints in den Händen, um die Fick- und Grabschtänze, das Gebrüll und Geschrei gegen und für jedes kleine Stückchen Feminismus im Alltag. Es ging nicht um ihr Leben in der BRAVO BAR. Es ging hier um sie, verdammt, um ihre eigene Geschichte mit ihrer eigenen Moral. Sie handelte von Liebe und Einsamkeit und Regen und Nacht und Feigheit und Selbstschutz und Verrat und Freiheit. Von allem, worum es allen anderen auch geht, wenn man es genau betrachtete.

Von Rock'n'Roll und Projektionen, die keine waren. Von Magersucht und Macht und Selbstverlust und Rettung in der letzten Minute. Von Leuten, die gleichzeitig Schluss machen und für immer zusammenkommen.

Es war eine Geschichte, die in einer anderen Stadt, in einem anderen Land begonnen hatte. In vielen anderen Städten. Es war eine Geschichte, die keiner am eigenen Leib erleben will, allerhöchstens mal dran ziehen. Dieser Sommer war kein Warenhaus, denn er nahm nichts zurück. Sie wollte nur nie mehr in eine Situation geraten, in der sich zehn Psychologen gleichzeitig über das kleine bisschen *vulgar picture* beugen, das sie gezeichnet hatte. Sie konnte kaum noch atmen. Sie musste aber. Atmen. Weniger wäre mehr gewesen, auch und gerade beim Atmen.

»Dein Cappuccino«, sagte die überfreundliche Kellnerin. Es drang bis zu ihr durch, Menschlichkeit drang immer zu Greta durch. 100 percent Menschlichkeit und Leidenschaft, man merkte kaum, dass sie abgerutscht war: In der ersten Minute von Lady Gagas »Bad Romance« schon. Radio Edit, erste Minute, und schon abgerutscht in ihr eigenes, ureigenes Gaga. Sie nahm den heißen Becher entgegen, umfasste ihn mit der ganzen Handfläche, fühlte wie sie auch den Boden entgegennahm und schmiss zwei Euro ins Trinkgeldfach. Sie trank einen Schluck, verbrannte sich die Zunge, verbrannte sich das ganze Maul. Sie konnte wieder atmen. Sie wollte hier stehen, ein paar Minuten, keiner beachtete sie, in ihrem Ledermini und den hohen Stiefeln und dem Blümchen-T-Shirt. Sie wollte nur noch »Bad Romance« zu Ende hören. Es war das beste Lied des Jahrzehnts, es steckte alles darin, überzeichnete die Musikjournalistin in ihr die kollektive Geschichte. Die Liebende aber staunte. Die Liebende staunte und staunte wie ein Baby, das zum anderen sagt, ich habe Glück, dass ich dich getroffen habe.

Die Gedanken wanderten zu ihrer aktuellen Lieblingsausgehsituation: Waren die Leute in der BRAVO BAR vielleicht wie die Statisten-Warriors im »Bad Romance«-Video? Krieger, die ihr zugelaufen waren? Roboter, mit denen man Tänze aufführen konnte wie in 50-Millarden-Größenwahn-Videos? Die einen in ihre Mitte nahmen und eine Choreographie mit einem tanzten, austauschbar, schon wieder vorbei. Nach oben, nach unten, zwischen Brustbein und Wirbelsäule, und weit hinaus, auf Schultern und mit den Händen am Boden. Who cares?

Für Liebende sind alle Katzen grau und alle Menschen gleich. Nur du bist anders als alle anderen. Wer bist du? Wo bist du? Und wie viele von dir sind hier? Man ist ein Wesen von einem anderen Stern. Noch kein Mensch und schon ein Gott. Sind die Menschenroboter nur eine Choreographie, um mit etwas fertig zu werden? Um mit dieser Liebe, oder was es ist, fertig zu werden? Früher versuchte Greta die Ereignisse so zu betrachten, als würden sie jemand anderem passieren. So kaputt war sie nicht mehr. Sie musste nicht mehr dissoziieren. Sie musste hören und staunen, als wäre »Bad Romance« eine Gebrauchsanweisung für das Leben danach. Das Leben nach dem Konzert von Louie. Sie frohlockte, denn sie stand ja auf der Gästeliste. Die Aftershow-Party fand sogar in der BRAVO statt.

Oder hatte die Zukunft schon begonnen? Manche Geschichten sind nie zu Ende passiert. Sie machen einfach immer weiter. Es könnte so oder so ausgehen. Solche Geschichten trauen ihren Ohren kaum. Denn sie parken schon viel zu lange in den schwarzen Tiefgaragen einer Seele. Es sei denn, man machte eine ganz üble Romanze daraus. Man musste die Ehebetten der Reichen in Brand setzen! Dazu noch die Dachschrägenregale. Die brannten bestimmt besonders gut, weil sie so sinnlos waren. Greta musste sich beruhigen, sie wusste ja gar nicht, ob er welche hatte. Auf der Klippe stand sie, stand er. Sie hatte sich das damals vorgenommen, als sie zum ersten Mal den Film *Evita* (mit Madonna) gesehen hatte. In den Neunzigern musste man sich noch mit Linksfaschistinnen identifizieren, wenn einem der Sinn nach starken Frauen auf der Leinwand stand, nach solchen, die die falschen Ehefrauen aus den richtigen Betten warfen. Ob sie wohl in einem Ikea-Bett fickten, oder in einem, das sie speziell hatten anfertigen lassen?

Was stand sie hier noch rum? Lady Gaga wechselte pausenlos zwischen Uptown und Downtown, zwischen Upper East Side, Manhattan und Brooklyn. Das machten alle so, das betraf jeden und jede in diesem Jahrzehnt. Bad Romance ließ einen wie angewurzelt stehen. Bis man begriff: Es war gar keine Hölle, es war nur die Vorhölle.

Greta lauschte, obwohl sie am liebsten davongelaufen wäre. War es schon peinlich? Kriegte irgendwer mit, wie genau sie den Lyrics und der Musik folgte, die rein zufällig aus den Boxen dröhnte? Hörte weiter die donnernde Anti-Ballade von der großen Liebe als der großen Rache. Das Video war nicht so wichtig, der Song an sich war wichtiger. Überlebte Lady Gaga den Liebestanz? Sie wusste es nicht mehr. Bilder sind nicht zuverlässig. Töne und Worte hingegen schon.

Greta hatte sich auf einen Stuhl am Eingang fallen lassen. Sie machte einen gefassten Eindruck und fiel zugleich in Schockstarre, kauerte sich in die Ecke, als wolle sie sich verstecken. Es sollte bitte keiner mitbekommen, wie sie den Song Zeile für Zeile verfolgte. Wie dieses Lied sie verfolgte! All your lover's revenge. Sie hatte kein Bild mehr vor Augen. Das Bild steckte nur mehr in ihren brennenden und stöhnenden Eingeweiden. *I don't wanna be friends.* Jetzt sang Lady Gaga auch noch auf Französisch, und auch auf Französisch war es noch fantastisch. *J'veux ton amour, et je veux ta revanche.* Das könnte ihr Einsatz werden. *I don't wanna be friends.* Sie trommelte mit den Fingern auf die Tischplatte: *Call it a bad romance.*

Sie zitterte und sie zitterte und sie konnte nichts mehr erwidern. Verharrte: regungslos, verhandelt, verbannt, entmündigt, gefesselt, unerwünscht, übererfüllt, durchgefickt, unterfickt, überschlagen, übertrieben, durchgemacht, durchdienacht, ausgebeutet und enthäutet, sowas von erläutert, durchgepuffert, überfüttert, übermuttert, verarscht und am Arsch, so erwartungsvoll und zerschossen und aufrichtig und mad und wissend und weise und naiv und, und, und. Greta hatte so viele Fehler gemacht! Das musste sich ändern. Sie durfte nie wieder einen Fehler machen. Sie wusste genug für heute. Sie musste es sofort wieder vergessen. Keiner hatte sie gewarnt.

Greta erschrak über das Erschrecken. Nur an den Großraumdiscosound von Lady Gaga würde Greta sich nie gewöhnen. Der Song klang nach einem überproduzierten Blechcontainer, der stumpf und leer in einer öden Landschaft herumstand, an einem Nachmittag, den man vergessen würde. Die Romanze müsste so geschmacklos sein wie die Musik von Lady Gaga, und mindestens so übel wie einem davon wurde, wenn man auch nur ganz kurz stehenblieb und an die ganze Sache hindachte.

Die Stacheln kamen immer erst am nächsten Tag. Sie kamen auch jetzt wieder, als Nieten auf einer Bikerjacke. Sie kamen als Stromausfall. Sie kamen als Sonnenphobie. Es war furchtbar, dass diese Stacheln jetzt wieder da waren, sie mussten jetzt ausprobiert werden wie Kriegsgerät, das man nicht angeschafft hatte, damit es in der Kaserne vor sich hingammelte. Sie musste alles wieder vergessen. Nein, wir machen die Revolution nicht, um allein zu bleiben.

*

An einem schwülen Abend im August stolperten Timo und Greta durch den Volkspark Friedrichshain, in Richtung 200er-Bus, der an der Friedensstraße abfuhr, die glücklicherweise in der Nähe des Märchenbrunnens begann. Greta plapperte voller Tatendrang über dies und das, während sie am italienischen Wassertheater mit den deutschen Märchenfiguren vorbeikamen, das Mädchen mit den sieben Raben, Dornröschen und Hans im Glück, dazwischen die wassersprudelnden Frösche und Hunde. In ihrem feuerroten Sommerkleid mit den weißen Punkten, das ihre Kurven bestens zur Geltung brachte, und dem völlig uniquen rosafarbenen Hut, den sie sich zu allem Überfluss auch noch zu tragen traute, wirkte sie selbst wie ein aus der Zeit gefallenes, aber äußerst lebendiges Kunstwerk im italienischen Stil. Jedenfalls war das Timos Meinung, der sie bewundernd angeschaut und dann ausgerufen hatte: »Sweeeeet, aber die Mädchen tragen doch gar nicht mehr so hautenges Zeugs, und wenn, dann mit Basics von der Stange und darüber eine gefütterte Bomberbonbonjacke.« Greta war es schnuppe. Denn strenggenommen war das ja Sinn der Übung, so auszusehen wie sonst keiner, wobei sie in einem Südstaaten-Trap-Video im Stil von Lil Lila durchaus eine Hauptrolle hätte spielen können. »Das natürlich auch«, musste Timo zugeben, »wegen der Titten.«

»Sag nicht Titten, das ist ein furchtbares Wort. Du beleidigst meine Marias«, sagte Greta lachend, als sie an der Haltestelle ankamen. Ja, sie hatte ihre Brüste »Marie« und »Maria« getauft, denn tief in ihrem Innern war sie keine Hure, sondern eine Heilige. »Soll ich mir vielleicht im Hochsommer eine fette Winterjacke drüberziehen, nur um cooler auszusehen?«, warf sie eine Frage in Richtung Timo, aber eigentlich mehr so ins Blaue hinein, und vergaß das kleine Wortgefecht gleich wieder. In puncto »ausgeflippte Kleidung ohne jedes Embarrassment tragen« war sie in den letzten 25 Jahren gestählt worden. So übervorsichtig wie Greta oft in den wirren Abgründen ihrer Gedankenwelten herumtapste, so exponiert und fröhlich wirkte sie nach außen. Zum ersten Mal am heutigen Tag sah sie Timo direkt an. Omg, sie bekam einen leichten Schreck, er wirkte completely confused. Die wankenden Schritte und dieser flehende Blick. »Dir scheint es richtig scheiße zu gehen«, flüsterte sie. Wie fies, dass ihr das jetzt erst auffiel. Seine Verliebtheit in Rachelle und die Sorge, dass das heutige Wiedersehen nicht optimal verlaufen, also nicht in einer rauschenden Orgie enden würde, machten ein Häufchen Elend aus ihm.

Greta kicherte leise in sich hinein, wie sie es selten tat. Aber es war ja auch selten, dass mal ein Mann beim Ansfickennurdenken in so viel Angstaufruhr geriet, oder? Sodass man denken könnte, dass sich der junge Mann in einer Jeans und einem Hemd, das komischerweise ein Paisley-Muster hatte – warum trug denn Timo plötzlich so ein komisches Sixties-Paisley-Hemd, das passte doch gar nicht zu ihm? –, sich gleich kopfüber in die Spree stürzen würde. Alles nur wegen dieser fiesen Straßenrapperin mit den frauenfeindlichen Texten. Timo war ziemlich hoch über all seine Wertvorstellungen hinausgeflogen und im tiefen Tal der Apokalypse gelandet. Er war nicht mehr auf dieser Welt, nicht mehr im Fluss der hereinbrechenden Nacht, freute sich kaum noch an den großen Hunden und den hochfliegenden Drachen, die kleine Kinder auf den Stufen des Märchenbrunnens steigen ließen. Greta dachte an die beiden Psychosen, die sie mit einundzwanzig und zweiundzwanzig gehabt hatte, im 20. Jahrhundert noch, und wie sie dabei so mundtot gemacht worden war von ihrem Schreibumfeld, dass sie den Mund auf und wieder zugeklappt hatte, ohne ein Wort zu sagen, als würde eine dämonische Kraft all ihre Worte verschlingen. Was, wenn Timo kurz vor so etwas stand? Konnte man in seinem Alter noch in Ohnmacht fallen oder war das dann schon eine katatonische Starre? Hilfe, er war so anders, das war verliebter als verliebt. Es war ihm so fucking Ernst mit dieser Frau. Der Ernst tropfte aus jeder seiner Poren, es würde verdammt schiefgehen, wenn er sich nicht endlich zusammenriss. Greta beschloss, ihn nicht auf seine offensichtlichen Ängste anzusprechen, sondern einfach so normal wie möglich an seiner Seite zu bleiben, er brauchte jetzt niemanden zum Reden, sondern jemanden, der für ihn redete und ihn das bevorstehende Treffen mit seiner Schreckensmadame vergessen ließ.

Sie warteten nur ein paar Minuten, dann kam der Bus, sie zahlten beim Fahrer und Timo wäre beinahe ausgerutscht auf dem Rondell des sich verschiebenden Bodens an der Eingangstür. Sie bekam gerade noch seine kräftige Pranke zu fassen und spürte einen erleichterten Händedruck. Es war offensichtlich schlimmer, Bus zu fahren, wenn man glücklich-unglücklich verliebt war, als wenn man gerade aus dem Sozialsystem herausgefallen war, fiel Greta der Moment wieder ein, als sie zum letzten Mal Bus gefahren war. Sie hatte sich im Bus sicherer gefühlt als beim Amt, ein bisschen wie in einem Tourbus, nur weg von hier.

Der Bus fuhr durch die von sich selbst ergriffene Sommernacht, und Greta fühlte eine blitzartige Freiheit in dem Moment, als sie registrierte, dass sie – abgesehen vom Busfahrer – die einzigen Menschen im vorderen Teil waren. Der menschenleere Bus versetzte sie in eine seltsam ausgelassene Grundstimmung. Hoffentlich würde die Fahrt niemals enden, ach wie schön das wäre, wenn man einfach in diesem Bus, mit den dunkelvioletten Wolkenspielereien am Himmel auf Konzertreise fahren dürfte.

Timo starrte in wilder Verzweiflung auf den Boden, halb

hinabgebeugt, wie ein sehr alter oder sehr junger Mann in großem Gram. Sie berührte ihn sanft und streichelte über einzelne Stränge seiner traurigen Schulterblätter. »Das ist die Liebe nicht wert, dass man so leidet«, sagte sie, und versuchte ihn dabei etwas aufzuheitern: »Echte Bitches machen Schwanz, nicht Leben hart«, zitierte sie einen Track von AchtVier, Said und Nura, der ihr jetzt fast schon einleuchtete.

»Was, wenn nicht die Liebe?«, fragte er mit überraschender Klarheit zurück, und darauf wusste sie ausnahmsweise mal keine Antwort, zumal sie sowieso nicht ganz dahinterkam, was hier abging. Vielleicht stand er ja auf die Spielchen, die sie mit ihm spielte, den Sex, den sie von ihm forderte, und hatte gleichzeitig Angst davor? Das wäre in einer vergleichbaren Situation jedenfalls ihr Problem gewesen, aber was wusste man schon, wie das bei Männern war, die ja mehr Muskelkraft hatten als Frauen und zumindest gesellschaftlich in der dominanten Lage waren. Vielleicht hatte er ja doch keine Angst vor dem Sex an sich, sondern zitterte vor irgendetwas anderem? Vielleicht war es einfach nur die normale Angst vor Abweisung? Sie glaubte schon, dass Timo dieser Rachelle nicht so viel bedeutete wie sie ihm.

Ach, scheiß drauf, sie genoss die Reise durch die Nacht mit offenen Augen und fühlte sich im Gebimmel der Stadt an Haiytis erste Flugversuche in der Rapszene erinnert: Sie fragen mich *»Woher das Kies?« – City Tarif. Vollgetankt im Lexus-Jeep – City Tarif. Durch die Stadt mit zu viel Speed – City Tarif. Sie fliegen hoch, doch fallen tief – City Tarif.*

Ansonsten brauchte sie nicht viel zu denken, nahm einfach die Atmosphäre der hereinbrechenden Stadtnacht in sich auf, wo die neon signs so pretty waren wie in »Downtown« von Petula Clark und sich auf den Pokerfaces der immer jungen Berliner:innen spiegelten. Die vielen kleinen, aber teuren Cafés und Lokale auf der Torstraße. *Ich brauche keine Gründe, ich will einfach nur deine dumme Liebe.* Vielleicht würde sogar Terri da sein? Heute würde sie mit ihm ins feuerspeiende intergalaktische Raumschiff klettern, sie hatte etwas Sexspielzeug in der Handtasche dabei. Nächsten Monat wurde sie vierzig. Da war es doch nicht zu viel verlangt, in einer Bravo-Fotolovestory die Liebe fürs Leben zu finden. Irgendwann musste es ja mal passieren.

Sie spürte, während sie das dachte, jemand hatte ihr ein Gespräch mitgebracht, inmitten begehrender Blicke, sie minutenlang oder stundenlang angestarrt, sie hatten geredet, über gestern und heute, aber sie wusste nicht mehr, wann und wo dieses Gespräch stattgefunden hatte oder mit wem. War es in der BRAVO BAR gewesen? Oder im Laidak? Nach einem Konzert, auf einer Demo? Sie wusste nur: Es war der schönste Mann der Welt gewesen und er hatte ihr versprochen, dass er sich von nun an um sie kümmern will, sie nie hängen lässt. Sie suchte diesen Mann in allen Begegnungen, immer und überall, und es machte sie schier wahnsinnig, dass sie nicht darauf kam, um wen es sich handelte und ob es überhaupt stattgefunden hatte.

Sie zog ihren pinkfarbenen Hut zurecht, mit dem sie mehr einer Touristin als einer Berlinerin glich, und das war sie ja auch: Eine Touristin in der Stadt, in der sie seit sechzehn Jahren wohnte, und sie stiegen Hand in Hand aus dem Bus aus. Timo konnte man in dieser Situation keine Sekunde allein lassen, er war fucked up as hell, außerdem betrunkener, als sie es in den vergangenen zehn Jahren gewesen war, am Ende würde er noch aus Versehen in ein Auto laufen: Schnell rannte sie mit ihm an ihrer Seite über die grüne Ampel an der Kreuzung, wo sich Chausseestraße und Friedrichstraße wie Gespenster, die jeweils ihre eigenen törichten Geheimnisse in sich bargen, in Eintracht gegenüberstanden.

Johannes Finke empfing sie beide mit einem dreckigen Spruch auf seinem süßen, frechen Gesicht, aus dem jederzeit eine übermütige Idee aufsteigen konnte. Auch heute tanzten die Leute wieder zu den Hits, zu denen Greta vor zehn, fünfzehn Jahren die MTV-Mods geschrieben hatte: *Isn't anyone trying to find me? Won't somebody come take me home?* und natürlich *Beyoncé, can you handle this? I don't think they can handle this.* Seitdem Greta in der Lady-Gaga-Biografie gelesen hatte, dass es beinahe egal war, in welche, aber dass man jede Nacht in dieselbe Bar gehen musste, hing sie an dieser Bar. Ja, wenn man etwas erleben wollte, musste man immer an dieselben Orte gehen. Das Leben spuckte seine unbegrenzten Möglichkeiten nur an die Begrenzten aus!

Nur die Beschränkten sind wirklich unbeschränkt. Hier waren sie alle Träumer mit fruchtbarer Fantasie, die eine prophetische Kraft entfaltete, sobald man sich auf sich selbst konzentrierte und herausfand, wer man war oder werden konnte, und wie viel von allem in ein einziges Schnapsglas passte.

»Hier wo du strahlst«, der Schriftzug der BRAVO BAR, leuchtete über der Tanzfläche. Vorschusslorbeeren in Erdbeernächten, die eine grüne Zipfelmütze aus Kräuterlikör trugen. Alles war ein Fest, nur weit und breit und all night long: Keine Rachelle Engel in Sicht!

War Timo etwa schon in Vergessenheit geraten? Hatte er sich ihre überlebensgroßen Gefühle nur eingebildet? Seine Träume versanken mehr und mehr im leichtsinnig vergifteten Dauergebläse der Nacht. Und Timo redete Unsinn, noch und nöcher. War so betrunken, dass sie ihn auf dem Nachhauseweg stützen musste, wo es nur ging. Sogar mehrfach ohrfeigen und zum Weitergehen bewegen musste sie ihn, er war wie ein sturer Gaul, der es sich direkt vor der Apotheke am Rosi gemütlich gemacht hatte und einzuschlafen drohte. Ein irrer sterbender Vollidiot, der sich in den Schlaf schluchzte. »Willst du eine Serie über Rich Kids schreiben, die auf der Straße übernachten?«, schrie sie ihn an, während sie ihn rüttelte und schüttelte. »Du mit deiner scheißgewollten Liebe zu dieser irgendwie doch sehr gewollten Straßenrapperin. Wo gibt es denn so etwas noch? Straßenrapperinnen? In dieser Generation? Sie haben doch alle Abitur und Studienabschlüsse. Studienrapper, das sind sie, alle miteinander!«, schimpfte sie. Und setzte noch einen drauf: »College-Rap!«

»Das stimmt nicht«, schluchzte Timo, »Rachelle ist in den Banlieues aufgewachsen.«

»Die kann dir sonst was erzählen.«

»Aber sie erzählt mir nichts.«

»Aber hier sind nicht die Banlieues, hier ist nur fucking sexy, fucking poor Berlin. Aufstehen, Baby, wir haben noch einen Heimweg vor uns, der uns verweichlichte Bobos durch die schönsten, menschenleersten Straßen des Reichenviertels führt.«

Stunden später, nachdem Greta ihn irgendwie ins Bett gebracht und seine Haare beim Kotzen gehalten hatte wie in dem Schnipo-Schranke-Song, fiel sie ein paar Treppenstufen weiter unten, in ihrer eigenen No-Luxus-Bude, endlich in diesen unbewegten Schlaf, der alle Bilder des Chaos bannte. Sie schlief verdammt gut in dieser Nacht, oder besser in diesen Morgen, in diesen Nachmittag hinein, der das Wunder bringen sollte.

Der Anruf kam am späten Nachmittag, als der Sommer gerade beschlossen hatte, seine gutmütigen Hochs herunterzufahren, und es zur Feier des Tages noch einmal ordentlich krachen zu lassen. Wenn ein Gewitter im Anmarsch war, flitzte Greta normalerweise durch die Wohnung, um überall die Stecker aus den Steckdosen zu ziehen. *I am dying to begin,*

I am dying to begin again, für den Fall, dass die Blitze direkt vom Himmel in den Stromkreislauf einbrachen und es auf sie abgesehen hatten. Aber heute blieb sie liegen. Fühlte sich selbst so sehr unter Strom, dass sie es für das Beste hielt, ihren Körper noch allumfänglicher in die blaue Samtdecke einzupacken. Sie war tiefenverwirrt und in einem Glücks-High: Da tanzten Zwinker-Smileys wie Schmetterlinge durch ihren Bauch, da floss Lava durch ihr Blut, ein einziges glucksendes Jaaaaa! The standing jokes of the year waren ja sowieso die Atemwolken der Riesenjoints full of LSD, die Terri immer rauchte. Hatte sie wieder mitten in seinem LSD gestanden, eine ganz üble Romanze, die einem das Gefühl vermittelte, dass man sich gerade unsterblich verliebt hatte? Oder kam das alles von ihrem Körper, war er eine einzige Droge? Oder war es möglich, dass der Zauber von Rachelle Engel auf sie übergesprungen war?

Greta fiel kein vergleichbarer Moment in ihrem Leben ein, in dem sie so etwas Großes gefühlt hatte. Sie musste sich verliebt haben, oder etwa nicht? Vielleicht in den 22-jährigen Boxer, den Johannes ihr kurz vorgestellt hatte, und der auf ihre aufrichtig interessierte Frage, mit welcher Technik er seinen Gegner denn beim Kampf am letzten Samstag erledigt hatte, schlicht erwidert hatte: »Da hab ich wohl ziemlich kräftig zugelangt.« Dann war da noch der Politberater-Exfreund von der Grünen-Politikerin, die sie bewunderte, der aber nicht ihr Typ war. Vor irgendjemandem war sie auch in die Knie gegangen. Oder hatte sie nur Timos Verliebtheit gesuckt und ihr momentaner Gefühlszustand war eine Spiegelung seiner Verliebtheit in Rachelle? Und während die Blitze draußen in einem zoomigen Zick-Zack auf das Haus niedergingen, wagten sich auch unromantische Gedanken aus der Deckung: Ob sich wohl so etwas wie ein passiver LSD-Rausch mit der sowieso schon gestörten Biochemie in ihrem Hirn verbandelt hatte?

Immerhin war sie stundenlang mit Rachelles Freundin Isabella auf engstem Raum verweilt, die doch auch so komische Joints rauchte? Alles war so neu und anders gewesen, dass sie allein wegen dieses Gefühls schon beschlossen hatte, ihr Leben zu ändern. Ein bewussteres, sinnlicheres Leben zu führen, ab jetzt.

Und während Greta noch in diesem Halbschlaf aus echt und eingebildet durch die Gucci-Galaxien ihrer Seelennächte 2.0 zog, klingelte ihr Handy. Ach was, das Wunder klingelte, das ihrem Leben eine neue Wendung verleihen würde, das Wunder, auf das jede Künstlerin in Bohemia insgeheim wartete. Sie befreite sich aus der Umklammerung der Bettdecke und ging dran. Zu ihrem Erstaunen war ihre Schwester Christine am anderen Ende der Leitung, mit ihrer hektischen und doch gemütlichen Sprechstimme. Ohne Umschweife kam sie zur Sache: Die Familie wollte ihr dringend Geld vererben!

Geld? Geld! Gretas Kopf brauchte ein paar trommelwirbelnde Sekunden, um zu begreifen, dass es sich dabei um »gutes« Geld handelte. Geld, das sie bekommen sollte, und nicht um Geld, das sie zurückzahlen musste. Nein, es war niemand gestorben, der Vater hatte nur beschlossen, das Einfamilienhaus mit Garten, in dem Christine ohnehin schon lebte, an sie zu verkaufen, und daher wollte Christine nun Greta auszahlen, und zwar mit 100.000 Euro. Sie habe dafür ein Darlehen bei der Bank aufgenommen und Greta müsse schon nächsten Mittwoch vorbeikommen und ihre Unterschrift beim Notar hinterlassen. Also, das gemeinsame Elternhaus gehöre ihr somit nicht mehr, aber natürlich habe sie jederzeit das Recht, dort zu wohnen. Sie würde sie ja nie rausschmeißen oder so, aber es sei ihr Haus jetzt, wie gesagt: Greta habe für immer Besuchsrecht und so. Vorausgesetzt sie wäre mit dem Deal einverstanden, ein anderer wäre aber auch nicht drin! Wie solle es denn sonst gehen? Sie brauche das Haus ja für sich und ihre Familie.

100.000 Euro? Greta, die gestern Nacht Probleme gehabt hatte, ihre beiden Weißweinschorlen zu bezahlen, aber nicht schon wieder Timo hatte anschnorren wollen und infolgedessen heute keine großen Sprünge machen konnte, war für einen kurzen Moment sprachlos. »Das nehme ich gerne an, da komme ich gerne vorbei, das ist eine super Idee, vielen Dank, das ist dann also nächsten Mittwoch«, sagte sie schnell; doch schon kurz darauf überkam sie ein Unbehagen. Denn irgendwo – weit außerhalb ihres Energiefeldes, vor dem nasstrüben Fenster – kauerte ein schlechtes Gefühl wie ein hungriger Vogel: Ganz bestimmt war es ein schlechter Deal, und das Haus war viel mehr wert und im Alter würde sie dann ohne Eigentum dastehen. Aber noch viel schöner war der Gedanke, dass sie an ihrem vierzigsten Geburtstag genug Geld haben würde, um ihre Freund:innen in die BRAVO BAR einzuladen, und dort würde sie auch den süßen Boxer-Boy wieder sehen.

Das Gespräch mit Christine war so schnell vorbei, wie es angefangen hatte, sie verloren sich nicht in Small Talk. Anschließend sprang Greta aus dem Bett, fand im Wohnzimmer den Weg zum Klavierhocker, klimperte nervös auf den Tasten herum, und buchte sich dann im Netz den Zug über Heidelberg ins Heimatkaff. Jetzt erst stieß sie ein paar Freudenlaute aus, nahm das Handy zur Hand, und zum Glück war Timo da und sie erzählte ihm, dass sie von heute an reich sei und außerdem ein Blaubeer-Muffin und ein Cappuccino im Visage auf ihn warteten. Da fiel ihr ein, dass sie das Geld ja noch gar nicht hatte, sondern erst nächste Woche, aber Timo konterte ihr überdrehtes Angebot sofort mit Feuereifer: Er würde sie heute nochmal einladen und zwar jetzt gleich, und ehrlich gesagt auch, um über Rachelle und den Schreckensabend in der BRAVO BAR zu reden; er sei gerade schon auf dem Weg ins Visage, und wenn er sich bis nächste Woche noch nicht aus dem Fenster gestürzt hätte, dann hätte sie vielleicht sogar die Möglichkeit, ihm die heutige Blueberry-Sause zurückzuzahlen.

»Du wirst nicht aus dem Fenster springen, jetzt, wo ich endlich reich bin und du mich nicht mehr aushalten musst. Stell dir vor, wie toll dein Leben wird, wenn du mich nicht mehr an der Backe hast, du kannst jeden Tag irgendein hochemanzipiertes, nettes Girl auf irgendeiner Dating-App anmatchen und zum Kiffen einladen«, schmeichelte sie ihm. Dann legte sie auf und schlüpfte in das himmelblaue Sommerkleid mit dem Muster aus kleinen, roten Äpfeln. Es war in einem ähnlichen Kinderstyle gehalten wie das rotgepunktete von gestern Nacht. Noch schnell die Lippen nachgezogen und die teure Hautcreme aufgetragen, die mit ihrem hohen Anteil an Aloe Vera, Hyaluron, Mandelöl und Sheabutter aber auch wirklich alles richtig machte. In Zukunft würde sie sich auch die anderen Pflegeprodukte aus ihrer Lieblingsserie leisten können, die sie im Naturkosmetikregal bisher nur stumm bewundert hatte – und schon lief sie beschwingten Schrittes die Straße zum Visage entlang, wobei sie zum ersten Mal in vollem Bewusstsein die liebevoll dekorierten Blumenbestecke und blauschimmernden Leuchtvasen wahrnahm, die der Edelblumenladen auf der Hufelandstraße geparkt hatte. Ein ganzes Paradies aus Pflanzen, Sträuchern und Nüssen hieß einen hier willkommen. Steinkübel mit gelben und orangefarbenen Geranien und Rosen, die einen, wie aus dem Himmel gewachsen, aus fünf Metern Höhe anstrahlten und sich an Seilen dick wie die Haarsträhnen von Rapunzel langsam auf den Gehsteig hinabhangelten. Sie überlegte, ob sie Timo vielleicht einen Blumenkorb schenken sollte, und verlor sich zur Feier dieser Überlegung in einem Gestrüpp aus gold-, rosa- und orangefarbenen Blüten. Der arme Timo, er war doch so traurig, wegen der blöden Bitch – nicht nur, dass sie ihn kalt abserviert hatte, es fiel dieser dummen Sau noch nicht einmal ein, höchstpersönlich zum Abservieren vorbeizukommen. Auch dafür hatte sie noch ihre hinterhältige Freundin Isabella vorbeigeschickt, diese selbsternannte Music-Managerin!

Es kostete Greta einige Kraft, sich von der duftenden Blumenpracht wieder abzuwenden, doch sie hatte ja das Geld noch gar nicht, und vielleicht war er selbst noch nicht gefestigt genug in seiner Rolle als der unmännliche, aber doch sehr mannhafte Mann, um sich von so einem Mädchenkram nicht doch ein bisschen beleidigt zu fühlen, in seiner, nun was eigentlich?

Im Visage angekommen spielten Timo und Greta in ihrem Lieblingscafé wieder das, was sie am besten konnten: kleine Pause mit Revolution. Ab nächster Woche dann auch mit Geld. Für Greta stand jetzt schon fest: Wenn sie erst einmal einen höheren Betrag besäße, dann würde dieser immer wiederkommen. So war das doch bei den Wohlhabenden: Der Teufel scheißt auf den größten Haufen. Und sie wusste auch schon, was sie mit dem Geld machen würde: Sie würde es in Cappuccino, Naturkosmetik, Blaubeer-Muffins, Blumenparadiese und – tataa! – in eine eigene Booking-Agentur und ein eigenes Indie-Label investieren. »Hey, listen«, sagte sie schnell zu Timo, bevor der akute Gedanke, der wie eine Leuchtschlange in ihrem Kopf herumtänzelte, ihr wieder wegrutschte, »was hältst du davon, dass wir unser eigenes Label samt angeschlossener Booking-Agentur gründen? Und wir nehmen dann nur Frauen unter Vertrag, aber es muss trotzdem part of indie sein, keine Selbstausgrenzung. Jetzt sind *wir* das neue, heiße Ding! Und das Label nennen wir ›Bohemian Strawberry‹: Mischung aus ›Bohemian Rhapsody‹ und ›Strawberry Fields Forever‹. Ist mir ganz spontan eingefallen.«

»Schöner Titel!« Timo lachte. »Das machen wir.«

Kapitel 3

KRAWALLE UND LIEBE

Liebste Emmy – Junikäfer

Berlin, 4. Dez 2019

Liebste Emmy,
mal davon abgesehen, dass du den schöneren Namen von uns beiden trägst (das denk ich jedes Mal, wenn ich Emmy oder *Emilia* sage, und wie ich gerade feststelle, jetzt auch in Briefform), so wünsche ich dir aus vollstem Herzen dein altes Leben zurück. Und zwar pass auf, jetzt kommt es: Start NOW!

Nach unserem kurzen Gespräch letzte Nacht war ich wirklich schockiert, ich versuche ein bisschen meine Gedanken zu ordnen und es dir mitzuteilen, ok? Bitte sei mir nicht böse, wenn das etwas Überforderndes hat, was ich schreibe. Das bin nicht ich, das bist nicht du, das ist die Situation, in der wir sind. Ich versuche dir so gut wie möglich alles zu sagen, was ich darüber denke, solange bis wir uns wieder sprechen bzw. bis ich dich besuchen kann, ok?

Du musst dir von diesen weirden Psychiatern nichts erzählen lassen. Was soll das heißen: »fremd- und selbstgefährdet/gefährlich?« (Klar, es gibt auch wunderbare Therapeutinnen, wie die, die ich hatte. Aber das sind ja meistens nicht die, die die Medikamente verschreiben.)

Ich lach mich tot, oder besser: siehst du, wie ich mich wegwerfe vor Lachen? Ich kann gar nicht mehr aufhören zu lachen! Und das solltest du auch: Du musst sie alle aus- und weglachen. Ich kenne dich zwar erst seit zwei Jahren, aber das waren mit die tollsten Jahre meines Lebens! Und das liegt einzig und allein daran, dass du so ein liebevolles, herzliches Wunderwesen bist. So kitschig das klingen mag: Ich habe mich noch nie mit einem Bandmitglied so verbunden, so hammerwohl gefühlt wie mit dir. Und du weißt: Ich hatte viele, insgesamt 14 Bandumbesetzungen, bis ich dich gefunden habe. Ich kann also objektiv beurteilen, wie du so tickst. Ich habe den direkten Vergleich mit allen möglichen Musikertypen. Ich habe dich in den extremsten Situationen erlebt:

Weißt du noch, wie sie dich in Leipzig so aggro vom Podium gemobbt haben, weil du es als Einzige in einem Raum von 400 Menschen gewagt hast, die bescheuerten Booker von den großen Agenturen zu fragen, warum sie eigentlich keine weiblichen Acts in ihrem Roster haben? Und der eine Typ im Publikum dir dafür Schläge angedroht hat, und alle, auch viele Frauen, waren auf seiner Seite?

Und du bist sooo ruhig geblieben, ich wäre durchgedreht an deiner Stelle! Du hast so besänftigend auf mich eingeredet; ich bekomme immer noch eine Gänsehaut, wenn ich daran denke. Weil du ja gewusst hast, dass ich in solchen Gefahrensituationen in Panik gerate. Dabei warst du doch so dangerously in Gefahr, du warst einfach immer der beste Mensch der Welt. Mein Lieblingsmensch ja sowieso! (Du und Timo!) Immer übelst darauf bedacht, niemanden zu verletzen, aber trotzdem bei deiner inneren Wahrheit zu bleiben. Besser geht es nicht! Du bist doch von uns beiden die Achtsamkeitskanone! Du kannst wirklich im wahrsten Sinne des Wortes keiner Fliege etwas zuleide tun. Ich fand das, jetzt kann ich es ja sagen, manchmal etwas übertrieben: Wie du immer alle Tiere vor mir gerettet hast. Die Junikäfer und diese fiesen, flitzenden Stechmücken in Turin. Hey: Dein Problem ist doch nicht, dass du irgendwie fremd- oder selbstgefährlich/gefährdet bist, sondern dass du dich viel zu sehr für die gute Sache verausgabt hast.

Denk doch mal an all die Antifa- und AFNÖ-Demos, auf denen du warst oder die du sogar mitorganisiert hast. Du hattest doch auch Schiss vor den Nazis, erzähl mir doch nichts.

Bei dir ist doch auch irgendeine Angst explodiert. Deshalb der Ausbruch, den sie dir jetzt viel zu sehr vorwerfen, diese bescheuerten – oder besser: neunmalklugen – Psychiater. Die kapieren nichts! Sollen die sich doch mal im Netz unter ihrem Klarnamen mit Frauenhassern und Nazis herumstreiten! Wie lange würden die wohl brauchen, bis ihnen der Arsch auf Grundeis geht? So wie du, jahrelang für eine Sache einstehen – das würden die nicht schaffen. Glaub doch nicht, dass die etwas im Griff haben, was du nicht auch im Griff hast. Du musst nur erstmal mit dem Aktivismus aufhören/pausieren, dann bist du auf der sicheren Seite, so wie sie. Dafür brauchst du doch keine Medikamente zu nehmen. Stattdessen sollen sie dir beibringen, wie es geht: das sichere, aufmerksame Spießerleben. Davon kannst du dir dann eine Scheibe abschneiden. So scheißeclever auf sich selbst aufpassen, dass einem bloß keiner EIN Härchen krümmt. Damit man sich nie wieder ausnutzen lässt. Deshalb verstehen die Psychiater auch Extremreaktionen nicht und müssen das immer gleich psychisch deuten, weil sie Extremsituationen natürlich zu vermeiden wissen, in ihrer Psychologen-Schläue.

(Frage ist nur: Wer rettet dann die Welt? Smasht das Patriarchat, und all die rassistischen Rollenbilder, Ungerechtigkeiten? Killt den Kapitalismus, hilft den Geflüchteten an den EU-Außengrenzen?)

Und dann war da auch noch die Scheiße mit F.P. und dem von ihm in Auftrag gegebenen *Demotape!* Wie der dich stundenlang ganz ordentlich bei Wein, Kaffee und Kuchen belästigt hat! Und du musstest den Scheiß mitspielen, weil du echt der Spiritual Gangster von uns beiden bist. Ich wusste nicht, dass ein Girl-Trio zu machen so etwas ist, wie Chefin einer Guerilla-Truppe zu sein. Und du immer mit deinem legendären Pokerface. Du hast mir versichert, dass es dir egal ist, dass es dir nichts ausmacht, so besonders nett mit diesem widerlichen Typen zu reden, weil der ja auch witzig war, wie du immer wieder betont hast. Du meintest, wenn wir erst das Demo aufgenommen haben, dann organisiert der uns diese Plattenfirma und dann macht der Ikonen aus uns. Hat der doch immer gesagt: »Ihr seid Sexsymbole!« Da freut man sich zunächst, wenn man auf die Vierzig zugeht. Und mich für mein Knitterkleid mit den roten Punkten kritisiert. So ein Kleid hätte Marlene Dietrich nie getragen, hat er gesagt. Sie hätte erkannt, dass das nicht geht. Marlene Dietrich! Ich kotz im Strahl. Ich bin davon überzeugt, wenn ich vor hundert Jahren mit dieser Frau in derselben Boheme-Clique gewesen wäre, ich hätte sie nicht leiden können, diese blöde autoritäre Offizierstochter. Das interessiert mich doch nicht, was die getragen hätte und was nicht. Erzähl mir doch nichts, nur weil sie Antifaschistin war. Das war doch auch nur eine von denen, die Frauen ausgrenzen, um die einzig Tolle, die AUSNAHMEFRAU, zu sein.

Aber zurück zum Thema: Du hast noch mehr an den Deal mit F.P. geglaubt als ich. Total verständlich, dass du endlich deine wunderschönen Lieder veröffentlichen wolltest, in die du so viel Liebe und Arbeit, jahrelange Arbeit, reingesteckt hast; fast so diszipliniert wie eine preußische Offizierstochter; mit wie viel Sinn für die passenden Akkorde und Harmonien du diese Songs baust. Schon vergessen? All diese Energie! Diese Wahnsinnsenergie! Wenn andere Leute so viel Energie hätten wie du, würden sie sich eine Solaranlage aufs Dach bauen und ihre Wohnung damit heizen.

Warum solltest du es auch nicht glauben, dass die Songs und du und wir, dass das alles endlich mal auf die nächste Stufe kommt. Die Charts stürmen, groß rauskommen. Und das mit dem Sexsymbol: Da waren wir doch völlig im Recht, als wir dachten, das wenden wir mal. Das war doch das internationale

Zauberwort der Stunde: Sex Positivity! F.P. hat uns ja für das Album davor bereits 25.000 Euro gegeben. Warum hätte er uns beim zweiten nicht auch helfen sollen, nur weil er nicht mehr bei der Firma war? So dumm war es doch gar nicht zu glauben, dass so ein Boss-Typ wie der sich dann halt eine neue Firma sucht. Da kommst du doch nicht von vorneherein drauf, dass der dann sagt: Und was ist denn jetzt mit Sex? Und dann hast du sogar noch weiter mit ihm geredet, verhandelt, am Telefon. Du dachtest noch im ersten Moment, das hab ich genau kapiert, du könntest diesen Satz von ihm irgendwie ungeschehen machen. Wie gut, dass du das Gespräch auf laut gestellt hast. Ich war deine Zeugin.

Aber er hat nicht lockergelassen. Es hat ihn einen Scheißdreck interessiert, dass du ihm von den 6000 Euro erzählt hast, die uns die Vorproduktion gekostet hat. Er hat immer versprochen, wir bekämen das Geld dafür sofort zurück, wenn das Demotape vorläge. Überleg mal, wie wir uns beeilt haben. Mit diesem Spinner in Steglitz die Lieder runtergeklopft, eingetütet. Ich habe seinen Namen vergessen, ich weiß nur noch, dass der mit der Zeit auch immer zudringlicher geworden ist. Und weißt du noch, wie du Angst hattest, als er mitten in der Nacht an deiner Tür geklingelt hat? Und für dieses fucking Demotape hast du drei Monate lang dein Wohnzimmer vermietet, Toiletten- und Küchenmitbenutzung inklusive. Das waren bestimmt insgesamt zwanzig Leute, die per Airbnb bei dir gewohnt haben. Du hast dich zur Pension entwickelt. Alles für die Kunst, deine Kunst. Und dann erzählen dir die bescheuerten Entscheider im Musikgeschäft, dass Frauen sich halt nicht genug reinhängen für den Erfolg, ha, ha.

Ich weiß noch, wie ich leicht geschockt war, als du mir so freudenstrahlend die Dankesmail von Airbnb gezeigt hast: thanx a lot, dass du das Vertrauen hattest, Menschen aus fünf verschiedenen Kontinenten bei dir aufzunehmen oder so ähnlich. Sie haben dich für deinen »kosmopolitischen Geist« gelobt. Wir haben noch so Witze im Vice-Stil gemacht: Wen du wirklich unterstützt, während du glaubst, die nationale Musikszene zu unterstützen! What a bunch of Extrastress, in jedem Fall! Weißt du noch mein Songtext: *Es ist ein stiller Thriller, the German guy is still the killer?*

Und du dann so, nach ein paar Schreckensminuten am Telefon zu F.P. »Also nee, Sex: Ich glaub, du spinnst!« Und er dann so pro forma noch drei Sätze gesagt und dann beleidigt den Hörer aufgelegt und nie mehr auf Mails oder Anrufe von uns reagiert. Und die von der Firma dann auch nicht mehr. So macht der es also. So hat er es doch auch mit Sheila gemacht: Er lässt die Musikerinnen anliefern – die Ärmste hat doch auch ein ganzes Album unter den widrigsten Umständen für ihn aufgenommen, sie hatte ein Kind im schulpflichtigen Alter. Und dann hat er sie auch auflaufen lassen. Wollte sie auch keinen Sex mit ihm? Das sehe ich jetzt alles neu. Verdammt, dass wir sie nicht mehr fragen können, verdammt, dass sie an Brustkrebs gestorben ist. Manchmal frage ich mich: Hatte sie einfach immer gerade die 50 Euro für die Ultraschall-Untersuchung nicht? Aber ein Jahr umsonst gearbeitet für dieses Schwein, das ihr eine heilige Hoffnung auf ein fettes Honorar gemacht und ihr das Album dann doch nicht abgekauft hat. Ob er wohl auch nur Sex von ihr wollte? Oder hat es ihm einfach Spaß gemacht, so ein geniales Allround-Talent wie Sheila abblitzen zu lassen, wegzupowern? Bereitet es ihm an und für sich schon Genugtuung, dass wir da demütigst mit unseren Geniestreichen angekrochen kommen, und er sich die Lieder dann noch nicht mal richtig anhört, weil ihm plötzlich doch noch ein Argument dagegen einfällt? Von sowas kann man einen Nervenzusammenbruch kriegen. Vielleicht gut, dass du diesen Schrei-und-hau-alles-zusammen-und-schmeiß-Sachen-aus-dem-Fenster-Crash jetzt hattest. Wenn ich an das mit Sheila denke: Sie hat doch immer gesagt, sie wäre viel zu nachgiebig gewesen mit allen. Also hey, es ist nicht strange, es ist sogar healthy, dass du es nicht mehr weglächelst, dass du es rausgelassen hast: die Sau! Wenn das nicht Ping Pong Ponys war, was dann?

Du warst hundert Mal mutiger und optimistischer als ich. Deine Enttäuschung war doch riesig! Du bist ins Bodenlose gestürzt. So fucking scheiße what, dass du wie ein Rockstar den Fernseher und deinen neuen, teuren Technics-100-Plattenspieler aus dem Fenster geworfen hast. Du hast doch gesehen, dass unten im Hof niemand war! Wie können sie nur behaupten, du hättest damit potentiell andere Menschen gefährdet? Du hast doch gesehen, ich wiederhole mich, dass da unten keiner war! Fakt ist doch: Durch dich, liebe Emilia, ist niemand zu Schaden gekommen. Das ist für mich der springende Punkt: Den Nachbarn, die die Polizei gerufen haben, hast du nie etwas getan, und hättest du auch nie. Die sollen sich wieder einkriegen. Die kennen dich doch alle gar nicht. Du hast so viel gewagt in deinem Leben, auf so kreative, lebendige Art und Weise, und schon wieder kriegst du so eine Klatsche vom Leben zurück. Und dabei bist du nie krass psychedelisch abgedriftet, was sowas von verständlich wäre. Wenn du doch wenigstens Drogen intus gehabt hättest, als du die Dinger aus dem Fenster geworfen hast. Die unterstellen dir da was in der Psychiatrie: Du bist doch der herzlichste Mensch der Welt. Aber für die bist du nur eine Nummer, eine Diagnose. Ein Kreuzworträtsel, ein Phantombild. Du darfst in all deiner Freundlichkeit nicht alles mit dir machen lassen, HÖRST DU?, nur weil du jetzt solche rasenden Schuldgefühle hast. Du hast keinen Grund für Schuldgefühle. Du hast niemanden verletzt. Ich überweise dir das Geld für den Fernseher und den Plattenspieler, falls du um diese beiden Schmuckstückchen trauerst. (Der Plattenspieler war wirklich recht hübsch.) Aber alles in allem: So ein TV-Gerät, das ist doch nur leere Materie, nur Sachbeschädigung. Du hast nur deine EIGENEN SACHEN kaputt gemacht. Besser geht es doch gar nicht, als eigene Sachen kaputt zu machen. Das ist weder eine Fremd- noch eine Selbstbeschädigung. Es waren nur Sachen, keine Menschen. Du bist also genau nicht: fremd- oder selbstgefährdend. Ist doch dein Problem, wenn du jetzt keinen Fernseher und keinen Plattenspieler mehr hast. Was geht das deine Nachbarn oder die Psychiater an? Hauptsache, du bist nicht kaputt gegangen. Hauptsache, du bist nicht aus dem Fenster gesprungen. Fernsehen ist eh für'n Arsch.

Ich muss immer dran denken, wie du letztes Jahr auf Tour die Junikäfer gerettet hast. Du hast immer zu mir gesagt: Die Junikäfer nicht wegklatschen, wenn sie auf dich fliegen. Sie denken doch nur, du wärst ein Baum. Sie ernähren sich von Bäumen, so hast du es mir erklärt. »Bitte tue ihnen nichts«, hast du gesagt.

Soll ich mal mit den Psychiatern reden und ihnen erzählen, was für ein friedfertiger Mensch du bist? Es kann doch nicht wahr sein, dass du jetzt so viele von diesen beschissenen Psychotabletten nehmen musst. Die hasse ich so. Ich habe die ja auch mal genommen, Nipolept oder wie die heute heißen. Drei Monate lang. Ist lange her. Du weißt, was der Auslöser war. Die Vergewaltigung durch N.R., von dem ich mich einfach verfolgt gefühlt habe. Ich kam halt von dem Gedanken nicht mehr runter, dass er mir etwas antun will, weil er Angst hat, dass ich es allen erzähle. Denk jetzt nicht, was dir passiert ist, wäre nicht auch schlimm. Aber die drei Monate mit den Psychotabletten waren echt die Hölle für mich. Ich war wie ein Fernseher, den man in die hinterste Ecke des Zimmers verfrachtet, um nicht zu sagen, aus dem Fenster geworfen hat. Voll überflüssig, halb zerstört, abgestellt. Sie denken, man könnte nach so einer Sache nicht mehr klar denken. Die Tabletten sollen helfen, wieder runterzukommen und unten zu bleiben. Aber wtf: Runterkommen kann man auf vielfältige Weise. Warum geben sie dir nicht einfach ein paar Tage lang Valium und spendieren zwei Wochen Kurhotel? Und dort dann jeden Tag eine Stunde Psychotherapie. Dann wärst du doch schon wieder aus dem Gröbsten raus. Die wollen nur keine Verantwortung übernehmen und weil sie absolut hilflos sind, verschreiben sie Tabletten. In den allermeisten Fällen hätte eine Gesellschaftsanalyse viel mehr weitergeholfen. Und überhaupt: Expertengespräche. Echt. Wir sind doch alle kaputt wg. irgendwas mit Gesellschaft. Kapitalistische Belastungsstörung. Du ja sowieso. Gerade als Musikerin. Die, die die meiste Energie in eine schöne, selbstverwirklichte Sache stecken, denen wird es am meisten genommen, siehe Schwesta Ewa. Ich glaube ihr, wenn sie sagt, dass es der Neid dieser einen ermittelnden Beamtin auf ihren Status im Musikgeschäft war, wieso sie angeklagt und eingebuchtet wurde ... überleg mal: Da gibt es hier mal EINE echte weibliche Gangster-Rapperin, eine einzige, männliche gibt es ZEHNTAUSENDE, das ist ja schließlich DIE Jugendbewegung des Jahrzehnts, und da sperren sie die EINE weg.

Wenn sie wirklich Mädchen in die Prostitution getrieben und ihnen dann schallende Ohrfeigen verpasst hat, oder ganz allgemein gewalttätig war, ist das natürlich ohne Wenn und Aber sehr schlimm. Und das darf meinetwegen gern bestraft werden. (Außerdem standen noch mehr Punkte in der Anklageschrift, die sie wieder fallen lassen mussten.) Trotzdem komme ich nicht über den Gedanken hinweg: Wie viele Männer haben das schon gemacht und sind davongekommen? Aber ich will jetzt nicht auch noch in Verschwörungsperspektiven abdriften. Ich kapiere nur, dass diese deutsche Gesellschaft ein eklatantes Problem mit weiblichen Musikern hat. Keine deutsche Frau darf auf die Idee kommen, sie könnte von ihrer Musik leben. War das das Verbrechen von Schwesta Ewa?

Wenn dann mal wirklich was passiert, dann ist aber die Hölle los: Dann wird die Person gejagt. Dann wird das von den Institutionen und Autoritäten so dermaßen hochgekocht, als ob sie eine Gefahr für die Öffentlichkeit darstellen würde oder so. Und wenn das im Falle von Schwesta Ewa auch so gewesen sein mag: Du hast keinem was getan. Und ist es nicht genau umgekehrt? Ich will dir ja keine Angst machen, aber die Öffentlichkeit stellt eine Gefahr für dich da! Ja, das Ganze trifft auch auf dich schon zu. Die werden doch bleich vor Neid, wenn du von deinem Musikerinnen-Leben erzählst. Meine damalige Therapeutin wollte mir auch immer das Musikmachen ausreden. »Das ist jetzt noch nichts für Sie«, hat sie immer gesagt! »Das ist doch nichts Richtiges, das will ja jeder, jetzt machen Sie doch erstmal etwas Handfestes!« *Cut your hair and get a job!* Wie in dem Song von Pulp. Singen kannst du unter der Dusche oder bei besonderen Anlässen.

Töne sind halt Luftwesen, vielleicht deshalb? Weil man Musik nicht sehen kann. Frauen dürfen keine geheimnisvollen Kräfte in sich haben. Früher wurden sie als Hexen gejagt, heute, wenn sie prominent sind. Und diese gemeingefährlichen, misogynen Frauen, die Frauen wie dir das Musikmachen nicht gönnen, die gibt es schließlich auch noch. Es sind ja nicht nur die Männer. Aber wie gesagt, ich will jetzt nicht auch noch in Verschwörungserzählungen abdriften. Ist schon alles cool, wie es ist und so. Irgendein Beruf muss halt der schwerste von allen sein. Den haben wir halt erwischt. Wir machen das, weil wir es aushalten, trotz allem. Weil wir es lieben Songs zu schreiben und zu performen. Weil wir mit dem Herzen bei der Sache sind. Mit Marianne Faithfull gesprochen: Ich glaube, dass man sich nur die Sachen einbrockt, die man auch aushalten kann. Aber verdammt, jetzt war es halt mal zu viel, das ist alles. Du bist doch nur an eine Grenze gestoßen, kein Grund gleich durchzudrehen und Psychopharmaka zu schlucken.

Die müssten Soziologinnen zu dir schicken, Kommunikationswissenschaftlerinnen, Musikjournalisten, Feministinnen, Rechtsanwälte. Zauberer, Puppenspielerinnen, Astrologen! Liebes- und Sex-Coaches. Und jeder von ihnen fragt dich: Was brauchst du von mir in deiner Lage? Wo kommst du nicht weiter? Welches innere Thema möchtest du vertiefen? Die Rechtsanwältin zum Beispiel: Die könntest du fragen, ob es Sinn machen würde, F.P. anzuzeigen. Oder den Rapper, der dich bei dem Podium vor allen Leuten bedroht und beschimpft hat. Das sind jetzt nur die Sachen, die mir einfallen. Vielleicht fällt dir auch noch etwas ein, warum du einen Anwalt brauchst? Was du auf jeden Fall meiner bescheidenen Meinung nach nicht brauchst, sind Tabletten mit tausend Nebenwirkungen, die deine inneren Organe, deine Nieren vergiften, deine Nase verstopfen, deinen Kopf lahmlegen. Sie geben dir das Gefühl, etwas verbrochen zu haben. Das ist, wie dauerhaft geschlagen werden.

Bitte sag mir, wann du Bock hast, Besuch zu empfangen! Ich kann verstehen, dass du gerade niemanden sehen willst, aber auf Dauer ist das kein Zustand. Wo gibt es denn sowas, dass du MICH nicht sehen willst?

Ich weiß, ich sollte hier ein bisschen diplomatischer abliefern, aber sorry: Ich kann nicht. Ich weiß einfach, dass du genug Kraft hast, dein Leben auch ohne die Psychotablettenscheiße zu leben. Lass dir nicht in den Kopf scheißen, du brauchst deinen Kopf noch! Mach doch eine ambulante Therapie, heuchel ihnen noch ein bisschen was vor, dass du die Tabletten nimmst und so, und dann: Ab mit dir nach Hause. Dort kannst du die Tabletten in den Mülleimer werfen. Oder sie gegebenenfalls auch umweltfreundlich entsorgen. Schick sie doch an die Psychiatrie zurück. Oder verticke sie an deine ach so liebevollen, sorgenden Nachbarn. Die haben ja scheinbar nicht mehr alle Tassen im Schrank, dich wegen so einer Sache anzuzeigen! Ich habe übrigens mal die Nebenwirkungen von so Schizo-Psycho-Tabletten gegoogelt – ich will dich ja nicht verunsichern, aber … doch, ich will dich verunsichern, ich wiederhole mich: Schmeiß die Dinger weg – notfalls auch aus dem Fenster, aber in den Mülleimer gehören sie auf jeden Fall. Ich schreib es dir schnell mal ab, und das ist nur die gekürzte Version:

Häufige Nebenwirkungen: Schiefstellung des Halses, Verspannung der Kaumuskulatur (Kieferklemme), Zungen- und Schlundkrämpfe, Gewichtszunahme.

Gelegentliche Nebenwirkungen: beschleunigter Herzschlag, Herzrhythmusstörungen, Blutdruckschwankungen, erniedrigter Blutdruck, Blutdruckabfall beim Aufstehen aus der liegenden Position, Kopfschmerzen, Hitzewallungen, Asthma-ähnliche Symptome, Atemnot, Leberfunktionsstörungen, Vermehrung bestimmter Leberenzyme im Blut, Stauungen der Gallenflüssigkeit.

Alles wird in Mitleidenschaft gezogen: die Augen und das vegetative Nervensystem, der Magen-Darm-Trakt, die Haut, das Herz-Kreislauf-System, die Atmung, der Kopf, einfach alles. Und warum? Damit du nur nie wieder Donna Summer hörst und dich in deine tatsächlich vorhandenen Probleme reinsteigerst? Mag ja sein, dass es Diagnosen gibt, bei denen die Einnahme von solchen Tabletten gerechtfertigt ist. Was weiß denn ich, bin ich ein Arzt oder was? Aber ich weiß, bei dir ist es die falsche Risikoabwägung. Und, halt dich fest: Nur in 30 Prozent der Fälle nutzen Psychopharmaka überhaupt etwas. Zumal, wenn man sich die Verfolgung nicht eingebildet hat, sondern wirklich mal verfolgt wurde, haha, und nur für ein paar Momente nicht die Kraft hatte, davon wieder runterzukommen und ein paar Mal durchzuatmen und zu denken: Sie werden mich schon in Ruhe lassen, die Arschlöcher, alle miteinander. Es ist vorbei, ich bin in Sicherheit!

Wenn du wieder zuhause bist, dann rede ich auch mal mit deinen Nachbarn, damit du dich nicht auch noch vor ihnen fürchtest. Und denk daran: Du hast ein Recht darauf, dass es dir gut geht und auch ein Recht, es *your way* zu tun!

So weit erstmal. Brief natürlich mal wieder viel zu lang geworden. Ich wollte dir das alles hier schriftlich geben, damit du es dir immer wieder durchlesen kannst und etwas hast, woran du dich festhalten kannst! Du kannst diesen Brief gerne auch deinen Ärzten und Ärztinnen zeigen.

Deine Greta

PS: Ruf mich jederzeit an!!! Auch nachts, of course.

PPS: Verzeih bitte, dass ich diesem Brief eine Überschrift gegeben habe. Aber ich konnte nicht widerstehen, weil: Junikäfer – klingt hübsch, oder? Könntest du dir einen Songtext unter diesem Titel vorstellen? Magst du ihn schreiben? Bis nächste Woche? Ich schenk dir den Titel auf jeden Fall. Vielleicht können wir auch das nächste Album der Ping Pong Ponys so nennen? Referenz auf Junimond und so.

Timo – Das Handbuch der Strafen, Anfang März 2020

Irgendwas war heute im Visage anders als gestern. Konnte es sein, dass an der Decke kein Boot mehr hing? Timo senkte den Kopf zur Seite und blickte schräg nach oben, wie der Hund, der er beim Sex mit Rachelle gerne gewesen wäre, Stichwort: »Hundenapf-Prüfung«. Ja, stimmt, das Ungetüm aus Holz, das in seiner Fantasie alle paar Minuten herabzufallen drohte, war abmontiert worden. Es war ein enger Raum, kein Wunder, dass man auch noch die Decken mitfühlte – mochten sie auch noch so kathedralisch hoch sein.

Dann ging er raus, eine rauchen. Ist die Liebe eine Angststörung, überlegte er, und wenn ja, wie viele? Er lachte, er lallte, obwohl er keinen Alkohol getrunken hatte. Wovor habe ich nur so viel Angst, fragte er sich abermals in leicht pathetischer Manier. Er musste doch nichts tun, was er nicht schon tausend Mal getan hatte. Andererseits: Wie viele Stunden Ausbildung brauchte man, um Rigger-Meister zu werden? Wie ging er, der perfekte Knoten? Timo war gerade von der Vorstellung gekickt, die Rollen mit Rachelle auch mal umzudrehen, und sie dann zu fesseln.

Wenn Timo vor seinem geliebten Café auf und ab ging, eine Kippe rauchend, umgeben nur von einer abergläubischen Vorahnung und einer ums Bein schlackernden Anzugshose, dann erschien ihm das Leben und die Liebe kurz machbar. Er spielte Love, empfing Worte, gab Widerworte, wie bei einer komplett aus dem Ruder gelaufenen Zwangshandlung. Seinen schwarzglänzenden Lodenmantel trug er nur in der kalten Jahreszeit – und, oh, ja, es war noch Winter, auch wenn der schon seine Frierefingerchen ausstreckte, auf dass die frühlingshafte Märzsonne ihm ein Paar goldener Handschuhe schenken möge. Timo stellte sich eine Frage und gab sich kurz darauf selbst eine Antwort, auch wenn er nie von allein auf die Idee gekommen wäre, dass er die Symptome einer Angststörung hatte. Greta hatte ihn sorgenvoll darauf aufmerksam gemacht. »Du bist schon wieder so kaputt wie im Sommer«, hatte es vorhin am Telefon geheißen. Das kann sie laut sagen, lachte er, die Kippe ließ einen schmalen Spalt zwischen ihm und der Angst. Sie brannte nur langsam herunter, und während er das rote Glimmen beobachtete, fühlte er einen kurzen Moment der Erleichterung.

Ein unerwarteter Platzregen schoss ihm in die Fresse wie das Kläffen eines kleinen Hundes und haute ihm die nasse, feuchtkalte Luft nur so um die Ohren. Die Zigarette wurde feucht, er stellte sich unter ein Häuserdach. Brachte nicht sich, brachte die Kippe in Sicherheit, und schloss die Augen, wünschte sich, Rachelle würde ihm schallende Ohrfeigen verpassen, wie wenn sie »Augenkontakt« spielten. Eins von den erotischen Spielen, über die er in seinem rosa-orangenen *Handbuch für Strafen* gelesen hatte. Wenn sich jetzt der berühmte Dachziegel lösen würde; Timo wäre ergebnisoffen, würde sich dem Leben überlassen, so wie es kam, auch dem Unglück. Er stand da und sah zu, wie stürmische Wassermassen wahre Freudentänze vollführen. Er staunte, denn er lebte, er lebte ja noch.

Er war bereit für das neue Jahrzehnt, man sagte jetzt *zwanzig-zwanzig*, wenn man die Gegenwart meinte. Das war genau er: zwei mal zwanzig. Die Ohrfeigen prasselten weiter mitten ins Gesicht, war gar nicht so ohne, dieses Augenkontakt-Spiel. Wann immer er einem anderen Menschen in die Augen schaute, einem anderen Menschen als Rachelle, bekam er von ihr eine gescheuert. Dabei hatte er doch sowieso nur Augen für sie, sein Schwanz machte Männchen bei der bloßen Vorstellung, dass er ganz das Eigentum von Rachelle war, und sie ihm mit plötzlicher, explosiver, unkontrollierbarer Energie eine reinhaute.

Dann war es wieder nur der Regen, aber der sorgte dafür, dass Timo ausnahmsweise mal wie von außen auf seine Probleme draufschauen konnte. Denn er zitterte jetzt schon seit Tagen innerlich und am ganzen Körper, was daran lag, dass ihn seine Widersacherin Isabella und seine beste Freundin Greta zum Dreh des kommenden Rachelle-Engel-Videos in die BRAVO eingeladen hatten. Sie drehten am Nachmittag des 8. März, am Frauenkampftag, der neuerdings ein Feiertag in Berlin war. Greta hatte sich mit der ihm so verhassten Isabella angefreundet, die beiden steckten ständig die Köpfe zusammen, überhäuften sich bei Social Media mit Herzchen und Kleeblättern, das Kräfteverhältnis stimmte einfach, sagten sie. Sie feierten ihre heilige Allianz aus Straßen-Rap und Indie-Rock. Kochten zusammen, gingen ins Kino, und manchmal fragte er sich sogar, ob sie nicht auch zusammen ins Bett gingen. Letzteres entstammte allerdings nur seiner ganz miesen Fantasie; jedoch: Irgendeinen tieferen Grund musste es geben, warum sie neuerdings immer alles als »queer« etikettierten, was sie im Netz so trieben. Waren sie etwa heimlich, unheimlich lesbisch geworden?

Nur wenn er in seinem Bett lag, zitterte er nicht. Auch heute war Timo erst um zwei Uhr mittags aufgestanden. Wenn er sich unter seiner giftgrüngoldenen Baumwollschmusedecke ausstreckte, ging es ihm schon besser. Im Bett liegend nahm er unbewusst das ein, was so Schlangenweiber wie Isabella eine »angstinkompatible Körperhaltung« nannten. Ja, so etwas schien es tatsächlich zu geben, sie bestanden darauf. Eine, wie sollte man sagen, »Luxusstellung«, bei der man keine Angst mehr spürte. War es das, womit sich die politischen Aktivistinnen halfen, die für ihre Überzeugungen in die Knäste gingen? Oder Piloten, die Hunderte von Passagieren durch die Lüfte kutschierten? Alleinerziehende Mütter, die nicht mehr weiterwussten und sich trotzdem von Tag zu Tag hangelten? Kannten sie spezielle Tricks, um sich auf den Beinen zu halten? Waren die zufällig alle auf irgendeine Art und Weise auf die »angstinkompatible Körperhaltung« gestoßen? Die Arme vor der Brust verschränkt, wie Maria Callas, wenn sie eine Oper singt, nur mit weniger Feingefühl als sie. Es war keine Achtsamkeitsübung. Es ging vielmehr darum, große Mengen von unbewusstem Dreck von sich fernzuhalten. Nicht alle dachten immer alles, was sie denken könnten. Manche Menschen widerstanden auch einfach den dummen Gedanken.

Wie es schien, hatte er diese tolle Körperstellung im Liegen gefunden, denn sobald er sich aufraffte und die Ruheposition verließ, fühlte er schon wieder, wie die Gedanken seinen Körper folterten. Schuldgefühle griffen in das selige Geschehen ein, zerfleischten und verbissen jedes gute Gefühl, all die aus Traumsequenzen bestehenden Wolkenwanderungen, bis er nur noch ein Häufchen Elend war. Andererseits: Wenn Rachelle ein Häufchen Elend aus ihm machen würde, mit vulgären Worten und Handlungen, zum Beispiel beim Spiel »der Tisch«, würde sich das gut anfühlen.

Etwas in Timo drängte ihn dazu, noch ein paar Minuten weiter unter dem Häuserdach des Visage im peitschenden Regen des Sturmtiefs auszuharren. Was, wenn sie nächsten Sonntag beim Fesseldreh herausfand, dass er total unprofessionell in diesen Dingen war? Er war kein Meister im Bondage, wollte nicht fesseln, sondern gefesselt werden. Und es war doch gut möglich, dass er spontan vor Ort noch in den Videodreh eingebunden wurde. Greta spannte ihn ja sonst auch für alles Mögliche ein. Was wusste man schon, wie sich die Dynamik bei so einem Dreh entwickelte. Aber noch schlimmer und peinigender: Wie sollte er seine Anwesenheit bei diesem Videodreh vor Rachelle begründen? Seit einem halben Jahr herrschte Funkstille zwischen ihnen.

Was, wenn sie ihn dann des Stalkings verdächtigte? Erfüllte es einen Straftatbestand, wenn er bei ihrem Videodreh aufkreuzte? Oder war das Quatsch, weil er ja ausdrücklich von ihren Leuten eingeladen worden war? Er hatte sich abgelenkt, in den letzten Monaten, so gut er nur konnte, hatte sich sogar einen Buchdeal gesichert – wenn auch nicht für einen Roman, wenn auch »nur« für ein Sachbuch über Donna Summer.

Sein Handy vibrierte.

»A woman's place is in the revolution«, simste ihm Greta einen ihrer Sprüche, für die Sause am 8. März. Nach dem Videodreh war in der BRAVO noch eine Veranstaltung geplant, bei der Rachelle zum ersten Mal seit zwei Jahren wieder live spielen würde. Zitter! Er scrollte sich durch die WhatsApp-Message: »EINLADUNG ZUM 8. MÄRZ: Danke für die Blumen, wir nehmen den ganzen Garten!« stand da inmitten von Herzchen, Sternchen, Gänseblümchen. Ihm war es manchmal alles zu platt. Aber er registrierte nebenbei die kleinen Feinheiten und Verschiebungen, die Greta in die Slogans reingehauen hatte: »A woman's place ist aber auch in der Pflege ...«

Das war zu viel gewesen, seufzte er später, als er längst wieder im trockenen Halbdunkel des Cafés in seinen Blaubeer-Muffin biß, als sie Greta eine Stelle als Pflegerin andrehen wollten. Seitdem war sie krass davon besessen, dass sie keine Menschenrechte mehr habe, weil ihr nicht einmal ein winziger Aufstockungsbetrag vom Staat zustand, wenn sie nicht irgendwo als Pflegekraft anheuerte. Der runde Muffin mit den tintenblau abfärbenden Beeren drin schmeckte noch ein bisschen nach jenem Tag, an dem sie mit dem Aufstand gegen das misogyne Musikbiz begonnen hatten. Er und Greta: Hier an diesem zweithintersten, schmucklosen Holztisch hatten sie auf Social Media die Sexisten von dem lächerlichen Pop-Preis zusammengeschissen.

Timo musste schmunzeln. Er konnte sich dieses hypochondrische Riot Girl beim besten Willen nicht am Krankenbett einer hustenden Oma vorstellen, für sie wäre da auf jeden Fall immer ein Wolf im Spiel. Sie war wirklich der letzte Mensch auf der Welt, der einen Menschen, den er nicht total gut kannte und liebte, aufrichten, schultern und auf eine Toilette schleppen, am Ende auch noch abputzen konnte. Sie hatte so viel Angst vor Viren und Bakterien und ein panisch-penibles Näschen, wenn es um Gerüche ging ... Greta hatte wahrscheinlich den Geruchssinn eines Hundes. Sie war auch der letzte Mensch, der ein Kind großziehen könnte. Sie hatte schon Recht, wenn sie von sich selbst dachte, dass sie in jedem Land der Welt, und zu jeder Zeit, eine Künstlerin geworden wäre. Es machte ihr nichts aus, sich all ihren Abgründen und Albträumen mit akribischer Genauigkeit zu stellen. Sie traute sich sogar nächste Woche ALLEIN aufs Konzert von ihrem Ex-Freund und Ex-Duo-Partner Louie Maro, Gretas Kampf gegen das Musik-Biz war immer auch ein Kampf gegen die Ungerechtigkeit, dass er es so viel weitergebracht hatte als sie, wo sie doch über ein ähnliches Temperament und ein vergleichbares Talent verfügte.

Immer noch nicht mehr als sechs Prozent Musikerinnen auf Festivals! Seitdem Timo und sie und eine ganze Menge anderer Leute dagegen kämpften, hatte sich noch fast gar nichts geändert. Das konnten sie nicht dadurch wieder wettmachen, dass sie jetzt allerorten genderten.

Dann rauschten seine Gedanken wieder in Richtung

Rachelle. Ihm sollte die Veranstaltung am 8. März recht sein. Auch wenn er sich noch so vor dem Wiedersehen mit ihr fürchtete. Irgendwann musste es halt auch mal sein, sagte ihm ein Stück weiser Menschenverstand, während seine Knie schon bei der bloßen Vorstellung schlotterten. Es war ein Gefühl, wie lange nicht mehr ins kalte Wasser gesprungen – und dann gleich aufs Zehnmeterbrett gestiegen ... Dann nahm er Anlauf, weil er es bereits auswendig konnte, ihr gemeinsames Stück Weg. Seine Wishes für die Zukunft klangen jetzt nach einem satirischen Rap, der sich über sich selbst lustig machte.

Wir kennen uns seit X Jahren, du brauchst jetzt nix sagen
Ich wollt dich fragen: Wollen wir den nächsten Schritt wagen?
Willst du mit mir Drogen nehmen? Dann wird es rote Rosen regnen,
ich hab's in einer Soap geseh'n. Willst du mit mir Drogen nehmen?
(Komm), komm wir geh'n, komm, wie geh'n zusammen den Bach runter.

Silvana, früher bekannt als Rachelle Engel – Keep on surviving, 6. März 2020

Silvana schaute nervös auf die selbstklebenden Haftzettel aus Signalfarbepapier, die sie überall in der Wohnung verteilt hatte. Ob es denn stimmte? Sie wollte beim Aufstehen nicht mehr an die Krankheit, oder besser gesagt die Gesundheit, denken. Lieber noch einen Moment in dem Gefühl verharren, dass sowieso alles gut war, der Körper wusste es schon, wusste es seit einem halben Jahr, wusste, dass er gesund ist. Jetzt musste nur der Geist oder die Seele es noch begreifen. Zuerst glaubte man bei so einem nicht metastasierten Zufallskrebs im Frühstadium nicht, dass man krank war, dennoch ließ man ihn monatelang mit allen Schikanen der modernen Medizin wegmachen, und dann glaubte man nicht mehr, dass er wirklich weg war, dass man wieder gesund war. So einfach konnte das doch nicht sein, es war schließlich Krebs. So einfach war es ja auch gar nicht, korrigierte sie sich. Es war ein Höllenritt gewesen, und jetzt herrschte eine gespenstische Ruhe.

Aber etwas in ihr glaubte es, das undenkbar Große: Sie war wieder gesund. Das Leben fühlte sich neuerdings wie eine Cornflakeswerbung im Fernsehen an, so unwahrscheinlich morgenfrisch, einfach köstlich und aufpowernd, damit der Start in den Tag gelingt. Silvana riss alle Fenster auf. Sie hatte eine Vorliebe für frische Luft entwickelt, seitdem die Lunge ein Teil des, allerdings sehr niedrig dosierten, Strahlenfeldes gewesen war. »Man soll es halt nicht verschreiben wie Smarties, aber der Körper repariert die Röntgenstrahlung von selbst«, hatten die Strahlenärzte ihr versichert.

Vor dem Duschen stieg sie aufs weiße Glas ihrer Personenwaage. Es beruhigte sie, wie dieses eckige Ding eine Zahl ausspuckte, die etwas bedeuten könnte. Augenblicklich entspannten sich die nachtzappeligen Beine wieder, es war schön, gleich früh am Morgen auf einer wertvollen Glasschale zu stehen und auf eine völlig egale Zahl warten zu dürfen. Schon spukte ihr ein Deutschrap durch den Kopf, der mit dem Narrativ »früher versus heute« operierte: *Früher, um zu sehen, ob ich leicht geworden bin, heute, um herauszufinden, wie weit der Scheiß mich noch mitnimmt.* Kein guter Reim, er franste gegen Ende hin aus, aber es war auch erst halb sieben Uhr morgens. Ihr Körper strahlte. Sie war aufgeblüht. Das Ungleichgewicht der Krebsbehandlung hatte sich in ein ungeheures Gleichgewicht verwandelt. Neue Schöpfung, Selbstwahrnehmung. Silvana lebte in ihrem krebszellenfreien Körper wie ein soeben aus der Haft entlassener Räuber. Da schoss ihr ein Satz durch den Kopf: Unsere Liebe ist ein Naturereignis. Aha?

»Sie gefallen mir gut«, sagten die Ärztinnen jetzt immer. »In anderthalb Jahren denken Sie nicht mehr dran«, hatte die Frau vom Gen-Check vor circa anderthalb Jahren gesagt. Silvana wollte wirklich aufhören, noch daran zu denken, denn diese Frau verstand etwas von Statistiken. In fünf Jahren würde sie bei den Überlebenden abgeheftet sein, aber es war schon jetzt allen Beteiligten klar, dass es mit dem Teufel zugehen müsste, wenn noch etwas passierte, wenn der Krebs wiederkommen würde. Silvana musste es, wie sie sich selbst andauernd sagte, nur noch begreifen. Es machte wenig Sinn, herumzuspazieren und auf den nächsten Schock zu warten. Das Leben würde wieder in die Grautöne kommen. Ach, was: Es würde blühen, es blühte schon. Es gab keinen Teufel! Und die Existenz der Elfen, Einhörner, Himmelsfarben und kleinen Schlauchboote, die aufs offene Meer hinauswollten, war viel schöner und wahrscheinlicher.

Silvana war gesund. Sie hatte sich einen Collegeblock gekauft. In jeder freien Minute schrieb sie diesen einen Satz auf, formte ihn: mal mit den begriffsfreudigen Lippen, mal mit dem Filzstift. Der Satz hing auch als selbstgemaltes Poster auf kitschigem Sonnenaufgang an ihrer Wohnzimmerwand: »Ich bin gesund.« Ganz ohne Schnörkel stand er da. Je länger man das Wort »gesund« anschaute, desto mehr neue Worte kamen aus ihm herausgeschlüpft: Ein Grund? Fürs gesund? Gesundgesundgesund. In »gesund« ist dann schlussendlich auch das Wort »und« enthalten. War da noch was? Gesund, und? Egal, sie biss sich auf die Lippen, schrieb weiter, bis es kugelrund vor ihr stand, ein Guglhupf aus gesund, rund und gesund. Bis sie den Begriff nicht mehr sehen konnte.

Manchmal fuhr sie aus dem Schlaf hoch und schrie: »Ich bin gesund!« Wie gut, dass sie gerade kein Intimleben mit einem Mann hatte. Man stelle sich mal vor, das würde ihr in einer gemeinsamen Nacht passieren, wäre das nicht der Ausdruck tiefster Perversion? Wer betonte denn sowas? »Gesund« war ihr in Fleisch und Blut übergegangen, in die Zunge, die Kehle, den Zungengrund gekrochen. Es war ein Tipp ihres Psychoonkologen gewesen: »Sie müssen einfach begreifen, dass Sie so gesund sind wie andere Menschen auch. Aber das heißt nicht, dass Sie nicht zu den Nachsorge-Untersuchungen gehen müssen.«

Die Immunwerte waren schon einen Monat nach der Chemotherapie wieder im Normbereich. Silvana hatte das ganze Ding einfach »1plusmitStern« durchgezogen. Sie war jetzt meistens schon um sechs Uhr wach und lief dann als neuer Erdenbewohner durch die Straßen Friedrichhains und Kreuzbergs; im Märzen der Bauer, gesund. Die Bäuerin!

Sie spielte mit dem Gedanken, ein Café zu kaufen oder zu mieten, von der nächsten erwartbaren Finanzspritze, wenn die Influencer-meets-Female-Rap-Gelder wieder flossen. Aber noch wollte sie sich zurückhalten. Der Frühling aber sollte kommen, sie wollte seine erste Muse sein. Hatte sich sogar extra gegen Pneumokokken impfen lassen, wegen des neuen Virus aus China, über das jetzt alle redeten. Das griff angeblich die Lunge an. Eine Spritze mehr oder weniger, darauf kam es jetzt auch nicht mehr an. Große Sorgen machte sie sich wegen des Virus nicht. Es gab zwar schon ein paar Fälle in Deutschland, aber die waren gut isoliert. Silvana hatte den Winter auf Twitter und Insta verbracht – auf Twitter stand man als migrantisierte Frau jetzt höher im Kurs denn je, man wurde als eigenständige Kategorie des Unterdrücktseins wahrgenommen. Sie hatte laufend Herzchen verteilt und coole Sprüche übers Frau-und-Migrantin-Sein reposted, auf diese Weise hatte sie sich freudvoll von den Strapazen der Strahlentherapie erholt.

Das neue Leben würde spätestens übermorgen beginnen, wenn sie in der BRAVO BAR ihr Video drehen. Danach noch den Frauenkampftag feiern. Isabella und Johannes hatten alles vorbereitet. Greta war neuerdings Veranstalterin von feministischen Events und machte ihre Sache gut. Silvana gönnte es ihr. Es war Silvanas erster Auftritt seit der Krankheit, trotzdem würde sie den bösartigen Diss-Track rappen: »Deine Freundin, das Miststück«. Auch wenn der angeblich frauenfeindlich war – es war nach wie vor ihr größter Hit.

Wenn Silvana heute um die Häuser zog, ganz eins mit der Parkluft in ihren Lungen, dann flogen die Sätze in ihrem Kopf umher wie Papierflugzeuge in einem pubertätslauten Klassenzimmer, wenn sich die biestigen Girls und Boys von ihrer erholten Seite zeigten. Die Haare waren zunächst als weiße Stoppeln nachgewachsen, bevor sie wieder den alten mahagonibraunen Ton angenommen hatten. Ich bin schon selber ein alter, *weißer* Mann, hatte sie kurz gedacht, klein und erdrückt, fast gefühllos, als sie sich mit dem bisschen weißen Fellflausch auf dem

Kopf im Spiegel der Strahlenambulanz erblickte. Kurz darauf war sie einfach wieder sie selbst geworden. Auch die Wimpern waren über Nacht zurückgekommen. »Ich bin nicht aus Pappe, ich bin aus Puppe«, hatte sie gedichtet, den Track aber nicht weiter ausformuliert, weil Puppen meistens aus Plastik sind, und aus Plastik war sie ja gerade nicht. An ihr war ja alles echt. Der Busen war drangeblieben. Sie erinnerte sich noch genau an den Tag im Strahlensommer, es war der letzte Tag ihrer Behandlung gewesen, als ihr der Hut auf der Rasenfläche vor der Klinik vom Kopf gesegelt war. Blassgelb mit weißen Streifen lag er im Gebüsch wie eine angefressene Packung Zitronen-Cornetto-Eis, und sie hatte keine Lust mehr verspürt ihn aufzuheben. Nach all den Monaten des Versteckspiels mit Mützen und Hüten sollte er wie ein impressionistisches Stillleben dort im Park verbleiben. Sie lernte die Stoppeln zu tragen wie eine goldene Statement-Kette. Motto: Mit dieser Power auf dem Kopf kann nichts mehr schief gehen. Sie dürfen die Braut jetzt küssen! Und die Haare wuchsen wieder.

Silvana ging neuerdings im feinen Winsviertel ein und aus. Den evangelischen Friedhofspark hatte sie während der Chemotherapie besonders lieb gewonnen – gerade wegen der makabren Assoziation. Aber nein, dort durfte Leben sein, Eichhörnchen kauerten auf blauen Plastikmüllsäcken und machten sich nichts aus Gestank und Unrat.

Nach dem langen Winter, an der Ecke Heinrich-Roller-Straße: Immer noch das kuschelig-geblümte Intim-Café, in dem eine böse Besitzerin ihr Unwesen trieb. Die Frau in dem engen Laden hatte sich stets einen Spaß daraus gemacht, den einzig großen Tisch freizuhalten. »Der ist für besondere Gäste«, bläffte sie immer, wenn jemand Anstalten machte, sich dorthin zu setzen. »Nehmen Sie doch bitte an einem der kleinen Tische Platz.« Silvana hätte zu gerne gewusst, was in der Zwischenzeit aus dem besonderen Tisch geworden war. Ob sie wohl gekommen sind, die besonderen Gäste?

Die Sonne hingegen, in der großzügigen Theaterbuchhandlung mit Kaffee-Ausschenke Einar & Bert, harrte noch der Beschreibung. Nach dem langen Winter hätte man sie gut und gerne für Theaterlicht halten können. Silvana trat ein, nahm an einem der naturbelassenen Holztische Platz. Bisschen peinlich war ihr das schon, wie gutbürgerlich das alles aussah und dass sie sich pudelwohl fühlte in der Buch-Café-Sonne. Schnell holte sie ihr Handy aus der Hosentasche. Auf Twitter war die Hölle los: »Fler bedroht Feministin mit Kopfgeld. Weil sie es gewagt hat, seine Songtexte als sexistisch zu bezeichnen!« Die Sonne umgarnte Silvana wie ein riesiges Smiley, hier in der Fensterfront bei den Theater-Zeitschriften fühlte sie sich geborgen wie ein glückselig lächelndes Baby. Die Bäume draußen waren noch nackt, aber reckten sich schon stolz. Silvana dachte an das filigrane blaue Kleid mit der Lochstickerei, das sie in der BRAVO tragen würde. Die Angst war ein Ball, der mal auf der Wasseroberfläche schwebte, mal hin und her schwamm. Es ging nicht darum, den Ball ins Wasser, die Gefühle runter, das ganze Ding zu unterdrücken. Die Angst würde sich nicht in Luft auflösen. Sie würde sich aber in die hintersten Winkel des Schwimmbeckens verziehen und in der Sonne dösen, wenn die stolze Besitzerin der Angst etwas Besseres zu tun hatte. Und jetzt gerade, als erste Gästin in diesem Theater-Café am frühen Morgen, da hatte sich die Angst tatsächlich in Luft aufgelöst, zumindest war sie ganz an den Rand geschwommen.

»Ich muss lernen, Dinge zu machen, die mich amüsieren, nicht immer nur Dinge, die mich zermürben.« Rachelle schnappte sich den Songtext, den Isabella der Greta für einen Spottpreis abgekauft hatte, und bestellte sich einen Chai Latte, auch wenn der ein bisschen zu viel Zucker enthielt. Sie suchte mit den Fingern nach der Stelle im Text, die ihr besonders gut gefiel: *Dein Manuskript ist ausgetickt, der Morgen dämmert. Wer von uns beiden hält den Stift, ist nicht mehr länger, die entscheidende Frage, nur eine Zeitansage. Doch Ella hält und Ella fällt, sonst wär's nicht Ella. Du zwingst mich in die Knie, doch ich komm schneller, Ella.*

Bald ergab sich ein Rhythmus, eine Sprachmelodie, die Sinn machte. Es war ihr egal, ob die Kellnerin sie beim »Komisch-schnell-Sprechen« beobachtete oder nicht. *Die Person, die da an der Klippe hängt, heißt Ella. This is a pure fiction, fan action, sex legend storyteller. Ich bin immer noch, immer noch dein Cliffhanger. Dieser Strip ist allmählich nur noch was für Kenner.*

Genau so war es: Keiner kannte ihre Geschichte, sie durfte sich neu erfinden. Schnell lieh sie sich etwas Papier und einen Bleistift, weil ihr eigene Textzeilen einfielen: *My lover, Lehrer, hat gelacht. Ich hab mir das nicht ausgedacht. Hey Girl, ich will 200 Jahre leben. 200 Jahre alles geben. 200 Jahre auf Wolke 200 schweben. Und geht mal etwas voll daneben, schulterzuck, so ist das eben. Nix dagegen, was ist schon eine Runde im Regen, wenn wir 200 Jahre leben!*

Sie hielt inne, kurz kitzelte die Theatersonne den Radiergummi am oberen Ende ihres Bleistifts, dann beugte sie sich wieder über das Blatt Papier und machte noch eine lustige Bemerkung: *Mein letztes Jahr war ein stark entölter Kakao ohne Zucker, und trotzdem super.*

Greta Marie – Seitenwechsel, Augenhöhe, Anfang März 2020

DAAAAA IST ER JAAAAA ENDLICH!

Der Schriftzug »Hier wo du strahlst« zog sich in silbrig-violetten Lettern über die Tanzfläche. Ihr Strahlemann hatte sich angekündigt, Greta wartete schon seit einer halben Stunde, der Pulsschlag ihres Herzens hatte sich gerade etwas beruhigt, als unweit des gemütlichen Tresens, in beängstigender Nähe zu ihr, plötzlich Louie Maro stand, der aus der Hintertür der BRAVO BAR ins Zentrum des Geschehens gerauscht war. Hier auf dieser gefühlten Halloween-Parade, die natürlich keine war, sondern beinahe das Gegenteil davon: Es war die Aftershowparty nach der großen Revue im Friedrichstadtpalast eines gerade vierzig Jahre jung gewordenen Klavierwunderkindes, das eine absolut fernseh-und-feuilletontaugliche Mischung aus Klassik, Jazz und Electro-Rock erfunden hatte.

Da gab es schon lange nichts mehr zu tuscheln, da gab es vielmehr für alle etwas zu tun! Heute war Einlass nur für geladene Gäste. Die Plattenfirma hatte kurzerhand die ganze BRAVO BAR als Backstage-Location gemietet.

Isabella war auch da. Sie hatte Greta schon in den ersten Minuten abgefangen und in ein Gespräch verwandelt. Die Mitteilung, die sie ihr zu machen hatte, war beinahe so nachdrücklich wie die Blicke, die Louie ihr von Zeit zu Zeit zuwarf.

»Nicht von dieser Welt« wäre jetzt untertrieben gewesen, oh, doch, diese Blicke aus Samt und Seide, aus lila Krokant, sie waren von dieser Welt! Sie waren das einzig Irdische, alleinig Kostbare, auf dieser Backstageparty voll roter Vorhänge und roher Vorgänge zwischen alten Freunden, die mit raubtierhafter Konzentration auf alles lauerten und lauschten, was da von Greta kam und kommen könnte. Am besten wäre jetzt Eskalation, Explosion. Sie aus ihrem Akademiker:innensumpf heraus in die Welt der großen Gefühle reißen!

Aber stopp, nein, meine Damen und Herren, intergeschlechtliche Menschen, liebe Non-Binäre, halten sie Ihre Zunge bitte im Zaum: Greta war unschuldig. Sie hatte sich rein gar nichts bei all dem hier gedacht. Konnten wir uns in dieser lieblosen, nur am Profit orientierten Gesellschaft schon gar nicht mehr vorstellen, dass ein Mensch in der Liebe einfach hoffnungslos verloren war? Und dass er diese Liebe dann komplett verdrängte, sie in keinster Weise mehr ansprach, anlockte, nur noch ein paar ohnmächtige Songs darüber schrieb. Wieso den Angebeteten oder die Angebetete nicht einfach mal vergessen und stumm seiner eigenen Wege gehen? Sich in jemand anderen, Spannenden verlieben?

Greta war nur hereingestolpert, als wäre das gar nicht ihr Stammlokal, nur hereingestolpert, um einem alten Freund »Guten Tag« zu sagen. So wie man zu Weihnachten oder zum Geburtstag Grüße schickte, ging man halt auch hin und wieder noch auf sein Konzert und seine Afterhour. Eigentlich hatte sie Louie doch längst vergessen.

Sie trug, auch wenn erst März war, ein ausgeschnittenes Kleidchen, bitte nicht zu viel dabei denken, auch wenn es zugegebenermaßen entzückend aussah. Ihr kurzer Rock hatte nichts zu tun mit einem Familienvater und seiner unscheinbaren Ehefrau. Was konnten die winzig kleinen leuchtenden Pailletten, was die Herzchen aus Schnee denn dafür, dass sie einem Freund mal schnell »Guten Tag« und »Auf Wiedersehn« sagen wollte?

Zum Glück waren wenigstens ihre Haare nicht so makellos wie der restliche Anblick. Sie waren zwar lang, aber etwas dünn geraten und total überfärbt – wer seit seinem vierzehnten Lebensjahr blond war, machte sich mit Ende dreißig etwas lächerlich. Es gab nichts zu beschönigen: Die Haare waren kaputt. Aber ansonsten sah sie perfekt aus. Das mit den Haaren fiel hier sowieso keinem auf, dafür war es zu dunkel und belebt. Sie war halt blond wie immer, die doofe Schlampe. Mit ihrem Puppengesicht und der Puppenfigur war sie eine Niederlage für Louie und seine Frau.

Er trug die Lederjacke, die er so heiß und innig liebte, schien froh darüber, aus dem Smoking raus zu sein, jetzt müsste er nur noch dieses Geprahle über die ach so glückliche Ehe loswerden. »Das ist eine Farce und alle wissen das, aber keiner sagt es ihm, keiner hilft ihm da raus, weil sie so froh sind, dass er leidet«, hatte Isabella gerade behauptet, die noch mehr solcher Sätze in ihrem Ostergepäck hatte, das sie genüsslich auspackte: »Er ist nur noch angewidert von seiner Frau.« Sie war wahrscheinlich der gefährlichste – und ehrlichste – Mensch im Musikgeschäft, hatte ihre Ohren überall. Seitdem sie für einen Major und für diesen beschissenen Avantgarde-Award arbeitete, war kein Geheimnis sicher vor ihr. Isabella hatte Greta auf dem roten Teppich am Eingang abgefangen und sich dann wie ein drohender Donner auf dem Barhocker neben dem schwitzenden DJ platziert. Sie trug ein graues Business-Kostümchen, eine lächerlich ernste Sonnenbrille, beides stand ihr außerordentlich gut. Der Blazer schmeichelte ihrer imposanten Gestalt, ohne allzu viel von ihr preiszugeben. Schick, aber spießig, die Frau mit der großen Klappe hatte Humor in Kleidungsfragen, weil sie sonst keinen Humor zu haben schien. Oder zu viel.

Dann legte sie los, wirkte nüchtern, ernüchtert: »Alle Männer, die ich kenne, haben Frauen, die nur ein Pseudo-Gegenüber sind! Nie von der gleichen, immer von einer anderen Fakultät. Ich kann dir zu jedem Mann, den ich kenne, und der ein

Musiker oder bildender Künstler oder ein Schauspieler ist, eine Frau nennen, die ein ernsthaftes Gegenüber wäre. Stattdessen müssen sie mit irgendeiner Zufallsfrau zusammen sein, die sie als magisch empfinden, weil die mal vor Jahren, in irgendeiner Sekunde, die genau richtige Ausstrahlung aus zugewandt und abgewandt hatte, und da haben sie dann gedacht: So wie jetzt fühlt es sich genau richtig an. Und das sind aber meistens die toxischen Frauen, die ein Talent für diese foulen Stunts, für diese Spiele aus Nähe und Distanz haben. Die das ganz automatisch können und dazu auch noch austüfteln. Die tollen Frauen wie du, die achten auf sich, die arbeiten an ihrer eigenen Kunst. Die leben in dem Gefühl, dass die große Liebe noch spontan zu entern wäre, wenn sie ihr denn begegnen würden. Die forcieren da nichts. Wenn ich nicht an meinem Business oder wie du, an deiner Musik, an deinem Aktivismus oder an deinem Herzen arbeiten würde, sondern nur daran, einen berühmten oder reichen oder respektablen Mann für mich zu gewinnen, dann könnte ich auch zur richtigen Zeit im richtigen Winkel in der Tür stehen, mit diesem genau richtigen Maß aus Spott und Bewunderung auf den Lippen. Im Grunde wollen Männer Frauen, die sich um sich selber kümmern. Aber Frauen, die wirklich selbstbewusst sind und ihr eigenes Ding machen, verhalten sich halt auch mal vertrottelt gegenüber Männern. Und das müssten Männer mal noch lernen: das zu dechiffrieren. Weil später sind diese Jungs dann total geschockt, wenn die strategischen Frauen, die anfänglich so selbstlos und so händelbar pragmatisch wirkten, sich als selbst- und rachsüchtige Monster erweisen, die es lieben, sich zum Opfer des starken Mannes zu erklären, für den sie selbstredend so viel getan haben. Diese verdeckten Narzisstinnen nehmen sich den künstlerisch starken Mann als Gegenüber und dann wird der zum Feind erklärt, wenn er nicht spurt, wenn er nicht genau das macht, was sie von ihm verlangen. Es macht ihnen Spaß, seine Affekte zu unterdrücken, was typisch für Menschen mit autoritären Zügen ist. Verstehst du? Sie reden ihm Schuldgefühle ein, machen ihn vor seinem Umfeld, seinen Freunden, seiner Plattenfirma, whatever, schlecht, weil er so viel an sich und an seine Kunst oder an eine platonische oder echte Geliebte denkt, bis der letzte Rest Menschlichkeit aus ihm herausgequetscht und in sie selbst eingeflossen ist. Seine Identität ist Schöpfer, ihr Identitätsgefühl ist Opfer. Hier kommst du ins Spiel, meine liebe Greta, deine Energie: Er braucht dich. Aber die kleinsten Zeichen von dir, für seine tägliche Kraft – die gibt er dann ihr. Aber darüber redet ihr Feministinnen nicht, in euren schlauen Blogs und großen Sonntagsreden: Über die toxischen Frauen, die ihr Umfeld aussaugen. Ihr redet nur über toxische Männlichkeit! Aber dir traue ich mehr zu, dir traue ich zu, dass du solche Dynamiken durchschaust.«

Sie lachte, und Greta fiel das Wort »Lausbubenmädchen« ein. Isabella hatte so einen brutalen Spiele-Zug in allem, was sie sagte, dabei so ein hoffnungsvoll-liebes Gemüt, eine ganz seltene Mischung. Sie erinnerte Greta an ihre Freundin Eileen, mit der sie damals versucht hatte, so etwas wie eine deutsche Riot-Grrrl-Bewegung zu starten. War lange her! Isabella war ein Schatz, als Biest getarnt, oder ein Biest, als Schatz ausgestattet? Greta hatte schon lange nicht mehr eine Freundin wie sie gehabt, eine, die an den Schlafzimmertüren der anderen lauschte, um zu den Psychosen ihrer Zeitgenossen aufzuschließen. Nicht jedermanns Sache.

»Er redet noch von dir!« Isabella ließ nicht locker. Er schien tatsächlich zu leiden – und angeblich sogar wegen Greta. Sie sei das, was er will. Er sagte es zu Freunden, Leuten vom Vertrieb, die Isabella zufällig kannte. Es zeugte von Vertrauen in den Mitmenschen, dass er es nicht für sich behielt. Er war offen, ehrlich, süß, fand auch Isabella. Einige hier im Raum – oder alle? – schienen es zu wissen, nur Greta hatte es bisher nicht gewusst. Nun gut. Jetzt wusste sie es. Isabella hatte es für sie herausgefunden. Greta wagte es nicht, der indiskreten Reporterin direkt ins Gesicht zu schauen, mit ihren Händen streichelte sie das Sektglas. Mit Isabella konnte man Pferde stehlen, aber Greta war unwirsch. Sie wollte, aber sie wollte auch wieder nicht, diese Pferde jetzt noch stehlen. Ihr wäre es lieber gewesen, der weiße Schimmel käme von selbst herbeigaloppiert. Aber von sowas gingen Leute in der Deutschrap-Szene eher nicht aus. »Du musst schon ein bisschen kämpfen«, feuerte Isabella sie an, »los, nimm noch einen.« Sie orderte ein neues, volles, überschäumendes Glas Champagner. »Damit das nach was aussieht.« Greta wollte es am liebsten irgendjemandem über den Kopf leeren und ganz laut »Spinnst du?« schreien.

»Mach ihm bloß keine Vorwürfe für sein vielleicht egoistisches Verhalten. Der Typ ist weltberühmt, über den reden doch alle. Er hat sein Gutes halt nicht dir, er hat es seiner Frau gegeben, und seinen Kindern. Er hängt nur in den falschen Gedankenschlaufen fest. Er ist garantiert nicht mehr der Louie, den du gekannt hast. Die Alte hat ihn völlig verkorkst, mit ihren Zwängen, diesem unerbittlichen Festhalten an ihm. Zu dieser Frau müsste einfach mal jemand sagen: ›Und wann lässt *du* mal los?‹ Er ist ihr Eigentum, wusstest du das nicht? Sie triezt ihn mit dem Vorwurf seiner angeblichen ›Alltagsuntauglichkeit‹ und seinem ›leicht autistischen, ungeschickten Umgang mit anderen Menschen‹ und vergibt ihm dann. Sie tun so, als hätten sie eine Beziehung auf Augenhöhe. Aber das ist lächerlich. Wer kann schon mit ihm mithalten? Er hat sein männliches, weißes Privileg genutzt, um Erfolg zu haben; noch dazu ist er wirklich mehrfach begabt, hübsch und charismatisch. Und diszipliniert und politisch aktiv ist er auch noch.

Ein authentischer Strahlemann mit einem irren öffentlichen Ansehen. Versteh ihn doch mal. Verabrede dich endlich mit ihm. Er kommt nicht von allein, du musst etwas tun. Los! Leg deine Hand auf seinen Schwanz, tu endlich etwas Vernünftiges! Er will dich doch!«

Greta war bestürzt, beflügelt, verlegen, hoffnungsvoll, zugedröhnt, elegisch. Sie war all ihre neuen Songs zur selben Zeit. Sie fühlte so viel, so Vieles, auf einmal, sie fühlte zu viel, schon wieder. Sie fühlte viel zu wenig. Da war ein Druck, da war ein Schock. Sie stockte, sie schockte, sie hörte kurz auf, etwas zu fühlen. Das konnte doch alles gar nicht wahr sein. Sie war in einem Film, hätte jetzt gerne alles auf eine Karte gesetzt. Was wurde hier gespielt? Noch während man versuchte, ihr die Augen zu öffnen, schien alles ins Nichts abzudriften. Es war das, wofür sie die Redewendung »What the fuck?« erfunden hatten. WTF?!

»Deine Worte in allen Ehren«, sagte Greta schließlich, denn sie musste irgendetwas sagen, wenngleich sie das Bedürfnis hatte, einfach davonzulaufen. Aber sie wollte kein Feigling mehr sein: »Dann mach ich jetzt mal den Aufstand. Wenn da was geht, dann mach ich das. Wenn nicht, dann nicht.«

»Du musst ihn zuerst etwas zappeln lassen, ihn beinahe so etwas wie ›Zur Rede stellen‹ und dann erst das mit der Hand auf den Schwanz«, widersprach sich Isabella quasi selber, aber Greta verstand, was sie meinte. In innerer Aufrichtung rutschte sie von ihrem Barhocker, fühlte dabei eine Welle der Wut in sich aufsteigen, an diesem Tresen, an dem, soweit das Auge reichte, die alten Freunde standen. So viele Leute, mit denen sie seit mindestens zehn Jahren nicht mehr geredet hatte. Trotzdem fühlte sich Greta im Hier und Jetzt aufgehoben, weil Isabella so wahr zu ihr gesprochen hatte. Endlich mal jemand Normales, dachte sie, auch wenn Isabella schon ziemlich krass drauf war, auf der anderen Seite. Aber sie war eine, die Gretas Sprache sprach, und gleichzeitig ein bisschen jünger war. Aus der Generation Internet-Aktivismus und Instagram, eine die mit Heidi Klums Mädchenquatsch-Show aufgewachsen war, vielleicht ein Alphamädchen, auf keinen Fall eine von den verrückten Freunden aus den nuller Jahren, die alle keinen Plan von politischem Bewusstsein hatten. Komisch, dass Greta an alle dachte, in diesem Moment des Herumdribbelns, in dem sie in den Kampfmodus ging; nur nicht an Louie Maro. Die Verdrängung der Liebe, das Wegsehen, funktionierte selbst in diesen Momenten des Hinsehens noch.

»Ich glaube, dass du dich gerade in einer Phase des totalen Nihilismus befindest«, flüsterte Isabella weise. Ihre Worte waren wie ein Schlüssel im Ohr, der die Trommelfelle öffnete, wodurch man endlich wieder in sich hineinhören konnte und einen Zugang zum Glutkern des Geschehens fand. Isabella meinte, sie begreife einfach nicht, warum so ein begehrter Musiker sein eigenes Begehren nicht lebte! Was sie nicht wusste, was sie alle nicht wussten: Greta hatte ihn schon häufiger abblitzen lassen, erneute Annäherungsversuche totgebissen. Was sollte er also tun? Es war doch ungemein ungeheuerlich, dass er überhaupt noch mit anderen Leuten über sie sprach! Gerade wollte sich etwas in ihr freuen – da sagte Isabella plötzlich das mit den Straßenzügen. Wie bitte, was war los? Louie Maro mied neuerdings alle Orte im Viertel, an denen er sie vermutete, den Edeka, das Kino, den Park und bestimmte Restaurants, um ihr NICHT zu begegnen? Traute sich nicht mal mehr zum Einkaufen an den Alexanderplatz! Es hatte schon fast was von einer Psychose. Sie konnte es nicht fassen, Tränen schossen ihr in die Augen. Zum ersten Mal am heutigen Abend rührte sich wirklich etwas in ihr. Was? Louie, ihr Louie? Aber sie hatten sich doch ein paarmal unterhalten, freundlich, vertraut, in den letzten Monaten. Greta wollte es jetzt ganz genau wissen, denn wenn es etwas gab, was sie von diesem Dauer-Deutschrap gelernt hatte, dann: Sei mal ehrlich. Oder wie Isabella ihr gerade einschärfte: »Kehr mal vor deiner eigenen Haustür! Schau dir mal an, was in deiner eigenen Nachbarschaft so los ist. Hör auf, über die Neighbourhoods der anderen zu urteilen. Das steht dir nicht zu. Du wohnst nun mal bei den Reichen. Jetzt geh hin und stell die Geldärsche zur Rede. Mach den Aufstand dort, wo du herkommst, wir brauchen dich nicht in unseren Communitys, wenn du weißt, was ich meine!«

Okay, Greta schluckte, sie ahnte, was Isabella meinte. Aneignung und so. Sie sollte sich nicht dauernd ein Urteil über das erlauben, was in migrantisierten Communitys abging. Sie war doch immer noch mit Privilegien ausgestattet. Sie war immer noch ein deutsch gelesenes *Rich Kid*, in ihrer DNA und mehr noch: Als Kind war sie das reichste Mädchen in ihrer Klasse gewesen. Genau so fühlte es sich auch wieder an, als sie vor den Augen aller ehemaligen Freunde auf ihren ehemaligen Freund zuging und ihr bohrende Blicke wie aus hundert Lichtstrahlern folgten. »Sie alle starren uns an«, hatte Isabella gesagt. »Es ist nicht nur die Ehefrau, die dich hasst, es sind auch noch andere Leute im Raum, die nicht wollen, dass du hier bist.« Greta fühlte sich, als ob man ihr einen unsichtbaren Schlag versetzt hätte. Sie wollte sich Louie jetzt vorknöpfen. Warum ließ er das zu? Aber er ließ es ja gar nicht zu, es war ja schließlich sein Wunsch gewesen, dass sie auf diese Backstage-Party eingeladen wurde. Er schien sich ganz schön in die Nesseln gesetzt zu haben, für sie. Plötzlich stand sie vor ihm. Sie strahlte ihn an. »Ey, hallo, toll, dich endlich hier zu sehen, das Konzert war großartig, ich hab's voll geliebt.« Zum Glück konnte sie ihre Sätze momentan nicht kontrollieren, sie sagte einfach das Erstbeste, was ihr in den Kopf kam.

Er schien sich aber zu freuen. Von nun an war erst recht nichts mehr geplant. Greta übte sich in Selbstregulation. Sie wollte herausfinden, was an den Gerüchten dran war, indem sie es einfach mal laufen ließ.

Sie schauten sich an, sie liebten sich in diesem Moment.

Sie kicherten, sie lachten. Und auch in den nächsten und übernächsten Momenten noch, da war so viel Not und Liebe in seinen Augen! Ob das auch in Gretas Augen stand, in diesem Augenblick? Ob sie wieder auf einer Frequenz schwangen? Da war eine Energie, als ob sich der Schädel beim Singen in einen Schmetterling verwandeln würde oder wie nach einem hingebungsvollen Kuss. Da war auch Güte, Tollkühnheit, diese Augen wollten eine Geschichte erzählen. Sie kamen als kleine Elfen, als Helferchen.

Louie war ebenfalls ganz klar in seiner Aufrichtung. Er schien es nicht eilig zu haben, sich von ihr abzuwenden, eine kerzengerade, verschmitzte Gestalt, mit einem durchdringenden, gleichwohl lässigen Interesse. Er kontrollierte sie, dirigierte sie mit diesem Vielsagenden, er sagte nichts, er schwieg und er guckte. Er schürzte seinen Mund und lachte in sich hinein und aus sich heraus und in sie hinein, vollkommen sweet.

Sie waren beide ohne Limit am Limit. Ihre Augen verbanden sich zu einer gefährlich-glitzernden Lichterschlange, die sich unter einem Strahl aus Wahrheit häutet. Sie wollten eine Geschichte erzählen, es war beinahe egal, welche, Hauptsache, es war ihre Geschichte. Greta kannte jeden Gast hier, und sie und der Star des Abends, der Star ihres Lebens, hielten Händchen mit den Augen. Er pfiff leise durch die vorderen Zahnreihen, oder wo auch immer das Pfeifen herkam. Er sagte: »So ein schönes Kleid«, seine Stimme war belegt. Sie sagte: »Ich liebe deine Lederjacke.« Er sagte: »Ach das.« Sie schauten sich an, wie immer, und sie liebten sich, wie immer, aber es bedeutete nichts, wie immer, weil es ja nur sie waren, wie immer.

Same as it ever was!

Louie murmelte verlegen ein paar Koseworte, sie erzählte ihm, dass sie ein Plattenlabel für Frauen gegründet hatte, das Schweben, das Einsseins ihrer frühen Tage noch im Gedächtnis. Es ging darum, ihm etwas zuzuspielen, was mehr war als nur ein ball of confusion. Vielleicht seine archaischen Rechte? Sie wollte ihm nicht sagen, dass sie ihn hasste, weil er sein Leben mit der falschen Frau verbrachte, mit den falschen Freunden, sogar mit der falschen Musik. Wobei das ja auch nicht stimmte, die Musik liebte sie, seine irre lieben Kompositionen, seine Mondscheinsonaten. Sie wollte ihm rein gar nichts sagen.

Vielleicht hatte sein getriebener Anteil nicht gewusst, dass er wirklich das Zeug zu einem großen Künstler hatte, und deshalb hatte er sich auf die Frau aus der Buchhaltung eingelassen und zwei Söhne mit ihr bekommen? Und Greta stand in ihrem freizügigsten Outfit da. Sie fühlte sich erlöst von seinen Blicken, befreit. Hatte er sie gerufen, diesen Ausschnitt in das Kleid zu zaubern? Gab es eine andere Erklärung, warum sie in diesem endlosen Sommer so oft zu der kleinen Näherin gegangen war? Die Frau musste ihr diese tiefen, spitzen Ausschnitte in Kleider, T-Shirts, Hemdblusen, Unterhemden schneidern; so viel Busen wie möglich freilegen! Greta hatte sich selbst nicht mehr verstanden. Die Schneiderin quittierte es jedes Mal mit einem kleinen, heiteren Ausschrei, mit einem »Ach, du liebe Güte, was machen Sie da?« Es war wie ein Zwang, sie war eine heiß Getriebene in diesem Sommer. So eine Besessenheit mit ihrem Dekolleté hatte sie zuvor nicht gekannt. Jetzt machte das alles Sinn: Irgendwer hatte ihr befohlen, Brust zu zeigen! *The long hot summer just passed me by.* Die Angst vor seinem Album. Für diesen Moment, dieses Kompliment, for your eyes only.

Er flüsterte wieder, etwas Vulgäres. »Du ...«, er vollendete den Satz nicht, er wusste ja, dass alle herschauten, obwohl sie etwas getrennt von den anderen herumturtelten. Aber Greta war es schon immer scheißegal gewesen, ob feindselige Blicke sie belauerten, so lange sie sie nicht töteten. Und die hier töteten nicht, weil Greta sich danach sowieso aus dem Staub machen würde. So viel hatte sie jetzt schon beschlossen.

Sie machte sich etwas frei, zupfte an ihrem Ausschnitt herum, spürte wie ihre Zungenspitze nach oben an den Gaumen schwebte, ein stolzer Pferdekopf oder ein Delphin. Ihrer beiden Worte waren aus heiligem Wasser. Als ob er für jedes Oberteil, das sie sich schneidern ließ, einen Süßklang von sich geben wollte. »Du bist ein großer Künstler«, sagte sie zärtlich zu ihm. Er lachte. Das wusste er doch, das wollte er nicht hören, oder? Er schien nichts allzu Verdächtiges reden zu wollen. Wenn man wie er durch so wenig Widerstand gehen musste für den Erfolg, dann wusste man für den Fall, dass man nur mit dem Kopf drauf schaute, gar nicht, wen man wirklich liebte oder was Liebe überhaupt war? Zu welchem Sinn und Zweck sollte sie sein, die Liebe, überlegte sie geziert.

Aber hatte er sie nicht andererseits auch manchmal gerufen, und sie war dann schnell davongelaufen? Nur zwei- oder dreimal hatte sie ihm geantwortet, hatte wahr gesprochen, zurückgezwitschert. Sie umarmten sich, damit er wusste, dass die Stürme, die in Greta tobten, auch in ihm tobten. Aber er hatte als Widerstand nur den inneren, nicht den äußeren, oder doch? Er musste viel kämpfen für seine Kunst, damit sie ihm nicht davonrutschte, bei so viel Erfolg und Akzeptanz von allen Seiten. Dass die Kunst seinen Kopfkörper verließ, bis sie leicht geworden war, das war seine Herausforderung. Aber die Musikszene kaufte ihm alles ab. Er wusste nicht, dass er ein Außenseiter der Gesellschaft war, weil er doch schon ein Insider war. Wenn man durch so wenig Widerstand gehen musste, um Erfolg zu haben, vielleicht suchte man sich dann auch eine kleine selbstherrliche Frau, die nur etwas Banales, Handwerkliches zur Geldvermehrung, zur Heldenverehrung beitrug? Wenn man sich eine graue Maus aussuchte, die stets zur Mäßigung aller Gefühlsregungen riet, dann durfte man sie nur nicht mit einer Verhaltenstherapeutin verwechseln, das tat er aber, wenn er ihrer unterdrückerischen Art so brutal gehorchte. Sollte es denn nicht darum gehen, gemeinsam die Welt aus den Angeln zu heben?

Louie wusste noch gar nicht, dass die allermeisten Menschen, das, wofür ihr Herz schlug, wofür sie hart arbeiteten, niemals bekommen würden. Dieses Wissen, so vermutete sie, hätte ihn aber zu einem glücklicheren Menschen machen können. Vielleicht war er deeply zu bescheiden, um wirklich zu begreifen, dass er seine Träume leben durfte und die meisten anderen nicht. So wie es Greta besser gegangen wäre, wenn sie endlich im Besitz dieser kleinen funkelnden Wahrheit wäre, dass sie ein gutes Leben hatte, weil sie den ganzen Tag in ihrem Zimmer sitzen und ausschließlich schöne Sachen machen durfte. Dies war die Linie des Hochmuts, auf der sich ihre Augen begegneten und wieder verloren. Die meisten Menschen hassten ihr Leben, wenn sie morgens aufstanden. Diese beiden liebten es.

Louie stand da, als ganz anderes Wesen, anders als die anderen, und jetzt waren sie schon zwei andere Wesen, und Isabella war verschwunden. Es schien für ihn nicht leicht zu sein herauszufinden, was ihn zu diesem anderen Wesen gemacht hatte. Es schien nichts Offensichtliches zu sein, nicht so einfach wie bei Greta. Er konnte sein Schicksal nicht an markanten Ereignissen aus seiner Kindheit festmachen, deshalb hing er immer noch mit den alten Freunden ab. Er kannte exakt das nicht, was Greta für ihre wichtigste Antriebsfeder hielt: Brüche in der Biografie. Oder vielleicht kannte er Brüche auch, und seine Stärke bestand wiederum darin, sie nicht hinzunehmen. Rein äußerlich unterschied ihn nichts von seinen Freunden, trotzdem stand er unter ihnen als ganz anderer Mensch! Was machte ihn nur so anders als alle anderen? Ein leidender Künstler, aber keiner wusste, was ihm fehlte! Schuld und Angst, Genie und Wahnsinn: verbacken wie bei einem Marmorkuchen.

Was machte die beiden so anders? Auf einmal überkam Greta das Gefühl, dass es schon wieder vorbei war. Dieser große magische Moment, schon over? Sie musste loslassen, er deutete an, dass sie nachher nochmal reden könnten, aber er musste ganz schnell, mit anderen noch ... nein, sie könnten sich jetzt nicht umarmen, es würden doch alle mitbekommen, und in diesem Moment entschied Greta blitzschnell: Sie musste verschwinden, ihn einfach stehen lassen, in diesem Nebel aus Dichtung und Wahrheit.

»Ich gehe jetzt, Tschüss«, sagte Greta aufs Leichtsinnigste. »Es ist halb zwei, ich muss ins Bett.« Ihre Augen funkelten nicht mehr. Das Entsetzen, als sie es ihm mitteilte. Sein Blick war von größter Not und von einer grausamen Vorahnung. Ihre Schritte waren es auch. Sie löschte sich aus der BRAVO BAR, lief die wenigen Schritte bis zur großen Uhr und bog dann links in die Friedrichstraße ein. Die größte Theaterbühne der Welt, der Friedrichstadt-Palast, in dem Louie heute Abend seinen Auftritt gehabt hatte, war nur einen Katzensprung entfernt. Sie rannte jetzt mehr, als dass sie lief. Auf der vielbefahrenen Allee, vor dem juwelenglitzernden Show-Haus mit seiner Festtagsbeleuchtung war die Wut auf ihn verraucht. Sie registrierte mit leichtem Schauder, dass sie wieder im grauen Alltag angelangt war. Die Nachtspaziergänger streiften achtlos an ihr vorüber. Brauchte sie denn keine Hilfe? War sie der Hilfe nicht nah gewesen? Sie hasste jetzt seine Freunde und Freundinnen, die auch mal ihre Freunde und Freundinnen gewesen waren. Sie gehörten zu den Leuten, die einem in der Schule nicht mal ein Blatt Papier ausliehen, wenn man vor lauter familiärem Stress den Collegeblock zu Hause vergessen hatte. Sie waren die Generation »Wir«, die aber nur sich selbst als das »Wir« aufgebaut hatte. Sie waren die Generation »Wieso hast du das nicht? Wir haben es doch auch alle!« Ja, ihr habt es auch alle, aber nicht die Alleinerziehenden, Armen, Geflüchteten, Aggros, Anarchisten, Agoraphobischen, Aliens, Allies, Avantgardisten und die, die am Anfang sind mit ihrem Alphabet.

Die Frauen in seiner Clique redeten nur noch über Kinder und Rezepte, und wer keine Kinder und keine Rezepte hatte, durch die wurde hindurchgeschaut. Beim Small Talk hatte seine gute Freundin Tanja noch so scheißefreundlich performt, und dabei versteckte Anspielungen eingebracht: Was für ein seltsamer Typ Louie doch sei, und dass Greta bloß die Finger von ihm lassen solle, das alles mache doch überhaupt keinen Sinn. Darauf, dass Greta Bücher geschrieben hatte, war Tanja nicht eingestellt gewesen. Sie hatte geflissentlich darüber hinweggeredet, gehüstelt, gegähnt, beinahe demonstrativ, und schwups, war sie wieder bei ihren Kindern und den Kindern von Louie. Er war erpressbar geworden als Vater.

Ach, Isabella, die Greta erzählt hatte, dass selbst noch Louies entferntere Orchesterkollegen ihm das Scheitern in der Liebe gönnten. »Er soll halt auch nicht alles haben, der kleine Spinner und nervige Angeber, dem der Mythos vorauseilt, dass er den Großteil seiner Songs auf Schiffsreisen komponiert hat.« Wenn Louie mit der Musik nicht so erfolgreich wäre, hätten sie ihn schon längst aus ihrem »Wir« ausgeschlossen.

Ihr »Wir« galt nicht für Verwirrte, aber verrückt konnten sie ihn nicht schimpfen, dafür hatte er zu viele Siege errungen. Sie waren Bildungsbürger genug, das dafür nötige Fünkchen Wahnsinn anzuerkennen. Bei genauerem Hinsehen verziehen sie ihm dann aber doch gar nicht mehr. Denn »verrückt« war er in ihren Augen eben doch, weil er nicht auf Kommando kühl sein konnte wie sie.

Sie hatten so viel Angst vor allem, was fremd war, aber erfüllten nicht einmal die Kriterien einer einfachen Angststörung. Sie waren wirklich komische Leute, diese akademischen Schichten dieser letzten, gemeindeutschen Generation. Jedenfalls wenn sie auf einem Klassik-Konzert in Siegesstimmung beieinanderstanden.

Greta wollte keine Konzertkarten mehr for free. Wenn Louie Maro sein ganzes Leben in der Gesellschaft dieser alten Freunde und Freundinnen verbringen wollte, dann sollte er das machen. Sie hatte so ein dumpfes Gefühl, als müsse sie all ihre Energie aufbringen, damit er all das irgendwann mal erkennt, und dann würde er sie erst recht abschießen. Er musste selbst dahinterkommen, was mit ihm los war und welches Spiel sie mit ihm spielten. War er zu privilegiert oder konnte er es gerade nicht herausfinden, weil die Spielregeln sich geändert/gegendert hatten? Hatte er denn keine Angst davor, dass diese Leute ihn eines Tages noch ins Grab bringen würden?

Das Kirchholzgirl – Das große Zittern (Gedicht)

Aber begreife, dass deine Hände zittern
Deine Stimme zittert, dein Körper zittert
Du bist ihm viel zu nah, zittert
Du siehst ihm alles an, zittert
Du bist Frau und du bist Mann, zittert
Wir sind vom selben Stamm, zittert
Sind wir vom selben Stern?, zittert
Ich hab dich mehr als gern, glitzert
Ich kann dir jetzt nicht standhalten, zittert
Ich kann dir nichts erwidern, zittert
Ich hab dem nix entgegenzusetzen, schlittert
Ich bin schon lang nicht mehr verbittert, zittert
Wenn die Mädchen rote Schuhe tragen, glitzert
Der bleiche Rock zittert bunt im Abendwind
Ich fühl mich so leicht, so purpur, zittert
Kirschholzgirl hat sich vertwittert, zittert
Aber trotzdem werd ich panisch, schlittert
Er steht da vorne und unterhält sich, zischt es
Die März-Sonne, die mich anlächeln will
Auch die Sonne fängt jetzt zu zittern an.

Das Parklaub erwacht zitternd aus dem
Winterschlaf, die blauen Schafe zittern schon
Die aufkommenden Gewitter zittern einen Hashtag
in die Luft und zischen zittrig mit dem Wind
Die Cavalier-King-Charles-Hunde zwitschern
Sie heißen Sherlock und Shakespeare, so rich.

Meine Hände zittern, aber sie werden langsam
ruhiger, ich erkenne ihn auch ohne Zoom
Er ist so überscharf unterzuckert, witzelt
Ich hab meine Drachensachen an, glitzert
Wie man sowas nur erleben kann, kichert
Eine Frau räumt Vasen vom Tisch ab, zittert
Ich konnte seine Lippen erkennen, zittert
Ich versuchte so lautlos zu lachen, zittert
Es wird zu spät sein, wenn alles weiter splittert
Er sieht aus wie ein neu geborenes Baby, zittert
Meine Stimme ist so erschöpft und muss doch
unerschöpflich sein, zittert
Es kann kein Mensch von mir verlangen in dem Zustand
aufzustehen und mit ihm zu reden, zittert.

»What would Tobi Vail do?« zitiert
Glaub mir, ich liebe mein Label, zittert
Wir müssen die Abrechnung machen, zittert
Der Schock sitzt tief und ich hab's gewusst, wittert
Ich hab nicht nur jeden Ton dechiffriert, ich hab
auch noch die Zitate dahinter, zittert
Verschwende niemals anderer Leute Leben, zittert
Ich hab gelacht, und über eine Lehrerin gesprochen
Während ich ihn aus der Entfernung dann doch noch
ein-, zwei-, drei-, viermal angekichert habe
Kichern ist ein Reflex, der Lachen vorbereitet, zittert
Es sind immer dieselben, die den Unterricht
stören und den Aufstand machen, zettelt
Er war ein Zarter, ein Zerzauster, und er lächelte,
verlegen, viel mehr als ich, ich hab mich seltener
für mich selbst geschämt, und darüber jetzt gezittert
Ich bin viel besser aus dem Schneider gekommen,

gleichwohl sein Hemd viel schöner war als meins
Aber ich hab tausend Drachen, die mich bewachen
Und wie viele Drachen hast du?

Hab es an der Art, wie er dastand, gesehen,
Ich konnte noch nicht in die Beruhigung gehen
Also bin ich in der Beunruhigung geblieben,
Dies Gezitter: Ich wusste noch nicht:
Dies inwendige Zittern ist Teil von Lieben
Ich hab noch nie in meinem Leben so gezittert
Ich hab mich für dich geschämt. Du warst mir jetzt
fast zu schön. So schön kann doch kein Mann sein,
gezittert. Das war wohl das neue Emblem
Er sah so aus, so schön, als hätte er viel geweint
in der letzten Zeit und als wäre er darüber
zu einem erstaunlichen neuen Wunderwesen gereift
Ich hatte einen Stift in der Hand, und der hat mitgezittert
Es dauert fünf Sekunden, bis die Tinte getrocknet ist
Ich habe mal gestoppt und mitgefiebert, zittert
Das waren mehr als nur ein paar Liter Herzblut, zittert
Er war aber auch selbstbewusst – oh my god, zittert
Ich saß neben ihm in der Kabine vor der Bühne, zittert
Saß neben mir und hatte die Sachen an, die mich bewachen
Es muss jetzt leichter werden mit jedem Tag, hat gezittert.

Ich wusste schon, ich werde ihm verzeihen und hab deshalb
gezittert. Über mein Entzücken gekichert, er ist
aufgestanden und hat im Umherlaufen, gewittert
Bin pragmatisch geblieben und dabei nur ganz leicht
noch gezittert. Eine Stunde lang nur gezittert
Danach nur unmaßgeblich noch weitergezittert
Gesplittert. Will in meinen Grenzen bleiben, zittert

Es ist schon spät und immer noch früh, ein Liter Kaffee, zittert
Das liegt nur daran, dass mein Herz aus Kirchenglas ist, zittert
Mit Leuchtbuchstaben auf das Dach geklettert und geglitzert
Florale Allover-Prints, bin ich ein Allover-Kind?
Wenn wir uns bei den Orangenbäumen küssen, schlittert
Uns vor nichts mehr fürchten müssen, zittert.

Silvana & Timo – So wie du bist,
8. März 2020

Silvana

Silvana wusste nicht so genau, die Natur wirkte so ausgedacht heute, es war stürmisch und regnerisch, gleichzeitig schon frühlingswarm, als ob die gespenstergleichen Endlossommer jetzt einfach weitergehen wollten. Sie saß im Taxi zur BRAVO BAR und ließ alles an sich abprallen, was auf sie herunterkommen wollte: Die Kommentare des Taxifahrers über die Fußgänger, die einfach bei Rot über die Straße marschierten, die Regenmassen, die durchs leicht geöffnete Fenster prasselten und sich auf ihren gepuderten Wangen verteilten, die ungerührte Stimme des Nachrichtensprechers, die zur vollen Stunde verkündete, dass Berlin schon im zweiten Jahr einen neuen gesetzlichen Feiertag hatte. »Ein ganz großes Zeichen, dass wir auf dem Weg zur Gleichstellung von Mann und Frau sind«, hörte man eine SPD-Frau sagen, mit Stolz in der Stimme. Auf radioeins spielten sie den ganzen Tag nur Musik von Frauen. Feuchte Bescherungen, von ganz oben!

Um 15.40 Uhr war schon »Anschmiegsam Asozial« gelaufen – es fühlte sich an, als seien Jahrzehnte vergangen, seit sie das Stück komponiert hatte. In der Zwischenzeit war bei ihr ein Krebs entfernt worden, mitsamt allen möglichen, sich teilenden Zellen, und das Matriarchat hatten sie auch wieder eingeführt. Wie sonst war es zu erklären, dass bei einem Sender, der mit dem Slogan »Nur für Erwachsene« warb, der unberechenbare Wut-Rap einer Rachelle Engel gespielt wurde? Isabella hatte das ohne großen Aufwand hinbekommen. Der heutige Gig würde brechend voll werden, sie war als »Highlight des Tages« angekündigt. Silvana spürte ein nervöses Flackern in sich, wischte es jedoch tapfer beiseite, als wäre es nur ein weiterer Regentropfen, der durchs Fenster gespritzt war. Was sollte schon passieren? Zuerst Videodreh und dann der Gig, so what?

Silvana fühlte nichts bei der Vorstellung, dass sie in Kürze gefesselt würde. Sie stand nicht auf Bondage, diese seltsame Idee schwebender Wehrlosigkeit erregte sie einfach nicht, aber machte ihr auch keine Angst. Vielleicht konnte sie sich bei der Fesselung tatsächlich entspannen und für den Gig sammeln. Sie war von einer aufgeregten Gleichgültigkeit erfasst. Die Sinne waren wach, die Sorgen verblasst. Früher hätte sie in diesem Moment tausend Ängste, Hoffnungen und Bedenken ausgestanden. Ein Bündel Fragen wäre auf sie niedergeprasselt. Ob das heute auch der richtige Tag für einen Videodreh sei, zum Beispiel. Und war das nicht ein bisschen viel: Erst der Dreh, und dann noch der Auftritt? Doch jetzt kannte sie keine Bedenken mehr, weil ab sofort jeder Tag der richtige Tag für alles war! Silvana hatte nicht einfach etwas über das Leben gelernt, sie hatte es neu erfunden!

Na, also. Silvana bekam Hunger. Das Bananenbrot, das sie aus einer Bäckereitüte bröselte und sich ungeschickt in den Mund steckte, schmeckte fantastisch. Würde das jetzt immer so weitergehen? Hatte das Gute am Ende gesiegt? Silvana war ganz bei sich und nirgendwo sonst, und deshalb konnte auch nichts und niemand sie verletzen, nicht heute und nicht morgen. Sie musste nicht mehr auf zehn Meter Entfernung Fragen explodieren lassen, die einzelnen Knallkörper zusammensuchen und dann alles nochmal neu bedenken. Das Leben war gar nicht so kompliziert, wenn man gesund war. Es war vielmehr genau so, wie sie es beschrieben hatte: *Anschmiegsam Asozial.*

Rigger:in Mika und Isabella waren schon da. Im VIP-Raum der BRAVO hing ein Nylon-Seil mit einer Schleife von der

Decke, als ob gleich jemand gehängt würde. Silvana schauderte kein bisschen. Sah doch gut aus, das Ding da oben. Sie ließ sich ein sprudelndes Mineralwasser bringen, auf Alkohol wollte sie erstmal noch verzichten, aber Kohlensäure vertrug sie schon seit geraumer Zeit wieder. Isabella, die scheinbar ganz schön runter mit den Nerven war, herrschte sie an, sie solle sich beeilen. Silvana sollte sich gleich umziehen, der Aufbau hatte sich verzögert. Worüber regte die sich auf?, fragte sich Silvana, alles dauerte doch sowieso immer länger als geplant.

Aber Isabella lief wie eine Gefangene auf Hofgang durch die BRAVO, mit der Regisseurin im Schlepptau, gemeinsam gingen sie alle möglichen und unmöglichen Kameraeinstellungen durch. Mika kam auf Silvana zu und breitete gleich mal herzlich die Arme aus. Da Mika klein und zierlich war, ging bei Silvana gleich das Herz auf, die es cool fand, wenn Leute sich öffentlich als non-binär bezeichneten. Sind wir nicht alle ein bisschen non-binär?, überlegte sie, aber zugeben würde sie das nicht, aus Angst, als unweiblich zu gelten. Sie hatte sie überdies längst vergessen: diese Seltsam-Momente während der Chemotherapie. Als sie körperlich am Ende war, hatte sie manchmal gefühlt, wie sich ihre männlichen und weiblichen Anteile miteinander verbanden. Irgendwo spukte durch ihren Hinterkopf auch noch ein stereotypes und abwertendes Wort wie »Mannfrau«. Mika wollte wissen, ob Silvana irgendwelche Vorlieben habe? Nein, sie hatte keine. Nur bitte nichts am Hals machen, nicht einmal in die Nähe von so etwas wie einem Würgespiel kommen, Silvana hasste sowas. Mika schaute ganz überrascht aus der Leder-Unterwäsche. »Ja, sowieso nicht. Es wird alles angenehm, total schön«, versichert sie ihr. Es war mal wieder nur Silvanas dirty Fantasie gewesen, für ihre Mitstreiter:innen schienen Fesselspiele völlig unverfänglich zu sein. Etwas, was man sich so einfallen ließ, um konkurrenzfähige Musikvideos zu drehen. Währenddessen plärrte Mo Trips Schnulze, in Verbund mit Lary, durch den Raum. Was der schelmisch-geniale Specter, Aggro-Berlin-Mastermind, gerngesehener Stammgast in der BRAVO und Band-Member bei Hell Yes einst als Utopie formuliert hatte, war wahr geworden: Hip-Hop war Volksmusik now!

Timo

Timo war entspannt. So entspannt wie Timo müsste man sein. Timo saß am kleinen Tresen, im hinteren Raum, auf einem Barhocker. Sofas gab es in der BRAVO BAR nicht. Auf Sofas herumsitzen und quatschen, das wäre so ... denk dir was aus. Doch durch die Art und Weise, wie Timo auf seinem Barhocker saß, machte er den Barhocker zu seinem Sessel. So entspannt würde das jetzt immer sein, dachte er.

So wie du bist! Timo war not 100 % in love, no, no und er hoffte, dass ihm das all die Friends hier in der Bar auch ansahen. Für den Fall, dass irgendwer, zum Beispiel Johannes, Isabella oder gar Rachelle, noch immer dachten, er wäre dieser rettungslos verlorene, liebestrunkene Trottel aus dem vorletzten Jahr.

Rachelle Engel turnte keine zwei Meter von ihm entfernt an einem roten Seil herum. Ihr Song übertönte jetzt den von Mo Trip feat. Lary. Sie waren schon beim dritten Durchlauf, Rachelle wurde aufs Geilste gefesselt. Es hätte ihn nicht weniger interessieren können. Aber Halt, stopp: Wäre das nicht sein Part gewesen? Und wie gerne würde *er* erst von *ihr* gefesselt werden!

Er hatte es sogar mit Yoga versucht, in diesem milden Winter, um ein wenig runterzukommen. War drei Mal in dieser nach Orchideen duftenden, geistlosen Altbauwohnung im vierten Stock gewesen, in der außer ihm nur Frauen waren. Er hatte das Gefühl gehabt, dass die Kursleiterin ihm nichts zutraute. Die mehrgewichtige, durchtrainierte Frau korrigierte nicht nur seine Bewegungen, sondern auch seine Sprache. Er war so ungeschickt in diesen Räumen, natürlich passierte dann auch andauernd ein Malheur. »Erstmal Platz schaffen«, lachte sie, als er aus Versehen diese blöde Plastikvase in Giraffenform umschmiss. Und das war noch nett von ihr! Sich nicht wie ein blöder Macker zu verhalten, hieß aber nicht, dass man alles in dem esoterischen Achtsamkeitsvokabular der Yoga-Tanten formulieren musste. Er war dann nicht mehr hingegangen. Aber jetzt kam sie ihm zugute, diese seltsame Yoga-Sprache. Jetzt schaukelte er auf seinem Barhocker auf und ab wie auf einer von Meerwasser getragenen Luftmatratze. Er solle sich mal vorstellen, dass er auf Moos liegt, hatte er die Stimme der doofen Kursleiterin im Ohr. Wie fühlte sich das an, auf Moos zu liegen? Und wie fühlte es sich an, auf Eis zu liegen? Man atmete immer anders, je nachdem auf welchem Untergrund man lag.

Timo war jetzt auf Moos gebettet, eindeutig. Er schloß die Augen. Er wollte Rachelle Engel nicht mehr in seinem Blickfeld haben. Es reichte ihm, dass er den austauschbaren Billo-Beat ihres neuen Songs ertragen musste. Aber immerhin lag Timo nicht allein auf dem Moos. Er lag mit seiner neuen Freundin Marina da. Es war ganz still. Mit Marina konnte man so gut schweigen, man war die ganze Zeit bei sich, als wäre man allein, ohne sich einsam zu fühlen, das war der Zauber. Timo war jedenfalls viel zu beschäftigt damit, in genau der richtigen Sitzposition, mit genau der richtigen inneren Ansage im Hirn, auf genau dem richtigen Stuhl zu hängen, um sich an der Organisation des Abends zu beteiligen. Oder Rachelle auch nur zu grüßen. Er hat dieses innere Wattwandern und Moosliegen der vergangenen Nacht mit hierhergenommen.

Er warf Rachelle Engel jetzt doch einen Blick zu, würdigte sie eines Blickes. Die Herrin. Die Göttin. Das hätte er besser mal nicht tun sollen. Sie trug ein enges weißes Skaterkleid. Es war so süß, wie sie da kniete, die Arme gereckt, die Hände gefesselt, als würde sie beten. Dabei so zerbrechlich in der Gesamtschau. Sie war viel kleiner, als er sie in Erinnerung hatte. Er würde nun doch gerne mit ihr knutschen, sie in den Arm nehmen. Timo war jetzt nicht mehr in der Umarmung mit Marina, Rachelle sah einfach zu gut aus!

Erst jetzt sah er, dass auf ihrem Kleid rote Kleckse waren – Blumen aus Blut. Aber es war nur textiles Blut, dachte er bösartig. Er wurde knötterig. Versuchte wieder, sich auf sich selbst zu konzentrieren. Das machte beinahe Spaß. Dabei war er ein bisschen neidisch auf ihre Musikalität. Ihr Talent. Wie sie ihren Körper in den Dienst des Plastikbeats stellte. Am liebsten hätte er sie geohrfeigt, in ihm war jetzt Rache. Allein dafür, dass sie ihn im vorletzten Sommer – so lange war das schon her – in die BRAVO BAR gelockt hatte, und dann doch nicht erschienen war. Der Zusammenbruch des Spätsommers 2018 steckte ihm noch in den Knochen. Beim Anblick ihrer Tasche von Louis Vuitton wäre er am liebsten selbst zum Racheengel geworden. Die kam als Dual zu ihrem Kleid, ganz in Rot, mit Ausnahme der ikonischen weißen Monogramme. So eine Tasche kostete gut und gerne mal 1000 Euro – im Sale! Wenn er nicht gerade selbst die 10.000 Euro für den Buchvertrag eingesackt hätte, würde er sich ihr zehnmal unterlegen fühlen. So war er immerhin der Autor eines Lesebuchs über »Donna Summer und die Disco-Bewegung«. Er atmete auf. Ein Standardwerk sollte es werden, zunächst einmal im deutschsprachigen Raum. Er musste es nur noch schreiben, haha. Er war ja so ein Macker! Aber durfte man überhaupt etwas anderes sein als ein Angeber? Oh, bitte. Es musste im Leben noch um etwas anderes gehen dürfen, als darum, ständig der Größte zu sein. War Marina andererseits nicht in der Nacht mit ihm zusammengekommen, als er ihr von seinem Buchabschluss erzählt hatte? Das machte ihn auf einmal skeptisch. Na, also. Keine Frau wollte einen Scrub. *A scrub is a guy that can't get no love from me.* Den männlichen Underdog, gab es den überhaupt noch? Was blieb den Männern denn anderes übrig, als sich über ihre beruflichen Leistungen zu definieren, wenn die Frauen so scharf auf erfolgreiche Männer waren? Im Moment sollte es ihm allerdings recht sein. Er saß hier, im selben Raum wie die Göttin, für die er vor nicht allzu langer Zeit noch gestorben wäre, saß hier als ein ganz neuer Mensch, um nicht zu sagen: Er war auf Moos gebettet! Er lag nicht mehr auf Eis. Da war etwas Pelziges, Grünes unter ihm. Wie Gras, nur weicher, flauschiger. Moos war das Stofftier unter den Gräsern. Aber er war nicht die Prinzessin auf der Erbse, sondern Timo Jung, Autor einer Erzählung über Donna Summer und die Disco-Bewegung.

Vergnügt verharrte er in seinem Kokon. Und um diese neue Verhaltensweise – kill your idols and relax! – noch zu steigern, die er sich in den vergangenen Monaten ganz im Ernst erarbeitet hatte (trotz all der sexuellen Fantasien mit ihr!), stellte er sich zusätzlich vor, wie eine lila Lichtgestalt, eine körpergroße Computer-Animation, sich über ihn beugte und ihn zart zuckend umhüllte. Er war in Sicherheit, um ihn herum entstand eine blitzende, blinkende, lilafarbene Mauer. Es war so schön, in dieser Gestalt hin und her zu wiegen, ungewohnt auf jeden Fall. Ein Timo Jung im Tuka-Taka-Timbaland.

Rachelle Engel performte unterdessen dieses Stück, das sie Greta für 'n Appel und 'n Ei abgekauft hatten:

Ich bin immer noch, immer noch dein Cliffhanger
This is a pure fiction, fan action, sex legend storyteller
Ich bin immer noch, immer noch dein Cliffhanger

Dieser Strip ist allmählich nur noch was für Kenner
Der Höhepunkt ist uns entglitten, jetzt wird's enger!
Und auch die Nippel sind verwickelt, geht das schneller?

Da steuerte Gretas kleine Gestalt höchstpersönlich mit einem Tablett voller Sektgläser auf ihn zu. Sie plapperte darüber, wie aufgeregt und glücklich sie sei, kommentierte jedoch mit keinem Wort die Ausnahmesituation, in der *er* sich befand. Wusste sie denn gar nicht, dass er heute …?

»Ich habe so gut geschlafen«, platzte es aus ihm heraus, »ich fühl mich gerade so, als würde ich auf Moos vor mich hindösen.«

»Und mit wem hast du geschlafen?«, fragte Greta und stellte das Tablett neben ihm auf die Theke. Seine BFF schien jetzt doch Interesse an seinem Sexleben zu entwickeln. Immer fragten alle nur nach der Penetration, dachte er düster. Selbst die Feministinnen. Warum wollten sie nur immer das mit der Penetration wissen? Die Penetration war ihr Beweisstück. Als ob nur das die Wahrheit enthielt. Das Beweisfoto. Und dann wunderten sie sich darüber, dass man ihnen Dick-Pics schickte.

»Mit Marina«, antwortete er schließlich patzig. »Aber das war schon vorgestern, falls du ganz genau den Moment der Penetration wissen möchtest. Letzte Nacht haben wir nur gekuschelt.«

Aber Greta lachte nur, überhörte den bitteren Unterton in seiner Stimme. Sie hatte eine schwarze Edelcordhose mit Lederpumps kombiniert und fuchtelte mit Papieren vor seinem Gesicht herum: »Ich halte gleich meine große Rede zum 8. März. Es kommen auch Leute von den Grünen und von der Linken und natürlich viele aus der queerfeministischen Szene. Sie haben das heute auch auf radioeins angekündigt. Aber weißt du was? Ich bin schon nicht mehr aufgeregt. Denn davon handelt ja meine Rede. Ich rege mich immer nur auf, wenn ich nicht auf die Bühne darf, nicht, wenn ich auf die Bühne darf! Ich bedanke mich beim Senat für die Unterstützung meiner Konzertreihe und ich sage, ohne euch müssten alle Künstlerinnen in dieser Stadt in Jobs arbeiten, für die sie sich womöglich überhaupt nicht geeignet fühlen. Toll, was?«

»Bring sie bloß nicht auf falsche Gedanken«, wendete Timo spielverderberisch ein, der Spaß daran fand, sich ein bisschen mit ihr zu zanken. »Willst du den Politikerinnen gefallen – oder mir? Ich finde, dieses Outfit steht dir nicht. Du ziehst dich doch nochmal um, oder? Wir sehen dich doch heute noch in deinen schönen, bunten, asymmetrischen Kleidern?« Die Antwort war ihm scheißegal, er wollte sich nur im Streiten üben, für das Gespräch mit Rachelle, das unausweichlich im Raum stand. Er wollte in Form sein, wenn das Austeilen anstand, verdammt.

»Wie unhöflich bist denn du drauf, ist es wegen Rachelle?«, erwiderte Greta mitfühlend, die scheinbar in puncto Outfit nichts aus der Fassung brachte.

»Nee, ich finde deinen neuen Style wirklich spießig.«

»Danke. Willst du Rachelle nicht endlich mal Guten Tag sagen?«, hauchte Greta. Sie hatte also nicht vergessen, was hier gespielt wurde, dass heute genaugenommen *sein* großer Tag war. Es war schließlich seine frauenpolitische Rede, die hier gefragt war.

»Ich weiß nicht, was ich sagen soll«, heulte Timo und nahm sich eins von den vollen Gläsern vom Tablett.

»Wir haben auch Weißwein, wenn dir das lieber ist«, sagte sie.

»Das ist mir doch scheißegal, was ich heute trinke«, motzte er zurück. Er warf Rachelle einen flüchtigen Blick zu, aber sie war immer noch mit dem Videodreh beschäftigt. Sie trug jetzt einen weißen Spitzen-BH und kniete, an stabilen, schwarzen Nylon-Seilen befestigt, auf dem Boden. Er bekam eine Erektion und verbarg sie schnell mit der Hand. Da habt ihr eure Scheißerektion, dachte er sarkastisch.

»Du, ich habe eine Supernachricht für dich«, flüsterte Greta. »Isabella hat mir erzählt, dass *sie* damals diese Facebook-Message an dich geschickt hat, um die Sache zwischen dir und Rachelle so richtig geil am Laufen zu halten. Verstehst du? Sie hat dir in Rachelles Namen geschrieben, von Rachelles Account aus. Rachelle wusste nie etwas von eurem sagenumwobenen Treffen in der BRAVO BAR. Isabella hat es aber nur gut gemeint. Sie meinte, es sei Rachelle damals mental nicht gut gegangen, und sie beide hätten aber unbedingt gewollt, dass es zwischen euch weitergeht. Lieber so, als wenn gar nichts passiert, hat Isabella gedacht.«

»Wie«, fragte Timo entgeistert, »willst du damit sagen, Rachelle hat mich gar nicht versetzt?« In seinen Augen blitzten tausend Feuerwerke der Freude und der Wut auf. »Isabella, diese falsche Schlange!«, schrie er so laut, dass Greta hoffte, Isabella habe es nicht gehört.

»Sie ist keine falsche Schlange. Sie ist nur ein bisschen anders als wir. Nicht so eine von den Kuschelig-Netten. Aber im Kern ganz toll«, entgegnete Greta und machte auf dem Edelbootsabsatz kehrt. Timo blieb wie vom Donner gerührt auf seinem Hocker sitzen. Rachelle hatte ihn damals gar nicht versetzt! Zum ersten Mal am heutigen Tag war er wirklich auf Moos – ja, wie auf Rosen – gebettet!

*

Samir kümmerte sich heute um die Tür, später würde er auch noch den Livemischer machen. Die Veranstaltung musste daher pünktlich um sieben losgehen. Die Uhrzeit war aber sowieso gut gewählt, weil man so auch noch ein paar Leute erwischte, die gerade von den großen Frauen*kampftag-Demos kamen. Wie erwartet, strömten die Besucher:innengrüppchen in die BRAVO BAR, kaum dass sie geöffnet hatte. Hier durfte man nicht so viel Brimborium machen. Gigs in Bars müssen niedrigschwellig sein, auch wenn eine der Protagonistinnen jetzt auf den Tresen kletterte, was an und für sich schon imposant aussah.

»Hallo«, rief Greta optimistisch in die feministisch beflaggte Menge. »Wir begrüßen euch zu einem antirassistischen Queerfeminismus.« Timo mischte sich unter die Zuschauenden, die von der Tanzfläche aus dem Ereignis beiwohnten. Er war heute noch gar nicht zum Zug gekommen, war nur beschäftigt mit Insichgekehrtsein und Sichnichtsanmerkenlassen. Aber nein, stimmte ja gar nicht, korrigierte er sich. Ihm schwirrte das Hirn, er rannte durch seine eigenen Schattengebiete, entdeckte ab und zu einen schönen Gedanken. Hatte Rachelle ihn tatsächlich gar nicht versetzt, grübelte der Verliebte seine Chancen auf Hochtouren durch. Die ganze Lage stellte sich mit einem Mal komplett neu dar. Er stand mit verschränkten Armen zwischen all diesen Frauen, die am 8.März fast so etwas wie die Wiederauferstehung ihrer eigenen weiblichen Stärke feierten, und ein Sommer fuhr ihm in den Kopf wie in dem neuen Hammersong von den Sternen, »Der Sommer in die Stadt wird fahren«. Timo war nicht länger dieser lächerliche Mensch, den sie kleingekriegt hatten. Er war so groß wie alle anderen. Er war zwei mal zwanzig, dieses Jahr. Und er starb, oh er starb dafür zu beginnen!

Es machte mächtig etwas her, wie Greta auf dem silbrigen Ding thronte, das der Tresen war. Timo wusste das Engagement des Barbetreibers sehr zu schätzen. Es zeugte von einem sehr originellen Geist, Finke schaffte den Effekt einer Bühne, indem er die Leute auf dem Tresen tanzen ließ.

»Wir sind viele und wir sind laut«, juchzte Greta. »Laut sein ist unsere Zielbotschaft!«

Timo staunte. Hatte sie gerade das Wort »Zielbotschaft« verwendet? Klang das nicht zu sehr nach Politsprech? Man konnte nur hoffen, dass ihr dieser ganze Quatsch mit der Förderung durch den Senat nicht zu Kopf gestiegen war. Wie ein typischer Mann begann Timo den Punkgehalt ihres Vortrags zu vermissen. Da war, schwuppdiwupp, aber auch schon wieder Punk drin. Denn »A woman's place is in the music«, rief seine BFF jetzt lauthals, als würde sie vor Zehntausenden von Menschen stehen, »und a woman's place ist aber auch in the revolution.« »A woman's place«, sagte sie mit Nachdruck und gezügeltem Tempo, als würden die Worte die Stirn runzeln, »ist aber auch in der Pflege.«

Timo schmunzelte. Oh, die Greta und ihr Kreuz mit der Pflegearbeit. »In der unbezahlten Care-Arbeit«, konkretisierte sie, »und deshalb sind wir heute auch alle Sunday Girls, um es mit dem Song von Blondie zu sagen. Ich freue mich riesig, dass der Frauentag immer mehr zum Frauen*kampftag, immer mehr zum Streiktag wird. Das habe ich mir früher schon manchmal gewünscht: Könnten nicht einfach alle Frauen der Welt streiken? Mein Lieblingsspruch dazu ist: Sorry Schatz, ich streike heute. Das Essen steht im Kochbuch.« Timo musste noch mehr lachen. Sie konnte ja sowieso nicht kochen! Also sagte Greta, in ihrer Eigenschaft als Stimmungskanone mit Statementsprüchen: »Danke für die Blumen, wir nehmen den ganzen Garten.« Aber sie wusste eben auch, was die Leute von ihr erwarten, dachte er. Sie war total massentauglich. Sie gab ihnen, was sie hören wollen. Keine feinziselierten Analysen des Frauseins, sondern Sprüche. Sie hielt jetzt ein selbstgemaltes Plakat nach oben, mit süßlich gezeichneten Blumen, Gartensträuchern und kleinen Symbolbildchen aus der Riot-

Grrrl-Szene. Das Publikum war zugewandt, und begrüßte jeden der emphatischen Sätze mit begeisterten Gesten und Rufen. »Und apropos Garten. Der Anteil von Musikerinnen auf Festivals in Grrrlmany beträgt immer noch nur sechs Prozent.« Sie holte jetzt aus, es wurde wieder detailgenau, beinahe so, als sollten alle im Raum dieselben Fakten der Wahrheit ein- und ausatmen.

Das geht doch hoffentlich nochmal gut heute, hoffte Timo. Denn die Atemluft war auch nicht mehr das, was sie mal war, das hatte ihm Greta neulich erklärt. Es gab bereits Fälle des neuartigen Corona-Virus in Deutschland, mal Daumen drücken, dass sie hier nicht zu einem Infektions-Hotspot wurden.

Greta sprach ohnehin immer mit so viel Nachdruck, als hätte sie nur noch ganz wenig Zeit, als würde danach sowieso die Welt untergehen: »In den letzten Jahren ist viel darüber spekuliert worden, warum auf die Pop-Festivals aller musikalischen Spielarten zum Großteil männliche Acts gebucht werden. Nun, darauf gibt es bekanntermaßen viele Antworten. Die eine lautet, dass Männer, die meist über das Booking entscheiden, sich eben lieber mit männlichen Künstlern identifizieren, um ihr eigenes Selbstbewusstsein auf Rock-Festivals abgebildet zu sehen. Während Frauen sich mit allen Geschlechtern wohlfühlen. Die andere Antwort ist in dem Statement der Ex-SXTN-Rapperin Nura enthalten, das sie neulich auf *bento* gegeben hat: ›Es sind viel mehr Frauen, jetzt auf einmal. Überall! Jetzt müssen auch Festivals nicht mehr rumheulen, von wegen es gebe keine Frauen. Shut the fuck up man, es gibt genug Frauen. Ihr braucht jetzt nicht wieder 94 Prozent Männer zu booken. Wenn ihr das jetzt noch macht, dann wissen alle, dass es Sexismus ist.‹ Warum wird ihnen aber so selten zugehört? Warum sind sie noch so unbekannt – verglichen mit ihren männlichen Kollegen?

Ich versuche mich an einer Herleitung dieser offensichtlichen Ignoranz: Die Entscheiderinnen für Festivals, Radio-Rotationen, Features in Musik-Magazinen sind ja eigentlich auch der Meinung, dass zu wenig hiesige Female Acts auf den Bühnen und im Radio eigentlich ein bedauernswerter Zustand sind, der beendet werden muss, aber mit Blick auf die Uhr und inneren Realismus wollen sie natürlich keinesfalls darauf verzichten, jeden Aspekt jeder einzelnen neuen Platte von Trettmann, Von Wegen Lisbeth, Apache 207, Thees Uhlmann oder Zugezogen Maskulin zu besprechen. Man muss sich die Begeisterung wirklich mal kurz geben, mit der die hiesige Presse regelmäßig männliche Musiker abfeiert, ohne dass sowas jemals eine Polarisierung hervorgerufen hätte, wie das bei Frauen regelmäßig der Fall ist, wenn auch nur eine mal gehypt wird. Eine absichtliche Schnellrecherche im Netz bringt folgende Superlative hervor: ›Mit diesem Album hat er einen Meilenstein geschaffen.‹ So der *Musikexpress* über Trettmann. ›Auf diese Band hat die deutsche Popmusik lange gewartet.‹ Der *Stern* über Von Wegen Lisbeth. Und die *ZEIT* über Apache 207: ›Kein schönes Lied, aber auch keins, das irgendjemand sonst bringen könnte.‹ Auch ein Schnelltest bei Insidermedien würde nicht anders ausfallen.

Man könnte es auch so formulieren: Female Bands werden nicht unbedingt zurückgedrängt, männliche Acts gehen im Alltagsbetrieb des Musikgeschäfts nur einfach immer vor, weil sie, so die einhellige Meinung der Musikexperten bei den Musikvertrieben, Booking-Agenturen, Radio-Stationen, Plattenfirmen, ›so krass gut sind‹, weil sie ›so unverzichtbare Songtexte‹ schreiben, ja, ›das geniale Ding‹ lanciert haben, was jetzt gerade nötig ist. Und wenn dann noch irgendein Journalist schreibt, Band XY habe Slogans geschaffen, die fürs Feuilleton und/oder für die Straße taugen, dann ist die Band endgültig auf dem Olymp der Giganten, der Universalisten angelangt. Fuck Universalismus! Ihr sprecht nicht für uns alle! Während die Pop-Poetin vielleicht gerade nicht genug weibliche Stereotype abgeliefert hat, um ins Weltbild des Bookers zu passen. ›Zu viel Mann für 'ne Frau. Zu viel Frau für 'nen Mann‹ singen zum Beispiel Chefboss in ihrem Song ›Frida Kahlo‹.

Und da dieses Spiel nun schon so viele Jahre mit so vielen Bands gespielt wird, dürfen männliche Acts Werke anhäufen und werden auch im siebten Album noch gehört. Währenddessen Rapperinnen, Musikerinnen gerne ausgetauscht werden, wenn sie keine Newcomerinnen mehr sind. Sie sollen nämlich immerzu Newcomerinnen sein, halbfertig und am besten unter 25 Jahre alt, um die Unsicherheit wieder ins Spiel zu bringen, die man in Deutschland bei Frauen so schätzt. Dadurch entfällt die Dringlichkeit auf der Genie-Stufe. Und das Allergeilste ist, dass jetzt auch die 25-jährigen Frauen nicht mehr eure unsicheren Spiele mitspielen.«

Timo fiel auf, dass sie den letzten Satz spontan hinzugefügt hatte. Greta würde niemals eine Personengruppe pauschal verurteilen. Nun gut, außer vielleicht die *weißen* Männer. Ganz zum Schluss erzählte sie noch eine persönliche Anekdote. Es war ihr Feuerzeug-Moment. Timo holt schnell eins raus, er rief »Feuerzeug-Moment«! Ein paar machten es ihm nach. Sie waren zu einer 8.-März-Veranstaltung in eine Bar gegangen und sie hatten genommen, was sie bekommen hatten. Sie fakten »Festival«, sie zückten Feuerzeuge.

Und Greta schluchzte fast mehr ins Mikrofon als sie redete, aber wahrscheinlich war dies auch nur ein Teil ihrer großen Greta-Spieleshow: »Als ich ein Kind war, bin ich geflogen, von ganz unten nach ganz oben«, zitierte sie Sido. »Stimmt nicht ganz«, korrigierte sie, »bei mir war es von oben nach unten. Und ich fall hier auch gleich vom Tresen runter, wenn ich nicht noch schnell eine Sache erzähle. Meine ureigene Motivation, das alles hier zu machen ... Als ich ein Kind war, hat sich meine Mutter selbst in eine psychiatrische Anstalt einliefern lassen. Wir waren die einzige linke, auch etwas exzentrische Familie im katholischen Dorf. Und ich dachte: Gilt das jetzt überhaupt noch, was meine Mutter uns beigebracht hat? Sind unsere Werte noch gültig? Dabei hat sie sich doch nur Hilfe geholt und Verantwortung für eine ernste psychische Krankheit übernommen. Ich habe es gefühlt, damals, wie meine Mitschüler:innen über mich lachten. Ich hatte eine unbeschreibliche Angst vor allem und vor jedem und jeder.« Sie machte eine Atempause: »Aber dann hat man mir eine Bühne gegeben! Auf der Bühne war die Angst wie weggeblasen. Das weiß ich noch genau: Ich bin so fucking heartbroken gewesen, so voller Schmerz und Depression. Habe mich eingesperrt und ausgeliefert gefühlt. Aber bei einer Schulaufführung durfte ich die Hauptrolle spielen. Das Aschenbrödel. Zum ersten Mal in meinem Leben fühlte ich mich frei. Frei von Zwängen, frei von falschen Erwartungen. Ich war ich, ganz ohne Angst. Das Publikum hat mir so freundlich zugehört wie ihr mir jetzt. Ich sage euch: Ab und zu müssen sich Menschen einfach mal selbst erhöhen, um wieder auf Augenhöhe mit ihren Mitmenschen und ihren Problemen zu kommen. Und in einer Gesellschaft, in der das nur den Männern gestattet wird, in einem Land, das nur Männern, die Musik machen, die Bühne gibt, möchte ich niemals leben. Und lieben. Danke.« Euphorischer Applaus. Eine Netflix-Szene, fand Timo, der mittlerweile selbst überzeugt von der einen oder anderen Serie auf diesem Kanal war. Greta krallte sich ihre Handtasche und kletterte vom Tresen. Krass, wenn sie jetzt noch stolpern würde, überlegte Timo andächtig. Aber das passierte nicht, stattdessen stellte sich ihm etwas Warmes in den Weg. Vor ihm stand mit einem Mal Rachelle! Er war auf der Stelle elektrisiert. Und gleichzeitig wie vor den Kopf geschlagen. Hat sie mir etwas mitzuteilen?, überlegte er stumpf, wie aus einem anderen Kopf heraus. Herausfordernd schaute sie ihn an, auch etwas Schüchternes, Elegisches war in diesem Blick. Unter den Buchstaben des »Hier wo du strahlst«-Lichtlogos konnte er den Ausdruck in ihren Augäpfeln besonders gut entziffern. Die Pupillen waren erstaunlich groß und in Bewegung: Als ob sie einerseits zu ihm und andererseits zu sich selbst zurückkehren wollten.

»Na, du«, entfuhr es ihm, was ihm sofort peinlich war.

Aber zu spät. Die Herrin antwortete! »Du kennst mich ja gar nicht mehr«, sagte sie, etwas verstört. »Weißt du noch? Wie oft standen wir hier zusammen ...« Ihre Stimme war ganz weich, brach weg.

»Ja, ich weiß«, sagte er, und streichelte ihr aus einem Impuls heraus über den Kopf. Sie trug ihre Haare jetzt kurz. Sie breitete ihre Arme aus, eine kurze Umarmung schien zwischen ihnen nun möglich zu sein. Er bäumte sich ihr entgegen, so fest er nur konnte.

»Ich wünsche mir, dass du mich nicht vergessen hast«, sagte sie und klang auf eigentümliche Weise verletzt.

»Aber wie könnte ich denn!«, rief er begeistert aus. Die Gäule gingen mit ihm durch, vielleicht auch, weil er fühlte, dass der sanfte Galopp ihm gerade gutstand. »Ich würde doch niemals unseren schönen Sommer vergessen.« Autsch, war das zu dick aufgetragen?, überlegte er in mehreren schmerzvollen Intervallen. Aber nichts da, sie strahlte ihn glückselig an.

»Ja, ich weiß noch, wie du mir damals meine Cardi-B-Nummer abgenommen hast«, sagte sie mit Fragilität und einem Feingefühl in der Stimme, das er ihr überhaupt nicht zugetraut hätte.

War sie das überhaupt? Sie stand vor ihm wie ein Engel, aus dem alle Rachegedanken gewichen waren. Der zarteste Racheengel aller Zeiten! »Schade, dass wir uns so lange nicht gesehen haben!«, erwiderte er.

Und, unbelievable, auch sie schien jetzt die gemeinsam verbrachten Stunden zu verherrlichen. »Das war echt klasse mit dir«, lobte sie ihn, überschwänglich wie ein TikTok-Video.

Er war beinahe überzeugt davon, dass ihm das nicht zustand. »Bist du sicher? Denn du hast dich ja nicht mehr bei mir gemeldet!«

Sie machte eine wegwerfende Handbewegung. »Ich hatte so viel zu tun.« Etwas in ihren Augen schien nach innen zu wandern. Jetzt müsste man die Gedanken dieser Göttin lesen können. Bei ihrem Anblick bekam er eine Gänsehaut. Sie führten das Gespräch, das er sich immer gewünscht hatte. Sie war so zugänglich, so null irritiert. Die Energie zwischen ihnen durfte frei fließen. Sie war ein zutrauliches Reh geworden. Sie nahm seine Hand und zerrte ihn in die Mitte der kleinen, mutigen Tanzfläche, die sich gerade im Zuge einer kollektiven Raucherpause etwas geleert hatte. Seine Rachelle wirkte dabei wie eine sehr tapfere, sehr entschlossene Frau, die sich durch viele Ängste durchgekämpft hatte. Sie tanzte wieder so wie früher, schmiss die Arme nach oben, ließ sie elegant flattern, machte fließende, ausholende Bewegungen. »Wenn du die Bäume vor lauter Wald nicht siehst«, dichtete er sich etwas im Twitter-Stil zusammen, ein Reflex in seinem Kopf, während sie ausgelassen herumhüpfte, als wollte sie ihm zeigen, dass neuerdings kein Weg mehr an ihnen beiden vorbeiginge. Er bekam es beinahe mit der Angst zu tun. Rachelle Engel schien wie besessen davon zu sein, mit ihm auf ein und demselben Fleckchen Erde zu dancen. Ihm kam eine Erinnerung hoch, wie eine Klassenkameradin, in die er heimlich verknallt gewesen war, ihn als Kind manchmal regelrecht terrorisiert hatte. Die hier war anders, dachte er im Stil eines Disco-Hits: Sie war nicht garstig, nur fantastisch. Und er fasste es nicht!

Sie hatte nie ein böses Spiel mit ihm gespielt. Das war alles Isabella gewesen, sie hatte falsche Fährten ausgelegt. Man hörte doch oft, dass Stars böse Manager haben. Das sprach alles für und nicht gegen Rachelle! Und dann stoppte seine Gedankenmaschine, weil er die zartgliedrige Puppe die ganze Zeit nur anschauen wollte. Er beneidete plötzlich die fette Kette, die auf ihrem Dekolleté herumbaumelte. Auch er wollte ihren Hals berühren, und von dort die Finger über ihren Busen kreisen lassen. Sie lachte, streckte ihm spielerisch die Zunge entgegen, als ob sie sich aus einer Umklammerung lösen wollte, und auch ein wenig so, als hätte sie in etwa seine Gedanken erraten. »Schaust du dir jetzt meinen Gig an?«, fragte sie ihn abrupt. »Ich muss doch jetzt auf den heißen Tresen.« Da war nochmal kurz die Zunge gekommen – und dann war das Rachelle-Reh auf den Tresen gesprungen.

Rachelle Engel / Silvana Lovrić

Gerade tönte noch die fantastische Finna durch die Feierlaune des Abends. »One size ist keine Größe, ich pass da gar nicht rein, jeder Tanga, jedes Höschen ist zu klein«, skandierte die grinsende Rebellin mit der Riesenstimme zu pompös-entrüsteten Beats, die alles dafür taten, den besungenen Mittelfinger tatsächlich in der Luft zu halten. »Mittelfinger in die Luft, Riots not diets, pure Love im Club, fragt sich nur, wer schon so weit ist.« Dann wurde diese »Riot-Grrrl-meets-Electro-Rap-Hymne, die erste feministische Glanzleistung des noch jungen Jahrzehnts« – wie sie von Greta soeben noch anmoderiert worden war – wie von Geisterhand abgedreht. Schade, das Publikum hatte doch gerade erst Gefallen an dem Stück gefunden. Aber jetzt war Rachelle dran. Jubel, der Beat bahnte sich seinen Weg zu den Gehörgängen der dicht gedrängt stehenden Leute. Sie hatte ihren brandneuen Track an den Anfang gelegt. Schwebte da so hinein, ohne allzu viel zu denken, bekam eher so nachträglich noch eine Gänsehaut und war berauscht, ergriffen von sich selbst.

Ich will 200 Jahre leben, 200 Jahre alles geben,
auf Wolke 7 schweben und daneben
Auch Fehler machen, eben
Das alles wäre nicht so kläglich, lebt ich,
200 Jahre gegen den Strich.

Sie musste sehr an sich halten, lieber nur kleine Bewegungen machen, der Tresen war einfach zu schmal für breitbeinigen Rap. Ihr wurde ein bisschen schwindelig und sie schaute schnell wieder über die Köpfe der Leute hinweg, und nicht nach unten. Auch so konnte sie die vielen Menschen im Publikum spüren, die nur wegen ihr hier waren, holte aus zu immer neuen Sätzen, zu ihren aktuellen Schätzen, auf die sie wirklich stolz war. Es war wie die Erlösung des Erwachens nach einem Albtraum. Sie fühlte das Publikum, fühlte den Tanz mit Timo, etwas in ihr war so präsent, der Körper kannte keinen Schmerz mehr, konnte ganz locker mal mitberichten, von seinen Horror-Schichten.

Jetzt kam wohl endgültig die Sonne, die Himmelsdecke lachte, aber für einen Moment, kurz vorm Fliegen, kam nochmal ein dämpfender, runterbringender Gedanke. Ich muss mich zusammenreißen, dachte sie, deprimiert mit einem Mal von der Vorahnung, wie es wäre, Isabella gleich alles brühwarm zu erzählen. Am Ende wollte Isabella doch was von Timo! Da war die Angst zu fallen schon wieder Geschichte, und der Tresen blieb der beste Schwebebalken, den sie je gehabt hatte. Einmal eine gute Figur auf einem Schwebebalken machen. Auch das gelang heute mühelos.

Wie gut, dass sie das angedachte Release-Konzert im Prince Charles vor ziemlich genau einem Jahr dann doch nicht gespielt hatte. Ihre Stimme wäre noch nicht so weit gewesen, das spürte sie, jetzt wo die wieder da war. Die Schleimhäute, die bei der Krebstherapie ausgetrocknet waren, wieder angefeuchtet waren. Sie überschlug sich mit Klängen, selbst die oberen Kopfräume sorgten für mächtigen, glasklaren Furor beim Rappen.

Etwas in ihr war jetzt prickelnd-präsent, als würde sie das, was sie unten mit Timo auf der Tanzfläche begonnen hatte, nun oben auf der Bühne vollenden. Sie lief durch einen Kreis in ihre Zukunft, dachte es in ihr. Dort vorne bei den Luftballons im Schaufenster, hatte sie voller Vertrauen ihre Handtasche von Louis Vuitton, 899 Euro, Sonderangebot, stehen lassen, vielleicht sogar vergessen, es war komisch, aber Rachelle Engel hatte etwas sehr Großes, Bedeutendes geschafft. Sie hatte ihren eigenen Tod überlebt, das war ihr am heutigen Tag, zu jeder Sekunde, bewusst. Die Erkenntnis strukturierte alle ihre Handlungen, aber nicht auf eine dogmatische, besserwisserische Art. Sondern tänzelnd, im Vorübergehen. Und die Tasche war noch da. Das Vertrauen, das sie in ihre Mitmenschen hatte, kam als Vertrauen zu ihr zurück. Und doch wollte sie diesen Laden sofort verlassen. Sie musste an die frische Luft, am liebsten in ihren Park, dem Tod noch weiter davonlaufen!

»Wir könnten doch im Weinbergspark etwas trinken gehen«, schlug sie vor, als sie mit ihrem Auftritt fertig war. Im Gekreische der Friends ging ihre Frage unter, alles schrie durcheinander. Isabella hatte sie zwar verstanden, rief aber nur: »Ich glaube, du spinnst! Viel zu kalt.«

»Hier ändert sich gerade die Welt«, schrie Greta aufgeregt, »wir sind doch noch mitten im 8. März. Jetzt kommt gleich noch Emmy, die bringt ihre Playlist mit, mit ganz vielen neuen Trap-Rapperinnen.«

Rachelle hatte eine Idee. Wenn sie jetzt schnell abhauen würde, bliebe sie interessant für alle. Vor allem für Timo. Er stand wieder bei ihnen im Kreis und sah jünger aus, als sie in Erinnerung hatte. Die Vorbehalte gegen ihn machten keinen Sinn mehr. Stolz ergriff sie. Eine Kurzangebundenheit. Die Zukunft kam als Weglaufimpuls in einer milden Regennacht. Kurz dachte sie an den Nachsorgetermin bei der Onkologin, der morgen in einer Woche anstand. Dann sprach sie Timo direkt an: »Ich erwarte dich in genau vierzehn Tagen um vierzehn Uhr am Weißensee, vor dem Kiosk, dort, wo die Böschung beginnt. Da können wir sitzen und auf den Fluss hinabschauen und die Möwen zählen. In genau zwei Wochen. Okay?«

»Ich komm auch«, ging Isabella gleich mal dazwischen.

»Darf ich auch?«, mischte sich Gretas aufgeladene Stimme ins Gewirr mit ein. Das wird ja immer besser, dachte Rachelle. Alle falschen Schamgefühle waren überwunden, alle Schutzschilder übermalt, mit lachenden Geistern aus dem Wasserfarbkasten. Eine neue Freude am Anführen machte sich breit. Was die Freund:innen hier konnten, konnte sie schon lange: ein bisschen Rumbestimmen. »Ihr beide kommt nach«, sagte sie lachend. »Zuerst zeige ich Timo aber mal meine Lieblingsplätze am Ufer.« Sie nahm seine Hand. Begeistert von dem Vorschlag erwiderte er den Händedruck. Um das Ganze noch beiläufiger zu gestalten, folgte Silvana einer luziden Spur des Schalks in ihr, so als ob sie jetzt die Kontrolle über ihr Trauma hätte.

»Wir müssen mal reden, Greta. Du weißt, ich kenn dich noch von früher. Ich bin das Mädchen, mit dem du damals nachts in St. Pauli aus der Wohnung getürmt bist.«

»Du bist ... was?«, rief Greta entgeistert. »Moment, wer bist du?«

»Ja, ja, weißt du noch, das Mädchen, das nachts um zwölf an deiner Haustür geklingelt hat, nachdem sie von den Dealern in deinem Haus vergewaltigt worden ist.« Rachelle sagte es in der seltsamen Seelenruhe derjenigen, die noch etwas viel Größeres erzählen könnte, zum Beispiel, dass sie gerade den Krebs überlebt hatte! Deshalb fühlte sich diese andere Geschichte jetzt mal langsam wie Schnee von gestern an. War ihr scheißegal geworden.

Fetter Schlussstrich unter ihr altes Leben. Jetzt wurde alles nur noch super! Sie hatte in ihrer posttraumatischen Reifung allerdings unterschätzt, was ihre nebenbei geäußerte Bemerkung mit Greta machte.

»Duuu warst das?«, rief Greta, völlig entgeistert, beinahe aus dem Häuschen. Sie breitete die Arme aus, und ließ sie im nächsten Moment wieder baumeln, als wäre es ihr peinlich, dass sie vorgehabt hatte, Rachelle zu umarmen. Dann gab sie sich sichtbar gerührt einen Ruck, und fiel ihr doch noch um den Hals. »Ich kanns nicht fassen, hallo. Du kamst mir ja auch irgendwie bekannt vor«, flüsterte sie vertrauensvoll, als ob sie gerade den inneren Ort gefunden hätte, um mit Rachelle über das gemeinsame Erlebnis zu reden. »Ich dachte immer: Diese Straßenrapperin erinnert mich an irgendwen, aber ich wusste nicht, an wen. Ich habe dir übrigens am nächsten Tag einen Brief geschrieben, und ihn zu der Spielhalle auf St. Pauli gebracht, von der du meintest, dass du dort arbeitest. Aber du warst schon verschwunden. Sie haben gesagt, du hättest gekündigt. Ich weiß noch, dass der Brief so komische flammende Symbole enthielt und die nachdrückliche Aufforderung, doch zur Polizei zu gehen und die Typen anzuzeigen. Ich muss verrückt gewesen sein.«

»Das warst du nicht«, sagte Rachelle mit Nachdruck. »Die Situation war verrückt, wir hatten keinen Ausweg. Ich bin kurz danach aus Hamburg weggezogen.«

»Ich auch!«, rief Greta, und schaute etwas unschlüssig, verdattert, als ob sie nicht mehr wüsste, was sie noch sagen sollte. Vielleicht war das hier der Auftakt zu einer lebenslangen Freundschaft? Dann sprang sie auf die Tanzfläche, drehte ein paar Runden, und lief hastig wieder zu ihrer Schicksalsgefährtin zurück. Ihr Gesichtsausdruck hatte sich wieder etwas entspannt. »Das ist ja Wahnsinn, dass du mir das auch noch ausgerechnet hier an diesem Tresen erzählst! Wie viele Unglücksgeschichten ich hier schon mitbekommen habe.«

Jetzt lachte Rachelle, eine übermütige Alliteration schoß aus ihrem Mund: »Der Tresen der Tränen! Die BRAVO BAR muss ganz schön schuften, wenn sie alle Geheimnisse ihrer Nachtbewohner aufschnappen und behalten oder mit Schnaps therapieren will ...«

Greta unterbrach sie, immer noch aufgedreht: »Wenn ich gewusst hätte, dass du das bist ...« Sie stockte, und fing von vorne an: »Weißt du, dass diese Nacht auch mein Leben komplett umgekrempelt hat? Ich hatte so eine tolle Wohnung und musste dann vom einen auf den anderen Tag dort ausziehen, ich habe es nicht mehr gewagt, dort weiter zu wohnen. Alle haben gesagt: ›Ach, Quatsch, bleib doch da, das ist doch deine Wohnung, die hast du dir doch jetzt schön eingerichtet; da passiert schon nichts.‹ Aber ich bin deiner Warnung gefolgt. Ich habe dir geglaubt, dass sie auch mir gefährlich werden könnten. Aber dann, voll krass, habe ich in Hamburg einfach keine bezahlbare Wohnung mehr gefunden. Ich musste also aus der Stadt weg und bin dann nach Berlin gezogen. Ich habe übrigens noch oft an dich gedacht und mich gefragt, was aus dir wohl geworden ist.«

»Aus mir ist eine der bekanntesten Rapperinnen des Landes geworden. Ich habe, um das Ganze zu verarbeiten, angefangen zu rappen.«

»Und ich habe in Berlin angefangen, Musik zu machen«, sagte Greta, »aber das wollte ich immer schon.«

»Ich wollte auch davor immer schon rappen«, lachte Silvana, und fügte beinahe entschuldigend hinzu: »Lass uns mal wann anders weiterreden, wir sind ja jetzt am Weißensee verabredet. Ich wollte nämlich gerade schon gehen.«

»Warte mal!« Johannes holte Rachelle draußen beim roten Teppich ein. Er hatte eine giggelnde Girlande aus goldenen Luftballons dabei, die er Rachelle in die Hand drückte, als würde er fühlen, dass etwas Besonderes in ihr vorging. »Magst du unsere Luftballons mit nach Hause nehmen? Wir dekorieren sowieso alles um. Müssen wegen diesem Virus eine Zeitlang schließen! Das weiß ich jetzt schon. Das war heute hoffentlich kein Corona-Hotspot-Event«, malte er auf seine realistisch-sarkastische Art den Teufel an die Wand. »Du könntest sie bei deinen nächsten Auftritten ins Bühnenbild integrieren.«

Er dachte mit, der schlaue Fuchs Johannes Finke, das rührte Rachelle. »Danke, die sind super«, hauchte sie leicht verlegen. Sie war es nicht gewohnt, so spontan beschenkt zu werden. Sie suchte nach weiteren Worten, die ihre Freude ausdrücken sollten: »Die sind bombastisch, Johannes! Als ob du sie mir auf dem Jahrmarkt geschossen hättest. Im Alltag bekommt man so pralle Ballons ja gar nicht. Sie sind wirklich das perfekte Bühnenbild.« Auch Mika gesellte sich zu ihnen, um Küsschen zum Abschied zu verteilen. Man würde sich vielleicht ein paar Wochen nicht mehr sehen! So herzlich hatte Rachelle sich die Leute aus dem SM-Kosmos aber nicht vorgestellt.

»Es war für mich eine wirklich schöne Erfahrung mit dir zu drehen«, sagte Mika sehr geradeaus.

»Oh, sehr gerne, nochmals danke!« Rachelle umarmte beide, fühlte sich hübsch fremdbeschenkt statt wie früher immer nur fremdbeschämt. War ein Baum, der von selbst wieder grün wurde. Sie hatte den Bar-Betreiber und die non-binäre Fessel-Person gerade mächtig lieb. Und wenn sie nicht schon wieder beim nächsten Menschengrüppchen ins Gespräch eingetaucht wären, hätte sie die beiden auch noch zum Weißensee eingeladen.

Aber jetzt wurde erstmal das Taxi angehalten, das die Torstraße entlang raste. Und Rachelle Engel stieg vor den Augen ihrer neuen Freunde mit einer Armada aus goldenen Luftballons in ihr neues Leben in den 2020er Jahren.

*

»Wake up your senses« stand auf dem bösen Plastikbecher Cappuchino, den Silvana sich am Getränkekiosk geholt hatte. Das musste man ihr nicht zwei Mal sagen. Die ersten Möwen empfingen sie kreischend, als sie eine halbe Stunde vor dem vereinbarten Termin am Weißensee eintraf. Wo früher der Schock regiert hatte, regierte jetzt die Schönheit. Hatte sie das alles überstanden, und durfte sie tatsächlich dieses wunderbare Leben leben? Das Unwirkliche war wirklich geworden. Sie musste an den Aufsatz des slowenischen Philosophen Slavoj Žižek denken, den sie gestern Nacht gelesen hatte. In dieser Hinsicht war sie wie die meisten Leute aus ihrer Generation, die immerzu mit Gedankenfetzen aus Internet-Texten draußen herumliefen. Žižek beschäftigte sich in dem Essay mit der Frage, warum Leute, die aus den schlimmsten Kriegsgebieten flüchteten, sich ausgerechnet ihre Traumländer für einen Neuanfang aussuchten. Wenn sie aus der Hölle kamen – warum konnten sie sich nicht mit dem drittbesten Land der Welt zufriedengeben? Weil die menschliche Psyche nun einmal utopisch tickt! Und was für Traumländer galt, schlussfolgerte Silvana gutgelaunt, galt wohl auch für Traummänner. »Don't go for second best, baby!«, wusste schon Madonna. Silvana überzeugte dieses Beharren auf der bestmöglichen Utopie auf einmal total. Suchte sie sich jetzt etwa den zweitbesten Trottel aus? Nein. Entweder den Mann ihrer Träume oder gar keinen. Mehr musste man dazu eigentlich nicht sagen. Und vielleicht galt das ja auch für Verrückte wie Greta, die alle Utopien auf einmal erkämpfen wollten. Warum auch nicht? Versuchen konnte man es doch mal. Jetzt müsste Greta nur noch die Klimakatastrophe ins Programm nehmen.

Silvana Lovrić, die sich auf ihrem nächsten Album »Lavsil Lovrix« nennen wollte, weil das so schön non-binär klang, trug immer noch ihre Thermoklamotten aus der Chemo-Phase, und das war nur einer der Gründe, warum sie bei den frühlingshaften Temperaturen von zwölf oder dreizehn Grad ins Schwitzen kam. Nervös zog sie sich die Lippen mit einem Stift nach, der den Codecheck-Test bestanden hatte.

Morgen würde eine Verordnung in Kraft treten, der zufolge sich alle Berliner ständig in ihrer Wohnung oder gewöhnlichen Unterkunft aufhalten müssten, um die Anzahl der Kontakte zu beschränken und so eine Ausbreitung des Coronavirus zu verhindern. Aber heute durfte man noch die große Liebe küssen! Ob der Mindestabstand auch für Hunde galt?, überlegte etwas Kindliches in ihr. Ein wuscheliger schwarzer Pudel mit einer roten Schleife fetzte um sie herum. Sie dachte an ihren letzten Freund Mario, der auf ihre Frage, warum sie sich so selten sahen, mal im Ernst geantwortet hatte, sie könne sich ja einen Hund anschaffen, wenn sie ein Wesen wollte, das immer um sie herum war.

Silvana ging ans Ufer und löst in Gedanken alle Probleme auf einmal. Sie hatte eine Netzstrumpfhose in ihrer Tasche, ein Kondom und ein enganliegendes Sommerkleidchen mit gestanzten Löchern – für den Fall, dass sie heute noch zu ihm oder zu ihr gehen würden. Isabella wusste von Greta, dass Timo auf dem SM-Trip war. Ach so. Silvana sollte es recht sein.

Weil sie immer noch zu früh dran war, lief sie mit großen Schritten die Böschung zum See hinab. Was ging denn hier ab? Sie traute ihren Augen kaum. Der Park war voller Menschen! Das war so unfassbar wie in einem nachträglichen Sci-Fi-Traum. Sie gingen und sie standen und sie saßen und sie hingen herum. Mit Hunden und mit Kindern und mit Dreirädern und alleine und zu dritt. Und in so einem komischen Abstand zu den anderen Menschen. Ja, sie hatten alle so ein bisschen Platz um sich herum geschaffen. Jetzt machten plötzlich alle das, was sie vorher alleine gemacht hatte, dachte Silvana verwundert, ja überwältigt. Sie sah sogar Leute mit medizinischen Masken. Als wäre ihr eigener Horrortrip plötzlich en vogue, sowas von in Mode, und von allen Menschen, mindestens der Gesamtbevölkerung Pankows, zurück zu ihr gespiegelt worden. Dieses neue Virus bewirkte, dass jetzt alle Angst hatten und sich vor Ansteckung schützen mussten. War es zuvor nur sie gewesen, die Panik vor hustenden Menschen hatte, so nahmen sich jetzt alle voreinander in Acht! Dabei waren sie ja gar nicht krank. Die Eindrücke dieser ersten Corona-Phase stürzten auf Silvana ein, ohne dass sie die Szenerie gleich begriff. Das Hirn fand nicht die richtigen Worte, aber das Gefühl für die Unbeschreiblichkeit dieses historischen Moments war schon da. Und sie lief durch das Wimmelbild aus Menschen und sie war stabil. Es war ein Spuk. Als ob sie einen Videoclip gedreht hätten, mit ganz vielen Rachelle Engels drin. Jetzt fehlten zur Veredelung dieses Bildes nur noch die goldenen Luftballons aus der BRAVO BAR.

Würde das jetzt immer so weitergehen?, überlegte sie. Und alles, was sie zuerst betroffen hatte, betraf irgendwann die ganze Welt? War es wahr geworden, ihr Avantgardesein, ihr Größenwahn? Machte ihr Endlossommer jetzt weiter, mit allen Menschen auf der Welt, die auf die ihr so vertraute, mal vorsichtige, mal übermütige Art durch die Parkanlagen Berlins schlenderten?

Silvana kehrte um, zurück zum Kiosk, um sich einen neuen Plastikbecher mit warmer Flüssigkeit zu kaufen. Getreu dem Motto von Natascha P., das Greta gestern Nacht auf dem »feminist friendly«-Blog zitiert hatte: »Auch wenn die Welt untergeht, trink ich erstmal Cappuccino.«

Er wirkte ein wenig fleischiger als in der BRAVO BAR. Aber das war unverkennbar Timo Jung. Er breitete die Arme aus und sie flog einfach hinein, ins Kuschelnest, egal doch jetzt alles schon. Es war doch sowieso alles nur ein Film. Sie konnte ihren neuen Soulbrother genaugenommen auch gleich noch abschlecken, wie sich das für einen richtig kranken Liebesfilm gehörte, für die Liebe in Zeiten von Corona. Jetzt waren alle krank oder auf der Hut vor dem Kranksein, jetzt konnte es alle treffen. Nur sie hielt ihren Traumboy in den Armen! Silvana fühlte, wie Timo sich von ihren kreisenden Zungenbewegungen freudvoll schachmatt setzen ließ. Er wirkte so dankbar und passiv, lachte dabei erregt und flüsterte: »Meine Herrin, oh my god, da ist die Herrin!« Sie fand das nicht unangenehm. Seine kleine spitze Zunge hatte etwas von einer eifrigen Schlange. Nur dass diese Schlange nicht giftig war. Nach zehn Minuten küssten sie sich immer noch. Sie wiegten hin und her und aufeinander zu, und sie alberten herum. Sie waren Quarkfrösche in einem Teich, sie waren Seerosen mit aufquellenden Blasen, die sich ineinander vergrößert hatten. Und Silvana, die so furchtbar daran gewohnt war, ihre Playlist im Park spazieren zu führen, konnte von der Angewohnheit nicht lassen.

»Willst du mit mir zusammen den Bach runtergehen? Dann soll es rote Rosen regnen«, rappte sie den satirischen Rap von Alligatoah aus sich heraus und ihm ins Ohr. Timo schien das überhaupt nicht zu wundern.

»Oh ja, das will ich«, rief er, »meine Herrin!«

»Lass uns etwas zu trinken mitnehmen«, schlug sie vor, um auch diesem Spuk so natürlich wie möglich zu begegnen. »Suitcase of memories« spielte das Radio im Kiosk eine alte Hit-Schlagzeile von Cyndi Lauper aus.

»Meine Göttin«, murmelte er zärtlich, und: »Was willst du denn trinken? Du hast aber sanftes Haar.«

So hatte sie sich den komischen Schwaben tatsächlich vorgestellt, dass er eher merkwürdige Sätze sagte, wie den hier gerade eben, über das sanfte Haar. Die Blicke, die er ihr zuwarf, waren ganz bei ihr, und einverstanden mit allem. Ob je ein Mann so viel Liebe für sie empfunden hatte? Sie fühlte schon wieder Angst. Aber dann nahm er ihre Hand und bei sowas kann Silvana nun mal nicht widerstehen. Denn es machte alles selbstverständlich und völlig unpathetisch. Sie waren auf einer Weiterfahrt im Zug, auf einer leichtgängigen Reise. Oder für Twitter: »Wenn dir bei einem plötzlichen Kapuzenaufschlag der Hoodie den Wind aus den Segeln nimmt.«

»Und ich dachte schon, ich muss mir dich aus dem Kopf schlagen«, lachte er jetzt.

»Wieso denn das?«, fragte Silvana, die Überraschte spielend.

»Na, nur so halt«, kam es brummend zurück. Seine Gesichtszüge entspannten sich wieder, als sie Hand in Hand zum See hinuntergingen und auf den Steinfliesen am Hang Platz nahmen. »Hier ist es ja wie im Freiluftkino«, sagte er, wie erhitzt von den Ausläufern dieser neuen Galaxie, in die sie sich soeben gegenseitig gebeamt hatten. Ein bisschen Verlegenheitsfeeling kam jetzt nach. »Ach, dieses komische Virus. Ich wollte eigentlich nach München und nach Österreich fahren, auf den Spuren Donna Summers wandeln.«

»Wer? Was? Ist das nicht diese Disco-Sängerin?«, fragte Silvana ehrlich überrascht. Sie konnte sich keinen Reim darauf machen. Sie war es nicht mehr gewohnt, über so normale Sachen zu reden.

»Ich schreibe ein Lesebuch über Donna Summer. Sie hat von 1968 bis 1976 in München und in Österreich gelebt. Giorgio Moroder war ja ihr Produzent«, gab er bereitwillig Auskunft, wobei ihm bewusst wurde, dass er ins Angeberische abdriftete. Aber zur Hölle, er saß hier nicht mit irgendwem. Er saß mit der schönsten Straßenrapperin des Landes zusammen, mit dieser Frau, die tausend Namen hatte; und er musste ihr erklären, wer Donna Summer war. Am Ende war sie noch eifersüchtig auf die Disco-Queen, darauf, dass er noch andere Musen hatte als sie? Und wenn er ehrlich war, so war das tatsächlich einer der Gründe, warum er den Auftrag angenommen hatte. Denn er wollte doch nicht ihr Scrub sein. Genaugenommen nicht einmal ihr Sub. Sie hatte ihn noch nicht an die Hundeleine gelegt und zum Bellen gebracht. Er war auch nicht ihr Substitute, das fühlte er ganz deutlich. Da war gerade kein anderer Mann in ihrem Leben. Nein, hier saß Timo Jung, der Hip-Hop hört, seitdem er elf ist, mit der tollsten Rachelle aller Zeiten, Hand in Hand am Weißensee.

Über ihnen flog eine Schar Möwen, die am wolkenreichen Himmel fast so etwas wie einen Workout machten. Zogen auf und ab, und auf und ab, immer in demselben Rhythmus. Und als ob Silvana seine Gedanken gelesen hätte, sagte sie schnell: »Schau mal, die machen hier einen Workout mit ihren Flügeln.«

»Das würde ich mit dir auch gerne mal machen«, traute er sich zu sagen. Denn er hatte schon spitzgekriegt, dass die Herrin nicht auf allzu unterwürfige Gesten seinerseits stand. Egal. Er liebte sie jetzt, so wie sie war. Er nahm sie auch als Vanilla entgegen.

»Darauf kannst du ... Gift nehmen«, wollte sie gerade sagen, verschluckte aber den letzten Teil des Satzes, weil sie vom »Gift nehmen« echt mal genug hatte, und fügte stattdessen »ach, egal« hinzu, und schon hing ihre Zunge wieder in seinem Mund. Sie streckte ihm die Zunge nicht mehr raus wie Cardi B, sondern ließ sie geradewegs mit seiner verschmelzen. »Ich komme mit dir nach München«, sagte sie eilfertig.

»Ich kann dir Giorgio Moroder vorstellen«, erwiderte er ebenso überstürzt, während er so bei sich dachte: Scheiße, in die Falle getappt, der Herrklärer in ihm war wieder unterwegs. Aber er musste ihr doch etwas bieten!

Sie schien es ihm kein bisschen übel zu nehmen. »Oh ja«, sagte sie, »das wäre aufregend. Lebt Donna Summer eigentlich noch? Sorry, ich bin so uninformiert.«

»Nee, nee, sie ist doch 2012 an Krebs gestorben.«

»Oh, verdammt«, rief Silvana da, und konnte sich für einen Moment nicht mehr beruhigen. Wenn sie wieder allein war, würde sie als Erstes »Donna Summer« googlen. »Was für eine Scheiße, was für eine ungerechte Krankheit. Und Schwarze Frauen sterben eher daran, weil sie sich seltener Hilfe holen.«

Ihre kleine Hand lag jetzt ganz tief in seiner.

»Krebs ist ein Arschloch«, knurrte er einen dieser Sprüche aus sich heraus, die man heutzutage bringen musste, wenn die Rede auf etwas Ungerechtes wie Krebs kam. Aber bei Silvana konnte er scheinbar nichts falsch machen. Ihr schien seine Antwort sehr zu genügen.

»Ich kann das immer alles gar nicht hören, mit Krebs und so«, murmelte sie leise.

»Ja, das kenne ich schon«, tröstete er sie. »Greta hat sogar mal eine hypochondrische Störung bescheinigt bekommen, weil sie nichts mit Krankheiten und so hören kann. Sie bildet sich sonst ein, die Symptome selber zu haben. Sie will einfach nichts mit Krankheiten zu tun haben.«

»Ja, sowas in der Art ist das bei mir auch.« Silvana legte sich auf den Boden und breitete ihre Arme aus. »Aber es gibt ja genug Themen, die Greta hören kann«, sagte sie schließlich nachdenklich, und auch um das leidige Thema Krebs so schnell wie möglich wieder zu verlassen. Timo erschien ihr so vertrauensvoll und nah, dass sie ihm in dem Moment zutraute, es mit all ihren anderen Themen aufnehmen zu können: »Feminismus, Frauen auf Rockfestivals. Ich hatte da ja so meine Probleme mit! Aber wenn das die Leute sind, bei denen man klingeln kann, wenn man gerade vergewaltigt wurde, und die einem dann durch das akute Trauma hindurch quatschen, dann finde ich es schwer, weiter gegen Feministinnen zu lästern.« Sie winkte den Möwen zu, die über ihnen durch den Himmel segelten. »Vielleicht hat diese Rap-Journalistin Salwa Houmsi recht: Man muss doch nicht auf ewig ›Bitch‹ oder ›behindert‹ sagen. Ist es nach dreißig Jahren Gangster-Rap nicht mal an der Zeit, dass diese Musik der Selbstermächtigung, die wichtigste Jugendbewegung meiner Generation, das angestaubte Vokabular wegwirft und gegen neue Worte ersetzt?«

»Nee klar«, erwiderte Timo und trank genüsslich ein paar Schlucke von seinem Bier. »Das Argument, dass Sexismus zum Hip-Hop gehört wie Pferde und Revolver zum Western ist wirklich überholt. Es müsste doch, wie in jeder lebendigen Musikszene, auch mal etwas Neues vorkommen.«

»Einhörner aus Marzipan«, kicherte sie.

Und noch bevor Greta und Timos einstige Erzfeindin Isabella alias Madame Peugeot mit sagenhaft guter Laune um die Ecke gebogen kommen und ein freies Plätzchen neben ihnen begehren konnten – Isabella, die Melodie von »Du hast den Farbfilm vergessen« pfeifend, Greta auf immer noch mehr Abstand zu den Menschen drängend –, gab es auf der Welt ein neues Liebespaar auf Augenhöhe mehr. Ein Paar, das gerade nichts mehr trennen konnte, nicht einmal die Liebe.

Das Kirschholzgirl – Drei Möwen (Song):

Wir drei am Weißensee
Leise rieselt Eis-Frappé
Durch die heißen Kehlen
Wir sind verwandte Seelen
Die nachts Möwen zählen
Es gibt viel zu erzählen.

Es geht doch nicht ums Ganze
Nur dass wir hier ganz sind
Im Augenblick versinken
Silvana sagt, hör auf
Gedanken zu erfinden.

Sie sagt, ergeben wir uns,
Bei jedem von uns,
Sitzt doch eh 'ne Schraube locker,
Deswegen fallen wir nicht gleich vom Hocker
Magst du noch 'n Kaffee Mokka?

Ich sag, ich lauf ihm jetzt nicht mehr
So sehr hinterher
Das fällt mir, ehrlich, noch schwer.

Chorus
Und sie sagt:
Wo soll er dich denn hinbringen?
Wo du nicht selber hinfindest?
Ich kann davon ein Lied singen
Wie Sturmmöwen meine Wings schwingen
Man kann's nicht jedem beibringen
We're independent women
Independent women.

Silvana sagt, ich hätte nie gedacht,
Dass ich die tiefsten Flüge als Höhenflüge pack
Das ist indeed recht tough.

Und Timo sacht, wir sind so independent,
Dass es kracht,
Ich lach: als Kind war ich reich,
Dann zwanzig Jahre arm
Timo sagt, das erklärt deinen Charme.

Ja, die Geschichte wird älter,
Und die ungleichen Gehälter, stolpern neben uns
Über die Felder

Wir sind jung, egal und gutaussehend;
Uns're Zukunft im Musikbiz ist, unter uns:
Erhebend!

Chorus
Und sie sagt:
Wo sollen sie uns denn hinbringen?
Wo wir nicht selber hinfinden?

Wir können davon ein Lied singen
Wie Sturmmöwen unsere Wings schwingen
Man kann's nicht jedem beibringen
We're independent women
Independent women.
Peng, peng, peng
Independent criminal.

Wir drei am Weißensee,
Nee, jetzt tut's nicht mehr weh
Wir sind verwandte Seelen
Die nachts Möwen zählen
Es gibt viel zu erzählen.

INHALT

1. Auflage Oktober 2024

ISBN 978-3-95575-219-4

Layout und Satz: Oliver Schmitt
Cover unter Verwendung eines Fotos von Johannes Finke
Druck und Bindung: maincontor GmbH

Ventil Verlag, Boppstraße 25, 55118 Mainz
www.ventil-verlag.de